死屋手记

ЗАПИСКИ ИЗ МЕРТВОГО ДОМА

[俄] 陀思妥耶夫斯基 著

孙合苗 译

北京理工大学出版社
BEIJING INSTITUTE OF TECHNOLOGY PRESS

版权专有 侵权必究

图书在版编目（CIP）数据

死屋手记 /(俄罗斯) 陀思妥耶夫斯基著；孙合苗译. -- 北京：北京理工大学出版社，2022.6
ISBN 978-7-5763-1120-4

Ⅰ.①死… Ⅱ.①陀… ②孙… Ⅲ.①长篇小说—俄罗斯—近代 Ⅳ.①I512.44

中国版本图书馆CIP数据核字（2022）第039809号

出版发行 / 北京理工大学出版社有限责任公司
社　　址 / 北京市海淀区中关村南大街5号
邮　　编 / 100081
电　　话 / （010）68914775（总编室）
　　　　　（010）82562903（教材售后服务热线）
　　　　　（010）68944723（其他图书服务热线）
网　　址 / http://www.bitpress.com.cn
经　　销 / 全国各地新华书店
印　　刷 / 三河市冠宏印刷装订有限公司
开　　本 / 880毫米 × 1230毫米　1/32
印　　张 / 12.5　　　　　　　　　　　　责任编辑 / 时京京
字　　数 / 264千字　　　　　　　　　　 文案编辑 / 时京京
版　　次 / 2022年6月第1版　2022年6月第1次印刷　责任校对 / 刘亚男
定　　价 / 55.00元　　　　　　　　　　 责任印制 / 施胜娟

图书出现印装质量问题，请拨打售后服务热线，本社负责调换

序

陀思妥耶夫斯基是俄国文学的卓越代表,与托尔斯泰、屠格涅夫并称为俄国文学"三巨头"。"托尔斯泰代表了俄国文学的广度,陀思妥耶夫斯基则代表了俄国文学的深度"。

一八二一年十一月十一日,陀思妥耶夫斯基出生于莫斯科。他的父亲是一名军医,取得了贵族身份。一八三四年陀思妥耶夫斯基进入莫斯科一家寄宿中学学习,中学毕业后,爱好文学的陀思妥耶夫斯基被迫在父亲的授意下进入彼得堡军事工程学校。一八四三年,他从工程学校毕业后只工作了一年,便自动离职,开始专门从事文学创作,因为他坚信自己是一位诗人,而不是一名工程师。

一八四五年,陀思妥耶夫斯基出版了第一部小说《穷人》,广获好评,并被俄国文学评论家别林斯基称为"俄国文学的天才""又一个果戈理出现了"。接着,他于一八四七年发表中篇小说《女房东》;一八四八年发表中篇小说《白夜》和《脆弱的心》;一八六一年发表长篇小说《被伤害与侮辱的人们》;一八六四年发表中篇《地下室手记》;一八六六年发表的长篇小说《罪与罚》为作者带来了世界性的声誉;一八六八年出版的长篇小说《白痴》揭示了当时俄国社会的腐朽;

一八八〇年发表的长篇小说《卡拉马佐夫兄弟》是陀思妥耶夫斯基的压卷作，是作者哲学思考的总结。

在陀思妥耶夫斯基从早期创作向晚期创作的过渡中，他的苦难经历起了不可忽视的作用。一八四七年，对空想社会主义感兴趣的陀思妥耶夫斯基参加了彼得拉舍夫斯基小组的革命活动。彼得拉舍夫斯基是一个激进的年轻贵族，该小组的大多数成员反对农奴制度，并希望在国内进行改革。一八四九年，二十八岁的陀思妥耶夫斯基和小组其他成员因牵涉反对沙皇的革命活动而被捕。他因在小组上朗读过别林斯基反对农奴制度的《给果戈理的一封信》被剥夺了贵族身份，并被判处死刑。在临刑前的一刻，被改判为流放西伯利亚。后来，陀思妥耶夫斯基在鄂木斯克的监狱服了四年苦役。一八五四年，他被释放，但是他被要求必须在西伯利亚军队服役。

三十八岁的陀思妥耶夫斯基最终于一八五九年返回圣彼得堡。在西伯利亚度过的这九年苦役和兵营生活对他的一生产生了深远的影响。他以自己的监狱生活经历为基础，于一八六一年至一八六二年间发表了长篇小说《死屋手记》。

《死屋手记》一般被认为是陀思妥耶夫斯基的半自传体小说，该书由独立成篇的章节组成，描绘了沙俄时期西伯利亚牢狱生活的鲜明画面。这部小说是陀思妥耶夫斯基在俄国农奴制改革时期发表的一部重要作品，受到了很高的评价。列夫·托尔斯泰曾说："我不知道在全部新文学中还有比《死屋手记》更好的书了。"同样有着被流放西伯利亚经历的列宁在看过此书后感慨："这是一部不可逾越的作品。"

在《死屋手记》中，作者通过主人公戈梁奇科夫的讲述，为读者呈现了西伯利亚监狱生活的画面。戈梁奇科夫出身贵族，由于杀害妻子被判流放到西伯利亚，在那里的监狱中度过了十年苦役生活。监狱位于一块长两百步、宽一百五十步的院子里。院子四周围着栅栏，栅栏上的大门把里外完全分隔为两个世界。除了外出劳动，犯人们大部分时间被囿于这一方空间。而即便去劳动，犯人们身边也时刻有卫兵看守。在这样一种生活状态下，犯人们心中最渴望的是什么呢？是自由。

为了得到自由，犯人们想方设法获得金钱。对于被完全剥夺了真正自由的犯人来说，金钱的价值是不可估量的。为了得到钱，有的犯人在监狱中学会各种手艺，从小镇居民那里接订单挣钱。一些不会手艺的犯人便从事走私的行当，往监狱里走私酒挣钱。还有人放高利贷等。尽管付出了那么多辛苦，冒了那么大的险，犯人们花起钱来却不眨眼。他们用钱放纵饮酒，企图寻回片刻的自由。自由是他们唯一在乎的东西。

除了用金钱买自由外，作者还从其他不同方面体现了犯人们对自由的渴望。在圣诞节时，监狱里呈现出一种少有的景象，犯人们无比开心，他们把庆祝这个节日看作和外界沟通的一种方式。而对于圣诞节时的演出机会，犯人们也格外重视。对于犯人们来说，这样的机会可以让他们暂时自由呼吸，可以让他们短暂地逃离囚犯身份。此外，作者还提到夏季的到来也唤醒了犯人们对自由的向往，并且描述了在六月的一天，罪犯阿-夫和库利科夫如何伙同一名士兵进行越狱的故事。书中还有一个关于自由的场景让人印象深刻。作者在写监狱里的动物时提到了一只草原鹰。这只鹰"拒绝与周围的一切和解,就那样满怀恨意地孤独地等待死亡的到来"。最后,犯人们认识到鹰是向往独立自由的鸟儿,于是决定把它放掉。犯人们看着被放走的鹰一步步走向草原深处,在那里伫立良久。小说结尾,戈梁奇科夫在狱中经历了众多苦难之后,终于迎来了自由。在脚镣被去掉的那一刻,他与十年的监禁生活告别,迎来了新生!

除了对自由的渴望以外,还有一条重要的线索贯穿于故事之中,这就是贵族出身的戈梁奇科夫与下层犯人之间的身份对立以及由此产生的各种矛盾。监狱中集合了形形色色的苦役犯。其中一些贵族是因为政治犯罪被流放至此。而狱中的下层人则包含了各种不同的罪犯,有小偷、强盗、走私犯、杀人犯等。而且,这些罪犯来自不同地区和民族,有波兰人、鞑靼人、乌克兰人、莱斯格哈人、切尔斯人,等等。戈梁奇科夫在入狱之初便感受到了周围犯人对他的敌视。小说中通过多个场景形象地揭示了此种矛盾。在狱中的日子,这种敌视和仇恨给戈梁奇科夫带来了精神上的痛苦折磨。戈梁奇科夫还提到,贵族和下层人之间隔着一条深渊。只有当贵族真正和这些人生活在一起时,才能体会到这深渊是如何不可逾越。

书中还有一点值得读者们深深回味,那就是作者对人物的描写。陀思妥耶夫斯基笔下的多种人物形象以不同的姿态跃然纸上,给人留下深刻的印象。比如手段暴虐,令犯人们不寒而栗,被称为"八只眼"的少校;比如以处罚犯人为乐,卑鄙至极的行刑官热列比亚特尼科夫;

比如军官出身，非常聪明，会各种手艺，但同时又极为严谨，重视秩序的阿基梅奇；比如从小被母亲娇惯，无法适应军营生活而杀死长官的士兵西罗特金；再比如滑稽、精明、爱吹嘘，同时又很虔诚的犹太人福米奇；等等。值得注意的是，作者在塑造人物形象时，注重描写人物性格的多样性。在他笔下，每个人物都不是单一的，他既看到了人性中善良的一面，又看到了不好的、丑恶的一面。作者在描写人物时善于进行深入的心理分析，并注重分析人物在特定环境下的精神状态。书中的人物形象丰富立体，各具特色，相信读者在阅读过程中会发现自己感兴趣并印象深刻的人物。

此外，本书还有很多特点值得大家去细细体会。比如看似松散但实际上也不失巧妙的结构安排，作者用生动的语言描述所营造的画面感，以及作者在叙事时冷静深邃的笔触等。相信每个读者都能对这部作品有新的感受和理解。

在国内，该书已多次被翻译出版。此次中文版翻译自一九一一年出版的英文版本。这样的经典作品必将一代代流传于世，在世界文学的长河中散发出夺目的光辉。

孙合苗

目 录

第1卷

引　言 / 003

第一章　死屋 / 010

第二章　最初印象 / 028

第三章　最初印象（续）/ 050

第四章　最初印象（续）/ 068

第五章　第一个月 / 088

第六章　第一个月（续）/ 105

第七章　新朋友——彼得罗夫 / 122

第八章　坚定的人——卢卡 / 137

第九章　伊赛·福米奇——澡堂——巴克卢申 / 145

第十章　圣诞节 / 166

第十一章　演出 / 186

第2卷

第一章　医院 / 211

第二章　医院（续）/ 227

第三章　医院（续）/ 244

第四章　阿库莉卡的丈夫（故事）/ 267

第五章　夏季 / 283

第六章　监狱里的动物 / 306

第七章　请愿 / 323

第八章　狱友 / 347

第九章　越狱 / 366

第十章　出狱 / 384

第 1 卷

引　言

在偏远的西伯利亚地区，当人们在广阔的大草原、层叠的群山、茂密的森林中穿行时，时不时会遇到一些小镇。这些小镇通常只有一两千人，镇上木制的房屋简陋难看。小镇上有两座教堂，一座位于镇中心；另一座位于公墓群。总的来说，这里的小镇更像是莫斯科郊区规模较大的村子，并不像真正的小镇。它们通常有很多派遣来的下级官员，如县警察局局长、陪审员以及其他下级官员。诚然，西伯利亚是一个异常寒冷的地区，但是政府为这里提供的服务却有很大的优势，在一定程度上弥补了气候的不足。镇上的居民都是简简单单的人，头脑中没有那么多自由思想。长期以来，他们遵循着一套老派、固化的习俗。在这里，官员们顺理成章地形成了贵族阶层。官员中有些世代居住于西伯利亚；另一些则来自俄罗斯，大多来自彼得堡和莫斯科。这类官员为政府发给的高薪和额外的交通补助所吸引，对这里的生活充满希望，并憧憬着在这里开启美好未来。在这些派遣来的官员中，有一部分人能很好地解决来后遇到的各种生活问题，于是便一直留了下来。他们在这里收获了丰盛而甜美的果实，足以弥补远离城市所失去的东西。

另外一部分官员做事却很轻率，没有足够认真地去对待生活中的各种问题。因为无法应付种种困难，他们很快就厌倦了西伯利亚的生活，懊悔自己当初为什么要犯傻来到这里。但是按照规定，他们必须在这里待满三年才能离开。于是他们每天便极不耐烦地打发时间。等到规定的期限一满，立刻请求回到家乡。再谈起西伯利亚，只有指责和奚落。其实他们错了，西伯利亚是一个很幸福的地方。不仅政府服务好，而且从很多方面都可以在这里获得幸福。

这里的气候很好，富裕慷慨的商人热情友好，悠闲自得的异族人处处可见。这里的年轻女孩美丽如花，品行端正，无可挑剔。这里猎物丰富，甚至有时在大街上，这些家伙都会自己撞到枪口上。在这里人们可以畅饮香槟，鱼子酱的产量相当惊人，而且味道出奇地好。一句话，这是一块福地。在这里，只要有能力，就会得到丰厚的回报。事实也确实如此。

生活在这块土地上的人快乐、自足，给我留下了最美好的印象。就是在这样一个小镇中，我遇到了亚历山大·彼得罗维奇·戈梁奇科夫，一个被流放西伯利亚的移民。他原是出身于俄罗斯的贵族和地主，由于谋害妻子，被流放到此地做二类苦役。十年服刑期满后，他成了小镇K的一名居民，在这里度过了温顺而默默无闻的一生。其实他的身份信息登记在附近的另一个区，而他实际居住在小镇K。在这个小镇，他以给孩子们上课来谋生。在西伯利亚的很多小镇都能遇到这种做教职的流放者。虽然他们是因流放来到此地的，但并不会被人轻视。因为他们在这里教法语。法语在某种人生舞台上是非常重要的，如果没有法语，生活在西伯利亚偏远地区的人们对这种人生舞台将一无所知。

我第一次见到亚历山大·彼得罗维奇是在当地官员伊万·伊万内奇·格沃兹季科夫的家中。伊万是一位德高望重的老人，非常热情好客，家中有五个女儿。他对自己的女儿们寄予厚望。彼得罗维奇每周来给她们上四次课，每次上课的费用为三十戈比①。他的外表引起了我的注意。他脸色非常苍白，看起来还很年轻，三十五岁左右。他个子不高，很瘦弱，总是穿着整洁的欧式服装。和他交谈时，他会很专注地看着你，恭恭敬敬地倾听，边听边深深地思考。那样子就好像你在问他什么深奥的问题，或者你想从他那里得到什么秘密似的。他的回答清晰而简短，每个字都像是仔细斟酌过。听他这样答话，不知为何，你会觉得浑身不自在，等到谈话一结束，瞬间感觉如释重负。我曾向伊万·格沃兹季科夫询问过一些关于他的问题。伊万告诉我，戈梁奇科夫是个品行非常端正的人，否则自己不会把教育孩子的重任委托给他。但他同时又是个异常孤僻的人，不愿和周围的任何人交往。他学识渊博、饱览群书，但和人交谈甚少，从不主动开启话题。曾有人告诉伊万，戈梁奇科夫有精神疾病。但是在人们看来，这并不是什么大的缺陷。因此小镇上那些重要人物都颇为尊敬亚历山大·彼得罗维奇，想在写请愿书时把他派上用场。据说他在俄罗斯有很好的社会

---

① 俄国货币单位，一百个戈比约合一卢布。

关系，说不定他的亲戚中有人身居高位，但是又听说他自打流放到这里之后就果断地和他们断绝了一切关系。总之，他害了自己。这里每个人都听过他的故事，都知道他婚后不到一年，就因为嫉妒杀死了自己的妻子。他选择自首，大大减轻了自己应受的刑罚。人们一般会把这类罪行视作不幸，从而产生同情、惋惜。尽管如此，这个怪人却执意把自己与周围的世界隔离开。除了上课，他从不露面。

起初我没有注意到他，后来不知为何我发现自己竟然被他吸引了，他身上有一种谜一样的东西。想和他正常交谈几乎是不可能的。虽然在谈话中他回答了我所有的问题，但感觉更像是被动完成任务。而且一旦他回答了，我就忍不住追问下去。每次这样的对话一结束，你就会发现他脸上痛苦又疲惫的神情。

记得在一个美丽的夏日的傍晚，我和他一起从伊万·格沃兹季科夫家离开。我突发奇想，邀请他到我家一起抽支烟。他听后，脸上浮现出难以名状的害怕的表情。他完全惊慌失措了，开始喃喃自语着一些语无伦次的话。突然，他愤怒地望向我，然后转身往相反的方向飞奔而去。从那以后，每次遇到我，他就像看见了什么恐怖的东西。这令我十分吃惊，但我并没有因此而退却，因为他身上有一种东西莫名地吸引着我。

一个月后，我自作主张去见彼得罗维奇。接下来的事实证明我这么做真是太愚蠢了，而且太欠周到。他和一个年老的妇人住在小镇的尽头。那个老妇人的女儿生了肺痨。女儿还有个私生女，大约十岁了，非常漂亮活泼。我进去的时候，亚历山大·彼得罗维奇正坐在那个小女孩的旁边教她读书。看到我来了,他的表情困惑起来,好像我发现了他的什么罪行似的。他完全下意识地站起来,敬畏又惊愕地看着我。终于,我们两人都坐下来。他谨慎地观察着我的每一个眼神,好像怀疑我的每一道目光都有种不可告人的特殊含义。我明白他对别人有一种高度的不信任感。他充满敌意地打量着我,那眼神分明在说:"你能不能赶快离开这里?"

我和他谈起了我们的小镇,谈到当天的新闻。但是他一直沉默着,间或带着恨意地冷笑一下。我清楚地发现,他竟然对小镇上发生的大大小小的事全然不知,而且他对这些事丝毫不感兴趣。后来我又大致聊了聊西伯利亚,聊了聊在这片土地上生活的人。他仍旧静静地听着,用很怪异的眼神盯着我,弄得我不好意思继续说下去了。临走之前,我想把刚从邮局取回来的一些书和报纸给他。一看到这些东西,他眼中满是渴望。但是他立刻改变了主意,借口没有闲暇,拒绝了我。

最后我向他告辞。从他家里出来的那一刻,我顿时感到肩上仿佛有重担落下,轻松了许多。他把自己与周围的世界隔离开来,不愿与尘世有任何牵连。我很羞愧,这样纠缠一个人是非常愚蠢的,然而这一冒昧举动已无法改变。我之前提到过他几乎没什么书。按理说,他应该不会经常阅读。但是,有两次当我晚上驱车经过时,看到他房间里亮着灯。夜已深,灯光下的他在做什么呢?是在写作吗?如果是,又在写些什么呢?

后来,我因事离开了小镇三个月。等我返回时已是冬天。我得知彼得罗维奇已经离世,还得知他始终不曾请过医生。此时他已经被人们淡忘,他以前住过的房间依然空着。我马上和他以前的女房东联系,想从她那里了解到她以前那位房客在写些什么东西。我给了她二十戈比,她拿了一个篮子给我,里面满满装着逝者留下的一页页笔记。女房东诚实地告诉我,她已经胡乱用掉了两本笔记本。那是一个有些阴郁且沉默寡言的老妇人,我没能从她那里听到什么新鲜的事情。关于那位逝去的房客,她也没什么可说的。从她不多的话语中我了解到跟自己之前听说的一样,彼得罗维奇很少出去工作,曾一连几个月的时间都没有翻过书,没有动过笔。但是,他整夜整夜地在房间里踱步,不停地思考。有时也会大声说话。他很喜欢房东的小外孙女卡佳。从他得知卡佳的名字那一刻起,他喜欢这个小女孩就胜过了一切。在她的命名日——圣·卡捷琳娜节这一天,他总是去教堂为某人做安魂弥撒。他厌恶别人来访,除了为学生上课从不出门。即便女房东每周一次去他房间收拾整理时,也会遇着他投来的不友善的目光。

和女房东在同一个屋檐下度过的三年时间里,彼得罗维奇很少和她交谈。我问卡佳是否还记得他。卡佳先是默默地看着我,然后转过脸去对着墙壁哭泣起来。看来这个男人还是赢得过别人的喜爱的。我把女房东找出来的一篮子纸带走,一整天都在看上面写的东西。其中大部分内容都无关紧要,是给小孩子做的练习。最后我发现了很厚的一沓纸,每一页上都布满了精致的笔迹。不知为何,记录的内容突然断掉了,可能是作者忘记或者不想继续写下去了。这些文字记叙了亚历山大·彼得罗维奇在监狱中度过的十年苦役生活,不过写得语无伦次，不时地穿插着其他内容，有些是奇闻逸事，有些则是奇怪的恐怖回忆，仿佛是突然间受到了某种胁迫，而在慌乱中仓促写就的。我反复阅读其中的一些片段，几乎相信它们是作者的真实记忆，并不是他精神失常时的乱语。这些关于监狱生活的回忆——如他自己在手稿中所称"关于死屋的回忆"——在我看来并非毫无趣味。

这些文字展示了那个不为人们所熟知的另一个世界。他的这些奇特的经历，以及他对这些堕落人群的评论，激起了我的兴趣，让我想进一步探究下去。当然，我的看法可能存在偏差。接下来我会将其中一些章节公开，请读者们自行判断。

第一章　死屋

　　我们的监狱位于一座城堡的边缘，城堡的四周是一圈土墙。透过监狱木栅栏的缝隙向外望去，能看到一点儿什么东西吗？——你只能看到天空的一角，还有那高高的土墙。土墙上长满了野草，在大草原上，这种野草随处可见。不管白天还是晚上，都有哨兵在上面巡逻。从一开始人们就会明白，往后的很多年，如果从栅栏的同一个缝隙望出去，外面会是同一段土墙，土墙之上，是同一些哨兵，再往上，是同一角天空。这一角天空从监狱上空远远地伸展开去。监狱位于一个院子里，这个院子大约长两百步，宽一百五十步。院子周遭围着木栅栏。整圈栅栏看起来像一个不规则的六边形。栅栏由一根根尖头的木桩组成，木桩的底端被深深地钉入地下。这就是监狱外面的环境。六边形的木栅栏上，其中一个边上有一扇坚固的大门。门一直关闭着，时刻有哨兵看守。只有放犯人们出去做工时，门才会打开。大门外面是光明和自由，人们在那里过着普通人的生活。对里面的犯人来说，那是一个多么美好的世界啊，像一个不可达成的童话。大门里面则是另一个完全不同的世界。这里是一个自成体系的、特殊的、无比丑恶的世界，有自己的生活习惯和风尚，生活行为被严格规范着。这座监狱仿佛存于阳世的死屋。接下来我要描述的就是这座死屋。

穿过栅栏，可以看到里面有一些建筑。在宽阔院子的每一边，都有两座用原木建造的单层建筑。这些就是犯人们住的牢房。犯人被分成不同的等级监禁在这里。院子的尽头有一座房子用作厨房，分为两个隔间。厨房后面还有另一座房子，同时用作地窖、厩楼和谷仓。院子的中心处是一片光秃秃的开阔的空地。每天早中晚三次，犯人们在这里列队集合进行点名。除了每天三次的例行点名，如果看守的士兵发现了什么可疑的迹象需要清点人数，也会命令犯人们集合。整座院子四周，在木栅栏和这些房屋之间，还留有足够大的空间。不劳动的时候，有一些或孤僻或阴郁的犯人，喜欢在这片空间散步。在这里，他们可以避开所有人的目光，自由地想着自己的心事。

有时候我会遇到他们在这里散步。我喜欢观察他们那打着烙印的阴郁的面容，并暗自猜测他们的想法。其中有一个犯人，在繁重的劳动之余，最喜欢做的事就是数那些木栅栏。这些栅栏共有一千五百根。他把每一根栅栏都数过了，每一根都熟记于心。在他看来，每一根栅栏就代表在这里监禁的一天。由于每天数栅栏，他清楚地知道自己还要在监狱里度过多少个日夜。当他数完六边形栅栏的一个边时，他感到由衷的高兴。但是他还要在这里度过很多年才能迎来自由。好在监狱里的生活让人学会了耐心。

有一天，我看到一个刑满的犯人去和他的狱友告别。这名犯人在监狱里做了二十年苦役。很多犯人都记得他初来时的情形。那时他还很年轻,好像对什么都不在意,既不去想之前犯下的罪,也不考虑将要遭受的惩罚。现在的他已是一位头发花白的老人,脸上写满忧郁和悲伤。他沉默着,从六间牢房里依次走过。每到一间牢房,他都对着圣像祈祷,并向昔日的狱友深深地鞠躬,恳求大家多包涵,原谅他做得不好的地方。

我还记得这样一个夜晚。我们监狱里有一个犯人,以前曾是一个所谓有钱的西伯利亚农民。六年前,他得知妻子再婚,为此陷入深深的痛苦。那天晚上,妻子突然来到监狱要求见他,周济他一些东西。他们交谈了两分钟,两个人都哭了。然后两人分开,再也没有见过面。他回到牢房时,我看到了那张脸上的表情。在监狱里,人们是能学会承受任何事情的。

每天日暮降临,我们就得回到牢房,被关在里面度过整个晚上。每次离开院子回牢房之前,我总是觉得很痛苦。想想那间长长的、低矮的、令人窒息的屋子,燃烧的油脂蜡烛发出昏暗的光,四处充溢着浓重难闻的气味。现在回想起来,自己竟然在那里度过了整整十年,真是不可思议。那间屋子里,在木板通铺上有我的三块木板,那是唯一属于我的空间。我们三十多个男人挤在一间屋子里。也难怪每天晚上早早地就被关起来。因为从进屋到每个人都睡着,至少要四个小时。这段时间里,到处都是吵闹声、大笑声、咒骂声,其中还夹杂着铁链的咣啷作响声。人们吐出的烟雾,凝聚成污浊的厚厚一层,在房间里弥漫。在这嘈杂和雾气中,放眼望去,都是剃得光光的头、打着烙印的脸、污秽不堪的破衣烂衫。的确,人是适应性极强的动物,是一种能适应任何环境的物种。这可能是对人最准确的定义。

我们监狱里共有二百五十名罪犯。这个数目基本保持不变。如果其中一些犯人刑满释放，或是一些犯人死在狱中，随后就会有新的犯人到来。犯人中有各种各样的人。我相信俄国每个地区都有人被关到这里。犯人中还有外国人，甚至还有高加索地区的山民。所有这些犯人根据罪行的轻重被分成不同的等级。不同等级的犯人有不同的服刑年限。监狱里的大部分犯人都是被罚苦役的普通平民罪犯。就像犯人们自己天真地说的那样，这部分人是受到"强烈谴责"的。这些罪犯被剥夺了一切公民权。他们为社会所不容，被社会抛弃。他们的脸上被打上烙印，作为永久的耻辱。他们被监禁的年限从八年到十年不等。刑期满后，他们被遣往西伯利亚地区定居，成为那里的移民。

至于那些军事类的罪犯，他们没有被剥夺公民权——俄国惩戒连通常是如此规定的——刑期也相对较短。在这里服刑期满后，他们必须回到原来的地方继续当兵，或者成为西伯利亚军营里的边防兵。

他们中的很多人后来又犯了严重的罪行，再次回到这里的监狱。这回不再是被监禁短短几年了，而是最少二十年。他们属于"终身囚犯"的一部分。然而，这些终身囚犯并没有被剥夺公民权。除此之外，还有另外一部分数量极其庞大的最恶劣的罪犯，他们几乎全部是犯罪的退伍军，被关进单人囚室。这些特殊囚犯是从俄国各地流放来的，他们很自然地认为自己是被永久性监禁的。因为关于他们的监禁期限并没有明确规定。按照法律，他们要接受两倍或三倍的劳动任务。他们一直被关在监狱里，承担最重的劳役。

013

"你们只需在这里待满一定的时间,"这些特殊囚犯经常对其他犯人说,"而我们却是一辈子都得待在这里。"

我听说后来已经没有关于特殊囚犯的划分。同时,普通平民罪犯也被分开关押,以免那些军事罪犯在一起组成他们自己的"惩戒营"。监狱的管理自然也发生了变化,所以,我要描述的监狱里的一些风俗和做法并不是目前存在的,而是以前另一个时期的,是已经被废除的。

那都是很久之前的事了。现在想来,感觉就像一场噩梦。我记得自己走进这座监狱是在一个十二月的晚上。那天,夜幕降临,犯人们结束一天的劳动正在返回牢房,已经快到晚上例行点名的时候了。一位大胡子狱官终于为我打开了这间特殊屋子的门。就是在这间屋子里,我度过了这么多年,体验了这么多纷繁复杂的情感。如果不是自己亲身经历,我对这监狱里的一切根本无从想象。比如,我怎么能想象到在十年的时间里,自己竟没有一分钟可以独处?要在卫兵的监视下和两百个"同伴"一起在监狱里劳动。从来没有自己一个人独处过哪怕一分钟!从来没有!

然而,我必须适应这样的生活。我周围有过失杀人犯,有职业杀手,有一般的小偷,有从路人口袋里摸钱的"高手",还有能从桌子上卷走任何东西的"大师"。当然,还有一些人,很难说清楚他们为何成为这里的罪犯。每个人都有自己的故事,或沉重,或令人迷惑,或如一夜纵饮后次日清晨感受到的那般痛苦。犯人们好像心照不宣,很少提起以前的事,根本不愿回忆过去。他们甚至想竭力把那些过往从记忆里抹去。

在众多犯人中,我认识一些杀人犯,他们看起来心情愉快、无忧无虑。我敢打赌他们从良心上没有感到丝毫的羞愧自责。但是也有一些人,他们的脸上写满忧郁和沉重,总是缄默不言。大家都很少谈到自己的过去。过去的事在这里不受欢迎。更确切地说,是不被接受。但是有些时候,为了换换话题,某个犯人也会向别的犯人讲述自己的经历。而对方只是冷冷地听着。不管什么内容,听的人都不会感到吃惊。"我们都是有文化的人。"他们有时会这样轻蔑地说。

记得有一天,一个恶棍喝醉了酒——有时候犯人们是能够喝到酒的——谈起了他如何杀死一个五岁的孩子并如何碎尸。他先是用玩具引诱那个孩子,然后把他带到了一个阁楼里,接着把他杀死并碎尸。整个牢房里的人听后,都觉得他好像在开玩笑似的,异口同声地大叫起来。恶棍听后,只能闭嘴。如果讲述者被中途打断,不是因为他说的内容引起了众怒,而是因为这类事情不允许被提及。

在这里,我必须指出这些犯人们都受过一定程度的教育。他们中至少有一半的人会读写。在俄国民众聚集的某个地方,随便划出两百五十个人,其中有文化的人能达到一半吗?之后我曾听有人议论,是教育让这些人道德败坏。这种说法是错误的,教育与道德堕落之间没有任何必然关系。诚然,教育会让人们生出坚定的意志,但无论如何也不能称其为缺点。

不同类别的罪犯有不同的囚服。其中一些犯人的囚服,上衣一半棕色一半灰色,裤子也是一条裤腿棕色一条裤腿灰色。一天,犯人们正在劳动,一个卖白面包的小女孩走了过来。她盯着他们看了一会,突然笑了起来,叫道:"天哪!他们穿得好难看!这身衣服又是灰色又是棕色的,就不能做成一个颜色吗?"每个犯人都穿着一件灰布做的上衣,但袖子是棕色的。他们的头也被刮成了不同的样子。头顶有一部分头发被刮秃,有时是竖着从脖颈一直刮到前额。有时是横着从一只耳朵上方刮到另一侧耳朵上方。

这群犯人从外表上看大致相似,只需瞥一眼就能分辨出来。即使那些个性最鲜明,总是不由自主地想凌驾于其他罪犯之上的犯人,也在不知不觉中呈现出同一牢房的人所具有的共性。在所有的犯人中,除了少数人还拥有一颗孩子般天真的心,并因此招致周围的人蔑视,绝大部分犯人都阴郁、嫉妒、极其虚荣、狂妄、敏感、过分讲究。在他们看来,最重要的品质就是对待任何事情都要平静从容,无须过分惊讶。相应地,他们的首要目标就是让自己有尊严。但是那些表现得最平静的人常常转瞬就是另外一副面孔。有些犯人表现得谦卑,而实际上,这些人拥有真正的力量。这些都是他们诚实的表现。但是很奇怪,在大多数情况下,他们都过于虚荣,甚至是病态的虚荣。虚荣是他们最突出的特点。大部分犯人堕落且变态。因此,诽谤和丑闻在这里满天飞。监狱生活就像一个无止境的地狱。但是对监狱里的内部规定,没有人敢发出任何反对的声音。因此,不管是自愿还是非自愿,犯人们必须服从这里的一切安排。虽然有一些硬骨头不愿轻易服输,但最后还是屈服了。有一些犯人,在进监狱前藐视任何规则,由于内心极度的狂妄,在无意识中犯下了严重的罪行,近乎神智失常。他们的恶行让整个镇的人都不寒而栗。但是进来之后，很快就被监狱里的制度所制服。有的"新人"，开始还想为自己争个地位，但是很快就发现没人把他放在眼里，于是在不知不觉中便屈服了，渐渐变得和周围人一样。在这里，好像把自己变成一个真正的犯人才是一种荣誉。在这里不需要内心有丝毫羞愧或懊悔，只需要做到表面的屈服，这是犯人们总结出来的在监狱里必须满足的底限。"我们是走入迷途的人，"他们这样说道，"我们不能在自由世界生活，我们现在必须走向'绿色街道'[①]。"

"以前不服从父母，现在就要服从皮带。""过去不愿用金丝线刺绣，现在必须用大锤砸石头。"犯人们经常重复这些话，听着像是道德教化，但实际上没有一个人当真。这些话只是说说而已。这里没有一个人愿意承认自己的罪恶。如果一个陌生人在这些犯人面前对自己的罪行非常追悔自责，犯人们会对他进行无休止的侮辱。说起侮辱人这回事，这些犯人们还真是很有一套呢！他们侮辱别人的话语说得极其巧妙，简直像是艺术家。这些话听起来并不恶毒，但却极尽侮辱之能。这套艺术都是他们在平时不断的争吵中摸索出来的。犯人们只有在受到棍棒的威胁时才会劳动，其他时候则是懒散堕落的。即使那些初来监狱时还不太堕落的人，也会很快变得和周围人一样。尽管是自己把自己送进来的，这些人互相之间完全是陌生人。

[①] 这里用来引喻手持绿棒站成两排的士兵。被判接受体罚的罪犯要从这两排士兵中间穿过。但是这项处罚现在只用于被剥夺所有公民权的罪犯。后面还会继续谈到这个话题。

"魔鬼磨坏了三双树皮鞋,才把我们聚在一起。"犯人们经常这样打趣。在这所监狱里,阴谋、诽谤、嫉妒、仇恨和丑闻盛行。在这种懒散怠惰的环境中,犯人们口中辱骂声不断,这可不是一般的毒舌能比得了的。我之前曾提到,监狱中也有些犯人直率、坚定、无畏、自律。别的犯人会不由得敬重他们。他们极为珍惜自己的声誉,尽量不去惹别人,也不会无故辱骂别人。他们在各个方面都做得有尊严。他们非常理智,时刻顺从。他们这样做不是出于道德准则,也不是出于义务,而是出于和监狱管理层之间的一种约定。如果他们遵守这种约定,会得到明显的好处。

监狱官员在对待这类犯人时往往也很谨慎。我记得有一个犯人,就属于这种坚定无畏的类型。管理人员很了解他骨子里有着野兽般的本性。有一次,他因为犯了狱规被叫去接受惩罚。那是在一个夏天的工余时间。负责直接管理监狱的校官站在监狱主入口旁边的警卫室,准备监督处罚。在犯人们眼中,这位少校是个会要人命的人物。犯人们一见到他就不寒而栗。他惩罚起犯人来简直跟疯了一样。犯人们提起时,说他会"恶狠狠地扑上去"。其实最可怕的是他的眼睛,那双眼睛能发出如猞猁般锐利的目光。什么东西都躲不过他的双眼。他好像根本不用看就能发现一切。只要一进监狱的门,他马上就知道里面在干什么。因此,犯人们都叫他八只眼。他的手段并不高明,因为这样很容易激怒那些性格暴躁的犯人。和他相反,监狱的司令官有着良好的修养,非常理智,而且他会设法压制那位少校的暴力行为。因为他看到,以少校的残暴管理方式,定会招来厄运。我实在不明白这位少校最后怎么会安然无恙地从这里离开。他退役时还活得好好的，尽管被送上了军事法庭。

那位犯人听到叫自己名字时，顿时变得脸色惨白。后来，他勇敢地躺在那儿，一声不吭，镇静地承受着树条的抽打。刑罚结束后，他站起身，晃了几下。诚然他从没有被无故惩罚过。但是这次，他认定自己是无辜的。被叫去行刑时，他惨白着脸，静静地向卫兵走去。其实他早已悄悄在袖子里藏了一把鞋匠用的锥子。监狱里是禁止犯人随身携带锋利器具的。监狱官员会频繁地检查，每次检查都很细致，而且还会突击检查。一旦发现违规者，会给予严厉处罚。但是如果犯人决心要藏，就不会被轻易发现。再加上有些器具在监狱劳作中是必需的，即便被收走也不会被销毁。如果器具被收走了，犯人很快又会想方设法把新的弄到手。

这次行刑时，所有的犯人都拥到栅栏前，心怦怦直跳，透过缝隙向外张望。看来这次彼得罗夫不愿再挨打，那个少校的末日到了。但是关键时刻，事情出现了转机，少校突然坐马车离开，把行刑的事交给了一名手下。"是上帝救了他！"犯人们这样说道。后来彼得罗夫静静地接受完处罚，少校一离开，他的怒气也就没有了。一般来说，犯人们的屈服和顺从是有一定底限的，这个底限不能被超越。这种突然爆发的反抗和怒火是最不寻常的。有的犯人常年忍受着严酷的刑罚，却往往没来由地在一些小事上奋起反抗。这样的人可能会被当作疯子。确实如此，周围的人都会说他是个疯子。

如之前提到过的，在这么多年里，我从没有发现犯人们为自己的罪行感到任何后悔，甚至没有觉得任何不安。大部分犯人认为只要自己觉得怎么做是合理的，就可以去做。他们不在乎名誉，也不考虑良知。这种做法可能是由于过分自负，可能是受到了坏榜样的影响，可能是由于被欺骗，也可能是受到了不忠的羞辱。虽说这些心灵像是陷入了万劫不复的深渊，谁又能说自己真正听到了这些心灵深处的声音呢？谁又肯定他们的心不会被任何光照亮呢？这么多年里，我本应该在犯人中发现一些悔恨或道德煎熬的迹象，哪怕只是短暂的一瞬。但是肯定地说，丝毫没有。如果人心中已有成见，就不能去评判罪行。罪行本身远比人们所看到的要复杂很多。不管是监狱，还是施刑的壮汉，或是罚做苦役的制度都无法真正治愈一个罪犯。这些刑罚只是对他的一种处罚方式，是为了向社会宣告对其所犯罪行的严厉反对。监禁、法律、过量劳动对罪犯都没有任何实际效果，只会使他们生出更深的仇恨，让他们对被禁止的事情更加渴望，并且引发他们更强烈的反抗。我可以肯定地说，著名的分隔式监禁法貌似正确，实则不然，而且其结果具有很大的欺骗性。这种监禁削弱了囚犯的力量，耗尽其精力，使其决心动摇，内心恐惧，从而削弱其整个灵魂的活力。最后展现在人们面前的犯人看似是真心悔过和良好改造的典范，实际却成了一具干枯的木乃伊，一个半疯子。

　　反社会的罪犯痛恨社会，而且认为自己是对的。错的是社会，而不是他。而且，他不是已经接受处罚了吗？因此在他看来，自己已经被免除责任了。尽管存在不同意见，但是必须承认，有些犯罪无论在何时何地，无论在何种法律之下，都是名副其实的犯罪。只要人还是人，就确定这种犯罪是真正的犯罪。我只在这所监狱里，在犯人如孩子般天真无拘束的大笑之中，听过相关的最骇人听闻的、最残忍的罪行。

我永远不会忘记有这样一个弑父者。他原来是一个贵族，还是一名公职人员。由于他生活放荡，挥霍无度，令父亲极为痛心。于是老父亲竭尽全力规劝他，限制他，想把儿子从不归路上拉回来，然而只是徒劳。这个儿子背了很多债。他怀疑父亲除了有一座庄园，还存有一笔现金。于是，为了能更快地继承遗产，他杀死了父亲。直到一个月后，他的杀人罪行才被发现。这期间，他曾报警说父亲失踪了。而且还在继续过着挥霍放荡的日子。最后趁他不在的时候，警察在下水道里发现了老人的尸体。尸体衣着齐整，老父亲那颗白发稀疏的头颅被割了下来，放在躯体旁边，好像出于讥讽，凶手还在头颅下放了一个枕头。

这个年轻人拒不认罪。他被开除公职，剥夺了贵族特权，判处二十年苦役。从认识他开始，我发现他的精神状态非常好，也很快乐。虽然他绝不是傻瓜，却是我见过的最轻浮、最不会替别人着想的人。我从没有发现他有任何明显的残暴倾向。其他犯人都很鄙视他，并不是因为他犯的罪行，对他的罪行，人们没有提过任何问题，鄙视他是因为他毫无尊严。他有时会说起自己的父亲。例如有一天，他向人吹嘘自己的家族在身体健康方面有很好的遗传基因。他说："比如我的父亲，在他死之前从没有生过病。"

这种兽性般的冷血无情竟会达到如此地步，是最不寻常的，确实非常罕见。在这起案件中，这个年轻人肯定存在某种器质性的缺陷，某种迄今为止还没有被科学发现的身体上或精神上的缺陷，而不只是简单的犯罪。我自然并不相信会有这么残暴的犯罪。但是有一些和那个年轻人来自同一小镇的人非常清楚他的过去。他们向我讲述了关于他的事情。他们讲述的事实如此清晰，如果再不相信的话，那真是疯了。有一晚，犯人们听到他在梦中大叫："抓住他！抓住他！割下他的头，他的头，他的头！"

几乎所有的犯人都会在睡梦中大喊大叫，或者在睡梦中呈现出一种精神错乱的状态。辱骂、俚语词、刀子和短柄斧似乎总是出现在他们梦中。"我们被毁了！"他们会这样说，"我们的内脏被掏空了，所以我们才会在夜里尖叫。"

在这座监狱城堡里，我们从事繁重的劳动。这不同于普通的工作，而更像是一种义务。犯人们完成自己的任务，干满法律规定的小时数，然后再回到监狱。他们痛恨被放出监狱的这段时间。如果一个犯人不是出于自愿主动做一些工作，他是不可能撑过自己的监禁期的。

这么一群体格强壮，以前生活奢侈，而且还想继续奢侈地生活的人；这么一群被社会抛弃，然后被强行关到这里的人——这样的一群人，怎么可能像正常人一样生活？没有工作，没有合法财产和自然财产，人就不能生存。离开这些条件，人就会堕落，变成野兽。因此，出于自然需求和自保的本能，每个犯人都有自己的生意，或者说某种职业。

夏季，白天时间漫长，我们几乎一整天都在从事繁重的劳动。而晚上时间很短，只够用来睡觉。到了冬季，情况就不同了。根据规定，犯人们在天黑后就必须被关进牢房。在这些漫长又令人难过的夜晚，有什么可做的呢？于是，尽管外面看起来门窗紧锁，其实每座牢房都已悄悄变成了一个大车间。实际上在这里并没有严格禁止工作。但是却禁止使用工具。然而若没有工具，要想工作是明显不可能的。于是我们便秘密劳作，监狱管理者也就睁只眼闭只眼。很多犯人刚来时根本什么都不会干，后来他们从别的狱友那里学得一门手艺，成了出色的工匠。

我们中间有鞋匠、靴匠、裁缝、石匠、锁匠、镀金匠。有一个叫伊赛·布姆施泰因的犹太人，既是一名宝石匠，同时还是一名高利贷者。每个人都在做自己的工作，通过完成小镇上来的订单，挣得几个小钱。金钱是一种有形的能听见回声的自由。对一个被完全剥夺了真正自由的人来说，它的价值是不可估量的。如果口袋里有些钱，他就会多些安慰，即使这钱花不出去。但是一个人如果想花钱，就可以随时随地花出去。而且越被禁止，就越想做到。正所谓禁果双倍甜。在监狱里，犯人们经常可以买到酒。即使吸烟被严厉禁止，每个人也都能吸到烟。金钱和烟草把犯人们从卑鄙中解救出来，就像工作把他们从犯罪中解救出来一样。因为如果没有工作，他们就会互相内斗，就像被封在瓶子里的蜘蛛一样。在这里，工作和金钱都是同样被禁止的。监狱官员经常在晚上进行严格的检查。一旦发现犯人私藏任何违禁品，一律没收。不管犯人们把钱藏得多隐蔽，有时还是会被发现。

正因如此，犯人们不会把钱存很长时间，而是尽快把钱换成酒。这就解释了为什么酒会渗透到监狱里。这些违规者一旦被发现，不但藏的东西被没收，还会遭受残酷的鞭打。每次检查过后，犯人们很快又会设法获得被没收的东西，于是一切照旧进行。监狱官员对这些事了解得很清楚。虽然犯人们的处境很像维苏威火山①附近的居民，时刻担心会有灾难降临，有时也会因为这些小过失遭受惩罚，但他们从没有抱怨过。

那些不会做任何手工的犯人就着手去做各种生意。在这里出现了很多新的买卖模式。犯人之间会转手各种东西。在不了解的人看来，犯人们买卖这些东西，而且把这些东西赋予价值简直不可思议。在这里，哪怕一丁点儿的破布也有它的价值，而且可以被利用起来。结果，在物质缺乏的犯人眼中看来，金钱的价值远远超过其实际价值。

有些犯人经过长时间的艰苦工作，有时甚至需要很复杂的工艺，才能挣来几戈比。其中有几个犯人拿这些钱以一周为周期向别人放贷，把生意做得很好。有的破产的犯人把自己仅有的为数不多的几件东西抵押给高利贷者，以换取几个戈比，而且要承受高额利息。如果借贷人到期无力把抵押的东西赎回，放贷人就毫不留情地把东西拍卖掉，不会有片刻延迟。

高利贷生意在监狱里非常兴盛。放贷人甚至会接受亚麻布和皮靴等属于政府的东西作为抵押物，这些东西可是极紧俏的物资。一旦放

---

① 维苏威火山是位于意大利南部那不勒斯附近的活火山。

贷人接受了这类抵押物，事情就可能出现意想不到的转折。抵押人一把钱拿到手就去监狱里的官员——一位上士那里告密，说有人藏匿属于政府的东西。结果，放贷人收到的抵押物全部被收走。这一操作甚至不用向上级管理机构提出正式申请。奇怪的是，放贷人和抵押人从不会因此争吵。放贷人沉默着，很郁闷地把东西交出来，好像他早就料到会有这一刻。有时，他自己承认，如果处于对方的位置，自己大概也会这样做。因此，在归还赃物后，如果他觉得自己受到了侮辱，多半不是出于怨恨，而是由于良心上的愧疚。

犯人们互相盗取东西，而且毫不知耻。每个犯人都有自己的小箱子，用挂锁锁着，里面存放着监狱管理机构交托给他的东西。尽管这些箱子是监狱批准的，但仍然挡不住有人偷偷把它打开。看到这里，读者很容易就能想象出犯人之中有何等高明的窃贼。曾有一个和我真心交好的犯人——这样说毫不夸张——偷走了我的《圣经》，这是在监狱里唯一允许读的书。后来，他在偷书的当天就把这件事告诉了我。他说之所以告诉我，不是由于后悔了，而是因为看到我到处找书觉得同情我。

狱友中还有几个卖酒的"酒贩子"，因这桩生意而变得相当有钱。我后面会进一步阐述这个话题，因为监狱中的酒类买卖值得专门研究。

很多犯人因为走私被流放到这里。这就解释了在如此严格的监视下，酒是如何被秘密偷运进监狱的。值得注意的是走私与一般的犯罪行为不同。你相信对走私者来说，金钱收益只是次要的吗？然而这却是事实。走私者做这件事更多的是出于职业习惯。他觉得自己做这件事就像诗人完成一首诗。他倾其所有去冒险,要考虑如何应付危险,如何秘密策划,如何摆脱困境,然后一步步达到自己期望的目的。实现目标的这一系列过程,就像灵感指引的过程。他也为此感受到极大的激情,就像比赛中那样强烈的激情。

我认识一个大块头儿的犯人,他看起来非常的温顺、谦和。我们经常讨论他是为何被流放到这里的。他性格平和、友善,在整个服刑期,从未与别人吵过架。他出生在俄国西部,居住于边境地区,因走私被流放到这里做苦役。在监狱里,他又燃起了走私酒的欲望。没有人知道他因此被处罚过多少次。只有天知道他到底怕不怕监狱官手中的棍棒。他从这桩冒险的生意中只获得了很微薄的收益。真正发财的是利用他的投机商,每次他被处罚的时候,都哭得像一个老妇人那样伤心,并且向所有神圣发誓再也不会做这种事了。这样的誓言,他只能遵守一个月,然后又一次向心中的欲望屈服。多亏了这些爱好走私的人,监狱里才能一直有酒喝。

另外一项收入,虽不会使犯人们变得富有,但也一直为犯人们所用,且带来一定的好处,这就是施舍。俄国的上层社会不知道商人、店主以及其他普通人对这些"不幸的人"[①]有多么同情。施舍一直都有,一般都是给小白面包,偶尔也会给钱。如果没有施舍,这些本就吃得很糟糕的犯人们生活会更加痛苦。得到的施舍会在所有犯人之间平

[①] 俄国的农民阶级对被判罚苦役的人,对被流放的人的称呼。

分。如果面包量不够，那么每块小白面包就会被一分为二，有时会分成六块，这样每个犯人都可以分到一些。我还记得自己第一次得到的施舍，一点点钱。那是刚来这里不久的一天早上，我结束劳动，在一名卫兵的看守下返回时，在路上遇到了一位母亲和她的女儿。那个小女孩十岁，漂亮得像天使。我之前就曾见过她们一次。

那位母亲是一名士兵的遗孀。那个可怜的士兵，年纪轻轻就被军事法庭判了刑，后来死在了监狱的医院里。当时我就在那里。母女俩来向他告别时伤心痛哭。这次，小女孩看到我时脸红了，然后凑近母亲耳边悄声说了几句话。母亲停下来，从篮子里取出一个戈比，交给小女孩。小女孩追上我。

"可怜的人，"她说道，"把这个拿去吧，愿上帝保佑你。"她把钱放进我的手中，我接了过来，于是小女孩愉快地回到母亲身边。后来，我一直珍藏着这枚硬币。

第二章 最初印象

我在监狱里度过的最初几周，也就是刑期刚开始的那段时间，在我脑海中留下了深刻的印象。而之后那漫长的日子，只留给我一个笼统且模糊的印象，甚至有些部分已经完全从我的记忆里抹去了。这漫长的岁月，每每回忆起来，都是同样的感觉：痛苦、单调、令人窒息。而初到监狱时经历的那些事情好像昨天才刚刚发生过。

最先让我感到震惊的是，我发现监狱里的生活每天都千篇一律，没有什么意料之外的特殊事情出现。过了一段时间我才发现，原来监狱中竟会发生这么多未曾预料的不寻常之事。这一发现令我大为惊讶。这种惊讶的感觉在整个刑期中一直伴随着我。我无法与这样的生活和解。

首先，我刚来时对这里有一种深深的厌恶。但奇怪的是，这里的生活却并没有我在来时路上所想象的那般痛苦。虽然犯人们戴着镣铐不免尴尬，但是他们却可以在监狱里自由走动。他们互相辱骂、唱歌、劳动、吸烟、喝酒。喝酒时丑态百出。此外，晚上还会有固定的牌场。监狱的劳动对我来说好像并不是特别难熬。我觉得这苦役也并没有多么"苦"。直到很久之后,我才明白为什么说这苦役繁重。其实并非劳动本身有多辛苦,而是因为这劳动是强制的。犯人们完全是因为害怕受棍棒之苦才会劳动。说起干活,农民比犯人要辛苦得多。例如在夏季,农民昼夜不休地整日劳作。但是,农民这么辛苦是为了自己能有更多收益。由于是为自己的目标努力,所以农民不会觉得多么辛苦。但是犯人则不同,犯人辛苦劳动却得不到任何利益,自然会觉得更辛苦。有一次我突然冒出这样的念头:如果想彻底磨灭一个人——那就给他最残酷的惩罚,这惩罚能让最强硬的杀人犯闻之发抖——那就让他重复一种毫无意义的,甚至荒唐的工作。

犯人们做的苦役,虽然不会给自己带来利益,但那劳动本身也是有用的。犯人们在这里制砖、挖土、修建房屋。这些工作都是有意义、有目的的。有时,甚至也有犯人会对这些劳动产生兴趣,然后希望自己能做得更熟练,进而也会对自己更有利。但是如果强制他把水从一个容器倒入另一个容器,或是把一堆土从一个地方运到另一个地方,然后马上再让他把水倒回原来的容器,或把土运回原来的地方,如此反复,那么我相信,几天后犯人宁愿把自己吊死,或宁愿犯一千次死罪,也不愿活在这样的绝望中,遭受如此折磨。很明显,这样的处罚更像是一种折磨,一种残酷的报复,而不是合理的惩罚。而且这种处罚方式也极其荒唐,因为它永远无止无休。

我是冬天十二月份来到监狱的。那时没有什么重要劳动可做。据说夏天的劳动强度是冬天的五倍,我无法想象那是什么情形。冬季,犯人们在额尔齐斯河上拆卸政府的旧驳船、在车间里做工、清理暴风吹来的靠墙堆积的雪、清理焚烧过的和捣碎的雪花石膏。因为冬日里白天时间很短，劳动早早就停了。然后犯人们便返回监狱。回来后就无事可做了，除了犯人们主动找些额外的工作来做。

在牢房里干私活的犯人最多只有三分之一。其余的犯人无所事事，只能打发时间。他们漫无目的地在牢房里游来荡去，互相算计、辱骂。也有些犯人手里有几个钱，有的用钱买酒，喝得大醉，有的拿钱赌博，输个精光。犯人们之所以这样，都是因为闲散、厌倦、想找点儿事做。

后来，我逐渐了解到在远离自由和法律的监狱里还有一种最令人痛苦的折磨，这就是"强制共居"。无论何时何地，与他人共居在一定程度上都是被迫的。但是这种情况在监狱里是最恐怖的。在监狱里总有这样一些人，谁都不愿意与其共居。我确信每个犯人都受过这种折磨，只不过有些是无意识的而已。

犯人们吃的食物在我看来还过得去。有人说这里的食物比俄国其他监狱要好很多。这一点我无法证实，因为我从没有进过其他监狱。此外，我们监狱里有很多犯人可以获取自己想要的任何营养品。因为鲜肉每磅只需三戈比，所以那些手头有钱的犯人就可以享受这份奢侈。而大部分犯人吃的都是固定的伙食。

犯人们夸赞监狱里的食物好，其实他们说的只是面包。面包是按屋分配的，即每个屋里可以分得一定量的面包。而不是给每个人单独按量分的。如果是后面这种分配方法，最少有三分之一的犯人会一直挨饿。所以大家对正在施行的办法都很满意。我们的面包特别好吃，甚至在小镇上都很有名。面包的品质好，主要是因为监狱里的烤炉建得好。另外，吃的卷心菜汤里加入了面粉，使得汤汁更浓稠。但是这汤看着让人引不起食欲。在劳动的日子里，这汤完全就是清汤寡水。最让我作呕的，我被其中大量的蟑螂吓坏了。但是犯人们却对此毫不在乎。

我刚来的前三天没有去劳动。对新来的囚犯，监狱通常都会给一些喘息的时间，以缓解他们在旅途上的劳累。第二天我就必须走出牢房了，因为要去上镣铐。我的镣铐与规定的样式不同。听其他犯人说，我的那种镣铐是由一个个圆环组成的，人一走动便会发出响亮的声音。这镣铐要戴在衣服外面。但是其他犯人的不同，他们的可以穿在裤子下面。那种镣铐不是由圆环组成的，而是由四根手指粗的铁条做成。铁条用三个链环连接固定。中间的链环上系着一段皮带，这段皮带再连接到衬衫外面的腰带上。

我在监狱度过的第一个早上的情形现在仍历历在目。那天早上，一阵鼓声从监狱主入口旁边的警卫室里传来。十分钟后，狱官打开了牢房的门。门开的一刹那，一股冷风跟着钻了进来。犯人们一个接一个地醒来，借着油脂蜡烛昏暗的光，浑身哆嗦着从床板上起身。每个人的脸都是阴郁的。前额上的烙印醒目地凸显着。他们一边打着哈欠一边伸懒腰。有些人在胸前画着十字，有些人在胡乱地说着什么。接下来犯人们一个接一个快步走到几桶水前面，拿着水瓢，把水喝到嘴里，然后再吐到手里，用来洗脸。这些水是由一个犯人在前一天晚上提进来的。按照规定，这个犯人被指定负责清扫牢房。

这名负责清扫的犯人是大家选出来的。他不和别人一起出去劳动。他的主要工作就是负责营床和地面卫生,以及打水。这些水除了早上用来漱洗,剩下的还要供一天的饮用。

那天早上,犯人们因为一桶水争论起来。

"你那烙了印的额头在那儿干什么呢?"一个高个子,脸色干枯蜡黄的犯人咕哝道。

他头骨上几处奇怪的突起吸引了大家的注意。他正用手推搡着另一个又矮又胖、脸色红润的犯人:"等着!"

"你说什么?要知道,在我们这里住下①是要花钱的。快闪开。兄弟,别像座雕像似的在这儿站着!我的意思是,一点儿都不像!"

他的俏皮话产生了一点儿效果,很多人都笑了起来。这正是那个快乐的胖子要的效果,他显然自愿在牢房中扮演一个小丑的角色。

高个子囚犯以最轻蔑的目光看着他,仿佛在自言自语:"一个木雕似的肥婆!"他继续嘀咕着,"看看,监狱里的白面包都把他养肥了。很高兴,到开斋节能产下十二只小猪崽了!"

最后,胖子发怒了:"你算个什么鸟?对,没错,一只鸟,就是一只鸟!"

"什么样的鸟?"

"这样的鸟!"

"这样的是什么样的?"

---

① 俄语词汇 постой 兼有"等着"和"住下"两个意思。胖子在故意打趣对方。

"一句话，这样的！"

"到底什么样的？"

两个人狠狠地盯着对方。那个小个子男人，好像要讨个说法，他攥紧了拳头，一副要动手的架势。我心里暗想，这两个人怕是要打起来了。我还从没见过这样的情景，于是便好奇地看着。后来我才了解到，原来这种吵架都是没有恶意的，而更像是在逗趣。就像在演一出喜剧一样，是为了让所有人都能开心一下，很少会闹到大打出手。这一切都是相当典型的，反映了监狱里的特色。

高个子犯人镇静地站着，一副不可一世的样子。他意识到如果不想丢脸的话，就必须做出点儿表示，好让别人知道他确实是一只鸟。于是，他回过头来上下扫视那个小个子男人，眼神里满是轻蔑，就像在看一条小虫子似的，并且缓慢而清晰地说道："大王！"

他的意思是说，自己是鸟中之王。听众对这位囚犯的机敏不禁报以哄堂大笑。

"你就是个无赖，可不是什么大王！"这下胖子被彻底激怒了。如果不是别的犯人害怕事情闹大，围在他们两个中间，他恨不得扑上去狠狠地撕打对方。

但就在争吵变得激烈的时候，大伙儿便立刻加以制止。

"能动手就别吵吵！免得喊破了喉咙！"一个在角落里观战的人叫道。

"不行，按住他们，"另一个声音说，"他们要打起来了。这儿都是些爱惹是生非的，给他们点儿厉害瞧瞧，我们一个就能按住他们七个!"

这两个都不是省油的灯。一个进监狱是因为偷拿了一磅面包。另一个家伙则是因为偷了一位村妇的酸牛奶而挨了一顿鞭子。

"够了,都闭嘴。"一个残疾军人大叫道,他是负责维持牢房的秩序的。他单独睡在房间角落里的一张木板床上。

"拿水,给涅瓦利德·彼得罗维奇拿水来,快拿水给这位刚睡醒的小兄弟。"

"兄弟?我是你兄弟吗?我们在一起喝过一卢布的酒吗?"那位残疾军人一边把胳膊伸进大衣的袖子里,一边嘀咕着。

时间不早了,快点名了。犯人们穿上短皮袄,赶紧向厨房奔去。厨房里有一名厨师——就是一名面包师——负责给大家分发面包。犯人们把到手的面包装在那顶用双色布拼成的帽子里。在厨房里做工的厨师和负责清扫牢房的犯人一样,都是大家选出来的。厨房里选了两人,整个监狱共选了四人。在监狱里,只有厨师有权使用唯一的一把餐刀来切面包和肉。在厨房的桌子前,头戴囚帽、身穿皮衣、腰系皮带的犯人们分组坐好,准备进餐。有的犯人面前摆着一木碗格瓦斯。他们把面包撕成小块泡到格瓦斯里。进餐时整个厨房里一片嘈杂。也有很多犯人聚在角落里,不紧不慢地小声聊着。

"早上好,安东内奇神父,您今天胃口不错。"一个年轻犯人在一位老人旁边坐下,和老人打招呼。那老人的牙已经掉光了。

"别拿我开心了,早上好。"老人头也没抬地说。他正在用光光的牙床努力咀嚼面包。

"老实说，我还以为你已经死掉了呢，安东内奇。"

"你先死，我跟在你后头。"

我在他们旁边坐下。我的右边坐着两个犯人，认真地交谈着。显然，他们都想在对方面前逞能。

"我是不太可能被人偷的，"其中一个人说，"老弟，我呀，搞不好倒是我偷别人的。"

"哼，我的东西也不是随便拿的！我可是不好惹的。"

"可是你能怎么样呢，别忘了，你只是个犯人。除此之外，我们什么都不是。你知道她会抢你的东西，那个浑蛋，一句'谢谢'都没有。我给她的钱都白白浪费了。想想她不过刚来了几天而已。我们能去哪里呢？要不我看看能不能去行刑官西奥多的房子里？他在郊外有座房子，是从一个叫所罗门的人手里买过来的，就是不久前刚刚上吊自杀的那个卑鄙犹太人。"

"我知道他，他三年前在这里卖酒，就是那个地下酒馆。绰号叫格里什卡。我知道你不知道，那是家黑店！"

"我知道。"

"吹牛。你根本不知道。根本就是另一家酒馆。"

"你说另一家是什么意思？你知道的真多。我可以找很多证人来。"

"好，你去找吧！你是从哪儿来的，而我是哪儿的人？"

"哪儿的？我已经揍过你很多次了，我是不想在别人面前吹嘘。你就别再炫耀了。"

"你揍我？能揍我的人还没有出生呢。揍过我的人现在已经长眠于地下了。"

"那个染瘟疫的本德？"

"等着瞧，西伯利亚的麻风病会使你的皮肤一点点烂掉，让你体无完肤。"

"还是你等着吧，土耳其的军刀会跟你说话的！"

接着，两个人破口大骂。

"看，他们要打起来了。如果管不住自己，最好还是少说话。他们昏了头了，他们就不该来这儿吃白面包。这些流氓！"

他们很快就被人分开了。他们可以尽情地打嘴仗，这是允许的。每个人都可以把这作为一种消遣。但是打架是不允许的。只有在极端的情况下，人们才会真正动手。如果发生了打架事件，消息会报告给少校。少校随即会命人去询问情况，有时他也会亲自去问。然后打架的犯人就有麻烦了。他们吵架时冷脸相向，好像吵得很凶，互相辱骂，却更像是在借此打发时间、练嘴皮子。他们情绪变得激动，吵得也越来越激烈，恨不得杀死对方。实际上这种事是不会发生的。往往他们的愤怒达到一定程度后，就会被人分开。

这个发现让我非常吃惊。我在这里讲述犯人们之间的对话，也是为了把这个奇特的现象说出来。在这之前，我怎能想到竟然有人会以互相辱骂为乐？要知道虚荣心能给人带来极大的满足。如果能像辩论家一样侃侃而谈，极具艺术性地讽刺羞辱别人，会让人刮目相看。若能表现得更精彩些，就会像演员一样收获大片掌声。

前一天晚上，我注意到有人时不时地向我这边瞥。还有几个犯人在我旁边徘徊，好像猜测我身上带了钱。为了博得我的欢心，他们告诉我怎样戴镣铐可以使行动更方便。他们还给了我一个带锁的箱子，当然是要钱的，让我安全存放监狱发给我的东西以及我自己带来的几件衬衫。还是这些人第二天早上就把我的箱子偷了，用偷去的钱买了酒喝。

他们中有一个人，只要一逮到合适的机会，就会偷我的东西。尽管如此，他后来还是成了我的好朋友。他也为自己这样做感到苦恼。他偷东西几乎是下意识的，就像去做一件必须完成的事。了解这些以后，我对他没有任何怨恨。

犯人们告诉我可以在监狱里喝茶，我最好能弄到一个茶壶。后来，他们不知从哪儿给我找来一个，我付租金给他们，租了很长时间。他们还给我推荐了一个厨师。如果我想自己买食品、开小灶，只要每月付三十戈比，厨师就可以按我的喜好做饭。当然他们也会向我借钱。我来的第一天，他们就向我借了三次。

监狱里有些犯人以前是贵族，现在失去了尊贵的身份。虽然同样失去了公民权利，但是其他犯人并不把他们当成一伙人，甚至对他们极不友好。犯人们对这些贵族有一种本能的排斥。他们有自己的理由。在他们眼里，我们一直是贵族，虽然他们经常嘲笑现在的我们如何落魄。

"啊！现在可不同以前了。以前在莫斯科，彼得的马车能把路人轧扁。看看现在，彼得在搓麻绳！"类似的风凉话层出不穷。

虽然我们尽力隐藏身心所受的折磨，但还是很容易被他们发现。尤其是和这些犯人一起劳动的时候，我们就有得受了。因为我们力气小，帮不上太大的忙。要想取得普通人的信任是最难的，尤其是监狱里这些人！

在整个监狱里，贵族出身的犯人并不多。其中有五个波兰人，后面我还会详细讲到这几个人，他们好像比俄国贵族更招人嫌恶。这些波兰人，我说的只是政治犯，总是对其他犯人表现出一种过分节制的礼貌。他们很少和周围人交谈，也毫不掩饰对周围人的厌恶。犯人们心里对这些很清楚，于是就用自己的方式反击。

直到两年后，我才取得这些狱友的好感。他们当中的大部分都喜欢与我接近，觉得我是个"好人"。

监狱里算上我一共有五个俄国贵族。其中一个，我在来之前就听说过。据说这个人卑鄙恶劣，极其堕落，做的是间谍密探之类的工作。因此，从第一天开始我就拒绝与他发生任何联系。第二个就是那个弑父者，我在之前的讲述中曾提到过。第三个是阿基梅奇。我以前从没见过像他这样的怪人。现在我仍然对他有很清晰的印象。

阿基梅奇高个子，很瘦，优柔寡断，十分无知。他好争辩，而且过分讲究细节，在这一点上很像德国人。犯人们经常嘲笑他，但是又怕他，因为他性格敏感，易激动，而且好争论。他一来到这里就把自己看成和别的犯人一样。他有时也会辱骂他们，殴打他们。他的诚实是罕有的，注意到不公正的事情，就立刻干预，无论这件事是否跟他有关。他天真到了极点，例如他和犯人们吵架，斥责他们偷过东西，然后又非常真诚地劝告他们以后别再偷了。我第一天来就和他成了朋友，于是他向我讲述了自己的"事迹"。他以前是高加索地区的一名中尉。刚开始在一个步兵团里做军官学生。一段时间后，他被任命为中尉，并被派到山区掌管一个小的军营。在这片山区，有一个归顺的部落头领向他们的军营放火，并进行偷袭，但是没有成功。

阿基梅奇非常狡猾。他装作不知道是那个头领发动的偷袭，把偷袭的事归到流散在山区里的叛乱者头上。一个月后，他非常友好地邀请头领来军营。头领骑马来见他，丝毫没有怀疑。头领来了之后，阿基梅奇召集手下的士兵列队，并向士兵们通告了这位头领的叛国行径。他斥责了他的所作所为，声称向军营放火是一项可耻的罪行，并详细地列举了作为一个归顺的头领应尽的义务。他一番慷慨陈词之后把他给枪毙了。随后，他立即向上级军官报告了自己对头领的处决，并讲述了必要的细节。之后，阿基梅奇被带到军事法庭接受审判，被判处死刑。但是后来他被减刑，被流放到西伯利亚做二等囚犯——即在监狱城堡接受十二年的苦役和监禁。他主动承认自己的行为是违法的，他告诉我，他在枪毙那个头领之前就知道这一点，也知道头领必须按照法律接受审判。尽管他知道得一清二楚，却似乎怎么也不能真正理解自己的行为是犯罪。

"他烧了我的军营，我要怎么做？难道我还要感谢他吗？"面对我的异议，他这样回答。

尽管犯人们故意嘲笑阿基梅奇愚蠢，但他们还是很尊重他，因为他不仅聪明，而且很严谨。他几乎会所有的手艺，能做出人们想要的各种东西。他是鞋匠、靴匠、油漆匠、雕刻匠、镀金匠、锁匠。他这些才能都是在监狱里学得的，他只要看上一眼就能做出来。他在小镇上卖篮子、灯笼、玩具。或者说他是被安排去卖这些东西的，因此，他总是有钱花。他用钱买额外的衬衫、一个软枕头等各种东西。他还给自己做了一个折叠式床垫。他和我睡在同一间屋里，在我刚来的时候，给了我很多帮助。

每天离开监狱出去工作之前，犯人们都要在警卫室前排成两列，四周围着一圈卫兵，手里端着上膛的枪。接着会来一名工程技术军官，跟着一名专业军官助理还有一些负责监工的士兵。专业军官清点犯人数目，然后把他们分组派往不同的做工地点。

我和一些犯人一起来到工程车间。那是一座低矮的石头建筑，坐落在一个堆满各种材料的大院子中间。这里有锻造车间、木匠车间、锁匠车间、油漆车间。阿基梅奇被分到了油漆车间。他把阿利芙油①熬制成清漆，调和颜色，再刷在桌子等用仿胡桃木材料做的各种家具上。

在等着狱官给我戴上新镣铐的间歇，我和他谈起了自己对监狱的第一印象。

"是的，"他说，"他们的确不喜欢贵族，尤其是那些贵族政治犯。他们故意伤害这些政治犯的感情，并以此为乐。这不是很容易理解吗？我们和他们不是一类人，他们看不惯我们。他们以前大都是农奴

---

① 加干燥剂熬制的亚麻油（干性油），以制造油性颜料。

或士兵。你说他们怎么会同情我们。这里的生活是很艰苦，但是和俄国的惩戒连比起来，实在算不上什么。那里才是真正的地狱。我们这就有从那里出来的人，他们对我们的监狱赞不绝口，好像他们从地狱来到了天堂。不是说那里的劳动更艰苦，那里的管理机构不像我们这里完全是军事化的。那里对待一等囚犯的方式跟我们很不一样。我没有见过，只是听说他们那里都是一个个小房间，他们不用穿囚服，不用剃头。其实我倒觉得穿囚服和剃头也不是完全不好。最起码显得整齐，看起来也更舒服，可这里的人就是不喜欢。您就看看吧，这都是一群什么样的乌合之众哪，先生！一个是州长，一个是切尔卡西亚人，一个是分裂主义者，第四个是把亲爱的孩子扔在家里的东正教农民，第五个是犹太人，第六个是吉卜赛人，第七个是谁也不知道的人，这么多形形色色的人住在一起，在一个锅里吃饭，在一张大通铺上睡觉。没有一刻自由，没有任何娱乐，想多吃一片面包也只能偷偷摸摸，每一枚硬币都必须藏在靴子里。放眼望去到处是监狱，除了监狱还是监狱！人不由自主地就会产生各种疯狂的念头。"

他说的这些我都已经知道了。我急切地想从他那了解管理监狱的少校的情况。他没有隐瞒，把自己知道的都说了出来。他的故事让我对那位少校产生了很不好的印象。

我在这位军官的管辖下过了两年。阿基梅奇告诉我的所有关于他的事都是真的。这个人滥用权威，十分恶毒，残暴无比，因为他对监狱里的两百多名犯人拥有绝对的权力。他本人是一个不守规矩的，凶残邪恶的人。他犯的第一个同时也非常严重的错误，就是把犯人看作自己的敌人。他原本突出的才能,甚至包括自身的优良品质,都被自己放纵恶毒的手段给毁了。有时候,他会在夜里突然来到牢房。他的出现就像平地投下一枚炸弹。如果发现有犯人平躺着睡或是面向左侧睡,他会立刻把犯人叫醒:"必须按我说的方式睡!"犯人们对他又厌恨又害怕,看见他就像见了瘟疫一样。他那张令人厌恶的暗红的脸,让人一看就忍不住发抖。我们都知道这位少校完全被他的仆人费季卡玩弄于股掌中。我们还知道他有一只狗叫特雷索卡,这只狗生病时,他差点儿疯掉,哭个不停。这只狗就像他的亲儿子一样。

他赶走了一个兽医,按照他的脾气,差点儿跟人家打起来。费季卡告诉他监狱里有一个犯人,自学了一些兽医知识,医术很不错。于是少校立刻派人把那个犯人叫来,对他说:"我把狗交给你照顾。如果你把特雷索卡治好了,我会重重有赏。"那个犯人是一个西伯利亚农民,人很聪明,而且确实是一个很好的兽医,但是这个农民骨子里十分奸诈。那件事情过去很久之后,人们都忘记了这件事,他向狱友讲述了事情的经过。

"我进去后看到了那只狗,它正躺在沙发上,头枕在一个白色垫子上。我一眼就看出它有了炎症,需要放血治疗。我觉得自己可以治好它。但是我又转念一想,万一我没治好,狗死了怎么办?肯定都得算在我头上。于是我就对他说:'长官,你叫我来得太晚了。如果我昨天或前天来,它现在就能好了。但是现在我也无能为力。恐怕它只能死掉了。'后来特雷索卡就死了。"

有一天,我听人说有个犯人曾计划杀掉这名少校。这个犯人看起来一直都很温顺,而且沉默寡言。还有人觉得他有些精神不正常。因为有点儿文化,他经常在夜里读《圣经》。每天晚上别人都入睡后,他悄悄爬起来,走到炉子旁,点燃一支教堂用的细蜡烛,打开福音书,然后静静地读起来。他这样整整持续了一年。

一个晴朗的早晨,犯人们又列队等待出去劳动。他突然从队伍里出来,说自己不想去劳动。消息报告给少校。少校暴怒,很快赶到牢房。那个犯人冲出来,猛地把一块砖头向少校扔去,但是没有打中少校。后来那个犯人被抓了起来,接受审讯,还被鞭打,这些都像一瞬间发生的事。随后他被送往医院,三天后死在了那里。在死前最后一刻,他说自己谁也不恨,还说自己愿意接受苦难。他不是任何教派的狂热分子。后来,每当人们在监狱里提起他的时候,都肃然起敬。

终于,狱官给我戴上了新的镣铐。在镣铐焊接的时候,卖面包的年轻女子一个接一个地来到锻造车间。她们中多半是小女孩,带着母亲做好的面包来这里卖。这些女孩长大后仍会来到我们中间,只是那时不再带着面包。在做工的地方,经常会看到这样的女人,其中还有些是已婚女人。两个面包卖一戈比。犯人们把面包全都买了下来。我注意到一个做木工的犯人,他的头发花白,红润的脸上带着笑容。他会和那些卖面包的女子开玩笑。在她们来之前,这个男人把一块红色手帕系在脖子上。一个脸上长满麻点儿的胖女人走过来,把装面包的大木盘放在木匠桌上,同他交谈起来。

"你昨天怎么没来?"那个犯人问道,脸上带着得意的笑容。

"我来了,我还听到有人叫你米季卡来着。"那个女人大胆地说。

"是的，我们被叫去干活了。不然我们应该一直待在这儿的。前天你们的人都来找我了。"

"都是谁来了？"

"怎么，你不知道吗？就是玛利亚什卡、卡瓦拉什卡、切昆达、四戈比女人来过。"

"什么？"听到这里，我向阿基梅奇问道，"他们竟然……？"

"是的，这种事有时候会发生。"他说着垂下了眼睛，因为他是个正派的人。

是的，是有这种事，但是很少。要想做成的话，会面临很大的困难。所以犯人们更喜欢把钱用来喝酒。想和这些女人见面事先要安排好地点和时间，然后再安排见面。要找一处僻静的地方，最难的是要得到卫兵的默许，这几乎是不可能的，所以要花一大笔钱进行打点。但是，我偶尔也见过他们搞在一起的情景。那是一个夏天，我们三个犯人在额尔齐斯河边一个板棚里把焙烧炉生得很旺。看守的卫兵是几个脾气很好的人。过了一会，两个被犯人们称为"提示者"的女人走了过来。

"你们在哪待了这么长时间？"一个犯人问道，他显然早就在等着她们的出现。"你们是被扣留在维尔科夫那里了吗？"

"我待的时间长吗？刚才一只喜鹊在木橛子上蹲了一会儿，比我待在他家里的时间还长呢"其中一个女人愉快地回答道。

她是世界上最下流的女人。她叫切昆达，是和另一个朋友一起来的，就是前面说过的"四戈比"，这一个更是无法用语言描述。

"好久没看到你了。"色鬼向"四戈比"献殷勤,"你看起来好像瘦了。"

"可能吧。我以前长得又好看又圆润,可是看看我现在,瘦得像根针。"

"你现在还是跟在那些士兵屁股后面吗?"

"都是一些坏人在胡说八道。不过话说回来,就是把我打死,我也要说我就是喜欢兵哥哥。"

"不要再提那些士兵了。应该喜欢我们才对,我们有钱。"

想想这个献殷勤的男人是什么样子,剃着奇怪的头,脚踝上戴着镣铐,身上穿着两种颜色拼成的衣服,还被卫兵看守着。

要回监狱了,我的镣铐已经戴好。我向阿基梅奇告别,在一名卫兵的看守下回到监狱。那些做苦工的犯人已经先回来了,我回到牢房的时候,里面已经有很多人了。让犯人努力工作的唯一方法是给他规定一个工作量。这些工作量有时很大,但他们完成的速度仍然比被迫工作到敲午饭鼓时要快一倍。完成之后,犯人们就可以毫无阻碍地回去了,没人会去阻止他们。

由于厨房不能容纳整个牢房的犯人同时就餐,我们是分开就餐的。先回来的犯人就先去吃饭。我尝了一下那卷心菜汤,感觉不习惯,吃不下去,于是就给自己沏了一杯茶。我在桌子的一端坐下,和另一个出身贵族的犯人坐在一起。犯人们进进出出,由于厨房里的人并不多,所以也没有人争抢位置。有五个犯人远远地坐在另一张桌子上。厨师给他们每人盛了满满的两碗汤,又给他们端来一小盆炸鱼。

这些人好像在庆祝什么。他们斜眼看着我们。有个波兰人走了进来，坐在我们这边。

"虽然我还没回来，但我什么都知道。"这时一个高个子犯人走进来，环视着在场的人，大声说道。

他大概五十岁，身型较瘦，但是看起来很强壮。他的脸上透着狡黠而又愉快的表情。他的下唇肥厚，向下耷拉着，使他看起来十分滑稽。

"你们睡得不错吧？怎么不向我问好呢？库尔斯克的朋友们。"他说着，坐在那五个吃大餐的犯人旁边，"胃口不错呀！不请新朋友一起吃吗？"

"我们不是从库尔斯克来的。"

"那么我猜就是坦波夫的朋友了。"

"我们也不是从坦波夫来的。你别和我们硬扯关系。如果你是想大吃一顿，去找那个有钱的农民朋友吧。"

"已经饿得前胸贴后背了。你们说的有钱的农民朋友在哪里？"

"天哪！我们说的有钱人就是卡津，去找他吧。"

"卡津今天在喝酒，兄弟们，他又要喝得烂醉了，他要把钱都喝光。"

"他最少有20卢布，"另一个犯人说道，"卖酒可是很赚钱的。"

"你们不同意我加入吗？那我只能吃公家的饭菜了。"

"你想喝茶吗？如果想喝的话，就去向那边的贵族们要一些。"

"你在那里看到有贵族？他们早就不是贵族了。他们现在跟我们一样了。"一个低沉的声音从角落里传来。那里坐着一个犯人,在这之前他没有说过一句话。

"我当然想喝杯茶,但是我不好意思去要。我可是有自尊的。"那个厚嘴唇的犯人看着我说道,表情里透着几分幽默。

"如果你想喝的话,我可以给你一些,"我说,"你要吗?"

"你说什么?我要吗?谁会不要呢!"他说着,向着我们的桌子走过来。

"想想看,没入狱之前他只能用草鞋盛菜汤喝,但是现在在监狱里,他就要喝老爷的茶呢。"坐在角落里的犯人继续用低沉的声音说道。

"这里的人都不喝茶吗?"我问道。但他没有回答,可能觉得没必要回答我。

"这不,有人带着面包来了。您再赏他一个面包吧!"

一个年轻的犯人用网篮提着许多面包进来,想在监狱里售卖。他每卖出九个,面包师就给他一个作为酬劳。准确地说,这些面包能不能卖出去,决定了他能不能吃到饭。

"卖面包,卖面包,"他进入厨房后,继续叫卖,"莫斯科的面包,刚出炉的热面包。其实我想把这些面包全部吃掉,但是我需要钱,很多很多钱。来啊,小伙子们,只剩一个面包了:谁的妈妈来了?"

这句跟母爱挂钩的叫卖一出口,惹得大家都笑了,面包一下子卖出去了好几个。

"哦,"他开口道,"卡津已经醉得不像样子了,真是罪过。他选的时间也正好。如果那个长着八只眼的家伙来了,我们就得把他藏起来。"

"会把他藏起来的,怎么,他醉得很厉害吗?"

"烂醉如泥,而且还大发脾气,到处找碴儿。"

"好吧,他最后会用拳头……?"

"他们在说谁?"我问坐在旁边的波兰人。

"在说卡津。他是个卖酒的犯人。他卖酒挣得一些钱后,就会把钱都用来喝酒,一戈比都不剩。他喝酒的时候简直就是个残忍又恶毒的畜生。不喝酒的时候,他是个很安静的人。但是一喝酒,他就露出了本性。他会拿刀子砍人,如果不把刀抢走,他就不停手。"

"别人是怎么制服他的?"

"十个人扑上去打他,就像打一个麻袋似的,一点儿也不手软,直到把他打晕。看他差不多半死了,就把他扔到床板上,给他盖上一件短皮袄。"

"可是他们这样不会把他打死吗?"

"换成其他任何一个人,都会被打死,但是他不会。他是个特别强壮的人,是所有罪犯中最强壮的。他的体格太结实了,每次被这样殴打一顿后,第二天他都能完好无损地起床,像没事似的。"

"能不能告诉我,"我继续问那个波兰人,"为什么这些人明明有自己的食物,还要嫉妒我喝茶。"

"这跟你喝茶没有关系。他们妒恨你是因为您是一个贵族,您和他们没有任何相似之处。他们想故意找碴儿和你吵架,然后借机羞辱您，贬损您。你还不知道自己会经历多少烦恼。我们这样的人在这里简直就是殉道者。我们的生活比别人加倍痛苦，但是只要内心坚强，就可以适应。你会在食物和茶的问题上遭受各种各样的烦恼和折磨。尽管每天有很多人自己花钱买食物喝茶，但是他们有那样的权利，你却没有。"

说完，他起身离开了。几分钟后，他的话变成了现实。

第三章　最初印象（续）

先前和我交谈的波兰人米－茨基刚刚从厨房离开，喝得烂醉的卡津就进来了。

一个犯人竟然在白天大家都要出去劳动的时候喝得大醉。要知道掌管监狱的长官可是出了名的严厉，随时都可能到牢房检查，还有一名狱官时刻警惕地看守，从不离开监狱半步，况且还有负责秩序的老兵以及残疾军人在场。想到这些，我对监狱刚刚形成的印象一下子被打乱了。这一切让我感到费解。直到很久以后，我才明白了其中的原委。

我之前已经提到过，犯人们私下都有自己的工作。做这项工作对他们来说是很自然而且很有必要的。他们对金钱很热衷，脑中想得最多的除了自由，就是金钱。如果一个犯人能听到口袋里有几枚戈比在响，他的心就安慰了一大半。相反，如果没有钱的话，就会觉得难过、不安、沮丧。为了得到钱，他会不惜去犯任何罪行。然而，虽然钱对犯人来说如此重要，但是往往不会在他们口袋中待太长时间。想把钱留住是很难的。有时候钱会被没收，有时候钱会被偷。如果在突然搜查时被少校发现,好不容易才积累起来的一点儿钱就会被收走。所有没收的钱都流入了少校手中。这些钱可能被他用来改善囚犯的伙食。但是即便这样,钱还是被人拿走了,不再是自己的。好在人们终于找到了一个办法把钱保存下来。一个来自斯塔罗杜布的老人,担负起了帮犯人们藏钱的任务。这个老人,是一名旧教徒①。

关于这位老人,我忍不住要多说几句,虽然这样有点儿偏离了我要讲的故事。他大约六十岁,很瘦,头发已经花白。我第一次见到他的时候,就燃起了强烈的好奇心。因为他和别的犯人都不一样。他看起来平静温和,虽然眼睛周围布满了细小的皱纹,但是他眼神清澈,总是泛着笑意。我经常和他聊天,感觉很少见到像他这样亲切仁慈的人。他因犯了重罪被罚到此地做苦役。起因是斯塔罗杜布的一大批旧教徒被迫改变宗教信仰,改信东正教。

政府用尽一切措施来鼓励这些教徒改变信仰,并试图改变其他异己分子。这位老人和一些狂热的旧教徒决心保卫自己的信仰。当东正教教堂在他们的小镇上建造后,他们放火烧了教堂。作为这次运动的发起人,这位老人后来被判流放服苦役。这位当时在做生意的富裕的店主离开了深爱的妻子和家庭,毅然踏上了流放之路。他坚持认为自己是为了信仰而遭受苦难。

在这位老人身边生活时间长了,会忍不住问,像他这样的人怎么会奋起反抗呢?我和他谈了几次关于信仰的问题。他仍然坚持自己原

---

① 译注:俄罗斯正教会中的一个反国教派别,该教派曾形成强有力的反国教势力,遭到沙皇的严厉镇压。

来的信仰，没有任何改变。虽然他对烧毁教堂的事毫不否认，但是从他的话语中，我没发现他有丝毫的后悔。在他看来，烧毁教堂和他的殉道主义是同样值得骄傲的事。

犯人中还有其他一些旧教徒。他们大部分都是西伯利亚人。这些人大都见多识广，但同时又像大多数农民那样狡猾。他们有自己的一套辩证法，盲目遵循自己的规则，并为此津津乐道。他们有很大的缺点，傲慢、自大、偏执，但那位老人和他们不一样，相比同教派的其他人，他对那些宗教教义有更高的信仰，却从不和别人发生争论。他性格开朗，经常会听见他的笑声。不同于别的犯人那种或粗俗或嘲讽的笑，他的笑声清澈简单，有着孩子般的单纯。这笑声和他的白发竟毫不违和。我有一个观点，也许这观点不一定正确。那就是我们只通过笑声便可认识一个人。如果你身边有一个人，他的笑声激起了你的同情，请相信这是一个诚实的人。

这位老人赢得了所有犯人的尊敬。但是他并没有以此为骄傲。犯人们都称呼他为老爷爷，从来不惹他生气。由此可见，他在同一教派的信徒中，一定有着非同一般的影响力。虽然他有坚定的信念来支撑自己的狱中生活，但是不难看出，他同时也被一种深深的无法化解的愁绪所折磨。我和他睡在同一间牢房里。一天夜里，将近凌晨三点钟时，我突然醒来，听到断断续续的压抑的啜泣声。那位老人正坐在炉子旁，就是那个计划杀掉少校的犯人在夜里祈祷的地方，读手抄本的祷告书。我听到他一边哭一边不停地说："上帝，请不要抛弃我。大师，请赐给我力量。我可怜的亲爱的孩子，我们再也不能相见了。"我听了，心里就说不出地难过。

我们经常把自己的钱交给这位老人保管。不知道牢房里是怎么传开的，钱交给他就不会被偷。大家都明白他肯定把钱藏在了某个隐蔽的地方。但是谁都不知道究竟是哪里。最后，老人揭晓了这个秘密。原来监狱的栅栏上有一根特殊的木桩，这根木桩上有一个分枝，看起来是和木桩连在一起的，但其实可以取下来，然后再放回去。分枝取下来时，可以看到木桩上有个洞，他就把钱藏在了这个洞里。

现在我重新接着原来的思路往下说。犯人们为什么存不下钱呢？不只是因为在监狱里钱很容易被偷。更重要的是，因为监狱生活太苦了，所以犯人们自然很渴望行为上的自由。犯人这个身份在社会中是不正常的存在。于是如果能有一刻让自己忘掉一切不幸，他们会不惜用所有的钱来放纵，来麻痹自己。有的犯人辛辛苦苦攒下点儿钱，就是想在一天之内把全部所得都花光，一个子儿不留。然后他们又去劳动，期待几个月后再一次的放纵。有的犯人喜欢买新衣服，喜欢那种多多少少有点儿奇怪的风格，那种黑色非制式的长裤、紧腰大衣和俄式的束腰呢上衣。但他们最钟情的是各种颜色的衬衫，还有带金属扣的皮带。

每逢假日，监狱里这些花花公子就会穿上盛装，大摇大摆地走来走去，满世界招摇。漂亮衣服在身，他们心里感受到莫大愉悦，甚至会如孩子般无比开心。的确，犯人们在很多事情上就像孩子一样。经常在刚买回来的当天晚上，这些漂亮衣服就消失不见了。它们或是被主人拿去抵押借钱，或是被卖掉，换取一些小东西。

然而，开怀畅饮是逐步展开的，通常会把它安排在宗教节日或是自己的命名日那天。过命名日的囚犯一大早就起了床，在圣像前放一根蜡烛，祷告、更衣，为自己订一份午餐，有牛肉、鱼、西伯利亚饺子。一切准备就绪，他大吃起来，像头公牛一样狼吞虎咽。他一般都是独自享用，很少看到有犯人会邀请别人一起享用。接着酒也摆上来了，他喝得烂醉如泥，大摇大摆、踉踉跄跄地在各个牢房里走来走去。他要让所有狱友都知道自己喝醉了，在散步，想以此赢得别人的尊重。

俄国人民对醉酒之人总是报以同情。在犯人中间，这种同情甚至上升为尊重。在监狱里，醉酒被视为一种贵族特质。

喝酒的犯人一旦来了兴致，就会招来一个乐师进行演奏。监狱里有一个小伙子，以前是一名军队逃兵。他虽然长得很丑，但是却很幸运地拥有一把小提琴，他自己也能演奏。他没有别的生意可做，就当起了乐师。他跟在醉汉后面在一间间牢房里穿行，竭尽全力为他演奏舞曲。由于总是重复同一支曲子，他的脸上写满了厌倦。但是如果那个犯人向他大喊："继续演奏，不是付给你钱了吗？"他就不得不继续拉下去。这些醉汉确信别人会照顾他们，如果少校来了，也会有人想办法帮忙掩藏，让他们躲过少校警惕的双眼。大家都会很无私地这样做。另外，负责看守监狱的狱官和监狱里负责维持秩序的残疾军人也没有什么顾虑。因为那醉汉不会引起任何骚乱，整个牢房的人都在监视着他。如果他大吵大闹想搞出乱子，也有办法让他安静下来，并把他绑起来。因此，那些下级军官们都装作看不见。他们很清楚如果在监狱里禁酒的话，情况会变得更糟。但是，酒是从哪里来的呢？

监狱里的酒都是从酒贩子手中买到的。酒贩子只有几个人，尽管人很少，但所有的交易都是他们做的。不过，喝酒买醉的人总是不多，因为犯人们存点儿钱并不容易，想放纵饮酒要花很大一笔钱。尽管如此，卖酒仍有很大的利润可图。有的犯人不会任何手艺，也不想干活儿，但是又渴望快速致富，于是在手里有了一些钱后，就决定做酒的生意。这是一桩高风险的生意，需要有很大的胆量。这些投机商一旦被发现，不仅酒会被没收，而且还会遭受皮肉之苦。面对重重阻碍，这些酒贩子却没有丝毫犹豫。最开始，酒贩子自己买酒带到监狱，以最高的价格出售。第一次成功之后，就接着再做一两次。如果这几次都没有被监狱官发现，那么他手里的这一笔钱就可以继续把生意扩大。于是他摇身变成投机资本家，拉拢几个代理和助手，这样一来他自己的风险小了，回报却更高了。原来的风险现在则由助手替他承担。

监狱里总是有很多挥霍钱财的败家子，两手空空，一文不名，没有手艺，衣衫褴褛，但是这些人却天生胆大又有些手腕。他们最大的资本就是一副能挨鞭子的脊梁骨，这让他们还有些用武之地。

于是他去找一位老板，受雇于他，替他把酒带进监狱。一个有钱的酒贩子通常会有好几个这样的雇员。在附近的小镇上找一个士兵或某家店的店主，也有时是个少女，说好会付一点儿小钱作为报酬，然后给他们钱让他们去买酒。酒买来后，会藏在事先约好的地点，一般会藏在负责走私的犯人劳动的工场附近。受委托负责买酒的人在把酒运往藏匿地点之前，会先品尝一下这些珍贵的伏特加，然后毫无愧疚地往里面掺上水。买家发现后，可以选择要这酒，也可以选择不要，但是他不会张扬出去。一般他会觉得自己很幸运，毕竟钱没有被白白拿走，不管是不是纯的，毕竟是伏特加。酒贩子把藏酒地点告知负责带酒进监狱的走私者。这个走私者随身带一些公牛的肠子到藏酒点与供酒者见面。这些牛肠子事先被洗干净，里面装满了水，这样可以保持其柔软性使其更易弯曲。到了藏酒点，走私者把牛肠子里的水倒出来，在里面装满酒，然后缠在自己身上。接下来，就看这个胆大的犯人如何展示他的狡猾和机灵了。这下他的名声就系于一线了。他必须骗过看押自己的卫兵和监狱的岗哨。这对他来说并不难。如果他的手段够巧妙，看押的卫兵有时是个新兵，就不会发现不对劲儿的地方。那犯人早就把卫兵了解透了，而且他选择的接头时间和地点也是精心安排的。比方说，如果这个犯人做的是砌砖的工作，他需要爬到墙上砌砖，卫兵总不会爬到墙上去盯着他吧？谁知道他在悄悄干什么呢？回去时快走到监狱门口的时候，他事先准备好十五或二十戈比，在门口等负责岗哨的下士过来。

那下士会对每一个犯人搜身检查，如果没问题，就开门让他进去。身上藏了伏特加的犯人心里暗自期望不要对他检查得太仔细。但是如果是个狡猾的下士，就会检查得非常细致。这样一来，走私的伏特加就会暴露无遗。此时，还剩唯一的办法。他把事先准备好的钱偷偷塞进军官手里。一般这招都会管用。于是伏特加就这样被安全地带回监狱交到酒贩子手里。但这招也有不灵的时候，于是那走私者的硬骨头就真派上用场了。走私伏特加的消息报告给少校后，少校会下令把这个倒霉的犯人痛打一顿，搜出来的伏特加被没收。走私者即使被打，也不会背叛合伙的投机商。并不是因为告发是件不光彩的事，而是因为告发不会给自己带来任何好处。即使告发，他仍会挨打，唯一的安慰就是酒贩子会陪着一起挨打。但是他需要酒贩子，他不能告发。虽然他守口如瓶，最后还是不会因为挨鞭子而得到任何补偿。对此，他早有心理准备。

实际上互相告发的情况在监狱里司空见惯。但是犯人们对那些告密者并不仇恨，也不会敬而远之，反而经常和他们交朋友。在犯人眼中，告发并没有多么卑鄙龌龊。我前面已提到过监狱里有一个贵族，那个怯懦却暴力的家伙，我刚来监狱不久就和他断绝了一切来往。这个贵族和少校的仆人费季卡是朋友。他经常把监狱里发生的事情告诉这个仆人。这些事自然都传到了少校的耳朵里。大家对此心知肚明，但是没有人对这个告密的贵族怀有敌意，也没有人指责他的行为。

接着说酒的话题，酒被安全运进监狱后，投机商就把钱付给走私者，把账结清。他为这些商品已经花了很大的本钱，那就要挣到更高的利润。于是，他在酒里兑入一半的水。一切准备停当，只等顾客上门。

犯人们通常会在第一个假日来买酒。有时甚至等不到假日，就有人来了。犯人们像黑奴一样辛苦劳作几个月，一戈比一戈比地攒钱，手头终于有点儿钱了，就等着这么一天，全部挥霍掉。这个欢庆的日子，他已经等了很久了。怀着对这一天的期待，他挨过了一个又一个寒冷漫长的冬夜，挺过了一次又一次繁重不堪的劳动。就是对这一天的渴望，支撑他经受住了最严峻的考验。对这一天的等待，几乎快耗尽了他的耐性。终于，这一天到来了。他的口袋里好不容易存下些钱。幸好没有被偷走，也没有被没收。现在他要自由支配。于是，他把这些钱交到酒贩子手中。酒贩子刚开始卖的是尽可能纯的酒，也就是兑过两回水的酒。渐渐地，随着剩下的酒越来越少，酒贩子不断地兑水，犯人在这里买酒花的钱要比在酒馆里多五六倍。

可以想象，一个犯人要喝多少杯，最重要的是，要花多少钱，才能让自己喝醉。但是，由于他在狱中平时很少喝酒，那液体中残存的一点儿酒精很快便使他醉了。他还在继续喝，直到喝完最后一滴。于是他把所有新买的衣服抵押或卖掉——那酒贩子同时也是典当商。因为个人衣物并不多，随后他把政府发的衣服也抵押了。直到最后一件衬衫，最后一块布头儿都抵押完，他才终于躺下了。第二天早上，他醒来时，感到一阵剧烈的头痛。他乞求酒贩子再赊给他一滴酒，好让自己振作起来。酒贩子直接拒绝。这一天，他又要重新开始劳作。接下来的几个月，他耗尽力气，期待着再来一次这样的放纵。在等待的日子里，他一点点重新拾起勇气。这一天虽然还很遥远，但终究会到来。

说到酒贩子，如果已经挣了一大笔钱，比如几十卢布，他会再弄到手一些酒。但是这次不再兑水了，因为要留给自己喝。生意已经做够了！该自己享乐了。于是，他尽情吃喝，再花钱让人来点儿音乐。他有足够的钱贿赂监狱里的下级军官。于是，这场欢庆有时会一连持续数日。自己储存的酒喝光后，还有其他酒贩子等他过去一起喝。就这样，直到一个戈比也不剩。

在酒贩子纵情狂饮时，即使犯人们再小心看守，还是免不了被少校或值守军官发现。于是这醉汉被拖到警卫室。如果他身上还有余钱，会被全部没收，然后再挨一顿鞭子。最后他像条斗败的狗，摇摇晃晃地回到牢房。几天后，又开始重操旧业。

犯人中也有一些爱慕女色的。他们花一大笔钱贿赂卫兵，然后在卫兵陪同下悄悄离开监狱。这次可不是去工作，而是来到位于郊区的一座房子。这房子看起来安安静静，其实里面正在举行盛宴，想参加需要付出高额花费。罪犯的钱也是钱，在这里并不会被放过。有时候卫兵得了不菲的报酬，会提前安排好一切，帮犯人顺利开溜。他们虽是士兵，也同样会因各种罪行被关进监狱。像这样偷跑出去的事很少会被发现。还要再说一句，这样的事其实并不多。因为要办成的话代价太大。所以这些好色之徒不得已只能去找别的花钱少的途径。

在我刚来监狱之初，一个极其英俊的年轻犯人引起了我的注意。我第一次看到他的脸时吃了一惊。他叫西罗特金，在很多方面都像个谜一样。他最多不过二十三岁，是一名特殊犯人，要在这里做终身苦役。这么说来，他应该是犯了严重罪行的军事犯。他看起来温和安静，话不多，也很少笑。他那蓝色的眼睛、干净的面容、浅黄的头发让他显得很温和。即使头发被剃光了一半，也丝毫没有影响他的美貌。他虽然没有什么手艺，但仍能时不时地弄到钱。

他非常懒散，穿得也很邋遢。如果有时候正好碰到有人出手大方，给他一件红衬衫，他会高兴得不得了，到处给人看。西罗特金不喝酒，不玩耍，也很少和别的犯人吵架。他走路时把手插在口袋里，安静温和，若有所思。他在想什么，我无从得知。如果有人叫他，问他问题，他总是恭恭敬敬地回答得恰到好处，不像有的人那样喋喋不休。他眼里流露出的神情，看上去就像一个十岁的孩子。他手里有钱时不会买那些在别人眼中不可或缺的东西。他的马甲撕破了也不修补，也不给自己买双新靴子。只有看到小白面包和姜饼时，他才会格外高兴。他吃着这些东西，满足得像个七岁的孩子。不劳动的时候，他就在牢房里到处游荡。当别人都在忙活的时候，他依然闲着手脚。如果有人跟他开玩笑，嘲笑他——这种情况经常发生——他一句话不说，转身就走。如果玩笑开得太过了，他就会红了脸。我经常暗自猜测他到底是因什么罪被判做终身苦役的呢？有一天，我生病躺在医院。恰巧西罗特金也在那里，直直地躺在离我不远的一张床上。于是我便同他交谈起来。话题一打开，他变得活跃起来，向我讲述了他如何被带走当兵，他的母亲如何流着泪送他，他在军队里都有哪些遭遇。他还提到自己一直无法适应这种生活，周围的人总是无来由地对他凶，对他发脾气，上司也总是看不惯他。"他们究竟为什么把你送来这里？而且还是作为特殊罪犯！唉，你呀，西罗特金！"

"是的，亚历山大·彼得罗维奇。我只在军队里待了一年时间。我来这里是因为杀死了我的连长格里戈里·彼得罗维奇。"

"我听说过，但我不相信。你为什么要杀他呢？"

"你听说的那些事都是真的。我对那里的生活实在无法忍受。"

"但是其他新兵不是适应得很好吗？可能刚开始会觉得很难，但是慢慢就会适应，直到最后成长为优秀的士兵。我猜你母亲很娇惯你，把你宠坏了。我敢肯定她用馅饼和甜奶把你喂到了十八岁。"

"妈妈确实非常宠爱我。我参军后，她就病倒了，一直卧床不起。军队生活真的太痛苦了。我感觉一切都变了。我总是被处罚，为什么会这样？我服从每个人，我做事仔细严谨。我不喝酒，不向人借钱。当一个人开始借钱的时候，他就完了。但是周围每个人都对我很严厉，很冷酷。有时候我一个人躲在角落里，什么都不做，一直哭。有一天，确切说是一个晚上，我在执勤。当时正是秋天，风很大，四周一片漆黑，伸手不见五指，我心里很难过，非常难过！我把枪上的刺刀取下来，放在身侧。然后用枪管对准自己的胸口，用大脚趾——我把靴子脱了——扣动了扳机。枪没响。我拿起枪看了看，又重新装满火药，再一次用枪口对准了胸口。又没响。该怎么办？我问自己。我把靴子穿上，把刺刀装好，把枪扛在肩上，不停地走来走去。他们爱怎样就怎样，我心想，反正我不想再当兵了。半小时后，上尉来巡视。他看到我后直接朝我走过来，质问我：'你就是这样执勤的吗？'我端着枪直直地将刺刀插进了他的身体。后来，我就被流放，一路上走了四十六俄里[①]，来到这所监狱的单人囚室。"

他说的都是真的。但我还是不明白为什么会罚他来这里做终身苦役。以他所犯的罪按理说不该受这么重的刑罚。西罗特金是所有犯人

[①] 译注：1俄里约合1.1公里。

里面唯一一个真正长得帅的。十五个关在单人囚室的犯人中,除他以外,其他人看起来都是丑陋无比,令人恶心。很多都已头发花白。下面我还会再继续讲这些人。西罗特金总是和卡津相处得很好,就是那个酒贩子,我在这一章开头已经提到过他。

卡津是位恐怖人物。他让所有人都捉摸不透,让所有人都感到惊骇。我觉得不会有比他更残暴更恶毒的人了。我曾在托博尔斯克见过卡缅涅夫,一个臭名昭著的劫匪。后来,我还见过索科洛夫,他以前是个逃兵,也是个凶狠的家伙。但是和他们比起来,卡津更令人厌恶。一想到他,我眼前就浮现出一个如人一般大的巨型蜘蛛形象。他是个鞑靼人,无比强壮。他个头超高,如赫拉克勒斯般力大无穷。更令人害怕的是他那颗巨大而畸形的头。监狱中流传着很多关于他的稀奇古怪的传闻。有人说他以前当过兵,也有人说他曾经从涅尔琴斯克逃跑,还有人说他曾几次被流放到西伯利亚,并改名换姓,但是每次都成功逃脱。

最后他被囚禁于这所监狱的单人囚室。据说他会把小孩子诱骗到荒芜的地方,然后对他们极尽恐吓和折磨。他喜欢看这些可怜的小东西恐惧甚至抽搐的样子。看够以后,就决绝地把他们杀掉。他甚至以此为乐。这些恐怖的传闻可能是人们想象出来的。因为人们一想起他,就感到害怕痛苦,所以据此编造。但这些故事也有可能是真的。他很符合这样的恶魔形象。然而,卡津不喝酒的时候,举止还是很得体的。

他总是很安静,从不和人吵架,避免一切争论。好像他自视甚高,从心里蔑视别人。他话很少,行动克制、沉着、坚定。他的面容看起来不无智慧,但是他表情冷酷,其中还夹杂着一丝嘲弄。他的笑容里也藏着同样的嘲弄。所有贩卖酒的犯人中,他是最有钱的一个。每年有两次,他肆无忌惮地饮酒,喝得酩酊大醉。每当这时,他才会把自己残暴的一面展露无遗。随着酒喝得越来越多,他变得越来越兴奋,于是他开始用心中蓄积已久的恶毒语言嘲讽其他犯人。最后,他醉得厉害,发疯般地狂怒着去袭击别人。他抓起一把刀,向周围的人冲去。第一个遇见谁,就扑向谁。犯人们都知道他力大无比,纷纷躲开以求自保。后来,犯人们找到一个办法夺下他手中的利刃。几十个犯人突然同时冲向卡津,猛烈击打他的肚子,击打他心脏以下所有部位,直到他失去意识。换作另外任何一个人,都会被打死。但是卡津例外。一顿暴打过后,犯人们用皮衣裹在他身上,把他扔在床板上,让他自己醒酒。"让他躺下就行了。"第二天,他就会正常醒来。然后阴郁、沉默着重新去工作。每次卡津喝醉,大家都知道等待他的结果是什么。他心里也清楚,但是照喝不误。就这样,几年时间过去了。大家发现卡津的精力已大不如前,变得越来越虚弱。他只剩下叹息,抱怨自己一身的病。他开始越来越频繁地光顾医院。"他终于屈服了!"犯人们暗自说。

有一次卡津来到厨房,后面跟着那个吱吱呀呀拉小提琴的小伙子。欢宴的犯人总是花钱雇他演奏。卡津走到厨房中央,停下来默默地审视坐在那的犯人,一个挨一个地看。犯人们大气都不敢出。当他看到我和同伴时,恶毒的眼神里夹杂着嘲弄。他发出几声可怕的怪笑,似乎已暗自琢磨好如何捉弄我们。他踉跄着走到我们桌子跟前。

"我想问问,"他说(他说的俄语),"你们喝茶的钱是从哪儿来的?"

我悄悄向同伴递了个眼色。我明白这时候最好保持沉默。如果张口,哪怕一点点反驳都会让卡津暴怒。

"你们肯定有钱,"他继续说道,"你们肯定有很多钱用来喝茶。但是你们说说,你们来这里服苦役就是为了喝茶吗?啊?你们来这儿就是喝茶的吗?大声点儿,该死的东西!"

看我们铁了心不说话也不理睬他,他勃然大怒,浑身颤抖着向我们冲过来。还有两步远的时候,他突然发现一个很重的木盘。这个木盘是午餐和晚餐时用来装面包的。里面能装下供一半犯人食用的面包。此刻,木盘是空的。他双手举起木盘朝我们头上挥舞。在监狱里,不管是谋杀还是谋杀未遂,都会给罪犯带来无尽的麻烦——侦查、审问、加强管理,无休止地进行下去。一般发生争吵时,不等事态扩大就会有人及时制止。但是这次,没有任何人出面,周围一片沉寂。

没有人帮我们说一句话,没有人哪怕对卡津喝止一声。犯人们对贵族出身的狱友竟怀着如此深的仇恨。看到我们面临危险,每个人都在心里暗暗得意。就在悲剧即将发生的一刻,意想不到的事出现了。卡津举着巨大的木盘在他头顶不停地旋转,就在木盘要飞出手的一刹那,一个犯人从牢房那边跑了进来,大叫道:"卡津,有人偷了你的酒!"

那可恶的土匪嘴里骂了句什么鬼话，把手里的木盘狠狠地砸在地上，疯了一样从厨房奔了出去。

"啊，上帝救了他们。"周围的犯人这样议论着，直到很久之后，他们还在这样说。

是真的有人偷了卡津的酒，还是有人想出这个计策来救我们，我无从得知。那天晚上天黑后，牢房还没有上锁，我走到院子的栅栏边。一阵深深的悲伤压在我的心头。在监狱里度过的十年中，我再没有感受过像那次一样的悲伤。即使在入狱第一天，繁重不堪的劳动和陌生不适的监狱生活也没有让我感到像那晚一样的痛苦。有一个问题自我被流放之日起就一直在心中萦绕不散。这个问题在当时没有找到答案，如今也依然无解。有时人们犯了相同的罪行，而受到的处罚却截然不同。这是何等的不公平！的确，有时不同的犯罪不能相提并论。比如，两个杀人犯都杀了人，他们杀人的具体情形在各自的案子中会被详细询问和量刑。最后，他们受到了相同的判罚。但是他们的具体作案行为和动机却有着天壤之别！其中一个是因为某些微不足道的东西而杀人。比如一颗洋葱——他杀死了从路上经过的一个农民，却发现农民身上只有一颗洋葱。

"我到这里服苦役是因为一个农民，那农民除了一颗洋葱，竟然什么也没有。"

"你这个蠢货！一颗洋葱值一个戈比，如果你杀死一百个农民，就可以换一百个戈比了，那么一卢布就到手了。"这是监狱里流传的一则笑话。

另一名罪犯杀死了一个放荡之徒。因为这个浪荡子欺凌侮辱他的妻子、姐姐或女儿。

第三个罪犯是一个流浪汉，饿得半死，被一伙警察追赶。他要捍卫自己的自由和生命。这个流浪汉被认定和谋害小孩的土匪犯了一样的罪行。这个土匪以杀死小孩为乐，他喜欢感受孩子的鲜血流过他的手掌时留下的余温，他喜欢看自己的刀子刺入孩子身体时，他们如何像垂死的小鸟一样颤抖抽搐。

这些罪犯都同样会被罚苦役，可能苦役年限会有所不同。但是这样的处罚差别并不多见。试想可能会有成千上万人犯同一种罪行。而罪行又存在很多不同的种类。那么这种处罚的不平等性会涉及多少人呢？可想而知。

我们暂且承认这种处罚上的不平等性是不可能消除的，这个问题是无法解决的，这个关于刑罚的问题，正如一个让圆形变成正方形的问题。但是即使这种不平等性不可避免，还有一个问题值得思考，即处罚带来的后果。不同人接受了同样的处罚，有的人可能会像蜡烛一样渐渐油尽灯枯。相反，还有人在被流放后，发现流放生活竟是这样的有趣、闲散，是此前从未想到过的。他还在这里找到了自己喜欢的朋友圈子。后一种人在这所监狱里是存在的。

现在拿一个有廉耻心、有教养、有良知的人举例。他内心感受到的痛苦要比肉体上受到的惩罚更能摧毁他。他在心中一遍遍默念对自己的判决，这比世上最严酷的法庭作出的判决还要残酷，比根据最残忍的法典所作的判决还要无情。而住他旁边的另一个罪犯因谋杀罪入狱,在整个监狱生活中,却从未反思过自己的罪行。不仅如此,他甚至认为自己是无辜的。是不是还有一些可怜鬼,他们犯罪就是为了被流放去做苦役,借此从所谓的自由世界逃脱,因为那自由在他们眼中比监禁更痛苦。有的人生活悲惨,可能从未满足过自己的口腹之欲。他被迫辛苦劳作,直至死去,只是为了满足主人对财富的贪婪。在监狱中,他的劳作不再那么艰苦、严苛,他可以敞开肚皮吃喝。如果在自由世界,他无法想象自己可以吃到这么好的东西。在假日,他还可以吃到肉。此外,他会得到好心人的施舍。晚上,如果他凭自己的手艺工作,还能挣到一些钱。还有在监狱里接触到的社会,是毫无价值的吗?这里有很多聪明机警的犯人,他们可以胜任任何事情。新来的犯人看到狱友从事各种手艺,不禁流露出钦佩之情。展现在眼前的是一个全新的世界,而周围也都是些了不起的同伴。境遇如此不同的人们,怎么可能会同样看待自己遭受的处罚?但是为什么要想这些无法解决的问题呢?听,鼓声已响起,该回牢房了。

第四章 最初印象（续）

最后一次点名开始。点名之后，每间牢房都挂上了专用的锁。要等到第二天早上犯人们才能走出牢门。

通常会有一名下级军官带着两名士兵检查牢房。偶尔有军官来检查时，会把犯人们召集到院子里列队。但是大多数情况下是在牢房里面点名的。检查的士兵经常出错，要进进出出很多次，一遍遍地点数，直到满意了才上锁。每间牢房里有三十几个犯人，挤在大通铺上。此时离睡觉时间还早，犯人们都忙起了自己的活计。

一位残疾军人与我们睡在同一间牢房里，负责为监狱方管理秩序。除了他，牢房里还有一名囚犯当室长。这位室长以前品行优良，但是品行良好的人偶尔也会犯错，并遭受鞭打。这样一来，自己的军衔就保不住了，很快被其他表现出色的人取代。

这位品行良好的老兵就是阿基姆·阿基梅奇。没想到他对犯人们竟然很粗暴。对他这种态度，犯人们也只是玩笑似的回应。另一名老兵就审慎多了，几乎从不干涉犯人，即使他说些什么，也是出于义务，走形式而已。大部分时间他都坐在小木板床上，忙着补手里的靴子。

那天，我观察到一件事，后来事实证明果然如我所想：那些不得不与罪犯打交道的人，不管是卫兵、哨兵或其他什么人，都以一种错误甚至夸大的方式看待罪犯。他们生怕自己一字不慎，罪犯就会拿着刀扑上来。

犯人们知道卫兵们内心的这种恐惧，于是便越发地傲慢。尽管犯人们会装腔作势，但实际上他们并不自信。所以，面对犯人时，最好能做到不露声色。这样能更好地安抚犯人。有一名军官经常不带卫兵自己单独来到监狱，犯人们见到他非常吃惊，当然他们会尽力掩饰自己的惊讶，我曾不止一次发现这种情形。如果来者毫无惧色，犯人们反而心怀尊敬。只要这名军官在场，就不会发生什么不好的事。但是大部分军官面对犯人时还是会心怀恐惧。我不明白为何如此。难道是因为犯人都长着一副强盗似的面孔，一看便令人厌恶？是否因为不论采取何种措施，不论如何防范，都不能把一个活生生的人变成一具死尸，不能压制其感情，不能阻止其复仇的渴望，不能磨灭其对生活的渴望、热情，以及获得满足的欲望？是否那些军官一跨进监狱便想到这些，于是心有余悸？无论如何，我认为都不应惧怕犯人。一个人不可能那么容易在极短的时间内就能持刀扑向面前的人。这样的意外几乎从未发生过。因此，大可视其为不存在。

必须说清楚，我指的是那些已经被定罪正在接受处罚的犯人，其中有一些人对监狱的生活很满意，他们在这里开启了一种全新的生活，过得平静而满足。至于那些内心骚动的犯人，也会被其他犯人约束，不会太嚣张。即使一个大胆鲁莽的犯人，见到任何监狱官员也会害怕。但是对那些被指控而未定罪的人来说，情况便不同了。这些人可能会袭击任何人，不是出于仇恨，而仅仅是因为第二天就要接受处罚，遭受鞭打。如果犯下了新的罪行，他的整个犯罪情况就变得更复杂，于是处罚也会相应延迟，这样便为自己赢得了时间。如此想来，某些犯人的攻击行为便不难解释了，这是有原因且有目的的，就是尽快采取某种手段来延迟肉体即将遭受的处罚，为此不惜铤而走险。我曾亲眼看见过一个这种奇怪的心理学上的案例，真是匪夷所思。

在监狱的军事罪犯中，有一名被判罚两年苦役的老兵。他没有被褫夺公权，依法入狱服刑两年，他表面上极爱吹嘘，实际上却是个懦夫。通常情况下，俄国士兵是不屑于吹嘘的，即使想吹也没有时间。当一个极爱吹嘘的异类出现时，可以肯定他其实是一个懦夫、无赖。我说的这个犯人叫杜托夫。他曾在我们的监狱服刑，刑满后又回到原来的军营。

但是像所有被送入监狱改造的犯人一样，他已经彻底堕落了。这种人可能在度过短短两三周的自由时光后又重回监狱。但这次不再是短期监禁了，而是十五年或二十年的刑罚。杜托夫就是这样，在第一次刑满释放后，仅仅过了三周，他就因偷盗战友的东西且不服管教被带到了军事法庭，被判处严酷的刑罚。他本身是个胆小鬼，对即将到来的处罚极度恐惧，于是受刑的前一天晚上，他手持利刃从一群犯人里冲了出来，扑向守卫军官。他很清楚这样做会加重自己的罪行，而且刑期也会延长。但是为了能迟一些接受恐怖的刑罚，为了能推后几天，哪怕只是几个小时，他宁愿犯下新的罪行。这是个十足的懦夫，他并不敢伤到那个军官。他这次袭击只是为了给已有的罪行上添加新罪名，好让情况变得复杂，以此推迟受刑。

对受刑的犯人来说，临刑前的那段时间尤为恐惧。我生病住院时经常见到这种情况的犯人，见过他们受刑前一天的样子。在俄国，对罪犯最同情的人莫过于医生。医生与这些罪犯直接打交道，只是简单地把他们看成病人，并没有像很多旁观者一样觉得这些人是多么恶劣的罪犯。在这一点上，普通人和医生相似。不管犯人犯下了什么罪行，他们都不会对其大加斥责。他们想到犯人面临的刑罚时，反而对其充满同情。在俄国，众所周知，普通人都把犯罪称为"不幸"，把罪犯视为"不幸的人"。这种说法深刻地表现了人们潜意识中对罪犯的看法。

在面对刑罚时，犯人们自然首先向医生寻求依靠。已在军事法庭接受过审讯的犯人很清楚自己何时受刑。为了逃避这一刻，犯人把自己弄伤，进入医院，这样一来就可以晚几天再受刑。当医生宣布其已恢复健康时，犯人很清楚离开医院的第二天，至暗时刻就会来临。因此，犯人一出院就焦虑不安。为了面子上的虚荣，他会竭力掩饰自己的焦虑，但是这可骗不过别人的眼睛。大家都清楚是怎么回事，只是出于仁爱之心，便不再说什么。

我认识一个年轻犯人，以前是一名士兵。他因谋杀罪被判刑，要接受最严酷的棒刑。他害怕极了，在临刑的前一天夜里，下决心喝一壶盖酒，并在酒里加入了鼻烟。顺便说一句，要挨棒的犯人经常会喝一定量的酒。这酒是很长时间前花了大价钱好不容易才买到的。他宁愿把半年的所得都花光,也不想在受刑前连四分之一俄升酒都喝不上。犯人们深信在醉酒的状态下挨棒子或鞭子要比清醒的状态下减少很多痛苦。

接着讲上面的故事。那个可怜鬼喝完加了鼻烟的酒之后,过了一会儿便感到不适。他开始吐血,接着就昏厥过去,被送往医院。他的肺部受损严重,诊断出肺结核。几个月后,这名士兵就被肺痨夺去了性命。负责诊治他的医生却始终不知道这病因何而起。

胆小懦弱的犯人确实不少见,但是也有一些犯人出奇地勇猛。在我印象中,有很多犯人大胆得过了头。我清晰地记得,有一次医院里来了一个可怕的土匪。

那是一个美丽的夏日,在监狱医院里,很多人都说那个有名的大盗奥尔洛夫当天晚上要挨棒子,还说他挨完打之后肯定会被送往医院。之前已经被送往医院的病人说这次处罚会非常残暴,所有的人都很好奇,我承认我也在等待这位土匪到来。关于他有很多耸人听闻的传言。据说他是个绝无仅有的恶人,会冷血无情地杀害老人和儿童。他意志坚定,非常清楚自己的力量并为之自豪。因为犯下几桩不同的罪行,被判处列队棒责。

晚上,奥尔洛夫被带了进来,确切说是被拖了进来。此时天色已黑,房间里燃起了蜡烛。奥尔洛夫几近昏迷,脸色出奇地苍白,一头漆黑浓密的卷发毫无光泽。他的背部高高地肿起来,一片青紫,血污清晰可见。犯人们扶他侧身躺下,为他换水、翻身、喂药,无微不至地照顾了他一整夜,那样子就像在关怀自己的亲人或恩人一样。第二天奥尔洛夫就完全恢复了,还绕着屋子走了一两圈。见此情景,我非常吃惊。要知道他被拖进来的时候看起来已经散了架,气力全无。当他挨棒子挨到一半数量时,医生及时出面制止了这场酷刑,说再这样打下去,他必死无疑。

由于长期监禁,这名罪犯的身体变得很虚弱。如果你见过刚挨完打的犯人,就会记得他们痛苦变形的脸和那无比焦虑的表情。但是奥尔洛夫很快就恢复了精力,身体也不再虚弱,渐渐强壮起来。看来他绝非平庸之辈。出于好奇,我和他结识了。接下来的整整一周,我一有闲空就和他聊天,想对他有更多的了解。我发现自己从未见过像他一样意志坚定的人。

我曾在托博尔斯克见过一个这种人,那人以前是一个土匪头子,是个十足的野兽。即使人们并不知道他是谁,但只要一接近他身边,就立马感觉出这是个危险人物。最令我震惊的是他竟然如此愚蠢。在他心中,物质远远比精神重要。很容易看出他只在乎肉体需求的满足,他的这种需求近乎兽性的渴望:纵情声色,荒淫无度。我确信如果这个叫科列涅夫的人被判处像奥尔洛夫所经受的那般严厉的酷刑,他肯定不能接受,甚至会当场昏倒。如果有行刑的人接近,他眼睛都不眨就会把人杀掉。

奥尔洛夫则正相反。那是对肉欲的彻底胜利。奥尔洛夫极为自律。他蔑视刑罚,无所畏惧。他最突出的特点是拥有无限的精力,对复仇有强烈的渴望,对实现目标有坚定不移的意志。我对奥尔洛夫表现出的傲慢一点儿都不吃惊。他站在自己的高度，藐视周围的一切。他的傲慢不是故作姿态，而是一种内在的品质。在我看来，世界上没有一个人能单凭权威来左右他。奥尔洛夫能冷静看待一切，似乎不会因任何事情吃惊。虽然他很清楚别的犯人都特别尊敬他，但他却从不因此大摆威风。

然而，虚荣自负几乎是每个犯人都有的缺点。奥尔洛夫很聪明，说起自己时似乎过于坦率。他对我提出的问题回答得直截了当，告诉我他迫不及待地想恢复健康，好挨完剩下的一半棒刑。"现在，"他对我眨眨眼，"我要挨完剩下的棒刑，然后跟很多犯人一起结队被送往涅尔琴斯克。我要趁这个机会逃跑！我一定会逃掉的！现在只求我背上的伤快点儿好起来。"

在这五天的时间里，奥尔洛夫极不耐烦，他想尽快离开医院。他也有心情愉快、语气幽默的时候，我则抓住这些难得的机会询问他的冒险计划。谈及这个话题时他会微微皱眉，但是他总是很坦率地回答我的问题。后来他明白了我是在努力看穿他，想在他身上发现一些懊悔的迹象。他骄傲又轻蔑地看着我，像是在看一个愚蠢的小男孩。那眼神好像在说：和你谈了这么多，已经很给你面子了。

他的脸上甚至流露出对我的同情，短暂的停顿之后，他哈哈大笑起来，但那笑容里却没有一丝嘲讽。我突然意识到当我的话唤起他的某些记忆时，他不止一次地这样大笑。最后，他签字表示自己已经痊愈，其实他的背部还没有完全康复。正好我也恢复得差不多了，于是我们一起离开医院回到监狱。奥尔洛夫被关在禁闭室，他以前一直关在那里。他和我分开时握了握我的手,想以这种方式表达他的信心。我记得他应该是这样做了,因为他那时心情很好。但实际上他肯定很鄙视我,因为我是一个脆弱的人,在很多方面都很卑鄙,对自己的顺从很内疚。第二天,奥尔洛夫挨了剩下的一半棒刑。

牢房的门锁上以后,里面马上呈现出另一番面貌——像私人住宅,像一个家。只有此时,我才能看到狱友们自在的样子。白天,有一些下级军官或其他管理人员会突然来到牢房,因此犯人们一直处于警戒状态,并没有完全放松。晚上,当牢房门被锁上后,大家都坐在自己的位置上开始工作。几乎每个犯人都在木制烛台上燃起一根蜡烛,牢房里亮起光,呈现出一种特殊的氛围。有些人在缝制靴子,还有些人在缝制各式服装。屋里本就难闻的空气也渐渐变得越来越污浊。

有几个好逸恶劳的犯人挤在角落里,在一块地毯上玩牌。每间牢房里都有那么一名犯人手里有一小块地毯、一支蜡烛、一副油腻的纸牌。玩牌的人一个晚上需要向牌的主人支付十五戈比的抽头。他们通常的玩法都是纯粹靠运气的。每个玩家在自己面前放一堆铜币——那几乎是他们的全部家当——直到输得一个子不剩,或把庄家的钱赢光了才从蹲着的地方站起身。

犯人们玩牌一直持续到深夜。有时天将拂晓,牌局还没停。他们甚至经常玩到牢房门打开前几分钟。在我住的牢房里和其他牢房里都有一些人因为被酒精和赌博毁掉,而沦为乞丐。还有一些天生的乞丐,没错,我说的是天生的,而且我着重强调这种说法。确实,在我们国家，在任何环境里，任何条件下，永远都有一些奇怪的人，他们性情卑微，往往非常懒惰，他们的命运就是一直做乞丐。这些人终其一生都是可怜鬼，孤苦伶仃，邋里邋遢，他们看上去永远是受尽折磨、郁郁寡欢的样子，而且一辈子听别人使唤，给别人跑腿，他们一般处于别人的控制或监护之下，通常是伺候轻浮浪子，或是暴发户。这些可怜人不主动开创自己的事业，他们觉得任何事业都是不能承受的负担。他们一直活在别人的意愿之下，被别人控制，为别人服务。不管什么样的环境，甚至一些意外的机遇都不会让他们变得富有，于是便一直做乞丐。我在社会的各个阶层、各个圈子、各个社团，甚至包括文学界，都见过这样的人。

牌局一开始，就有一个这样的人被叫过来。他在犯人们的赌博中是个不可或缺的角色。赌徒们付五个银戈比雇用他一晚上。他的任务就是在穿堂里警戒放哨。这是个什么差事！要冒着零下三十列式度①的严寒，在完全黑暗的环境下守六七个小时。负责值守的人需要警惕任何一点点响动。因为有时少校或一名守卫军官会在深夜突然巡查。他们悄无声息地来，有时正巧能发现玩牌和放哨的人。这多半是牢房里的烛光泄露了信息，因为在院子里就能看见屋子里面亮着光。

如果犯人们听见了钥匙在锁孔里转动的声音，这时再想把蜡烛熄灭快速躺回床上已经来不及了。但通常这样的情况极少发生。五个银戈比的报酬即使在监狱里也少得可怜。赌徒的苛刻让我吃惊。不仅在

---

① 1列氏度=1.25摄氏度。

这件事上，在很多事上都是如此。他们对雇用的犯人命令道："拿了钱，就得好好伺候。"而且容不得任何反驳。

在他们看来，哪怕付了一戈比就能对雇用的人随便发号施令，甚至还想让他感恩戴德。我不止一次看到有些犯人在很多方面大肆挥霍，但同时却为了区区几个小钱欺诈雇来放哨的人。我在别的牢房也见过很多次这样的场面。

我上面提到除了赌博的人，剩下的人都在忙着自己的工作。整个牢房里只有不超过五个犯人是完全空闲的。于是他们一有机会就睡觉。我睡觉的地方挨着门。离我最近的是阿基姆·阿基梅奇。我们躺下时正好头对着头。阿基梅奇经常工作到十点或十一点。他把纸粘起来做成各种颜色的灯笼。这种灯笼是附近小镇上的人向他订购的。凭借这门手艺，阿基梅奇能获得不错的收入。他很擅长这类的工作，而且做得有条不紊、一丝不苟。每次做完后，他小心地把工具收好、把垫子叠起来，然后做完祷告便坦然睡去。阿基梅奇喜欢有秩序地做事，他对秩序的遵守甚至有些迂腐。他在心中肯定认为自己很有智慧。一般情况下，内心狭隘的庸人都会这样想。在我刚入狱的第一天，尽管阿基梅奇身上有很多地方都令我好奇，但是我并不喜欢他。我很惊讶这样一个人竟然被关进监狱。关于阿基梅奇，我会在后面的章节中多次提到他。

现在接着讲那些和我一起度过了多年监狱生活的人。我刚来时就明白周围这些人将时时刻刻在我身边。很自然，我对他们充满了好奇。

我左边睡着一伙从高加索来的山民。他们几乎都是因抢劫罪被流放到此地，但是每个人被判处的刑罚不同。其中有两个列兹金人，一个切尔克斯人，还有三个来自达吉斯坦的鞑靼人。那个切尔克斯人是个孤僻阴郁的家伙。他很少和人说话，总是带着仇恨的目光，皱着眉头，带着邪恶的嘲弄的微笑。两个列兹金人中，一个是又高又瘦的老人，鹰钩鼻，像极了真正的强盗。另一个叫努拉的给我留下了最好的印象。努拉还很年轻，中等身高，结实健壮。他长着完美的淡金色头发、淡蓝色的眼睛、微微翘起的鼻子。由于过去经常骑马，双腿变成了罗圈腿。他身上到处都是伤疤，有刺刀留下的，有子弹留下的。努拉所在的高加索地区被俄军攻占，原本安分守己的他后来参加了抵抗军，和军队一起不断从那里向俄国人发动袭击。努拉乐观开朗、对人亲切，监狱里每个人都喜欢他。他工作时总是沉着平静，从不抱怨。

努拉对偷窃、欺骗、醉酒等行为极为反感，甚至很愤怒。但他不想和人吵架，只是愤怒地转身离开。在监禁期中，他从没违反过监狱规定。此外，努拉还是个虔诚的教徒。他坚持每晚做祷告，有时甚至整夜祈祷。此外，他严格遵守伊斯兰教的所有斋戒规定，像个真正的宗教狂热分子。大家都很喜欢他，都认为他是个绝对诚实的人。"努拉是只雄狮。"犯人们这样说道。于是"雄狮"的称呼就和他连在一起。努拉坚信自己刑满后会被遣回高加索地区。实际上，正是这个希望在支撑他活下去。我相信如果失去了这个希望，就等于夺走了他的性命。我刚来的第一天就注意到了这一点。在周围众多阴沉、嘲讽、令人厌恶的面孔中，这样一张镇静又诚实的脸，怎么能不引人注意呢？

我进监狱还不到半小时，努拉就从我身边走过，轻轻拍了拍我的肩膀，对着我天真地笑了笑。起初我不理解他为何这样，因为他的俄语说得很糟糕。很快，他又经过我身旁，一边友好地笑着一边又拍了下我的肩膀。前三天，他这样重复了很多次。不久，我终于明白原来他是用这种方式表达对我的同情，因为他能感觉到我刚入狱时心中的痛苦。他想告诉我他很同情我，想鼓励我振作起来，以此向我表达他的善意。多么善良纯真的努拉！

那三个来自达吉斯坦的鞑靼人是三兄弟。其中的两个兄长看起来已很成熟。最小的弟弟叫阿列伊，最多二十二岁，看起来很年轻。他睡在我旁边。他的表情自然坦诚又不乏机智。我不禁感叹自己真是好命，能和这样的人做邻居。从他那张灿烂的脸上完全可以看到他的内心世界。他自信的笑容里透着孩子般的天真。他那双黑色的大眼睛里闪烁着友好亲切的目光，望去便令人愉快。每当我伤心苦恼之时，一看到那双眼睛，顿时就觉得好多了。阿列伊共有五个兄长，其中两个在西伯利亚的矿山工作。有一天，家里最年长的大哥吩咐他带上弯刀骑上马跟他走。高加索地区的山民向来对长者充满深深的敬意。因此阿列伊不敢询问此行的目的是什么。兄长们也觉得没必要告诉他。原来他们要去抢劫一个富裕的亚美尼亚商人带领的商队。最后他们劫掠成功，兄弟几个杀光了护送队，杀了那个商人，洗劫了他们的货物。倒霉的是，他们抢劫一事被人发现了。结果他们被带去审讯、鞭打，最后被流放到西伯利亚做苦役。在法庭上，法官对阿列伊所做的仁慈之举就是对其从轻处罚。

最终阿列伊被判处四年监禁。两个兄长非常疼爱他，与其说是兄弟之情，不如说是一种父亲般的呵护。阿列伊是他们流放生活中唯一的安慰。兄长们平时总是一副木然悲伤的表情，很少笑，但是看着阿列伊时却脸上却总是挂着微笑。和他交谈时（他们很少和他谈话，他们似乎仍然把他看作一个孩子，同这样一个孩子没什么正事好谈），每当这时，两个兄长原本冷峻的面孔便舒展开来。我没想到他们和阿列伊说话时竟然用那么幽默而幼稚的方式。阿列伊回答他们的话时，两个兄长悄悄交换下眼色，然后温和地笑起来。

出于敬意，阿列伊从不敢先开口和兄长们说话。在监狱服苦役的日子里，这个年轻人是如何保持住了自己温柔的内心、诚实的品质，以及真挚的情感，而没有像周围人一样堕落，我无从得知。虽然阿列伊看起来很温和，但他却有着十分坚强的意志。他如女孩一般纯洁。如果看到任何肮脏的、自私的、羞耻的、不公的事情，他那双好看的黑色眼睛中就会燃起怒火。于是更让人觉得那双眸子是如此的纯真美好。阿列伊并不怯懦，但有时面对侮辱，他却选择平静承受，不予反击。他避免与别人争吵辱骂，以此维护自己的尊严。是啊，他又能和谁吵架呢？这里每个人都喜欢他，爱护他。

起初阿列伊只是对我很客气。后来渐渐地我们开始习惯在晚上聊天。几个月后，他的俄语已经说得很完美了。相反，他的两个兄长却一直没学好这门语言。阿列伊聪明、谦虚，而且感情细腻。

阿列伊是个很优秀的人。与他相识是我一生中的幸事。他身上许多美好优良的品质似乎是受上天所赐，不会因世俗影响而有任何改变。这些好品质让人和他相处时觉得安心自在。正因此,我和阿列伊在一起时从来没有过任何担忧害怕。不知他现在身处何方?

距离我入狱过去了很长时间。有一天,我躺在木板床上,心中涌动着很多痛苦的思绪。这天阿列伊兄弟几个没有工作。他们好像在庆祝伊斯兰教的什么节日。此刻,一向勤快的阿列伊闲了下来。离入睡时间还早,他头枕着双手躺在床上,似乎在沉思。突然,他对我说:"怎么了,你现在好像很难过!"

我好奇地打量着他。我很奇怪,一向小心谨慎的阿列伊会这样单刀直入地提出问题,因为他总是敏感而细腻,总是善解人意。但是,再仔细看,发现他脸上写满了无法抑制的悲伤。他肯定是突然想起了什么而感到伤心。我知道他的痛苦有多深,于是便同他聊起来。他深深叹口气,忧郁地笑了笑。我很喜欢他平时大方愉快的笑容。他笑的时候露出两排整洁漂亮的牙齿,想必世界上的第一美女看到了都会羡慕。

"阿列伊,我猜你想起了以前在达吉斯坦过节时的情景。啊!你那时肯定很开心!"

"是的,"他似乎提起了兴趣,眼睛里闪烁着光芒,"你怎么知道我在想这些?"

"我怎么会不知道?你在那儿比在这里要幸福多了。"

"为什么这么说?"

"那里盛开着美丽的鲜花!对不对?像天堂一样。"

"请不要再说了。"

他的情绪开始变得烦乱。

"阿列伊,你有姐姐吗?"

"有。为什么问这个问题?"

"你姐姐肯定很漂亮!如果她长得像你的话?"

"噢,我们之间没什么好比的。在整个达吉斯坦,没有哪个女孩像她一样漂亮。我姐姐确实很迷人。我敢肯定你没有见过像她一样美的人。我母亲也长得很好看。"

"你母亲喜欢你吗?"

"那还用说?她当然很喜欢我。我相信她是由于过度悲痛才去世的。她太爱我了。我是她最喜欢的孩子。她爱我胜过爱姐姐,胜过爱任何人。今天晚上她在睡梦中来到我身边,为我哭泣。"

他沉默了,整个晚上再也没开口。但是自那以后他开始主动和我聊天。

之前,出于尊敬,他从没有主动开启过话题。但我一旦主动和他聊起来,他就很高兴。他经常谈起高加索地区,谈起自己以前的生活。阿列伊的哥哥们没有禁止他和我聊天。我觉得他们甚至鼓励阿列伊多和我交流。他们发现我和阿列伊走得越来越近时,他们开始对我更加友善。

阿列伊经常帮我干活。在牢房里,为了能让我开心,他什么都愿意做,这为我省去了不少麻烦。他对我的照顾不是奴仆式的,也不是为了得到什么好处,仅仅是出于友好和热情,他毫不掩饰对我的这种感情。阿列伊对手工艺特别有天赋。他学缝纫学得不错,还学会了修补靴子。他甚至学会了一些木工活。总之，只要是在监狱中能学到的手艺，他都去学。他的两位兄长都夸他，为他感到骄傲。

"阿列伊，"有一天我对他说道，"你为什么不试着学习用俄语阅读和书写呢？这对你在西伯利亚生活是很有帮助的。"

"我想学，可是谁教我呢？"

"这里很多人都会读写。如果你愿意学的话，我可以教你。"

"那求你教教我吧，"阿列伊说着从床上坐起身，握紧双手，用恳求的眼神看着我。

第二天晚上我们就开始了。我有一本俄语版的《新约》，这是监狱允许犯人拥有的唯一一本书。我们只用这本书，字母表都没有，阿列伊几周之后就学会读俄文了。几个月后，他已经能读得很好了。他对自己的学习投入了极大的热情。

有一天，我们读到"登山宝训"[①]。我发现阿列伊在读其中几页时特别有感情。我问他喜不喜欢这些内容。他瞥了我一眼，突然面露喜色。

"是的，是的，耶稣基督是神圣先知。他说的是上帝的语言。多么美的语言啊！"

"告诉我哪些话让你特别喜欢呢？"

"有一页上这样写道：'原谅那些恨你的人！'啊！耶稣说的话是如此神圣！"

[①] "登山宝训"亦作"山上宝训"，指的是《圣经·新约·马太福音》第五章到第七章里，由耶稣基督在山上所说的话。

我们谈话的时候，阿列伊的两个哥哥在一旁听着。后来阿列伊转过身去对着他的哥哥们饱含热情地说了几句话。两位兄长严肃地交谈了一会儿，然后点头表示同意弟弟的话。他们严肃的脸上露出友善的笑容，是那种伊斯兰教徒式的笑容（我喜欢这笑容中透着的严肃），然后很肯定地对我说耶稣是一个伟大的先知，他创造了伟大的奇迹。耶稣用一点儿泥土做了一只鸟，然后吹口气，鸟活了，接着飞走了。两个哥哥说这是写在书上的。他们相信夸赞耶稣会让我很开心。至于阿列伊，他很高兴看到哥哥们认可我们之间的友谊。而且两个哥哥也开始对我说一些感激的话。我教这个学生书写取得了极大的成功。阿列伊不让我买纸，他用自己的钱买纸，还买了笔墨。不到两个月的时间，他就学会了书写。两个兄长对阿列伊在短时间内取得这么大的进步感到惊喜，而且无比满意和骄傲。他们不知该如何感激我。有时候去车间工作时，如果他们恰巧和我一起，两个人会因为由谁帮我干活而争论起来。再说说阿列伊，他对我的感情甚至超过了他的哥哥们。我永远不会忘记阿列伊刑满获释那天。他和我一起走出牢房，然后抱住我的脖子哭了起来。他之前从未和我拥抱过，也从未在我面前流过泪。

"你为我做的太多了，"他说，"我的父母也没有像你一样对我这么好。是你让我成为一个真正的男人。上帝会报答你的，我会永远记得你，永远！"

如今你在哪里呀，在哪里呢？我亲爱的、可爱的阿列伊。

除了切尔克斯人，监狱里还有一些波兰人组成的一个单独的团体。他们很少和别的犯人来往。之前已提到过,这些波兰犯人对俄国囚犯充满敌意,因此,大部分犯人都很厌恶这些波兰人。波兰囚犯们普遍很焦躁,甚至有些病态。他们一共六个人,其中有的受过教育,这部分人我后面会详细介绍。我在监狱的最后一段时间,就是从他们手中得到了一些书。我从这些书中读的第一本作品给我留下了深刻的印象。我从中体会到很多不寻常的感觉,很难把它们说清楚。书中写的有些事情如果没有亲身经历过,就无法做出评判。我只想说精神上的匮乏比恐怖的肉体折磨更让人难以承受。

对流放到这里做苦役的普通人来说,这个新环境并不陌生,似乎与以前的环境差别不大,可能比过去熟悉的环境还要有趣。虽然他们离开了自己出生并长大的故土,离开了家庭,但是这里的大环境基本和之前一样。而对有的受过教育的人来说,虽然他们被判处和普通人相同的刑罚,但实际上他们要承受更多。他们在这里必须抑制自己的需求、改变之前的习惯,必须降低身份,过一种完全不同的生活。那感觉就像一条鱼被扔到了沙滩上。虽然从法律上说,受过教育的罪犯与平民罪犯所受的处罚是相同的,但实际上对前者来说,这处罚要严酷十倍,痛苦十倍。这是一个不容争辩的事实。只要想想他们所面临的物质条件方面的落差就明白了。

我前面说到波兰囚犯形成了自己的团体。这个小团体在一起生活,对监狱里其他犯人都很排斥。唯一例外的是他们喜欢一个犹太人,只因这个犹太人能给他们逗乐。虽然大家都嘲笑这个犹太人,但其实每个人都很喜欢他。因为整个监狱里就这一个活宝。即使现在想起他，我仍然忍不住想笑。在监狱时，我一看到他就会想起果戈理[①]在《塔拉斯·布尔巴》中描写的犹太人扬凯尔。故事中写到当扬凯尔脱了衣服要和他的犹太女人进到一个橱柜似的东西里面睡觉时，他的样子活像一只小鸡雏。我们的犹太人伊赛·福米奇，活脱脱一只拔毛的鸡，就像一滴水和另一滴水，没有什么分别。他年纪不小了，大约五十岁，小个子、虚弱、狡猾，同时又很愚蠢、冒失、爱吹嘘，其实就是个懦夫。他的脸上布满了皱纹，前额和双颊上有一道道伤疤。那伤疤是他在断头台上打下的烙印。他还被抽过了六十鞭子，我实在不明白他是如何撑下来的。

伊赛·福米奇是因谋杀罪被判刑的。他总是随身携带着一个药方。那是他在受刑后，监狱里其他犹太人第一时间给他的。多亏了按这个药方配置的软膏，他脸上的伤疤不到两周时间就消除了。本来刚开始的时候他还不敢用呢。福米奇盼着自己十二年的刑期快点儿结束（刑满后他会成为西伯利亚的移民），然后他就可以使用那个药方了。

"否则我就没办法结婚了，"他这样说，"而我是必须结婚的。"

我和福米奇是很好的朋友。他总是那么幽默。监狱生活似乎并没有困住他。他会金匠手艺。因为附近小镇上没有珠宝店，所以他的订单总是多得做不完。就这样，他摆脱了繁重的劳动。此外，他还是一个放债人，以利息和抵押贷款的方式向整个监狱提供资金。

他入狱时间比我早。有一个波兰人曾向我讲述过福米奇初来监狱

---

① 果戈理（1809—1852），俄国批判主义作家。

时的光辉经历。这里面有一段历史，后面再讲。在故事里我会经常提到这个犹太人伊赛·福米奇·布姆施泰因。他可是个不可缺少的重要人物。

其余的犯人里面，有四个旧教徒，其中包括那个来自斯塔罗杜布的老人；有两三个小俄罗斯人①，看着都很阴郁；还有一个面容清秀鼻梁高挺的年轻犯人，大约二十三岁，背了八起命案。此外，还有一伙造假币的，其中一个是我们监狱里的丑角；最后是几张阴沉狰狞的脸、他们被剃了半边头，面目全非，心中充满妒忌，总是沉默不语。不管谁从身边走过，他们都是斜着眼看，估计这个习惯很多年都不会改掉。我刚来第一天晚上就很明显地发现了这些。记得那晚牢房里烟雾缭绕，空气里一股呛人的恶臭，周围到处是污言秽语，辱骂声不断，还夹杂着铁链声、嘲笑声。一片嘈杂中，我在光光的木板床上躺下，枕着卷起来的大衣，权当枕头，因当时枕头还没发下来，然后盖上羊皮外套。但是由于那晚我心里过于悲伤，所以很久都没睡着。我的监狱生活才刚刚开始，未来的很多事情都无法预料。我对即将到来的生活一无所知。

---

① 指乌克兰人。

第五章　第一个月

入狱三天后，我就被派出去干活儿了。当时的情形，今日想起来仍历历在目。其实那时并没有发生什么不寻常的事，一定要说的话，那就是我的罪犯身份，这本身就已经很不寻常了。最初的感觉是很重要的，我那时对周围的一切充满了强烈的好奇。在整个监禁期中，刚开始的前三天是最令人痛苦的。

"这是我旅程的终点，我在监狱里了。"我时刻告诫自己，"监狱是我以后多年的安身之处，是我要生活的地方。来时，我带着那样不信任的、痛苦的心情走进了这个角落，谁知道呢，或许多年以后，当我必须离开时，我还会为离别感到遗憾呢。"我补充道，并没有掺杂那种幸灾乐祸的感觉，这种感觉就像在揭开伤疤，让自己更痛。当时想到将来自己可能会为监狱生活感到悔恨，这个念头令我恐惧。我已经感觉到人是一种适应性极强的生物，当然这都是后话。眼下的情况已经非常糟糕。

监狱里的犯人无比好奇地审视我。他们对我这个落魄的贵族极为严苛，甚至有时近乎仇恨。所有这一切深深地折磨着我。这折磨太痛苦了,我必须去劳动,索性一下子感受到最大的痛苦,这样可能就会慢慢麻木,然后变得跟周围人一样,就这样和他们一起堕入无边的深渊。

不是所有的犯人都敌视我,也有些人不时地表达出对我的同情。但是我感觉自己被周围深深的敌意所吞没,无力去感受那些怜悯和同情。

过了一段时间,一些狱友对我表达的善意和友好让我振作起精神,重拾自信。不久,我就从周围阴险可恶的人群中发现了几张和善的面孔。其中最好的便是阿基姆·阿基梅奇。每个地方都有坏人,但是即便最坏的人群中也有好人,我这样安慰自己。谁知道呢?监狱里这些人也不见得就比自由世界里的人坏。我对自己的想法也并不十分确定。没想到,我竟然是无比正确的!

有一个犯人叫苏希洛夫。虽然他一直睡在离我很近的地方,但是很长时间过后我才和他熟悉起来。每当提起监狱里并不坏的犯人时,我自然就会想到他。苏希洛夫和另一个名叫奥西普的犯人一起为我做事。刚来监狱时,阿基梅奇就向我推荐了奥西普。他说如果我不习惯监狱里的饭菜,每月只需向奥西普付三十戈比,就可以让他为我单独做晚餐。这点儿钱不算多,我完全有能力承担。监狱里有两个厨房,里面的四个厨师都是犯人们选出来的。奥西普就是其中一名厨师。顺便说一下,选出来的厨师是可以拒绝这项工作的,如果什么时候不想干了也可以中途退出。这些厨师不用做苦役,主要负责烤面包和做圆白菜汤。人们把他们称为"厨娘",不是鄙视,因为选出来的厨师一般都是最聪明的人，这样叫只是为了好玩。厨师们也并不气恼。

奥西普在很多年里一直被选为"厨娘"。对这份差事，他几乎从不拒绝，只有身体不适或者瞅到了机会可以往监狱里走私酒时才会例外。虽然奥西普因走私入狱，但他却特别诚实，脾气也很好（我在前面已经提到过他）。但是，他又很胆小，最怕挨鞭子。奥西普性格平和、有耐心、与人为善，从不和人吵架。往监狱里走私酒对他有极大的诱惑，为此他不惜冒着挨打的危险，仅仅因为他对走私有特殊的癖好。像其他厨师一样，奥西普也经营贩卖酒的生意，但他远没有卡津的摊子铺得那么大，因为他不敢承受那么大的风险。我和奥西普一直相处得不错。在狱中吃小灶不需要多有钱，除了支付监狱发的面包的钱，我每月只用花一卢布就够了。有时实在饿得不行了，我也会横下心来，尽量忍着恶心喝那些圆白菜汤。后来过了一段时间，我竟然一点儿也不觉得恶心了。一般我每天买一磅肉，花费是两戈比。

牢房里负责维持秩序的残疾军人每天耐心地去市场上为犯人们买东西。做这件事是没有任何报酬的，只能时不时地收到一点儿不起眼的小礼物。他们这样做是为了自己能有好日子过。如果拒绝，可就有苦头吃了，等着他们的是无休止的折磨。他们买来的有烟草、茶、肉等。总之，只要犯人需要的都能买来，除了酒。

很多年里奥西普每天都为我做一块烤肉。他怎么做出来的一直是个秘密。最令人奇怪的是，我很少能和他说上两句话。有很多次，我试着让他开口，但是他却不知如何把对话进行下去，只是对着我笑笑，最多回答"是"或"不是"。奥西普长得强壮结实，像个大力士，但是要论智慧的话，恐怕还不如一个七岁的孩子。

另一个帮我做事的人就是苏希洛夫。我从来没有要求他这样做，是他出于自身利益考虑，决定依附于我。我甚至不记得他是何时开始的。苏希洛夫的主要任务就是洗我的亚麻衣服。在监狱的院子里有一个水槽，犯人们围着水槽，在桶里洗衣服。

苏希洛夫想方设法为我做事。他跑东跑西，什么活儿都干。他给我煮茶、补衣服、拿东西、一个月给我的靴子刷四次鞋油。苏希洛夫做事时总是充满了热情，认真高效，似乎把这些事看得很重要。他好像把自己的命运和我连在了一起，把我的事当成了他的全部。他从来不说"你有这么多衬衫"，或是"你的马甲破了"；而是说"我们有这么多衬衫，我们的马甲破了"。他好像对我充满了羡慕和赞赏，把我的事当成了他唯一关心的内容。因为苏希洛夫不会任何手艺，他的全部收入都来自我这里，而我付给他的钱并不多。但是不管我给几个钱，他都很高兴。如果不为我效劳，他就没有任何收入来源。他之所以选择我，是因为我比别人和善，而且在钱的问题上也更公正。他像很多人一样，从来不富有，从来都不知道如何处理自己的事；他也和别人一样，受雇于监狱里的赌徒，在牢房门口放哨，仔细听着任何一点儿动静，以防少校突袭检查。如果正好碰上了检查，不仅拿不到一分钱，还会被打一顿，当众丢丑。像苏希洛夫这样的人最突出的特点就是没有个性，好像完全失去了自我。

我在前面已经说过这类人了。他们的特点就是在任何地方、任何时候几乎在所有人面前都泯灭了自己的个性，在共同活动中甚至不是扮演二流角色，而只是三流角色。这都是他们的天性。苏希洛夫是个非常悲惨的家伙。他身上的勇气似乎都被打光了，尽管他生性就很温顺。无论发生什么事，他都不会和监狱里的人动手打架。我总是无来由地可怜他，一看到他就禁不住深深地同情。我无法解释为何会这样。我一直都没办法让他开口交谈。不管我怎么做，他似乎都不为所动。只有我最后放弃谈话，让他为我做些事，或者告诉他替我去个什么地方，他才会变得活跃起来。

我不久就发现苏希洛夫很喜欢听别人的命令。他长得不高也不矮，不丑也不俊，不愚蠢也不聪明，不老也不年轻。很难用什么确切的词来描述这个男人。能明显看到的就是他脸上略微有些麻点，还有他浅黄色的头发。根据我的了解，他应该属于和西罗特金一个类型的人。犯人们有时会嘲笑苏希洛夫，因为他被"交换"了。在来西伯利亚的长途跋涉中，他用自己交换了一件红衬衫和一个银卢布。想来真是可笑，他竟然只把自己卖了这么一丁点儿钱，就同意和另一个罪犯互换身份，并承担对方被判处的刑罚。这虽然听起来让人觉得不可思议，但却是真实情况。这个风俗已经变成了一种传统，在我被流放到西伯利亚的时候依然存在。刚开始，我不相信这是真的。但是我后来发现原来确实如此。整个过程是这样的。

一批犯人启程去往西伯利亚。其中有各种各样的流放者，一些被判罚苦役，一些被判罚去矿山劳动，还有一些只是去西伯利亚开拓移民地。一路上，不管走到了哪里，比如说到了彼尔姆政府所在地，有一个犯人——我们把他叫作米哈伊洛夫——因死罪被罚苦役。他不想在那么多年里毫无自由，于是便打算和另一个犯人交换身份，然后他就开始动起了心思。他打算在同行的犯人中找一个头脑简单、意志薄弱、处罚较轻的家伙，比如说只是被罚在矿山做几年工，或者只是做苦役，又或者只是简单的流放。最后，他终于找到了一个像苏希洛夫这样的对象，以前是农奴，被判去西伯利亚开拓移民地。这个苏希洛夫已经走了一千五百俄里，身无分文，像这样一个农奴自然是没有钱的。他已经累坏了，筋疲力尽，吃的只有定量供应的食物，穿的也只是统一发放的囚服。

米哈伊洛夫开始和苏希洛夫交谈起来，两人聊得很投机，于是结为朋友。最后，在某个中间站休息时，米哈伊洛夫把朋友灌醉，然后问他愿不愿意"交换身份"。

"我叫米哈伊洛夫，"他这样说，"被判罚苦役，但不是一般的苦役犯，因为我属于特殊犯人。虽然也要服苦役，但是相对来说没那么繁重。"

在特殊监区被废除之前，许多官方人士，甚至是圣彼得堡的人，都不知道它的存在。这个特殊监区位于西伯利亚最偏远地区隐秘的一角，可想而知，人民很难对它有什么了解。从罪犯数量上来说，这个监区也很不起眼。我在狱中的时候，那里的特殊罪犯一共只有近七十人。我曾经遇到过一些在西伯利亚担任公职的人员，他们对这片土地很熟悉，但是却从没听说过这个"特殊监区"。在相关法规中，也只有短短六行字提到了这个机构。即有一个特殊监区附属于监狱，这个监区关押着最危险的罪犯，这些人要服最重的苦役。但是流放途中的犯人们对这个特殊监区却一无所知。它只是暂时存在还是一直存在？苏希洛夫和其他犯人都不是被流放到那儿的。米哈伊洛夫自己也不知道这个"特殊"到底意味着什么。然而，他也不是没有任何怀疑。他知道自己罪行严重，光路上就要走三四千俄里，很明显他要去的地方日子肯定不好过。而苏希洛夫只是去移民地开拓疆土。这不正是米哈伊洛夫想要的吗？

"你愿意和我交换吗？"米哈伊洛夫问道。这时苏希洛夫已经有点儿醉了。这个简单的男人，对好酒好菜招待自己的朋友感激不尽，不敢拒绝。而且他也从别的犯人口中听说过有这样的交换，所以想来应该不会给自己带来特别大的麻烦。于是，两人达成了协议。诡计多端的米哈伊洛夫在别人见证下，给了苏希洛夫一件红衬衫和一卢布银币，就这样轻松地骗过了头脑简单的苏希洛夫，和他互换了身份。第二天苏希洛夫清醒过来。但是又被灌下更多的酒。接下来，苏希洛夫把自己手里的卢布喝光了，那件红衬衫也没能幸免。

"如果你反悔了，就把钱还给我。"米哈伊洛夫这样说。但是苏希洛夫去哪儿弄一整个银卢布呢？如果他拿不出来，"合作社"（这里指的是联合起来的犯人们）就会强迫他履行承诺。此时，这些被胁迫的犯人很清楚自己必须答应。如果不遵从，接下来就有好果子吃了。严重的话可能命都保不住，最轻的也会被吓个半死。如果"合作社"一旦对毁约的人有任何仁慈，它也就没有存在的必要了。如果说出去的话可以收回来，如果还了钱就能毁约，谁还会被协议束缚呢？对"合作社"来说，这是个生与死的问题。于是，这伙人表现得极为严酷。

苏希洛夫这下明白已经没有回头路了，什么也救不了自己了，只能答应所有要求。这交易就在众目睽睽之下完成了。如果担心有人告发，看着谁可疑，就用好酒好菜堵住他的嘴。对旁人来说，管他下地狱的是米哈伊洛夫还是苏希洛夫呢？反正已经白吃白喝了，没人会泄密。

到了下一站，该点名了。点到米哈伊洛夫的时候，苏希洛夫答"到"；点到苏希洛夫的时候，米哈伊洛夫答"到"。旅途继续，没人再提起这个"交换"的话题。到了托博尔斯克，要对犯人进行分派了。米哈伊洛夫留在这里成为移民者，而苏希洛夫将会继续被遣往特殊监区，押送他的卫兵也增多了一倍。现在哭喊、反抗都无济于事，你有什么证据呢？要多少年才能弄清这件事呢？抱怨又有什么好处呢？再说了，去哪找证人呢？即使能找到，他们也不会承认。

这就是苏希洛夫怎么为了一卢布银币和一件红衬衫被流放为特殊犯人的。犯人们嘲笑他，不是因为他和别人交换了身份，虽然大家都鄙视那种用轻活换重活的傻瓜，仅仅因为他除了一件红衬衫和一卢布银币，什么都没得到。这么少的补偿显然太荒唐。

一般来说，要完成这样的身份交换需要一大笔钱。有时甚至会转手几张十卢布的纸钞。但是苏希洛夫太没有个性、太卑微、太没有价值了，别人都不屑于嘲笑他。我和他一起生活了很长时间。我已经习惯了他，他也很依赖我。有一天，发生了一件事，我永远无法原谅自己的做法。那天，他没有按我的命令做事，当他来向我要钱时，我很无情地对他说："活不按我说的做，要钱倒是忘不了！"苏希洛夫一言未发,赶紧照我的命令去干活,但是他突然一下子变得很难过。就这样两天过去了。我不敢相信自己说的话竟然对他影响这么大。我得知一个名叫瓦斯利耶夫的人对他大发脾气,让他还债。那笔债数额并不大。苏希洛夫可能手头儿缺钱,也不敢向我要。

"苏希洛夫,你是不是想要些钱去还瓦斯利耶夫的债。拿着。"我坐在营床上。苏希洛夫站在我面前。他看到我竟然主动给他钱,而且还记着他的困难,非常吃惊。最近他曾几次提前向我要工资,没有想到我竟然还会给他钱。他看看我递出去的纸币,然后又看看我,突然转身向外走去。我惊讶不已。于是,我跟着出去,在牢房后面找到了他。他站在那儿,脸抵着栅栏,胳膊搭在木桩上。

"苏希洛夫,你怎么了?"我问道。

他没有回答。令我吃惊的是,他看着竟然快哭出来了。

"亚历山大·彼得罗维奇,你是不是觉得,"他努力避开我的目光,颤抖着声音说,"我只在乎你的钱,但是……"

他转过身,用额头撞在栅栏上,开始抽泣。这是我在监狱里第一次见到男人哭。我费了很大的劲儿安慰他。后来,他为我做事时热情更高了。他总是认真地等着我的吩咐。但是从点点迹象中,可以感觉到他心里永远不会原谅我对他的斥责。其他犯人只要一有机会就取笑苏希洛夫,甚至羞辱他。苏希洛夫并不发火,相反还是和他们友好相处。确实,想真正了解一个人很难,即使和他一起生活了很长时间。

最初,监狱对我的影响并没有后来那么明显。开始的时候,虽然我处处留心,但是对眼前发生的很多事并不理解。首先引起我注意的自然是那些很特殊的事情，但是我思考的出发点却错了。我对这些事情唯一的感受就是彻头彻尾的伤心难过。与阿-夫的相识最明显地导致了我的上述感受。这个犯人比我先入狱，在刚开始的几天，他的种种行为让我异常震惊，颇为痛苦。他的卑鄙使我本就痛苦的内心陷入更加黑暗的深渊。通过他，我可以看到一个丧尽尊严的人，会如何堕落与无耻。这个贵族出身的年轻人，我之前曾提起过他，经常把监狱里发生的一切告诉少校的贴身仆人费季卡，自然这些事都传到了少校的耳朵里。关于他的事情，我不能保持沉默。

这是一个极其恶劣的例子，说明一个人可以堕落到什么地步，他扼杀了自己内心的一切道德观念，而且毫不勉强，绝无悔意。这个年轻人出身贵族，我之前已经提到过他的一些事，说他把监狱里的所有事情都报告给我们的少校，还和他的勤务兵打得火热。下面是他的简历：他曾一度生活放荡堕落，他的父母因此深深担忧。他和父母吵了一架后，没有完成任何学业就到了圣彼得堡。为了钱，他卑鄙地决定干一桩告密的勾当，为了立即满足他那最粗鄙、最堕落的贪婪欲望，他毫不犹豫地出卖了十条人命。后来，他沉迷于圣彼得堡的那些糖果糕点店和居民商店，这个并不愚蠢的人为此犯下了自己都觉得疯狂的罪行。最后，他被流放到西伯利亚做十年苦役。看到这，你可能认为这样沉重的打击会让他震惊，会引起什么过激反应。但是没有，他很快接受了自己的新命运。十年的监禁并没有吓倒他。唯一恐惧的就是无法摆脱的劳动，还不得不告别那些糖果糕点店和三条市民街。在他看来，成为罪犯后，他不过是在这个身份下开始新的更卑鄙、更下流的勾当，比以前生活得更加堕落。

"管他什么巴结还是马屁，我现在就是一个罪犯，没啥好丢人的。"

入狱后，他就是这样看待自己的。想想这个可恶的人渣，简直不忍直视。多年的牢狱生活中，我周围都是杀人犯、浪荡子，和真正的流氓无赖，但是从没见过如此道德败坏、自甘堕落、恬不知耻之徒。我曾提到过犯人中有一个贵族出身的弑父者。但是一些迹象表明他比阿-夫要好很多，也更有人性。在我的整个监禁期中，阿-夫在我的眼中就是长着牙齿和胃的一块行尸走肉，为了满足自己的肉体欲望，可以像动物般残忍，极具攻击性，甚至可以为此杀掉任何人。毫不夸张地说，在阿-夫身上，兽性体现得淋漓尽致，不受任何规则的限制。他那张脸上永远挂着假笑，想起来就觉得恶心。他就是个畸形的怪兽，是精神道德上的加西莫多①。但同时，他又聪明狡猾、外表好看、受过教育、有一定的能力。即使遇到火灾、瘟疫、饥荒等灾难，也比不上这样一个人给社会带来的灾难。我曾说过，在监狱里，由于人的堕落，互相告发的行为随处可见。犯人们对此已经见怪不怪。相反，他们还和阿-夫友好相处，而且似乎对他更友善。尤其是经常醉酒的少校对他也很友好。于是，在犯人们眼中，他就成了一个有价值的重要人物。

顺便说一句，他向少校保证，他会画肖像（他还信誓旦旦地向囚

---

① 法国作家维克多·雨果所著小说《巴黎圣母院》中的男主角，独眼、驼背、有语言障碍，从小在圣母院长大，负责敲钟。

犯们保证，他是一名近卫军中尉），于是，少校把他叫到家中为自己画一幅肖像。他就是在这时与少校的勤务兵费季卡交上了朋友。费季卡对自己的上司，也对监狱里的每个人、每件事都有着极大的影响。阿-夫应少校的要求监视我们。当少校醉酒后，就迷迷糊糊地抽他耳光，骂他是特务，是密探。这种情况时常发生，非常频繁。在殴打之后，上校立即坐到椅子上，命令阿-夫继续给他画像。我们的少校相信阿-夫是个了不起的，几乎就是他听说过的布留洛夫本人。但他仍然认为他有权殴打他，他说："你可能是个艺术家，但你却是个犯人，你可能是那个大画家布鲁洛夫，但我是你的长官，所以我可以随心所欲，对你做任何我喜欢的事。"还得再提一句，他强迫阿-夫给他脱靴子，把各种花瓶从卧室里搬出来。但是，同样地，他在很长一段时间内都无法放弃阿-夫是一位伟大艺术家的想法。这幅画就这样无限期地一拖再拖，几乎拖了一年。最后少校终于猜到自己被骗了，他确信这幅画是完不成了，而且，每天都在变得越来越不像他。他大发雷霆，狠狠揍了"画家"一顿，并把他送进监狱，让他做苦力来惩罚他。

  阿-夫显然对此感到很遗憾，他艰难地告别了无所事事的日子，告别了少校餐桌上了残汤剩饭，告别了他的朋友费季卡，以及他们两人在少校的厨房里为自己制作的各种美味。

  还好，自打阿-夫被赶走以后，少校便不再针对M了，阿-夫曾在少校面前不断诽谤M，原因是阿-夫入狱时，M总是形单影只，十分孤独，他很想家，与其他囚犯没有什么话好说的，总是用厌恶的眼神看着他们，在他们身上看不到任何可能使他感到安心的东西，也不和他们交朋友。而他们则以同样的憎恨来回报他。一般来讲，像M这样的人在监狱里的处境是很糟糕的，阿-夫被关进监狱的原因，M不知道。相反地，阿-夫猜到了他在和谁打交道，马上向他保证，他被流放的原因与告密的内容完全无关，几乎与M被流放的原因一模一样。M一下子就被打动了，以为自己在监狱里遇到了知音。他跟在他面后，在阿-夫辛苦劳动的头几天安慰他，对他的痛苦感同身受，还把自己的钱都交给他，给他食物，给他买生活必需品。

然而阿-夫一下子就恨上了他，因为他品格高尚，对一切卑鄙行径都那么蔑视，跟阿-夫完全不是一路人。于是，阿-夫在第一时间将M以前跟他闲谈时提到了关于监狱和少校的一切，添油加醋地报告给少校。少校听了心生恨意，狠狠地压迫M，如果不是指挥官的干预，他可能会惹上麻烦的。然而，当M后来知道了他的卑鄙行径后，阿-夫不但没有感到尴尬，甚至还很享受和他见面，用嘲笑的眼神盯着他看。这一定让他很高兴。M多次向我谈起这一点。

后来，这个卑鄙之徒伙同另一个犯人以及看守他们的士兵一起逃跑了。这段故事等到合适的时候再讲。我刚来监狱时，他也百般奉承我，总是在我身边转来转去，以为我不知道他的底细。真的，我刚来那几天心情全被他搅坏了，几乎被逼入绝望。我以为自己陷入了肮脏的泥潭，周围都是如他一般的卑鄙小人，内心恐惧不已。但是，我这样想是错的，并非每个人都像阿-夫一样丑陋不堪。

入狱前三天，我不在床上躺着的时候，就在监狱里四处走走。我把监狱发下来的一块亚麻布交给阿基姆·阿基梅奇指定的一个可靠的犯人，有偿为我做几件衬衫。我还听取阿基姆·阿基梅奇的建议，弄来一个折叠床垫。床垫里面是毛毡，外面包着亚麻布，薄得如同煎饼。还有一个塞满羊毛的枕头，不习惯的人会觉得很硬。阿基姆·阿基梅奇费尽心思帮我弄到所有重要的必需品。我从很多犯人手里把他们穿过的旧裤子和旧马甲买过来，阿基姆·阿基梅奇亲自动手把这些旧布料裁剪缝合，给我做了一张毯子。监狱里发给犯人的衣服，需要穿够一定的时间。时间一到，如果衣服穿破了，就成为犯人们的私有财产。这些布料不管多破旧都有一定的价值。犯人们很快就把旧布料转手卖出。入狱之初，这件事尤其令我吃惊。我就这样变得和周围人一样低下，变成了和他们同样的犯人。他们的风俗、习惯、想法彻底影响了我。从表面上看来，我和他们并无二致，但内心深处，我依然是以前的自己。我以前好像从没听说过或怀疑过竟然有这样的事，于是我不禁惊愕、困惑。但我知道接下来会面临什么事。至少，我听别人说过一些。但是当真正看到时，我发现和别人描述的并不相同。比如，我怎么能想到那些破烂布料还会有价值？然而，我的毯子竟完全是由这样的破布做成的。至于犯人们穿的衣服布料，我很难准确地描述出来。它有点儿像专为士兵生产的质地较厚的呢子。但是用不了多长时间，这呢子就会磨破，露出里面的丝线，于是就更容易扯破。监狱给犯人发的囚服本来应该穿一整年，但实际上从来穿不了这么长时间。犯人们每天劳动、扛重物，衣服自然容易穿破，实际上很快就会磨出洞来。按照计划，我们的羊皮大衣是要穿三年的。犯人们除了把它当衣服穿，还把它当作毯子、枕头。这羊皮大衣的确很结实。但是到了第三年年末,经常会见到磨破的大衣上补着普通的亚麻布。虽然已经很破旧,但是这大衣仍可以卖到四十戈比,保存较好的甚至能卖到六十戈比。在监狱里,这可是一大笔钱。

我之前说过,钱在监狱这个地方有至高无上的价值。如果一个犯人手里有点儿钱,他会比那些身无分文的犯人少受十倍的罪。

"政府给犯人提供了所有的必需品,还要钱干什么?"监狱长官想不明白。然而,我必须说,如果犯人没有机会获得任何私人财产,就会失去理智,或者像苍蝇一样大批死去(尽管他们得到了充分的供给)。而且他们极有可能犯下闻所未闻的罪行。有的犯人是因为对日复一日的乏味生活感到厌倦或悲伤;另外一些犯人,用他们自己的话说,很想"来点儿变化"(一种技术性的说法),于是他们就通过犯罪让自己快点儿受些处罚。有的犯人用汗水辛辛苦苦挣得一些钱,有的犯人不惜冒着危险去获得金钱。如果犯人像孩子一样毫无顾忌地把钱挥霍掉,人们的第一反应往往是犯人根本不懂金钱的价值。然而,事实恰恰相反。一个犯人对金钱的贪婪近乎失去理智,同时又花钱不眨眼,一掷而空,他这样做是为了获取远比金钱重要得多的东西——自由,至少看起来像自由。

罪犯都是大梦想家。这一点我会在后面详细论述。眼下我想说的是,我曾听到有些被判二十年苦役的罪犯很平静地说:"在我服刑结束后,上帝保佑,那么……"从字面上说,"苦役"或是"强制劳动"暗示着劳动者失去了人身自由。那么,他花钱就是为了给自己找回自由。

尽管脸上被烙下印记，手脚被束着镣铐，尽管双眼被周遭的栅栏遮挡，无法看到外面广阔的自由世界，尽管自己被禁锢在牢笼中，像被困的野兽，他仍然可以饮酒作乐或寻些别的消遣。甚至有的时候（不是经常），犯人还可以贿赂直接管理牢房的狱官、负责维持秩序的残疾军人，以及没有头衔的下级军官，让他们对自己在狱中的违禁行为视而不见。他甚至可以由着自己的心愿故意大摇大摆；这是做给狱友看，也是为了暂时麻痹自己，好像他比别人享有更多的自由。总之，这个可怜虫做这一切就是为了让自己相信他得到了不可实现的东西。这就是为什么犯人们喜欢吹嘘，喜欢把内心的悲伤不幸用滑稽的手法表现乃至夸大。

最后，他们这样大肆吹嘘也是在冒险。因为越是吹嘘，就越会发现自己得到的所谓自由只不过是假象。而自由是他们唯一在乎的东西。假如一个百万富翁被绳子勒紧了脖子，他难道不会散尽家财，只为能自由呼吸一口空气吗？一个犯人在狱中平静地度过了几年，他表现突出，被赞为典范，并因此获得特殊豁免。但是令长官大为吃惊的是，这个犯人突然变得不服管教，开始作恶，并毫不畏缩地犯下杀人、强奸等重罪。大家都很惊愕，觉得这个犯人不可能会做这样的事，是什么导致了他的突然爆发？这是他的人格在潜意识中不可控制的体现，是一种本能的抑郁症所致，是一种想自我肯定的强烈欲望，所有这些让他失去了理智。这类似突然的癫痫发作。一个被活埋的人如果突然醒了过来，也会同样疯狂地击打棺材盖。他挣扎着想站起来把棺材盖推开，但是理智告诉他这些都是徒劳。

然而，理智似乎与这突然的发作没有任何关系。必须知道犯人的任何主动攻击行为都被视作犯罪。那么，这攻击是严重还是无足轻重对他们来说都不重要，反正同样都是要走到尽头，甚至有时会演变成谋杀。最难的是第一步。只要迈出去了，他就会变得越来越兴奋，越来越忘乎所以，直到不能控制自己。鉴于这个原因，最好不要把犯人逼向极端。这样每个人都会好过很多。

没错。但是如何做到这一点呢？

第六章　第一个月（续）

我刚来监狱的时候有不多的一笔钱，但是我一般不会随身携带，以免被没收。我把几张钞票粘到了福音书的封面硬壳里。这是唯一允许带入监狱的书籍，这样就安全了。这本书是在托博尔斯克时，一个被流放了几十年的人给我的，他习惯把别的"不幸的人"看作兄弟。在西伯利亚有一些人几乎再也回不到故乡，他们致力于向"不幸的人"给予兄弟般的帮助。他们对犯人的怜悯之情如同对自己的孩子一样。他们的同情心是圣洁的，无私的。我不能不在这里简短地回忆这一次相遇。

我们监狱所在的小镇上住着一位寡妇娜斯塔希娅·伊万诺夫娜。自然，我们和这个女人都没有直接关系。她一生的目标就是帮助所有流放者，主要是流放到此地的犯人。她的家庭曾遭遇过什么不幸吗？还是某个和她关系亲近的人曾遭遇和我们相似的刑罚？对这些我无从得知。总之，娜斯塔希娅总是竭尽所能地帮助我们。因为她自身也很穷，所以她能做的事并不多。但我们在监狱里时，想到外面还有这样一位真诚的朋友，自然也是一种安慰。她经常给我们带来新消息，我们听到后也总是很高兴，因为没有别的渠道可以了解到这些。

当我离开监狱要被带到另一个小镇时，我找机会拜访了娜斯塔希娅，并和她熟识起来。她住在郊外一个近亲的房子里。娜斯塔希娅·伊万诺夫娜不老也不年轻，不美也不丑。很难看出来她的才智及教养如何。但是通过她的行动，可以感受到她对我们这些人深深的同情，渴望带给我们愉悦和安慰，让人觉得和蔼可亲。这些都蕴藏在她那甜美的笑容中。

我和一些狱友在娜斯塔希娅的房子里度过了一整晚。我们一起交谈，她看着我们的脸，认真地倾听。我们笑，她也跟着笑。对我们的观点，她总是表示赞同。娜斯塔希娅给我们倒茶喝，还端来各种小吃和甜点，想尽一切办法让我们高兴。如果她很富有的话，肯定会更好地招待我们，给我们更多安慰，那样，她一定会更开心。

和娜斯塔希娅告别时，她送我们每人一个纸板做的烟盒作纪念。这些都是她亲手制作的——天知道是怎么做出来的——用的是小男生包练习本的彩色纸。在烟盒四周还粘了一圈窄窄的金色纸作为装饰，这些金色纸或许是她特意去商店里买来的。"你们吸烟的时候，这些烟盒或许用得上。"她有些不好意思地为自己的薄礼物向我们表示歉意。我曾听过有人这样说，对邻居最崇高的爱是尽可能地自私。但对娜斯塔希娅来讲，自私是什么呢？我实在无法理解。

虽然我刚来监狱时手里的钱并不多，但立马就有犯人来向我借钱，看第一次骗成功了，他们又来借第二次、第三次，甚至更多次。但是，我并没有因为这件事特别生气。坦率地说，真正令我气恼的是这些嬉皮笑脸的无赖肯定把我当成了傻子。他们看我第五次把钱借出去时，忍不住地嘲笑我。他们肯定以为我中了圈套。如果我拒绝借钱，直接把人赶走，他们可能会对我更尊重。可是，尽管我很恼火，却无法拒绝。

刚来的几天，我十分忧虑，因为我不知道和别的犯人相处时应该采取什么立场，遵守什么规则。我很清楚地感觉到这是个完全陌生的世界，我在这里完全是两眼一抹黑，不可能一直这样度过十年。于是，我决定遵从自己的良知，尊重自己的感受，坦诚行事。但同时我也明白这个决定从理论上来说很好，但在实践中会被很多无形的力量左右。于是，除了让我烦恼的很多小事，一种可怕的、有毒的渴望越来越强烈，使我深受折磨，而把我卷入其中的主要是阿基姆·阿基梅奇。

"一座死屋！"我在心里说道。此时夜幕已经降临，我站在牢房门槛处，看着劳动归来的犯人在院子里散步，看着他们从厨房走到牢房，或者从牢房走到厨房。我一边观察他们的动作和表情，一边努力猜测他们都是些什么样的人，都是什么性格。

这些犯人在我前面游来荡去，有的眼眉低垂，有的笑逐颜开，每个犯人脸上不外乎这些表情。他们不是互相辱骂就是闲聊。有的时候，他们也会独自散步，明显是在想自己的事。有的人脸上写满疲惫和无助，有的人则一脸优越、骄傲自大，（是的，即便在这里！）他们歪戴着帽子，披着羊皮大衣，眼睛里露出傲慢，嘴角挂着嘲讽。

"所有这些都是我的环境，我现在的世界。"我在心里说道，"哪怕我再不情愿，也必须与之共存。"我喜欢和阿基姆·阿基梅奇一起喝茶，这样就不会太孤独。我试着向他询问不同犯人的情况。顺便插一句，刚入狱时，茶几乎是我唯一的食物。阿基梅奇从不拒绝和我一同饮茶。我们有几把锡茶壶，是监狱里有手艺的犯人制作的。阿基梅奇每次都亲手把茶壶加热，然后让M拿给我。

阿基梅奇总是静静地喝完一杯茶（他自己有杯子），然后谢过我，马上就接着去为我做毯子了。但是他无法回答我想知道的问题，甚至不明白我为何想了解身边犯人们的性情。他一边听我说话，一边狡黠地笑着，那笑容至今仍浮现在我眼前。不行，必须自己弄清楚，我心里想，问别人根本没用。

第四天，犯人们很早就被召集起来，在院子里站成两排。集合地点在警卫室前面，紧挨着监狱大门。犯人们前面和后面都站着士兵。士兵手里的枪都上了膛，而且装好了刺刀。如果犯人试图逃跑，士兵有权开枪。但是，在没有绝对必要的情况下，如果士兵开了枪，那他就要对自己的行为负责。如果出现罪犯反抗的情形，上述规定同样适用。但是有谁会公然反抗呢？

工程军官来了，后面跟着一个所谓的"指挥"，还有一些军营里没有头衔的下级军官，以及工程兵和负责监督犯人劳动的士兵等。例行点名之后，去被服车间劳动的犯人首先动身，他们在监狱里面工作，为所有的囚犯制作被服；接着另一批犯人去往监狱外的车间劳动；最后是户外劳动的犯人，一共二十人，我就在里面。在我们的监狱城堡外面有一条结冰的河，河上停着两条属于政府的驳船。这些船已经废弃了。但是为了不让造船的木料白白地浪费，我们需要把船身拆成小块。实际上这些木头没有任何价值。因为木柴在小镇上很便宜就能买到，再说整个西伯利亚到处都是森林。给我们分派这项任务是为了不让我们闲着。这一点大家心知肚明。于是，我们干活的时候都心不在焉。相反，如果是必须完成的工作，而且这工作能带来利润，或者如果把一项特定的任务分给我们，大家的干劲儿就完全不一样了。就说特定的任务，虽然犯人们捞不到什么好处，但是大家会尽快干完，而且为自己的高效率感到骄傲。但如果是拆船这类工作，仅仅是走形式，并不是必要的，犯人们可就不像完成任务工作那样高效了。大家不情愿地干着活，一直到十一点收工的鼓声响起，才能回监狱。

那天，天气暖和，有雾，积雪眼看着就要融化。我们一伙人朝着城堡后面的河畔走去。路上，可以清晰地听到衣服下面的铁链轻轻晃动的声音。有两三个犯人去仓库里取工具。

我继续和其他犯人一起走。此时，我感觉自己有了一些兴致。因为我想知道这户外劳动究竟有哪些内容，想知道我被罚的苦役究竟是什么样的，还有我第一次参加劳动该怎么做呢？

我还记得当时所有的小细节。我们在路上走的时候遇到了一位小镇上的居民。这位居民长着长长的胡子，他看到我们后停下脚步，把手伸进口袋里。我们当中有一个犯人离队向那个居民走去，摘下帽子接受了五戈比的施舍，然后赶快走回来。那居民在胸前画了个十字后继续赶路。我们当天上午用那五戈比买了面包，大家平均分着吃了。我所在的劳动小队里，有些犯人很忧郁、沉默寡言，还有些犯人对一切都漠不关心、懒懒散散。

有几个犯人在闲聊。天知道怎么回事,其中一个特别兴奋。路上他又唱又跳,每走一步就晃一下链子,发出声响。这个肥胖的犯人就是我刚来那天因为用水问题和狱友发生争吵那个人,他还很大胆地把对方说成什么怪鸟。这个犯人的名字叫斯库拉托夫。他最后唱了一首欢快的歌曲,我记得副歌是这样唱的:

> 未征得我的同意,
> 他们就为我娶老婆,
> 我当时正在磨坊推磨。

只缺一把巴拉莱卡琴伴奏[①]。

斯库拉托夫出奇愉快的心情却触怒了另外几个犯人,遭到他们的责难。

"鬼哭狼嚎的!"一个犯人责备道。其实这跟他没有一戈比的关系。

"据说只有狼才这样唱歌,这个图拉人[②]肯定是跟狼学来的。"另一个犯人说道,听口音应该是个小俄罗斯人。

"我是从图拉来的不假,"斯库拉托夫答道,"但是我们可不像你们波尔塔瓦人那样,肚子里被面疙瘩噎得透不过气来,就差爆炸了。"

[①] 俄罗斯民间的一种三弦琴,琴身为三角形。
[②] 对俄罗斯人的蔑称。

"骗子！说说你自己吃的是什么？用草鞋盛菜汤喝吗①？"

"听你的口气，好像魔鬼喂你吃甜杏仁了。"第三个犯人插话道。

"好吧，朋友，我承认自己有点儿娘娘腔，"斯库拉托夫轻轻叹口气，好像他真的为自己的娘娘腔感到自责，"我从婴儿时开始，就一直过着奢侈的生活，吃的是李子干和精致的蛋糕。我的兄弟们现在还在莫斯科做大生意。在流动货摊上卖风，非常富有！"

"你以前是卖什么的？"

"我过去可是很成功的。当我第一次接受两百……"

"卢布？不可能！"一个犯人突然打断他的话，听到这么大的数额，显然震惊了。

"不，伙计，不是两百卢布，是被棒子打了两百下。嘿，卢卡，我说卢卡！"

"别人可以叫我卢卡，但是你得称呼我为卢卡·库兹米奇。"一个虚弱的长着尖鼻子的小个子犯人没好气地答道。

"见鬼去吧，你真是不值得搭理。不过我还是对你礼貌点儿吧。接着讲我的故事。我在莫斯科赚钱没赚多久。我最后一次被打了十五下，然后就被撵走了，到了……"

"你是因为什么被撵走的？"有个一直认真倾听的犯人突然问道。

"别问那些愚蠢的问题。我在给你们讲我为什么不在莫斯科发财了。其实我想发财都想疯了，非常、非常、非常想发财，你们肯定无

---

① 讽刺贫苦和愚昧。

法想象。"

很多犯人都笑了起来。斯库拉托夫是一个活泼有趣的人,总是元气满满。他喜欢给那些严肃的狱友逗乐子,却总是不讨好,只会被羞辱。他的性格很有代表性,我后面可能还会讲到。

"现在就可以把你像黑貂一样宰了!"卢卡·库兹米奇说道,"光他穿的衣服肯定就值一百卢布。"

斯库拉托夫有一件最破旧、最粗糙的羊皮大衣,而且上面油渍麻花的。那衣服很多地方都打了补丁,连补丁都要破了。他盯着卢卡,从头到脚仔细审视着。

"嘿,朋友,你应该看看我的脑袋,"他说,"我的脑袋才是最值钱的。我离开莫斯科的时候,脑袋还在脖子上好好待着呢,光这就够我安慰的了。别了,莫斯科,我永远忘不了那里的自由气息,也忘不了那顿结实的鞭子。至于我的羊皮大衣,没人硬让你看。"

"你是想让我看你的头吗?"

"这脑袋也不是他自己的,是别人出于仁慈施舍给他的,"卢卡·库兹米奇大叫道,"那是护卫队在经过秋明时,看在基督的分上施舍给他的,当时他与一大批犯人刚好路过。"

"斯库拉托夫,你有自己的手艺吗?"

"他能有什么手艺?他就是给人带路的,带着一群乞丐,拖着他们光溜溜的孩子。"一个犯人阴沉着脸说道,"这就是他的手艺了。"

"是的,"斯库拉托夫没注意到那人语气里的讽刺,接着说道,"我努力试着补靴子,但是一双都没有补好过。"

"那有人给你钱吗？"

"啊，倒是有这么个家伙，天不怕地不怕，也不孝敬父母，大概是上帝想惩罚他，让他为我的手艺买了账。"

周围的人全都哄堂大笑。

"我还去监狱里干过活儿，"斯库拉托夫一脸冷静地接着说，"给斯捷潘·费多雷奇中尉补靴子。"

"他还满意吗？"

"不满意，亲爱的伙计们，他很不满意，咒我倒一千年的霉，还在我背后用膝盖狠狠地顶我。他可真是气疯了！啊！生活欺骗了我，糟蹋了我啊，我在监狱里没有任何乐趣。"斯库拉托夫又唱了起来：

阿库琳娜的丈夫站在庭院里，

　　他就在那里，默默等待。

他继续边唱边跳，用脚打着拍子。

"瞧瞧吧，这个讨厌的家伙！"走在我旁边的小俄罗斯人轻蔑地斜了他一眼，低声嘟囔着。

"废物一个！"另一个犯人严肃地说道，口气坚定。

我不明白他们为什么会辱骂斯库拉托夫，也不明白他们为什么看起来很鄙视那些内心愉快的犯人。我把那个小俄罗斯人和其他犯人的情绪归结为一种个人的敌意。但是我错了。他们恼火的是斯库拉托夫不像监狱里其他犯人那样，他自高自大、虚伪至极。总之，按照他们的说法，他是个废物。

然而，他们并不是对所有快乐的人都恼火，也不是都像对待斯库拉托夫那样去对待所有的人。不喜欢斯库拉托夫的人里面，有一些是因为受不了无聊的东西，不管是有意胡闹的，还是无意胡闹的，他们都不能接受。对这些人，必须尊重。我们当中就有一个这样的犯人。他能言善辩，性格开朗，很有活力。我过了一段时间后才真正了解他。

这位高个子年轻人举止得体、相貌英俊，脸上长着一个大瘊子，总是一副滑稽的表情，其实他非常英俊且精明。

人们叫他开拓员①，因为他过去曾经是在军营里做开拓员的。他现在是一名特殊囚犯，被关在单人囚室。我有很多他的事情要讲。

然而，并不是所有严肃认真的犯人都像那个小俄罗斯人一样见不得别人高兴。我们监狱里有几个犯人把追求领头者的地位作为自己的目标，有的是在劳动技能方面，有的是在创造力方面，有的是在品格方面，有的是在智慧方面。他们大都很聪明、精力旺盛，并且真的达到了目标，实现了卓越。这些人在道德上给了狱友很大影响，但同时也招致了大多数人的妒忌。而且他们彼此间往往互相憎恨。他们对待别的犯人时总是显得很威严，一副高高在上的样子。他们从不无故吵架。这些人给监狱方留下的印象很好，因此管理人员有时会让他们负责指挥劳动，但是他们可不会降低身段去跟一个唱歌的犯人吵架。在

---

① 沙俄工兵部队的勘查兵被称为开拓员。

我的整个监禁期中,他们都对我很客气,但是他们不怎么说话,似乎是出于自尊心。关于他们我也要更详细地谈谈。

最后我们终于来到了河畔。再往下走一点儿就是结冰的河面,我们要拆的旧船已牢牢地冻在上面。河的另一边就是无边无际的青色大草原,那广阔的自由世界。我本以为大家很快就会着手干活儿,但是没有。岸边放着一些原木,犯人们坐下来,几乎每个人都从口袋里掏出一个装烟草的荷包和一支短的木制烟斗。这些烟草是本地产的,在市场上以烟叶的形式出售,每磅卖三戈比。这时看守的士兵围成一圈,站在我们周围。看着犯人们点燃手中的烟,士兵们无精打采看守着我们。

"究竟是谁的鬼主意要拆掉这条大船?"有个犯人自言自语地嘟囔着,不知道在问谁,"难不成是想要木屑?"

"是那些不怕给我们找麻烦的人出的主意。"另一个人接口道。

"那些农民要去哪儿干活儿?"第一个犯人短暂沉默一会儿后,问道。他好像没有听到狱友们方才的对话,只见他用手指向远方,那里有农民列成纵队在洁白无瑕的雪地里行进。

犯人们漫不经心地转过头来,看到农民们走近,开始大笑起来。队尾的农民张开双臂,头歪向一侧,走路的样子特别滑稽。他戴着一顶农民们常戴的那种长长的尖顶毡帽。阳光下,他的影子清晰地映在雪地上。

"看看我们的好兄弟彼得罗维奇是怎么穿衣服的。"一个狱友模仿当地农民的口音说道。好笑的是,犯人们看不起农民,但是他们大部分都是农民出身。

"最后那个,看着好像在种萝卜。"

"他想太多烧坏了脑子,有再多钱也不会花。"第三个犯人说。

他们都懒洋洋地笑起来,但是看起来并不开心。

这时,一个卖面包的女人走了过来,那是一个活泼伶俐的女人。我们用小镇居民施舍的五戈比向她买了几个面包,随即平分了。

在监狱里卖白面包的年轻小伙子从女人那里拿了二十几个面包,还和她争论了很长时间,想按平时的惯例,再添三个面包,而不是两个。但是女人不同意。

"还有一个你怎么就不给了?"

"哪还有一个?"

"就是耗子也不吃的那个。"

"见鬼去吧你!"那女人笑着尖声叫起来。

最后,被指派负责监工的下级军官手里拿着警棍走了过来。

"你们都在这儿坐着干什么?马上开始劳动。"

"给我们分配任务吧,伊万·马特维伊奇。"我们当中有个"工头"一边慢慢站起身,一边说道。

"你们还想要什么任务?快把冻住的船拆掉,这就是你们的任务。"

最后,犯人们起身慢慢地走向河面。几个人出来做"指挥",看着还挺像样子。最后,还是决定不把船全部拆掉了,尤其是要把几根横向的连根材①保存下来。这可不容易。

"先得把这根原木拉出来。"一个犯人大叫道。这犯人既不是指挥,也不是工头,只是一个普通的干活的人。

这人平时少言寡语,还有点儿愚笨,之前一直不曾吭声。此刻他正弯着腰,双手抓住一根很重的粗大原木,等着别人来帮忙。但是,没人愿意来帮他。

"你不行,真的,你一个人别想干得了。就算你老狗熊爷爷来了也做不到。"有个犯人咬着牙咕哝着。

"喂,我说伙计们,要开始吗?我一个人什么都弄不了。"冲在前面那个人郁闷地说道。他把那根木梁放下,站直了身。

"你想把活全干了吗?着什么急?"

"我就是说说而已。"那个可怜的家伙开始为自己刚才的冒失辩解。

"你们是不是觉得冬天太冷,必须得裹着毯子取暖?还是把你们腌起来过冬?"一个监工迷惑不解地看着二十多个一动不动的犯人,大声嚷着,"马上开始。"

"着急没用,伊万·马特维伊奇。"

"可是你们什么都没干!嘿!萨维利耶夫,别和彼得罗维奇贫嘴,我在跟你说话呢,你站在那儿干什么?别跟人打眼色!"

"我一个人能干啥?"

---

① 连根采伐的粗大木材。

"给我们点儿别的任务吧,伊万·马特维伊奇。"

"我说过了没有别的任务。赶紧开始拆船,干完了就回去。快干活了!"

犯人们开始劳动,但是都不大情愿,懒懒散散的。监工看到这些身强力壮的男人如此懈怠,不禁怒火中烧。拆第一颗铆钉的时候,突然,只听咔嚓一声,铆钉断了。

"本身就是坏的。"犯人们一边说一边开始议论,照这样干下去肯定不行,该怎么办呢?他们讨论了很长时间,慢慢开始互相辱骂,眼看着没完没了了。监工挥舞着棍子大喊。但是第二颗铆钉同样断掉了。这下大家都认定了短柄斧不管用,必须去拿别的工具。

于是,有两个犯人在卫兵的看押下回监狱去取合适的工具。等待过程中,其余的犯人又静静地坐在岸边,掏出烟斗开始抽烟。最后,那个监工忍不住了,轻蔑地吐了口唾沫。

"哎,"他大叫道,"你们干这点儿活儿能死吗?天哪,都是一群什么人!"他气愤地抱怨着。然后,他做了个手势,挥舞着棍子回监狱去了。

一小时后,"指挥"来了。他静静地听犯人们说完情况,然后宣布今天的任务就是把四根铆钉完好地取下来,然后拆掉船身的大部分。只要把这些做完,马上就可以回去。听起来是一项很大的任务呢!但是,天哪,瞧瞧犯人们现在的干劲儿!哪还有什么懒散,哪还需要什么技巧!短柄斧很快飞舞起来。没多久铆钉就弹了起来。没有斧头的犯人就用粗木棍从下面推动铆钉。于是,铆钉很快就被巧妙地取了下来。犯人们的谈话也一下子变得充满了智慧,连辱骂声都没有了。每个人都很清楚该说什么、做什么、建议什么。离鼓声响起还有半个小时,指定的任务就已经完成。犯人们回到监狱,虽然很疲惫,但是却很高兴提前完成了任务,多省出来半个小时。

关于我自己,只有一点需要提起。不管我干什么似乎都不对。犯人们总是把我赶走,还羞辱我。有的犯人穿得破破烂烂,平时不敢对那些比他聪明能干的犯人说一个字。即使这样的可怜虫,看到我靠近也会破口大骂,说我干扰了他的工作。最后,一个好心的犯人向我坦率地说出他的看法,但是说得很粗鲁:"你来干什么?快走开!有人叫你过来吗?"

"他走投无路了!"另一个犯人附和道。

"你最好去拿个水杯,"第三个犯人说,"去乞讨吧,能在石头屋子里住下,还有烟抽。这里没有你的事!"

于是,我只能远离这些人。但是别人都在忙着干活儿,我自己不好意思在旁边闲着。可我当真去船尾上站着了,他们马上又喊了起来。

"你能拿他们怎么办?"犯人们对着我大叫,"你不能指望他们做任何事。"

说得多么恶毒。是啊,能有机会嘲笑一个过去的小贵族,他们不知道有多得意。

现在很清楚了,我刚来时想得最多的便是如何与这些人相处。可以预见这样的事会经常发生。但我还是决定遵从自己的内心,不管结果如何。我决定简单明智地生活,不能显露出任何想与他们接近的念头。如果他们主动接近我,也无须排斥。不能惧怕任何威胁或仇恨。要装作丝毫不受他们影响。这就是我的计划。我从一开始就明白如果不这样做,就会被他们鄙视。

然而,按照他们的观念(事后我才清楚地知道了这一点),我在他们面前应当维护甚至尊重自己的贵族血统,也就是说,要软弱、要破罐子破摔,要对他们这些人心存芥蒂,随时随地地撇嘴冷笑,翻白眼。这就是他们对贵族的理解。当然,他们会因此责骂我,但心里仍然会尊重我。这种角色是不适合我的,按照他们的标准,我从来就不是一个真正的贵族。但我向自己保证,我不会在他们面前背叛我的教养和我的思维方式。如果我为了迎合他们,开始巴结他们,和他们保持一致,和他们交朋友,甚至搞各种关系以赢得他们的好感,他们会立刻认为我是由于恐惧和胆怯,会蔑视我。阿-夫不是个好楷模:他常到少校那儿去走动,他们自然会怕他。另外,我也不愿像几位波兰人那样,在他们面前以冷漠和拒人千里将自己封闭起来。我看得一清二楚,他们轻视我,就因为我想和他们一样工作,却没有奉承或乞求他们。虽然我确信,他们以后将不得不改变对我的看法,然而一想到他们现在似乎有权利鄙视我曾在工地上讨好他们,我就非常痛心。

工作结束,我拖着疲惫的身躯回到监狱时已是晚上。此时,一股深深的悲伤笼罩了我。"今后,还有数千个日子要这样度过,"我对自己说,"日复一日,如出一辙。"夜幕降临,我默默地独自踱步、思索。突然,在牢房后面的栅栏旁,我看到好朋友布尔跑了过来。

布尔是监狱里的狗，就像步兵连、炮兵连和骑兵中队都有自己的狗一样。布尔已经在这里生活很长时间了，每天吃厨房的剩饭剩菜。它不属于任何人，而是把每个人都当成主人。布尔个头很大，黑色的皮毛上点缀着白点。它还不太老，长着一对机灵的眼睛和一条毛茸茸的大尾巴。以前从没有人爱抚过它，也没人注意它。我一来就给了它一块面包吃，就这样，我们成了朋友。有时，我会拍拍它的背，它乖乖的，一动不动，高兴地看着我，轻轻地摇摇尾巴。

那天晚上，我是几年来第一个想抚摸它的人。它跑过来在人群中寻找我，终于在牢房后面找到我时，它尖叫着向我跑来，高兴地跳着、叫着。我心里很感动，不知道是怎么了，竟然扑上去亲吻它，我揽过它的头，让它贴着我的胸膛。它把爪子搭在我的肩上，舔着我的脸。

"这是上天给我派来的朋友。"我这样对自己说。刚来那几周，由于心里太痛苦，每天劳动回来后，我什么都顾不上，匆匆赶到牢房后面去找布尔。布尔一看到我，就高兴地在我面前跳来跳去。我用胳膊抱住它的头，连连亲吻它，一种甜蜜而又苦涩的忧愁占据了我的心。我还记得，我甚至高兴地想，仿佛在对自己的痛苦进行自我夸耀，现在整个世界上只剩下一个生物在爱着我，依附于我。我的朋友，我唯一的朋友，我忠实的狗——布尔。

第七章　新朋友——彼得罗夫

时间流逝,我一点点地适应了新生活。每天经历的事情也不再像以前那样令我痛苦。总之,不管是监狱、囚犯,还是各种习俗,我都已经习以为常。让我彻底向这种生活妥协是不可能的,但是我也很清楚现实是无法改变的,必须接受。最初困扰我的各种焦虑已经消失。我不再像游魂一样在监狱里游来荡去,也不再被忧虑笼罩。犯人们渐渐失去了对我的好奇心,不再像以前一样在我面前装模作样、傲慢无礼。他们对我已经不再关注,我觉得很开心。现在,我在监狱里像在家里一样自如。我知道自己晚上应该去哪儿睡觉。逐渐地我对以前厌恶的很多事也变得习惯起来。每周我会在固定时间去剃头。每到星期六,犯人们会一个个被叫进警卫室。军队的理发师用冷水在我们头顶涂上一层肥皂沫,然后用锯一样钝的剃刀刮我们的头皮。

仅仅是想想就让我不寒而栗。很快,我找到了解决办法,阿基姆·阿基梅奇告诉我,有个军事犯用自己的剃刀给犯人剃头,他把这做成生意,每人收费一戈比。很多犯人为了躲开那个军队理发师都去他那儿剃头,要知道,这些犯人可不是娇气的人。不知何故,这个受欢迎的理发师被大家称为"少校"。据我所知，他没有什么地方像少校。写到这，"少校"那张瘦瘦的脸清晰地浮现在我面前。他个子很高，不爱说话，很愚笨，眼里只有手中的活。他手里总是拿着一块革砥，日夜不停地打磨剃刀，因此那剃刀总是非常好用。他显然把这门生意当成了最重要的生活目标。看着锋利的剃刀和不断上门的顾客，他由衷地高兴。他涂的皂沫总是温热的，而且他手很轻，动作像丝线一般柔软！他对自己的手艺很骄傲，但是谈起每次挣的一戈比，却是一副淡然的模样。人们觉得他做这门生意是出于艺术享受，并不是为了赚钱。

有一天，阿-夫提到这个理发师时，把他说成了"少校"。倒霉的是，这话正好被真的少校听到了。于是，阿-夫被狠狠教育了一顿。

"浑蛋！"少校怒吼，"你知道什么是少校吗？"像平常一样，他抓着阿-夫使劲儿摇晃，"真是吃了豹子胆，竟然敢当着我的面把那个卑贱的苦役犯称为'少校'！"

入狱第一天，我就开始想什么时候能重获自由。我最喜欢做的就是用成千上万种不同的方法一遍遍地数自己还要在监狱里待多少天。我心中唯一想的就是这件事。我敢肯定每一个被限期剥夺了自由的人都会这样。不能说所有犯人都有同样的希望，但是他们乐观的态度经常让我吃惊。当然，一个犯人所怀有的希望和正常的自由人是很不同的。自由的人可能希望改善自己的地位，或者渴望自己事业成功。他努力地生活，不停地行动，在现实世界的旋涡中挣扎。自由的人不像囚犯一样只是在特定的时间内被监禁。对自身的处境，自由的人往往更不容易看清。对被判刑的犯人来说，他只是暂时离开家，离开熟悉的生活，去陌生的地方旅行。二十年的监禁在他眼中就像离家两年，刑期服满以后，五十岁的他依然像三十五岁一样年轻有活力。"还有时间。"他这样想着，努力把那些沮丧的念头抛到脑后。即使被终身监禁的犯人也会幻想，说不定哪一天就会从圣彼得堡传来命令——"把这个人带到涅尔琴斯克矿山，限期关押。"真是一个好消息。首先，去涅尔琴斯克光路上就要走六个月，路上的生活可比监狱里好一百倍。在涅尔琴斯克会有刑满的一天，然后……在监狱里，不止一个满头白发的犯人做着这样的梦。

在托博尔斯克，我见过有些犯人被一根大约一俄丈①长的铁链拴住，铁链的另一头固定在墙上，旁边就是睡觉的床。因为他们流放到西伯利亚后犯下了极其严重罪行，所以被这样用铁链锁住。他们一般会被锁五年到十年。这些人基本上都是土匪强盗。我只见过其中一个犯人，看起来教养不错。他以前曾在某个政府部门工作，说话声音轻柔，但有点儿口齿不清。他笑容温和，但又莫名其妙地让人感觉有点儿不舒服。他给我们看那铁链，还给我们演示怎样躺下最方便。我猜他以前肯定是个很好的人！

这些可怜人在这里都规规矩矩的，表现得很好。虽然看起来好像很满足，但他们却时刻想摆脱那根铁链，这种强烈的渴望将他们吞噬。你或许想知道为什么。因为他们想离开那低矮、潮湿、令人窒息的牢房，来到监狱的院子里，仅此而已。他们大概永远也不能离开这

---

① 1俄丈大约等于2.134米。

些牢房了。因为他们知道以前被锁起来的人没有被释放，最后戴着镣铐死在这里。虽然对这些情况很清楚，他们依然急切地渴望摆脱铁链的束缚。如果他们自己不抱任何希望，怎么能忍受长达五六年的时间被铁链固定在墙上，却没有死掉或疯掉？

我很快就明白只有劳动能拯救我，因为劳动可以强健我的体魄。相反，持续的精神波动、神经刺激，以及监狱中令人窒息的氛围会彻底毁灭一个人的健康。我希望自己充满活力、品格坚韧。我不是自欺欺人，劳动和运动真的对我很有好处。

我曾看到过一个狱友像支蜡烛一样逐渐熄灭，那情形简直恐怖至极。之前我们同在监狱时，他是那么年轻、英俊、强壮。后来他离开时已经虚弱得不像样子，几乎站不起身，还患上了严重的哮喘。

"噢，不，"看着他的样子，我对自己说，"我要活下去，一定要活下去。"

看到我积极地参与劳动，周围的犯人都投来轻蔑的目光，并报以讥笑，但是我并不理会。不管派我去哪儿劳动，我都轻松愉快地前往。比如，我有时候被派去捣碎雪花石膏。这是分配给我的第一项任务，很轻松。一般工程兵们会尽最大努力为以前曾是贵族身份的罪犯减轻劳动任务。这并不是纵容，而是一种公平。如果不管犯人曾是体力劳动者，还是力气小一半、从未参加过体力劳动的贵族，大家都做相同的工作，是不是很奇怪呢？但我们也不是一直被这样"娇惯"，只是有时候会秘密给我们安排轻松一些的活计，因为周围有很多人都紧盯着我们。实际上，繁重的工作很多，因此，分配的工作对我们这些贵族来说，常常是不堪忍受的。这样一来，我们遭受的折磨往往是别人的两倍。

被派去捣碎雪花石膏的一般是三四个年龄大或者身体虚弱的犯人。我们属于后者。一同前往的还有一个擅长此类工作的人，几年里都是同一个人。他名叫阿尔玛佐夫，上了年纪，很严厉，很黑，很瘦。他不爱说话，甚至可以说很难相处。

阿尔玛佐夫对我们表现出深深的鄙视。但是由于性格内向又寡言少语，他从来不点我们的名字。我们煅烧雪花石膏的工棚建在一片倾斜的荒芜的河岸上。冬天，如果下起了雾，一眼望去，河面上、河对岸，甚至更远的地方，都让人感觉悲凉。这片沉闷、光秃秃的风景，总是让人心碎。如果太阳升起，灿烂的阳光照耀在无边无际的白色平原上，会莫名地更加令人伤心。大草原从河对岸开始向南延伸，足足有一千五百俄里，像一块巨大的桌布。如果能飞越这片广袤的大草原该多好！

阿尔玛佐夫无声地工作着，让人总觉得有点儿别扭。我们出不了太多力，感觉很羞愧。最后，在没有帮助的情况下，他一个人把工作做完。他越是这样，就越发显得他受了委屈，也越让我们觉得自己很无用。我们的工作主要是加热炉子，用来煅烧已经堆好的雪花石膏。

第二天，石膏全部烧好了，我们把石膏倒出来。每人装满一箱子石膏。接下来，阿尔玛佐夫要把石膏压碎。这项工作不太难。雪花石膏易碎，很快就在他手下变成了亮晶晶的白色粉末。我们也跟着挥舞起重重的锤子，用力地砸着，惊叹于自己的力量。等到我们干得有些累了，却觉得浑身畅快起来。这时我们感到双颊发热，血管里的血好像也流得更快了。此刻，阿尔玛佐夫一脸宽厚地看着我们，好像在看一群小孩子。他尽情地吸着烟斗，但当他不得不说话时就忍不住嘟嘟囔囔地抱怨几句，他对所有人都是这样，我相信他在内心深处是个善良的人。

分给我的另一项工作是摇车床砂轮。这个砂轮又高又重，想摇动它需要很大的力气。尤其是工程车间的工人们要做楼梯栏杆或是大桌子的桌腿时，需要车削整个树干，这时就要用更大的力气才能顺利转动砂轮。单独一个人是做不了这项工作的。几年的时间里，不管什么时候需要车削东西了，都是派我和另一个贵族出身的犯人B一起去完成。B是个年轻人，长得很瘦弱，患有肺病。他比我早一年来到监狱。和他一起来的还有另外两个贵族。其中一个是位老人，经常日夜祈祷，为此很受犯人们尊重。老人最后死在监狱里。另一个是位很年轻的小伙子，皮肤白净、身强力壮、勇敢无畏。在来西伯利亚的路上，他看到B走到一半路时累得晕倒了，于是就背起B走了几百俄里。就这样，他们结下了不一般的友谊。

B教养良好、为人慷慨、品质高尚。但他又是个被宠坏的人，急躁易怒。我们经常一起摇砂轮，对我来说，这工作很有趣，同时还是一项非常有益的运动。

此外，我还很喜欢铲雪。冬天，经常有暴风肆虐。暴风过后，就该铲雪了。有时暴风呼啸一整天，吹来的积雪掩盖了很多房子。积雪即使没有覆盖到屋顶，至少也堆到了窗户一般高。暴风过后，太阳出来了，我们接到命令，要把包围着房子的雪堆清理干净。

我们被分成几个大组，分头行动。有时也一起劳动。每个人领一把铁锹，完成指定的任务。有时候任务很艰巨，几乎不可能完成。但是大家都很积极。雪堆只是表面一层结了冰，下面的雪并未凝固，如粉尘般轻盈。我们不知铲了多少锹，铲走的雪在四周散开。铁锹很轻松地铲起雪，扬到空中的雪尘发出钻石般晶莹的光。做这项工作时，犯人们都很开心。大家呼吸着冬天清冷的空气，热火朝天地劳动着，看起来非常活跃。每个人都情绪高涨，欢笑声、玩乐声不绝于耳，还可以看到雪球四处乱飞。就这样玩了一会儿后，一些思想严肃的犯人被触怒了，他们讨厌笑声，而且不喜欢看到别人开心愉快。于是，本来欢快的场景往往在一片辱骂声中结束。

尽管我从未想过结识什么新朋友，但是慢慢地我身边的熟人越来越多。我一直焦躁、阴郁、敏感多疑。这些熟人，都是在不知不觉中认识的。第一个来拜访我的是彼得罗夫。没错，我说的是"拜访"。因为他住的单人囚室在监狱的另一头儿，离我的牢房很远。我和他没有什么共同点，自然我们之间看起来也毫无关联。

但是，在我刚来那段时间，彼得罗夫好像觉得自己有义务每天过来看我，或者当我劳动结束后在牢房后面散步时，他远远地看见我，然后就跟我打招呼。虽然彼得罗夫的做法让我有些不快，但是由于他行事巧妙，我也可以借此分散一下注意力。实际上，他并不擅长沟通。

彼得罗夫个子较矮、身体强壮、动作灵活敏捷。他的声音很好听、面容轮廓清晰、颧骨高高突出、牙齿洁白整齐。他的嘴里，下唇和牙龈之间，总是在咀嚼烟草。监狱里很多犯人都有嚼烟草的习惯。彼得罗夫看起来要比真实年龄偏小，最多三十岁，但实际上他已经四十岁了。他和我交谈时没有那么多客套，而是和我平等相处、彬彬有礼、专心倾听。如果彼得罗夫察觉到我想一个人待着，他只说两分钟就离开。每次，彼得罗夫都会感谢我好心与他交谈。他对别人却从不这样。需要指出的是，我们的关系就这样一直持续了几年，并没有随着时间的增长变得更加密切。当然，我们真的是朋友。我说不清楚他想从我这里寻找什么，或者说我不知道他为何天天来看我。有时候，彼得罗夫会偷我的东西，但似乎都是无意识的。他从不向我借钱。如此看来，他根本不是为了钱或者任何利益而来的。

不知为何，我总觉得这个人和我并不住在同一所监狱里，而是住在小镇上一处很远的房子里。他似乎是偶然来监狱打听消息，简单说，就是询问我的情况，想知道我在这儿怎么样了。他总是来得很匆忙，好像有人在等他，他只能离开片刻，马上就得回去。或者好像是突然放下手头的工作来这儿。但是，他却不忙着离开。他总是紧紧地盯着人看，眼神里有一丝轻浮和嘲讽。他有一个习惯，就是眼神经常越过身边的东西盯着远处看，就好像他想分辨出和他说话的人身后有什么东西似的。他似乎总是心不在焉。我有时候会想，彼得罗夫从我这儿离开后去了哪里呢？是谁在急切地等着他呢？他经常迈着轻快的步子走进某间牢房或是厨房，然后坐下来听别人谈话。他听得很专注，也会积极参与，然后就突然沉默起来。但是不管他说话还是保持沉默，都能看得出他在想别的事情，能感觉到小镇上不太远的地方有人在等他。

最令人惊讶的是，彼得罗夫从来没有任何工作。当然，这不包括分派给他的苦役。他不会任何手艺，也没什么钱。但是他好像并没有因此而悲伤。他为什么要和我交谈呢？他的谈话和他本人一样奇怪，令人费解。当他注意到我一个人在牢房后面散步时，他就突然站住，转身面向我。他走路很快。如果看到我转身要走，他拔腿就向我走来，很快赶上我。他走得那么快，感觉就像在跑似的。

"你好！"

"你好！"

"不会打扰你吧？"

"没有。"

"我想问你一些关于拿破仑①的问题。他和1812年进攻我们的拿破仑是亲戚吗？"

作为一个士兵的儿子，彼得罗夫能读会写。

"是的，他们是亲戚。"

"人们说他是总统。什么总统？哪儿的总统？"

彼得罗夫总是迅速又突然地提出问题，似乎他很想尽快知道答案。我向他解释了拿破仑是什么总统，另外加了一句拿破仑可能很快就要当皇帝了。

"那又是怎么回事？"

我尽自己所能解释了这个问题。彼得罗夫认真地听着。他完全能

---

① 译注：此处指的是拿破仑三世（1808—1873），为拿破仑一世之侄，1848年当选为法兰西第二共和国总统，1852年称帝，建立法兰西第二帝国。

理解我说的话。接着,他把耳朵凑近我,继续说道:"嗯!啊,亚历山大·彼得罗维奇,我想问问你,听说有一种猿猴的手臂真的长到脚踝,直立行走,并且和人一样高吗?"

"是的。"

"那它们是什么样子的?"

我向他描述了那种猿猴的样子,还就这个话题向他讲述了我所了解的内容。

"它们生活在哪里?"

"气候温暖的地方。苏门答腊岛上就有。"

"是美洲吗?我听说那里的人是头朝下倒立着走路的。"

"不,不是的。你说的是澳大利亚和新西兰。"我根据自己所知向他解释什么是美洲,什么是澳大利亚和新西兰。

彼得罗夫聚精会神地听着,好像他接近我就是为了了解关于澳大利亚和新西兰的问题。

"啊!我去年读了一本关于拉瓦利埃尔伯爵小姐①的书。这本书是阿列菲耶夫从副官那里买的。这故事是真的还是虚构的?书是大仲马写的。"

"是虚构的,毫无疑问。"

"啊,原来是这样。再见!非常感谢!"

然后彼得罗夫就离开了。我们平时就是像上面这样谈话的。

---

① 拉瓦利埃尔伯爵小姐是大仲马的长篇小说《布拉热洛纳子爵》的女主角,她是路易十四的情妇。

我曾向人询问过彼得罗夫的情况。当M得知我结识了这样一位朋友时,觉得有必要跟我谈谈,甚至向我提出了警告。M说在入狱初期有很多犯人都让他觉得恐怖。但是没有一个人,包括卡津,像彼得罗夫一样给他留下了如此可怕的印象。

"他是所有罪犯中最坚决、最令人害怕的一个,"M说道,"他一旦任性起来,什么事情都做得出来,谁都别想阻止他。如果他因为幻想而昏了头脑,他会毫不犹豫地杀掉你,不会有丝毫后悔。我常常觉得他好像神志不清醒。"

这段话大大地引起了我的兴趣。但是M从来没有告诉我他为何对彼得罗夫有这样的看法。奇怪的是,有很多年,我几乎天天见到彼得罗夫,天天和他交谈。他一直是我忠实的朋友,我也说不清为什么。而且这么长的时间内,他过得很平静,从来没有做过极端的事情。但是,我相信M是对的,彼得罗夫可能就是最强悍的人,是整个监狱里最难约束的犯人。为什么会这样,我无法解释。

彼得罗夫就是之前被叫去受罚时,恨不得把少校杀掉的那个犯人。我之前讲过少校最后如何奇迹般地获救。在行刑前一分钟,少校恰巧离开了,他就是这样躲过了一劫。

彼得罗夫入狱前曾是一名士兵。有一次在进行检阅时,军队里的上校动手打了他。或许他之前也经常挨打,但是那天,在那个公众场合下,在列队之前,他不想再遭受侮辱。于是,他杀死了上校。关于其中的细节,我并不清楚,因为彼得罗夫从来没有亲口对我讲起过这件事。

必须认识到,只有当他内心深处本性的声音足够强大时,才会有这样的爆发。实际上，这样的情况是很少的。平时他总是很严肃、很安静。他心底那股激情之火并没有熊熊燃烧起来，而是在闷烧，正如煤灰覆盖之下悄悄燃烧的煤。

我从没看到过彼得罗夫像其他很多犯人那样爱慕虚荣、自吹自擂。他很少和人吵架。但是他也很少和人交朋友，或许西罗特金除外。但是即便他和西罗特金交往，也是出于自己的需要。然而，有一天，我看到彼得罗夫被深深激怒了。原来是有人拒绝交出他想要的东西，因此激怒了他。彼得罗夫正在和另一个犯人为这件事吵架。那个犯人个子很高，身体像运动员一般强健，名叫瓦西里·安东诺夫。安东诺夫出了名的难缠、刻毒。虽然他是一名普通平民囚犯，但却并不懦弱，相反，他胆子很大。两个人大声吵了起来。我原以为这场争吵也会像许多类似情况一样，最后在双方的互相辱骂中结束。但是，这次却出现了意外的转折。突然，彼得罗夫脸色苍白，他的双唇先是颤抖，紧接着变得青紫，呼吸也变得急促。他站起身，缓慢地、不声不响地（夏天他喜欢打赤脚）向安东诺夫走近。顿时，周围的吵闹声消失了，取而代之的是死一般的寂静，静得能听到空气中苍蝇振动翅膀的声音。每个人都紧张不安地等待着接下来要发生的事。安东诺夫用手指着对方。此时，彼得罗夫的脸已经变形，像野兽。我实在无法忍受这种气氛，于是离开了牢房。我确信在自己走下台阶时，肯定会听到有人被杀时的尖叫声。但是出乎意料，这样的事情并没有发生。在彼得罗夫还没有接近时，安东诺夫突然把引起争端的东西扔了过去，原来是一块令人不忍直视的破布，一块已经破烂了的包脚包。

当然，后来安东诺夫也不肯罢休，对彼得罗夫谩骂一番。安东诺夫这样做只是出于本能，也是为了向对方表明自己刚才并没有特别害怕。但是彼得罗夫对这些辱骂并不在意，甚至没有回嘴。只要结局对他有利，那些辱骂根本不算什么。他很高兴自己最后得到了那块破玩意儿。

大约一刻钟之后，他开始无所事事地在牢房里溜达，想找找看有没有哪些人的谈话会让他感兴趣。听起来似乎每件事都很有趣，但他仍然表现出一副漠不关心的样子。或许可以把他比作一个工人，一个精力充沛的工人，可以轻松地战胜工作，但此刻这个工人无事可做，只好收敛了力量，和孩子一起玩耍。

我不明白彼得罗夫为什么一直待在监狱，而没有选择逃跑。如果他真的想越狱，肯定不会有丝毫犹豫。像彼得罗夫这样的人，应该不会被理智约束，而是会遵从内心的真实意愿。如果这种人想达到什么目标，会想方设法克服一切障碍。我敢肯定彼得罗夫有足够的智慧可以成功逃脱，他可以骗过所有人，可以在一段时间内不吃不喝而安然无恙，他可以在森林或河边的芦苇丛中藏身。但是很显然，他并没有逃跑的念头。我发现彼得罗夫并不是一个有正确决断力和足够理智的人。像他这样的人天生就有一种意志，即使自己察觉不到，这种意志也会追随他一生。他一直在漫无目的地游走，直到某天突然遇到一个目标，他内心深处的欲望被这目标唤醒，于是不惜拿命去冒险。我有时非常吃惊，像这样一个因为挨打就杀死上校的人，在监狱里竟然会毫无反抗地屈服于棍棒之下。他每次向监狱里走私酒被发现之后，都会挨打。像很多不会手艺、没有固定工作的犯人一样，彼得罗夫靠走私酒取得收入。如果被抓，他会默默地接受处罚，并承认自己的错误。如果犯人敢反抗，就会被杀掉，而不是仅仅躺下被打。有很多次，我惊讶地发现，平素和我关系不错的彼得罗夫竟然偷我的东西。他会不时地这样做。有一次，我让他帮我把《圣经》放回原位。他原本只需走几步就能放回去，但是中途遇到一个人想买这本书，于是他就把书卖掉，转身就用得来的钱去喝伏特加。可能那天他正好很想喝酒，只要他想得到什么东西就一定要实现。像彼得罗夫这样的人，如果想买半瓶伏特加，会为了二十五戈比的酒钱不惜杀人。但如果没有需要时，成百上千卢布在他眼中也一文不值。彼得罗夫当天晚上就把偷东西的事情告诉了我，没有丝毫后悔或尴尬。他说话的语气非常轻松，就像在谈论一件稀松平常的事。《圣经》被他弄丢了，我觉得很惋惜，于是严厉地批评了他。他平静地听着，没有任何反驳。他承认《圣经》对我来说用处很大，也为我失掉了这本书真心感到遗憾。但尽管书是他偷的，我却看不出他有任何歉意。看他一脸坚定的样子，我也不想再斥责他。他接受我的责备是因为他知道我最多也不过如此，不会再采取什么别的惩罚措施。他知道应该为自己的过错接受处罚，觉得我会为了抚慰自己而责骂他。但是在内心深处，他又觉得这些责骂很愚蠢，一个严肃认真的人应该羞于这样做。我甚至肯定他把我看成了一个孩童、一个婴儿，认为我连世界上最简单的事都不懂。

如果我和他谈论除了书籍和知识以外的话题，他只会出于礼貌简短地回应。我很想知道他为何会问这么多与书有关的问题。谈话中我很仔细地盯着他，想确认他没有嘲笑我说的内容。确实没有，他很认真地听着，表情专注而诚恳，当然也不是每次都这样。有时他听得并不用心，让我很恼火。他会问我一些简单清晰的问题，而且他好像已经提前想好了答案。他很肯定地认为没有必要和我谈论其他问题，而且，除了书我什么都不懂。我发现他很依恋我，这让我大为惊讶。但同时他又把我看作一个孩童，看作一个有缺陷的人。于是，他像强者看待弱者一样对我抱以同情。我也不知道他究竟把我看作什么。尽管这样的同情并没有阻止他偷我的东西，但是我确定他这样做之后还是会同情我。

"真是个奇怪的人！"彼得罗夫偷我的东西时，肯定会这样想，"他连自己的东西都保管不好。"我认为这正是他喜欢我的原因。有一天，他好像不由自主地说道："你太善良、太简单了，让人忍不住想同情你。不要为我说的话生气，亚历山大·彼得罗维奇。"一分钟后，他又加了一句，"我没有恶意的。"

像彼得罗夫一样的人，有时遇到麻烦或受到刺激，会采取暴力手段。他们可能会在某个时间找到行动的目标。他们不只是嘴上说说而已，也不会只教唆和指挥别人造反，他们会自己采取行动。而且他们行动果敢、毫不慌乱，面对阻碍时也大胆无畏、毫不犹豫。他们冲到墙角下，然后直接撞上去丢了性命。我觉得彼得罗夫不会有好结局，他注定会以暴力的方式结束自己。如果他现在还没死，那只能说明让他灭亡的机会还没有到来。但是，谁又知道呢？他也可能到处游荡之后依然没有找到目标，于是，他安静地度过余生，直到终老。但我还是相信M说的话是对的，彼得罗夫是整个监狱里最坚定的人。

第八章　坚定的人——卢卡

很难清晰地描述这些内心坚定的人是什么样子。不管是监狱，还是别的地方，这样的人并不多。他们让人恐惧，也让人提防。起初，我一见到他们就不由自主地想躲避，但是后来我改变了想法，即使面对最恐怖的杀人犯，也能淡然处之。有些人从没动手杀过人，却比那些手上沾了六条人命的杀人犯更加残暴。有的罪行本身很复杂，不是几句话就能说清的。

人们常见的一类杀人犯是这样的：他一直在平静地生活。虽然生活很苦，但他可以忍受。他可能是束缚在土地上的一个农民、一个家奴、一个店主，或一名士兵。突然有一天，他发现自己内心深处有什么东西坍塌了，一直以来遭受的那些痛苦，他再也无法忍受，于是他手持利刃插入压迫者或敌人的胸膛。这之后，他不再受任何约束。他杀死压迫者，杀死敌人，情有可原——是这些人的恶导致了他的犯罪。但是后来，他不再满足于只杀死敌人。有时他第一个看到谁就杀谁，只是为了感受杀人的乐趣——可能是因为一句辱骂，因为一个眼神，为了数量相等，或者仅仅是因为："别挡着我的路，别让我碰到，我来了！"他像一个醉汉，像一个精神错乱的人。一旦他突破了这条底线，就惊奇地发现没有什么东西对他来说是神圣不可侵犯的。他打破一切法律，违抗一切力量，突破一切限制。他喜欢感受自己内心的骚动，享受自己制造的恐慌。他很清楚自己面临着严酷的惩罚。他此时的感觉就像一个站在高塔上的人，望着脚下咆哮的深渊，想一头栽下去，就这样结束一切。即使那些看起来最安静、最普通的人，也可能变成这样。还有一些人，甚至在走极端之后还会卖弄夸耀装腔作势。如果以前他们越安静、越谦逊，此时他们就会越吹嘘、越神气，越想制造恐怖。这些绝望的人很享受自己制造出的恐惧，他们以自己让人嫌恶为乐，他们在绝望之下做出疯狂的举动，根本不在乎结局如何，或者期望一切尽快结束。最令人奇怪的是，他们这种兴奋和疯狂一直持续不停，直到戴上枷锁的那一刻。

打这之后，他生命的线绳被掐断，就要走到尽头。突然之间，他安静下来，像熄掉了一切火焰，了无生气。枷锁之中的他，失掉了一切力量，开始请求别人的原谅。一进入监狱，他马上像变了个人。没有人会相信面前这个怯懦的小仔鸡竟然谋害了五六条人命。

还有一些人，即便进了监狱，也不会轻易被制服。他们依然虚张声势，大吹大擂。"告诉你们，我可不是你们眼中那个样子。要知道，我曾经把六个家伙送上了西天。"尽管常常听到他们这样吹嘘，但是他们迟早会屈服。像这样一个杀人犯会时不时地回忆自己过去如何大胆、如何在面对绝望时无法无天，并以此自娱。此刻，他喜欢自己身边围着一些愚蠢的家伙，听他大肆吹牛，听他讲以前犯下的骇人罪行；他还表现出一副不在乎的样子，好像只是随便说说，并不是为了吸引别人的眼球，使人震惊。"我就是这样的人"，他故作轻松地说。他一边讲述过去的故事，一边故作骄傲地拿眼瞟着身边的听众。不管是他的腔调，还是说出来的每一个字，都掩饰不住内心的得意。是从哪里学会了这样特别的技巧？

记得刚入狱时的一个夜晚，闲来无事的我听犯人们聊天，就听到有一个犯人在这样吹嘘。因为不了解，我以为讲故事的人是个道德败坏的强硬角色，要比彼得罗夫凶狠得多。这个人叫卢卡·库兹米奇。他曾经"撂倒"了一名少校，没有特殊原因，就是自己觉得好玩儿。卢卡是监狱里最瘦小的犯人。他是从俄国南部来的，以前是个农奴，不是束缚在土地上的那种，而是为主人服务的家仆。他的言谈中流露出一种刻薄和傲慢。在监狱里，犯人们喜欢凭直觉概括别人的样貌。我觉得他看起来就像一只可怜的小鸟，但是却长着尖尖的喙和锋利的爪子。估计别的犯人不会这样认为，因为敏感的卢卡总是让自己表现得骄傲自大。

那天晚上，卢卡坐在床上缝衬衫。他旁边是一个大个头的犯人，叫科贝林。这个人心胸狭隘，很愚蠢，但同时又善良、热情。卢卡经常开玩笑似的同他争吵，而且总是一副高高在上的样子。但是科贝林善良单纯，竟丝毫没有意识到这点。此时，科贝林一边织袜子一边漫不经心地听卢卡说话。卢卡的说话声又响亮又清晰，看着是在跟科贝林交谈，其实是想让大家都听见。

"知道我为什么被送到这儿来吗？"卢卡一面做针线活儿一面说，

"他们说我是个土匪。"

"多久之前的事了？"

"到今年豌豆成熟的时候就整整一年了。我们到了K城后，我被送进了监狱。我发现身边有很多来自小俄罗斯的犯人，个个都像公牛一样强壮、结实。但是又太安静了，不敢说话！那里的伙食特别差，而且管理监狱的少校为所欲为。就这样过了一天又一天。我很快就发现那些大块头们都是懦夫！'你们怕那个傻瓜吗？'我问他们。'你自己去找他谈谈！'他们哄堂大笑起来，像一群乱哄哄的畜生似的。我闭了嘴不说话。

"有个特别可笑的家伙，真的特别可笑。"讲故事的卢卡又加了一句，接着他撇下科贝林，给其他感兴趣的听众继续讲，"这个可笑的家伙在讲他是如何被审判的，自己都说了什么，还有他是如何号啕大哭的。'有一个可恶的书记员，'他说，'把我说的每个字都写了下来。我说让他去见鬼，他就真的把这句话也写上了。这个书记员真是太烦了，我都不知道该怎么办。'给我一些线，瓦夏。这线真差劲儿，烂了。"

"这里有一些从裁缝铺拿来的线。"瓦夏一边说着，一边把线递给他。

"对了，那个少校后来怎么样了？"科贝林问道，好像卢卡已经忘了讲这个人。

卢卡正等着这句话呢。但是他没有马上接着讲，好像科贝林的话并不值得在意。他默默地把针穿好线，然后把腿盘起来，接着讲道:"我的话刺激了别的囚犯,他们都叫喊着反对少校。就在那天早上,我从旁边一个犯人手里借了一把刀藏起来,以备不时之需。后来少校来了,狂怒着,像个疯子。'来吧,小俄罗斯人,'我悄声对他们说,'现在可不能打退堂鼓。'可是,天哪,他们的勇气已消失得无影无踪,而且还吓得浑身发抖!少校走了进来,已喝得大醉。"

"'这是怎么回事,你们想干什么?我是这里的沙皇,是你们的上帝。'他大叫着。

"当他说自己是沙皇、是上帝的时候,我把刀藏在袖子里向他走了过去。

"'不',我对他说,'尊贵的阁下',我一边说一边接近他,'不可能。您不可能是我们的沙皇和上帝。'

"'啊,原来是你,'少校大喊,'原来你就是这伙人的头目。'

"'不,'我说着离他更近了,'不是,尊贵的阁下,大家都知道,想必您也知道,万能的上帝在天上。我们也只有一位至高无上的沙皇,他是上帝选出来的,是我们的君王。尊贵的阁下,你只是一名少校,你能做我们的长官也是托沙皇的恩典,当然也因为你有自己的优点。'

"'什么?什么?你说什么?'少校结结巴巴地说。他太震惊了,几乎说不出话来。

"我就是这样给少校答话的,然后,我扑了上去,把刀刺入了他的肚子,只留下刀柄剩在外面。一切来得那么快。少校跌跌撞撞地晃了几下,然后就倒在地上了。

"我就这样断送了自己的命运。

"'伙计们',我喊道,'现在轮到你们把他抬起来了。'"

先说点儿题外话。"我是沙皇!我是上帝!"以及其他一些相似的表达以前经常从很多指挥官口中说出来。当然要承认现在还这样说的人已经很少了。我自己理解经常说这些话的人应该是从比较低的职位晋升上去的。但是官职的提升却让他们丢了脑子。背着小背包勤勤恳恳工作多年后,他们发现自己突然变成了军官,变成了指挥官、贵族。这种巨大的身份变化让他们很不适应,也让他们冲昏了头,于是他们不由自主地在潜意识中放大了自己的权力和地位。在自己的上司面前,这群人卑躬屈膝、刻意逢迎。最擅长巴结奉承的还会跟上司说他不会忘了身份,他就是一个普通的士兵。但是面对下属时,这伙人却残暴独裁,没有一点儿怜悯之心。这种虐待和不公最容易让犯人们激怒。

这些人地位提升后唯我独尊、为所欲为,结果那些最恭顺的人也开始对他们满怀仇恨,最能忍耐的人也开始不堪其辱。还好这样的现象主要出现在过去比较久远的年代,而且即使那时,高级当权者对滥用权力的现象也会严肃处理。我知道的例子就有很多。说回到监狱里,最让犯人们激怒的就是有些军官对他们表现出来的深深的蔑视和厌恶。如果简单地认为只要给犯人们提供吃穿,一切只需照章办事,那可就大错特错了。即使再被贬低,一个人还是会本能地维护自己做人的尊严。事实上,每一个犯人都很清楚自己现在是罪犯,是被社会摒弃的人,也知道自己的身份和上级之间有不可逾越的鸿沟。尽管脸上被打下了耻辱的烙印,身体也要受铁链束缚,他仍然记得自己还是个人。既然是人,就要被人性化地对待。这样才能唤起他们心中已经模糊暗淡的神性的光辉。对这群被流放的"不幸的人"来说,人性化的对待尤为必要。这对他们来说是救赎,也是唯一的安慰。我曾见过一些品性善良高贵的长官,他们对待自己手下那些可怜的受辱的犯人是何等的仁慈。几句亲切的话语就能对犯人产生神奇的影响。犯人听了以后会像孩子般开心,对自己的长官会从心底由衷地感激。但是需要注意的是,犯人们也不希望长官和自己太过熟悉。因为他们想对长官表示尊敬,而太熟悉的话,就不容易做到。如果这样一个长官胸前戴着很多勋章;如果他举止高贵;如果他被一个有强权的上司看好;如果他虽然严厉,但同时也极力维护犯人的尊严;犯人们会为自己有这样一个长官感到无比骄傲。这样的长官在犯人中会很受欢迎。虽然他有较高的权力和地位,但却不会去侮辱别人。这样,一切都会好起来。

"我猜,你后来是不是被剥了层皮。"科贝林问卢卡。

"要说剥皮,那肯定,这得承认。阿列伊,把剪刀给我。哎,我说接下来干啥,咱们今天不玩会儿牌吗?"

"那纸牌早就被我们喝掉了,"瓦夏说,"如果不是把那牌卖了买酒,现在就能玩了。"

"如果!如果能在莫斯科市场上每张卖一百卢布就好了。"

"嘿,卢卡,你刺了那少校以后,是怎么惩罚你的?"科贝林问道。

"挨了五百下，一下不少。除了没砍我的脑袋，他们什么招都使出来了。"卢卡说道。他又是对着人群说的，对身旁的科贝林瞥都不瞥一眼。

"打我那五百鞭的时候，那场面可壮观了。以前我还没挨过鞭子呢。你们不知道，过来看的人好多！整个镇上的人都围过来看那个土匪，那个杀人犯怎么受刑。这群人可真是些蠢货！——简直没法跟你们说。行刑官季莫什卡剥掉我的衣服，把我放倒，大喊：'小心着点儿！我要把你做成烤肉了！'我等着第一鞭落下来。我想大叫，却发现不行，光能张嘴，已经发不出声了。打第二鞭的时候，反正信不信由你们自己，我已经听不到他们数数了。再醒过来的时候，听他们已经数到十七了。中间有四次他们把我拖下来让我缓半个小时，还给我泼冷水。我睁眼看他们时只觉得天旋地转，心里想：'完了，看来我要死在这儿了。'"

"结果你没死？"科贝林一本正经地说。

卢卡回头轻蔑地瞪了他一眼，大家都哄堂大笑起来。

"蠢货！是不是脑子不正常？"卢卡说道，好像后悔自己竟然会跟这样一个傻瓜聊天。

"他有点儿糊涂。"瓦夏在一旁说。

虽然卢卡手上有六条人命，但是，监狱里没有一个人怕他。其实，他倒希望别人都把他当成恶人。

第九章　伊赛·福米奇——
　　　　　澡堂——巴克卢申

圣诞节临近，犯人们都怀着庄重的心情期待节日的到来。从他们的表情就能看出，有什么不寻常的事情即将发生。圣诞节前四天，犯人们要被带去澡堂洗澡。我们要在那天吃完午餐后去。因此，那天下午不用劳动。大家都很高兴，都在提前做准备。其中最高兴也最活跃的就是我们监狱里的犹太人伊赛·福米奇·布姆施泰因。我在第四章中已经提到过他。他喜欢在澡堂里洗蒸汽浴，直到里面的热蒸汽让他昏昏欲睡。每当想起在监狱里洗澡这件事，我脑海里首先涌现出的就是狱友伊赛·福米奇·布姆施泰因，他有趣的形象让人难忘。天哪！这是一个多么奇怪的人！我之前简单描述过他的外貌。福米奇五十岁，脸上皱纹密布，双颊和额头上有一道道令人恐怖的伤疤，瘦弱的身体像小鸡似的。他的脸上总是一副自信的神情，似乎总是很高兴，好像对自己被罚苦役一事一点儿也不觉得后悔难过。他是个首饰匠。因为小镇上没有别的首饰匠，所以他总是有很多活做，收入也不错。他花钱的地方很少，挣的钱足够花，过得很宽裕。他把存下来的钱借给别的犯人，自己收取利息。福米奇有一把茶壶、一个垫子、一个茶杯，还有一张毯子。小镇上的犹太人也时不时地赞助他。每周六他还会在卫兵的看押下去犹太教堂（这是法律批准的）。总之，他活得像一只好斗的公鸡。但是，他也期待着刑期快点儿结束，然后自己就可以结婚了。他是个极其有趣的人，身上集中了很多特点：天真、愚笨、狡猾、胆小、害羞。最奇怪的是，犯人们从不嘲笑他，也不蔑视他，只会逗弄他，拿他寻开心。总之，福米奇就是让大家解闷开心的活宝。

犯人们似乎在心里想："我们可就这么一个伊赛·福米奇，一定要把他照顾好了。"而福米奇好像也明白大家的心思，想到自己原来是个这么重要的角色，他从心里觉得很骄傲。福米奇比我先入狱，据说他当初来监狱时，那情景是相当可笑的。

一天晚上，监狱里突然开始传播一条消息，说来了一个犹太人，此刻正在警卫室里剃头发，不久就会被带到牢房。由于监狱里此前还没有来过犹太人，犯人们都很急切地等着他的到来，当那犹太人刚刚穿过大门，就把他围住了。值守的军官把犹太人带入牢房，给他指了指床铺的位置。

伊赛·福米奇手里提着一个包，里面装着监狱发的东西，还有他自己的一些私人物品。他把包放下，盘腿坐在床铺上，不敢抬头。看到他这副样子，周围的人全都笑起来。他的犹太人出身，此刻成了大家口中的笑柄。突然，一个年轻犯人离开人群向福米奇走过来，手里拿着一条夏天穿的裤子，那裤子又脏又破，上面还有破布补的补丁。

年轻人在福米奇旁边坐下，碰了碰他的肩膀。

"喂，我说伙计，"年轻犯人说，"我已经等了六年了，快抬起头看看这条裤子你能给多少钱。"他一边说着一边把裤子举到福米奇眼前。

伊赛·福米奇目瞪口呆。此时，一张张伤疤密布的脸聚拢过来，嘲笑声不断。福米奇害怕极了，不敢抬头看一眼，也不敢说一句话。看到那个年轻人跟他说话，他吓得浑身发抖，仔细地端详起那人手中的裤子。大家都在等着他开口说话。

"你给我一卢布银币怎么样？这裤子肯定值这么多钱。"卖主一边笑着，一边朝福米奇眨眨眼。

"一卢布银币？那可不行。不过我可以给你七戈比。"

这就是伊赛·福米奇在监狱里开口说的第一句话。周围的人全都放声大笑。

"七戈比！好，把钱给我吧。看看！你真的太幸运了。一定把我的抵押物看管好了，你得用头发誓。"

"你还得还我三戈比的利息，这样你总共欠我十戈比。"犹太人一边说着，一边从口袋里掏出刚才说好的七戈比。

"三戈比的利息——是一年吗？"

"不，不是一年，是一个月。"

"你可真是个守财奴，你叫什么名字？"

"伊赛·福米奇。"

"好吧，伊赛·福米奇，算你行。再见。"

犹太人又把那条抵押了七戈比的破裤子检查一遍，然后叠好，小心翼翼地放进包里。犯人们看着他,笑个不停。

嘲笑归嘲笑。尽管每个犯人都欠他钱,需要向他还债,却没有人因此仇视侮辱他。福米奇看到大家都对他有好感,不禁装腔作势起来,骄傲得不可一世。那样子特别滑稽,于是大家也就原谅了他,不跟他计较。

卢卡在入狱前认识很多犹太人,他经常取笑福米奇,不是出于恶意,只是觉得好玩儿,就像在逗弄一只小狗或一只鹦鹉。福米奇心里明白,因此也并不生气。

"犹太人,等着瞧,看我怎么打你。"

"来呀!你敢打一下,我就还你十下。"福米奇一点儿都不怕。

"该死的秃子!"

"彼此彼此。不管怎么说,反正我有的是钱。"

"他出卖了基督。"

"那就随他去好了。"

"好极了!伊赛·福米奇。我们可得把你照顾好了。你是这里唯一的犹太人。但是他们照样要把你遣送到西伯利亚。"

"我不是已经在西伯利亚了吗?"

"他们还会继续把你遣送到更偏远的地方。"

"难道那里没有上帝吗?"

"当然有,上帝无处不在。"

"那很好啊!有上帝,有钱,足够了。"

"看看这是个什么人!"周围的人全都大叫起来。

犹太人看到自己被嘲笑，并没有沮丧，反而摆起架子，装腔作势起来。犯人们见状开始对他恭维奉承，听了这些话，他心里沾沾自喜。然后，他尖着嗓子高声唱道："啦，啦，啦，啦……"整个牢房的人都能听到，而且都觉得那曲调好笑极了。这是他在监狱里唱的唯一的歌。后来，他和我熟悉之后，很严肃地告诉我很久以前，六十万大大小小的犹太人横跨红海时唱的就是这首歌，而且也是用的这个曲调。此外，每次战胜敌人之后，根据规定，每个以色列人必须唱这首歌。

每周六的前一天晚上，其他牢房的犯人都聚到我们牢房里，来看伊赛·福米奇如何庆祝安息日。福米奇本来就很虚荣、骄傲自大，看到大家对他这么好奇，心里越发得意。他郑重其事地把角落里的一张桌子盖上桌布，点燃两支蜡烛，打开书，口中念念有词，听起来神神秘秘的。接着，他穿上一件条纹的带袖长袍。这长袍他平时总是小心地保存在箱底。然后，他在手腕上系紧皮质的手环。最后，他用一条丝带把一个小盒子固定在额头上，看起来像是从头上伸出一只角。接下来，福米奇开始祈祷。他时而拉长语调慢慢地念着祈祷词，时而大喊、击掌，做出各种夸张滑稽的动作。所有这些都是宗教仪式规定的，本来并不可笑，也没有什么好奇怪的。只是福米奇在我们面前完成仪式时，那装腔作势的样子实在很滑稽。后来，他突然双手捂头，一边念祈祷词，一边抽泣起来。他的眼泪越来越多，看起来非常悲伤，他开始大声哭号，头几乎要躺在画着约柜[①]的书页上。突然，他从沮丧悲伤转为大笑，带着鼻音吟诵着一首赞美诗，好像陷入一阵狂喜之中。

"真是不可理解。"犯人们有时这样互相议论。有一天，我问伊赛·福米奇在仪式中为什么要哭泣，又为什么那么突然地从绝望转为胜利的喜悦。听到我问这些问题，福米奇非常高兴。他很直接地告诉我哭泣是为失去了耶路撒冷而悲伤，根据规定，虔诚的犹太人需要呻吟叹息，击打自己的胸膛。但是在最痛苦的时刻，他突然想起有预言曾预示犹太人会重新回到耶路撒冷，于是他表现出了满满的喜悦，唱歌、大笑，并且在念祈祷词时嗓音和表情上也流露出喜悦。从一种情绪突然过渡到另一种情绪让福米奇很兴奋，于是他非常满意地向我解释了这种宗教仪式上的巧妙安排。

一天晚上，福米奇正在祈祷时，少校进来了，后面跟着警卫军官和一队护卫兵。所有的犯人立刻在营床前站成一列。只有福米奇还在继续尖叫、做各种动作。他知道自己做礼拜是监狱里准许的，任何人都不能打扰，所以在少校面前哭号也不会招来危险。能在长官的眼皮底下随意挥舞，他别提有多高兴了。

少校向福米奇走来，在离他只有几步远的地方停下了。福米奇转身背对着桌子，正好面对着少校，开始唱那段胜利的赞歌，他一边做动作一边拉长语调慢慢地唱着几个音节。到了需要做出狂喜的表情

[①] 译注：约柜是古代以色列民族的圣物，"约"是指上帝跟以色列人所订立的契约，而约柜就是放置了上帝与以色列人所立的契约的柜子。

时，他一边眨眼一边大笑，还冲着少校的方向点头。起初，少校看到后非常吃惊，然后，他突然大笑起来，叫道："傻瓜！"说完后就离开了。福米奇还在那里尖叫。一小时后，仪式结束了。我问福米奇如果刚才少校没有克制，而是大发雷霆的话，他该怎么办。

"什么少校？"

"什么少校！你没看见他吗？他离你只有两步远，一直在看着你。"但是福米奇特别认真地跟我说他没有看到少校。因为他在祈祷时处于一种迷幻般的疯狂状态，看不到周围发生的任何事，也听不到任何声音。

周六的时候，我看到福米奇在监狱里游来荡去，什么都不做。因为根据法律规定，所有犹太人在这一天都要停止工作。福米奇还告诉我很多奇闻逸事！他每次从犹太教堂回来，都会给我带来一些圣彼得堡的消息，还有小镇上的犹太人告诉他的各种最新的最荒唐的传闻。关于伊赛·福米奇，就先说到这里。

在整个小镇上，只有两家公共澡堂。第一家是一个犹太人开的，里面分成很多小隔间，每人需付五十戈比。这家澡堂是小镇上的贵族经常光顾的地方。

另一家澡堂离得很近，又旧又脏，是普通人去的地方。犯人们就是被带到这里洗澡。那天空气清冷，犯人们很高兴能离开监狱城堡，在小镇上穿行。

一路上，犯人们笑声不断。一个排的士兵，背着上了膛的枪，押送我们前往澡堂。对小镇上的人来说，这幅景象是难得一见的。我们到达后，发现澡堂太小了，不能同时容纳所有人一起洗澡。于是，我们分成两队，一队在冷屋里等，另一队进暖屋里洗澡。即便如此，那屋子也还是太小了，一半的犯人怎么站得下呢？大家都觉得不可思议。

彼得罗夫一直紧跟着我。我并没有请求他这样做，但是他一直陪着我，不离左右，还主动提出要为我搓澡。还有一名叫巴克卢申的单人囚室的犯人，也提出要为我服务。我现在仍然记得，这个犯人当时被叫作"工兵"，是监狱里最快乐也最讨大家喜欢的人。在狱中，我和他结成了亲密的朋友。彼得罗夫开始帮助我脱衣服。因为我还不太习惯，一般要用很长时间才能把衣服脱下来，而且更衣室里几乎和室外一样冷，所以最好尽快把衣服脱掉。

对一个新手囚犯来说，把身上穿的东西脱下来一点儿也不轻松。因为必须得知道如何把镣铐的衬垫解开。这些衬垫包裹在腿上，位于铁环之下，上面的一头扣在衬衫外面。这样一副衬垫要花六十戈比，每个犯人都必须买一副。因为如果不用衬垫的话，就无法走路。实际上，腿上的铁环并没有把腿箍得特别紧，铁环和肉之间的缝隙可以伸进一个手指。但是铁环会摩擦小腿肚，所以如果不用衬垫的话，仅仅一天之内皮肤就会被磨破。

把衬垫脱下来比较容易，但是要把衣服脱下来就是另一回事了。单单把裤子脱下来就可以说是一项巨大的工程。此外，每次需要换衬衫时，要把衬衫脱下来也一样难。第一个教我们如何脱衣服的是科列涅夫。他以前是一个强盗头子，被判用铁链拴五年。大部分犯人对脱衣服这事很熟练，做起来轻而易举。

我给了彼得罗夫几个戈比，让他去买肥皂和一把细枝，用来搓澡。监狱方会给每个犯人发一点儿肥皂，但是那肥皂太小，跟两个戈比铜币大小差不多。澡堂的更衣室里出售肥皂，还出售蜂蜜酒、白面包、开水。根据澡堂老板和监狱管理方之间的协议，每个犯人只能用一桶热水。如果有的犯人想彻底洗干净的话，可以花两戈比额外再买一桶。为了给正在洗澡的犯人递水，老板在墙上凿了一扇窗，如果有犯人买水，就从这窗户递进去。我的衣服刚脱完，彼得罗夫就扶住我的胳膊。他说这样戴着铁链走路对我来说可能不太容易。

"把铁链拉到小腿肚上。"他一边说着一边扶住我的胳膊，好像我是一个老人似的。他细心的照顾让我感到很羞愧。我再三向他保证自己一个人可以走得很好，但是他却不相信。他照顾我就像在照顾一个笨手笨脚的小孩。彼得罗夫不是一个仆人。如果我惹怒了他，他知道该如何对付我。对他的帮助，我没有承诺任何报酬，他也没有向我提出任何要求。是什么让他对我如此关心呢？

面前的澡堂有十二步长，十二步宽。我们总共两百个犯人，被分成了两队。在这间屋子里，挤着一百人，最少也有八十人。屋内蒸汽缭绕，模糊了我们的视线。大家拼命地挤来挤去，每个人都想多占一些空间。空气里弥漫着汗水的味道，地上到处是人们搓下的污垢，我们简直不知道该如何下脚。我有些害怕，想出去。彼得罗夫赶紧安慰我。我们请求一些犯人弯下身，好让我们过去。费了好大的劲儿，终于挤到长凳旁边。但是所有的长凳都占满了人。彼得罗夫说我需要花钱买一个位置。然后，他很快便和靠近窗户的一个犯人商量起来。这个人同意收一戈比，然后把他的位置让给我。彼得罗夫已经提前准备好了一戈比，紧紧握在手里。那个犯人收了钱后，从我身下爬到一个又暗又脏的角落。那里的污垢至少有半英寸厚。长凳上方的空间也被人占了。到处都挤满了犯人。至于地板上，连巴掌大的空地都没有了。犯人们桶里的水通过喷嘴喷洒出来。有些犯人站立着，用手举起水桶浇水冲洗，脏水沿着他们的身体往下流，落在那些坐着洗澡的犯人头上。在高处的长凳上，以及通往高处的台阶上，聚集着一些犯人，他们想洗得更彻底、更干净，但是这些犯人的数量不多。一般来说，平民百姓并不喜欢用肥皂洗澡，他们更喜欢用热气洗蒸浴，然后再用冷水冲洗。地板上放着五十捆细树枝，人们拿起细枝搓澡，可以看到这些细枝同时起起落落，而洗澡的人们看起来也非常陶醉。屋里的水蒸气越来越浓厚，给人的不是温暖，而是一种灼热的感觉，就像水沸腾时一样。犯人们的大吼大叫声和近百根铁链撞击在地板上的声音交织在一起。有些犯人想从一个地方移动到另一个地方，在移动过程中，他们的铁链和身旁犯人的铁链缠绕在一起，有时铁链还会击打在坐在低处的犯人头上。

　　有的犯人摔倒了，因为自己的铁链和别人的铁链缠绕在一起，所以同时也会把别人拽倒。犯人们全都陷入了一种狂喜的状态。尖叫声从四面八方传来。在更衣室墙上开窗户的地方，也就是往里面递热水的那个窗户旁，挤满了犯人，递过来的热水在到达买水的人手里之前，就洒在了坐在地板上的犯人头上。这一刻，我们好像是完全自由的。但是在更衣室的窗户后面,或浴室的门对面,时不时就能看到一张长胡子的士兵的脸在向里面张望。那士兵手里拿着的枪垂在脚边,时刻提防着里面发生严重的骚乱。

犯人们剃过的头,还有被蒸汽烫红的身体,此刻看起来更加骇人。他们红色的背上,醒目地凸显着鞭子和棒子留下的伤疤。那些都是很长时间之前的旧伤,由于当时打得太厉害,现在看起来仍然皮开肉绽,像不久前刚被打的新伤,我只是看一眼便不寒而栗。这时屋里的蒸汽越来越多,浴室里像笼罩了一层厚厚的正在燃烧的云,把骚动和叫喊声都裹在里面。从这云里露出了一个个伤痕累累的后背,一颗颗剃过的头颅,还有最高处的长凳上正在兴奋大叫的伊赛·福米奇。他正全身浸泡在蒸汽中。这么高的温度,换作另外任何一个人都会晕倒,但是再高的温度,好像对福米奇来说都不算回事。他花了一戈比雇人给他搓澡。但那人只过了一会儿就热得受不了了,扔下手里搓澡用的那束细枝,跑去把全身浸在冷水里。伊赛·福米奇一点儿不怕,重新雇了第二个人搓澡,接着又雇了第三个。此时他毫不顾虑花费的问题,一连换了四五个人给自己搓澡。"勇敢的伊赛·福米奇,这下蒸够了。"坐在低处的犯人们大喊。这下那犹太人好不得意,觉得别人都成了手下败将。为了表达胜利的喜悦,他扯着嗓子用假声唱起自己最喜欢的曲子,那声音盖过了整个屋子里的嘈杂。我想如果有一天我们在地狱重逢,一定会回想起澡堂里的这一幕。我忍不住把这个想法告诉了彼得罗夫;他看看四周,没有答话。

我想给彼得罗夫买一个位子,让他坐在我旁边。但是他坐在了我的脚边，还说感觉这样很舒服。巴克卢申为我们买了热水，等我们需要的时候他就马上提过来。彼得罗夫提出要为我从头到脚搓洗干净，还请求我先去把全身蒸一遍。我很犹豫，下不了决心。最后，他用肥皂帮我搓洗了一遍。我想告诉他我可以自己洗，但是跟他争论似乎没用，于是只好随他去了。

彼得罗夫帮我搓洗完后把我送回更衣室。他扶着我，每走一步都提醒我要小心，好像我是用瓷做的，一不留神就会碰碎。等他帮我穿好衣服，做完一切该做的事后，彼得罗夫又冲回浴室，去彻底地蒸洗一番。

回牢房后，我给他倒了一杯茶。他没有拒绝，喝完茶谢过我。我想为他买一杯伏特加，很顺利当场就买到了。彼得罗夫非常高兴，大口把酒吞下，心满意足地喃喃自语，说我的酒又让他活了过来。然后他突然跑去厨房，好像有人在厨房里商量什么重要的事情，需要他帮忙拿主意。

接着又来了一个人和我聊天。这个人就是巴克卢申，我已经提起过他。我也请了他来喝茶。

我从来没见过比巴克卢申性格更好的人。实际上巴克卢申总是揪着别人的错误不放，而且经常和人吵架。他最不能忍受别人对自己的事情指手画脚，横加干涉。总之，他很清楚怎么照顾自己的情绪。但是吵归吵，他一般不会和别人吵个不停，总是适可而止。能看出所有犯人都喜欢他。他不管到哪儿都很受欢迎。即使小镇上的人们也觉得他是世界上最有趣的人。巴克卢申三十岁，身材高大，一张坦诚又坚定的脸，下巴上有一个瘊子，看起来很英俊。他有一门绝技，就是不管在哪儿遇见一个人，他马上就能模仿这个人的表情，而且模仿得极其滑稽，引得围观的人惊叫连连。他很擅长开玩笑。但是若有人不喜欢这种玩笑，对他进行侮辱，他是万万不允许的。因此，没人敢轻蔑他。巴克卢申富有活力和激情。在我刚入狱之初，巴克卢申就和我相识了。他向我讲述了过去的军旅生活。他在部队里是一名工兵，因表现出色，得到一些重要人物的赏识。他问了我很多关于圣彼得堡的问题。有时他来和我一起喝茶的时候，甚至还会读一些书。他曾绘声绘色地向我们讲述有一天早上，中尉K如何粗暴地对待少校，让少校丢了丑，大家都被他的话逗笑了。他这次过来喝茶，在我身边坐下后，脸上带着满意的神情对我说我们可能要在监狱里举行一场演出。原来犯人们计划在圣诞节期间表演戏剧。主要演员已经找好，舞台布景也一点点地准备好了。

此外，小镇上一些人答应借女士服装供我们演出用。演出还需要一件带肩章的制服，可以通过一个军官的仆人帮我们弄到手。只要少校不像去年一样禁止演出，一切都好说。那次少校因为输了牌，心情很差，而且还被监狱里发生的什么事情惹怒了。于是，他没好气地禁止了演出。而今年说不定少校就会同意演出。巴克卢申看起来非常高兴。不难看出对这场正在筹划的演出的期待，他是一名主要支持者。我决定到时候去看演出。巴克卢申说起这件事时，脸上流露出十分喜悦的表情，那表情是如此单纯，我不禁被深深打动了。一开始我们谈论时只是轻声耳语，逐渐地我们开始公开谈论这个话题。他告诉我很多事情，其中谈到他以前不只是在圣彼得堡当兵，他还曾被派往另一个城市P，在一个卫戍部队里做军士。

"他们又把我从那个城市遣送到这儿。"巴克卢申继续说道。

"为什么？"我问。

"为什么？你永远猜不到，亚历山大·彼得罗维奇。因为我爱上了一个人。"

"别开玩笑了，没有人会因为这个原因被流放。"我说着，笑了起来。

"我应该再加一句，"巴克卢申继续说道，"那份爱情让我开枪杀死了一个德国人。这个原因值得把我流放到这儿做苦役吗？你觉得呢？"

"到底怎么回事？讲给我听听。肯定是个不一般的故事。"

"其实是个很好笑的故事，亚历山大·彼得罗维奇。"

"那就更好了。快说说看。"

"你想让我讲吗？好吧，那你好好听着。"

于是，他给我讲述了如何犯下谋杀罪的全过程。这故事并不"可笑"，相反还很奇特。

"事情是这样的，"巴克卢申开始讲述，"我被派往里加，那是一个很好、很有魅力的城市。唯一不好的就是那里的德国人太多了。我还很年轻，而且性格很好，和长官们相处得也不错。我那时经常歪戴着帽子逛来逛去，生活得非常愉快。

我向那里的德国女孩们抛媚眼。其中有一个叫路易莎的女孩，我很喜欢。路易莎和她的姨妈住在一起。她们都是洗衣女工。路易莎的姨妈很老了，样子看起来很滑稽，但是她很有钱。起初，我只是从路易莎的窗前经过。很快，我就和她熟识起来。路易莎的俄语说得很好，只稍微有一点儿口音。她是那么迷人，我从没见过如此美丽的女孩。我开始追求她，向她展开了猛烈的攻势，想和她那什么。但是路易莎说她想保持纯洁无瑕的童贞，要做一个能真正配得上我的妻子。路易莎是个温情的女孩，脸上总是挂着笑容，而且非常优雅。真的，我从没见过像她这么美的女孩。她自己还提议说我应该和她结婚。是啊，我怎么不和她结婚呢？后来，不知为何，路易莎突然不来赴约了，一次，两次，然后又第三次。我给她写了一封信，但没有收到回信。'该怎么办？'我对自己说。难道她一直都在欺骗我的感情吗？如果是这样，我已经深深陷了进去，不能自拔。她为什么不回信，不来见我呢？她应该不会欺骗我。难道她是要和我断绝关系？'肯定是她姨妈在捣鬼。'我心里想。但是我不敢去她家问个究竟。

"即使路易莎的姨妈知道我们在约会，我们也一直装作她不知道。我又花心思给路易莎写了一封信。我在信里告诉她：'如果你不来的话，我就去你姨妈家找你。'路易莎可能看了信后心里害怕，于是就来了。她见到我后哭了起来，告诉我她家的一个远房亲戚，一个叫舒尔茨的德国人，是个钟表匠，年纪不小了，很有钱，想跟她结婚。那个男人说会给她幸福，还说不想在自己年老时孤身一人。路易莎说那个男人已经爱她很长时间了，早就想和她结婚，但是一直不敢说出来。'你知道，萨沙，'路易莎对我说，'这关系到我的幸福。他很有钱。你不会阻挡我追求幸福吧？'我看着她的脸，她哭了，用双臂紧紧地抱着我。

"'她说得很对,'我在心里想,'嫁给一个当兵的有什么好处呢?即便是个军士又怎么样?好吧,再见了,路易莎。上帝保佑你。我无权阻挡你的幸福。'

"'那男人长什么样?好看吗?'

"'不好看,很老,鼻子特别长。'

"路易莎说到这里笑了一阵。然后,我离开了她。'这是我的命运。'我心想。第二天,我经过舒尔茨的店(路易莎告诉了我他住在哪里)。透过窗户望进去,可以看到里面有一个德国人正在摆放钟表。那男人大概四十五岁,鹰钩鼻,肿泡眼,穿一件高领的燕尾服。

"我看着他,轻蔑地往地上吐了口痰。那一刻,我恨不得出手把窗玻璃打碎。'有什么用呢?'我又转念一想,'现在做什么都无济于事。结束了,全都结束了。'夜幕降临的时候,我回到牢房,躺在床上。你相信吗?亚历山大·彼得罗维奇,我开始哭起来,真的,哭了起来。一天过去了,两天过去了,三天过去了。我再也没见到路易莎。但是,我从一位老妇人(这位老妇人也是一名洗衣女工,路易莎有时会去拜访她)口中得知那个德国男人知道我和路易莎的关系,因此他决定尽快和路易莎结婚。否则的话,他可能还要再等两年才会向路易莎提结婚的事。他让路易莎发誓不再和我见面。可能正是因为我,他把钱攥得很紧,而且密切关注路易莎和姨妈的一切行踪。或许他会改变主意,因为他好像并不坚定。那位老妇人还告诉我德国男人邀请路易莎和姨妈第二天(一个星期日)去他那里一起喝咖啡。到时候还有另一个亲戚也会去。那亲戚原来是个店主,现在很穷,在一家酒店当助手。这下我知道了原来他们在星期天就要把婚事定下来。我暴怒不已,完全失去了理智。第二天,我一直在想这件事。我恨不得把那德国男人吞掉。星期天早上,我还是没想好该怎么办。那天,部队里的任务一结束,我就穿上大衣向那个德国人家跑去。我想他们肯定都在那里。我不知道自己为什么要去找那个德国男人,也不知道自己到底想跟他说什么。

"我往兜里装了一把手枪,好应对任何突发情况。那是一把小手枪,枪栓也是旧式的,一文不值。那枪是我小时候用的,真的管不了什么用。但是,我还是给枪装上了子弹。因为我觉得自己肯定会被踢出来,而且那个德国男人肯定会羞辱我。如果这样的话,我就把手枪掏出来吓唬他们。我到那儿以后,发现楼梯上没有人,他们都在工作室里。没看到仆人。他只有一个德国女仆,兼做厨师,她此刻也不在。我从钟表店穿过去,发现里面工作室的门关着,那扇老旧的门,应该是从里面锁上了。我站在门外,听到他们在里面说德语。我感到自己的心跳得厉害。接着,我一脚把门踢开。环顾屋内,屋中央摆着一张桌子,桌上放着一把咖啡壶,壶下燃着一盏酒精灯,旁边有一盘饼干。桌上还放着一个托盘,盘中一个小雕花玻璃瓶装着白兰地,盘里还有鲱鱼、香肠,和一瓶不知名的酒。路易莎和姨妈盛装打扮,坐在一张沙发上。她们对面的椅子上坐着那个德国男人,穿着高领外衣,头发精心地梳过,一副新郎的派头。

"屋子的另一边还坐着一个年老的德国人,很胖,头发花白。他没有参与谈话。路易莎看到我进来，脸色顿时变得苍白。她姨妈惊得一下子从沙发上弹起来，然后又坐了回去。那德国男人立刻暴怒。他起身向我走来，问道：'你想干什么？'

"如果不是因为当时很生气，我早就失去理智了。

"'我想干什么？你就是这样欢迎客人的吗？怎么不让客人喝点儿东西？我是来拜访你的。'

"那德国男人思考片刻，然后说：'坐吧。'

"我坐下来。

"'这里有伏特加。请自便。'

"'希望这酒不错。'我大叫道，此时，我感到心中的怒火越来越旺。

"'这酒很好。'

"他一边说一边从头到脚打量着我。我不禁狂怒。最可怕的是，路易莎此刻正在旁边看着。

"我喝了一口酒，然后对他说：'喂，德国佬，干吗说话这么粗鲁？看来，我们需要好好认识一下。我可是作为朋友来看望你们的。'

"'我可不是你的朋友，'他答道，'你只不过是个士兵。'

"然后我一下子就完全失控了。

"'哼，你个该死的德国佬！你个臭卖香肠的！知不知道，现在你的小命就在我手上。看这儿！信不信我用枪打烂你的头？'

"我拔出手枪，站起身，对着他的额头敲了一下。路易莎和姨妈一下子魂儿都吓飞了，大气都不敢出。坐在旁边那个老男人脸吓得像张白纸，整个人树叶似的止不住地颤抖。

"那德国佬好像惊呆了。但他很快就镇定下来。'你吓不住我，'他说，'看你也是个有教养的人，就不要再开这种玩笑了。我可不怕你！'

"'还敢说不怕？我看你在这支枪面前一动也不敢动。'

"'你不敢开枪！'他大叫道。

"'我为什么不敢？'

"'因为你会被严惩。'

"那德国白痴准是鬼迷了心窍！如果他不是那样激我，说不定他现在还活着呢。

"'你觉得我不敢是吧？'

"'是。'

"'哼，我不敢，你再说一遍？'

"'没错，你就是不敢！'

"'是吗？你个卖香肠的蠢货？'说完，我开了枪。他倒在椅子上。屋里的人都尖叫起来。我把手枪放回兜里。回到部队驻地的时候，我把枪扔到了大门旁边的草丛里。

"回营房后，我躺在床上，心里想：'这下很快就会被带走了。'一小时过去了，又一小时过去了，我竟然没有被抓走。

"快到晚上的时候，我觉得特别难过，于是我不顾一切危险去见路易莎。路上经过那家钟表店时，我看到那里围着很多人，其中还有警察。我跑到那个做洗衣女工的老妇人家中，对她说：'快去叫路

易莎!'

"我不敢久留,只能在那等一小会儿。路易莎很快就来了。她一见到我就抱住我的脖子哭起来。'都是我的错,'她哭着说,'我不该听姨妈的话。'

"路易莎接着告诉我,事情发生后,她和姨妈立刻回了家。姨妈被吓坏了,回家后就倒在床上,一句话都不说。她姨妈什么都没往外说,而且还告诉路易莎一个字都不要说。

"'姨妈藏在家里,谁都没见过她。'路易莎说。

"'那个钟表匠事先把女仆打发走了,因为他很怕那个女孩。那女孩妒忌心很强,如果知道他要结婚的话,会把他的眼珠子抠出来。'

"'房子里的工人也都被他打发走了。咖啡和点心都是他自己准备的。至于另一个亲戚,他平时就是个少言寡语的人。事情发生后,他拿了帽子,一声不吭地走了。'

"'他肯定不会说出去。'路易莎又说道。

"确实如此。两周过去了,没人来抓捕我,也没人对我有一丁点儿怀疑。

"说出来你可能不信,亚历山大·彼得罗维奇。这两周是我一生中最幸福的时光。我每天都和路易莎见面。她也变得对我非常依恋!她哭着对我说:'如果你被流放,我就跟你一起去。我愿意抛弃一切追随你。'

"路易莎太让我感动了,我甚至想为了她去死。但是两周之后我被捕了。原来那个老男人和路易莎的姨妈最后决定一起告发我。"

"可是,"我打断他的话,"巴克卢申,如果是因为这起杀人案的话,最多以民事案件论处,罚你十年到十二年的苦役。但你却被关进了单人囚室,这是怎么回事?"

"那是因为后来又发生了另外一件事,"巴克卢申继续说,"后来我被带到军事法庭,受命审理此案的上尉一上来就侮辱我,而且还在法庭上骂我。我忍无可忍,对他大喊:'你凭什么骂我?怎么不拿镜子照照自己,你这个流氓!'因为这件事,又对我提出了新的指控。我第二次受审,因两项罪名被判处树条抽打四千下,并被关进这里的单人囚室。我被带出去,从'绿街'穿过。与此同时,审理案子的上尉也被调走了。他被剥夺了军衔,并流放到高加索地区,成了一名士兵。再见,亚历山大·彼得罗维奇。记得一定要来观看我们的演出啊。"

第十章 圣诞节

圣诞节越来越近了。节日前一天，很多犯人都不去劳动了。只有被派去裁缝车间的犯人，还有一些做别的工作的犯人照常去劳动。但是他们很快就回监狱了，有的是独自回来的，有的是几个人一起回来的。午餐过后，就没有人再去劳动了。从清早开始，大部分犯人都放下了监狱安排的任务，忙着自己的事。一些人在安排怎么往监狱里运酒，一些人在想办法获得批准去见自己的朋友，还有的人打算去要回别人欠得不多的一点儿工钱。巴克卢申，还有其他要参加表演的犯人，正在努力说服他们的一些熟人，基本都是军官们的仆人，帮他们弄到必需的演出服装。因为大家都在忙，抽不出身，那些仆人有的自己过来了，一副公事公办的样子。他们好像期待能得到点儿报酬，实际上并没有人给他们钱。总之，每个人都在期待着生活中能来点儿变化。快到晚上的时候，负责为犯人们采购东西的残疾军人带回了各种各样的食物——肉、乳猪、鹅。很多犯人在过去的一年里攒了些钱，都觉得应该在这一天花掉一部分，要像模像样地庆祝圣诞节前夜，即使那些最节约的犯人也不例外。第二天的圣诞节对犯人们来说是个更大的节日。根据法律，犯人们在这一天有个特权，那就是监狱方不能要求他们去劳动。一年之中，这样的日子只有三天。

此外，随着这样一个重要节日的临近，有些堕落之徒想起以前过节的情景，心里颇为不安。大部分普通人从小便对这个节日记忆深刻。从前每到圣诞节，一家人会停下所有工作，温馨地团聚庆祝。而此刻想起往日的一幕，心里被深深的痛苦所折磨。因为犯人们对以前过节的情景记忆深刻，所以现在对这个节日越发的敬重。在这一天，醉酒的人很少。虽然大部分犯人在过节这天并没有什么事可做，但是每个人看起来都非常严肃，都是一副心事重重的样子。即使那些大摆宴席、大吃大喝的人都变得严肃认真起来。在节日这天是听不到笑声的。整个监狱里，任何过分的行为都不会被容忍。如果有人敢打破这份安宁，即使是无心的，也会被指责对这么重要的节日不够尊重，并很快被教训一顿，然后乖乖地遵守规矩，并大声发誓不会再犯。

犯人们对圣诞节这份虔诚值得注目，甚至令人感动。除了心里固有的尊敬之情，他们也把庆祝这个节日看作和外界沟通的一种方式。这样一来，好像自己就不再是完全被社会抛弃的堕落之徒了。在节日这天，犯人们无比开心，和自由世界的人们没什么不同。我非常理解这种感受。

阿基姆·阿基梅奇为节日的到来做了充分准备。说到圣诞节，他其实并没有什么关于家庭团聚的美好回忆。他是个孤儿，自己也不知道出生在哪里，十五岁时就参了军。阿基梅奇应该从未经历过特别喜悦的时刻。在军队里，他一直和别人一样过着整齐划一的规律生活，不敢违反加在自己身上的条条框框。而且他也不是特别虔诚的教徒。长时间这样生活让他极为拘谨，不敢随意流露自己的感情和好恶。因此，在为节日做准备时，阿基梅奇并没有显得多么兴奋，也没有因为什么无用的痛苦回忆而伤心。他像之前完成部队任务一样准时做好各种准备，以便到时能好好过节。此外，他并没有考虑圣诞节有多么重要，也不愿去想这些事情。即使根据宗教礼仪做各种准备时，他也完全没有去想这节日的重要性。如果第二天过节时，有人命令他去做与前一晚完全相反的事，他也会服从照做。就那一次，一辈子唯一一次，他任凭一时冲动行事，结果，他因此被判刑，被流放。

虽然判决书上写着阿基梅奇拒不认错，但是他记住了这次教训，并总结出一条很实用的行为准则：永远不要对任何事情思考太多，因为自己的头脑不适合做出准确判断。就这样，阿基梅奇不假思索地盲目遵守着节日仪式的各种规定。他往乳猪里面填满小米，亲自烤制（他会一些烹饪技艺）。看着烤好的乳猪，他的眼神里充满敬意，好像这不是一只普通的可随买随烤的乳猪，而是一种特别为圣诞节诞生的动物。或许他从懵懂的婴儿时期开始就习惯了每年圣诞节时在桌上看到这道烤乳猪，并由此推断烤乳猪是庆祝圣诞节必不可少的一道菜。我敢说，如果节日那天他恰巧运气不好没有吃到这道菜，他肯定会为自己没有完成任务而终身遗憾。

直到圣诞节早上之前，阿基梅奇一直穿着他的旧马甲和旧裤子，这些衣服早就磨破了。我后来得知他的新衣服从发下来后一直保存在箱子里，已经放了四个月。他一次都没有穿过，等着圣诞节的时候才拿出来穿。他确实是这样做的。圣诞节前夜,阿基梅奇把新衣服从箱子里拿出来,然后展开仔细查看,还吹掉衣服上的灰尘,直到衣服干干净净。等他确认衣服保存完美后,才上身试穿。衣服穿着正合适。几件衣服搭配得也正好。马甲的扣子一直扣到脖子下面,衣服的领子又硬又直,像纸板一样笔挺,这样正好让脖子挺得直直的。整套衣服的剪裁有点儿像军装。阿基梅奇穿上后露出了满意的微笑,神气十足地在一面镶着金边的小镜子前不断地转身观看。

马甲上有一粒扣子好像位置不正,阿基梅奇嘴里说着,立马把扣子重新钉正。他又试了一遍马甲,这次觉得一切都刚刚好。然后,他把所有的衣服按原样折叠好,满意地锁回箱子里,到第二天再打开。阿基梅奇又对着镜子仔细地检查起自己的头。他之前已经把头彻底刮了一遍,但是现在他重新细看,发现有头发悄悄冒了出来。于是,他立刻去理发的"少校"那里,又按照规定重新刮了头。实际上第二天并不会有人注意到他,但他还是像完成任务似的有意去做这些事情。不管是一粒小小的纽扣,还是肩章上的一点儿线头,或是穗饰上一根不起眼儿的线绳,如果出现一丝问题,在他看来都需要立即处理。只有这样才能做到尽可能完美。作为监狱里的一名"老手",阿基梅奇发现很多干草被运进了牢房,并且撒满了整个地面。其他牢房里也是如此。我不知为何圣诞节时总会在地上撒满干草。

一切准备停当,阿基梅奇紧接着做了祈祷,然后就躺上床睡觉了。他睡得像孩子般香甜,准备第二天早早起床。其他犯人也是如此。所有人都比平时睡得早。那天晚上,大家不再像平常一样忙活各种工作了。至于玩牌聚赌,更是提都没人提。每个人都盼望着第二天快点儿到来。

终于到了圣诞节早上。天还没有亮,就听到了鼓声。负责清点囚犯人数的下级官员祝囚犯们节日快乐。犯人们友好地回应,同样祝官员节日快乐。做完祷告后,阿基梅奇和其他很多买了鹅、乳猪等食物的犯人匆匆赶往厨房,去看他们的食物放在哪里,看看现在做成什么样了。

透过牢房墙上的小窗户,可以看到在冰雪掩映下,黑暗中的两间厨房里亮起的火光。在厨房里,燃烧着六个火炉。院子里仍是一片漆黑,犯人们有的把皮大衣披在肩上,有的穿戴整齐,都急急忙忙地赶往厨房。有少数等不及的犯人已经去找过酒贩子。但他们还是有分寸的,比平时表现得好多了,没有争吵,也没有辱骂。大家都明白这是极不寻常的一天,是一个伟大的节日。

犯人们还去向其他牢房里的狱友问候节日快乐。这一天,似乎所有人之间都建立起了友谊。附带说一句,其实犯人们之间很少建立亲密的友谊。在监狱里,很难看到两个人像自由世界里的人一样充分信任。我们相处时彼此之间苛刻粗鲁。除了极少数例外,大部分情况下犯人间的关系都是如此。

我和别人一起出了牢房。时间已经不早了。空中的星星已经发白,地上升起一层薄雾,烟囱里冒出的烟螺旋状地袅袅升到空中。路上遇见的几个犯人亲切地向我问候圣诞快乐。我一一谢过并回以同样的问候。他们有的以前从没和我说过话。

我快走到厨房时,看到一个肩披羊皮大衣的军事犯向我走过来。他远远地认出了我,站在院子中间喊我的名字:"亚历山大·彼得罗维奇。"然后向我跑来。我等他过来。这个犯人是个年轻人,圆圆的脸上一对柔和的眼睛,不太爱说话。我入狱以来,他从未和我交谈过,好像从没注意到我似的。但他知道我的名字,我却不知道他叫什么。他笔直地站在我面前,开心地笑着,但却掩饰不住眼神里的空洞和茫然。

"有什么事吗?"我惊讶地问道。

他仍旧站在我面前,微笑地看着我,没有答话。

"今天是圣诞节嘛。"他低声说道。

他清楚自己没有什么别的话可说,于是快步走进了厨房。

值得一提的是,这之后我们几乎没再遇见过,也没有再交谈过。

厨房里,犯人们挤在燃烧的火炉周围,互相推搡着。每个人都在争着看自己的食物。厨师们正在忙着准备午餐。这一天的午餐要比平时稍早一点儿。尽管很多人在开餐时间前就想吃,但他们都清楚在别人面前要行为得体,所以没有一个人提前用餐。我们在等待神父的到来。他来了以后圣诞节前的禁食才算结束。

天还没有完全亮,就听到监狱大门口负责值守的下士大声喊道:"厨房,厨房。"

这样的呼喊重复了一次又一次,先后持续了大约两小时。厨师们被叫出来接收从小镇各处送来的数不清的礼物。其中有白面包、司康饼、面包干、煎饼,还有各种各样的点心。好像小镇上所有店主都给监狱里这群"不幸的人"送来了东西。其中有些礼物非常棒，比如有很多用最优质的面粉做成的蛋糕。当然，也有一些不太好的礼物，比如两戈比一条的面包，再比如几个黑面包，上面抹着薄薄的一层酸奶油。这是小镇上的穷人送给我们这些可怜之人的。他们为了送这点儿东西，常常会花完手中最后一戈比。每件礼物，不管价值几许，捐赠者为何人，大家都怀着同样的感激。犯人们收到礼物后，会摘下帽子向捐赠者深深鞠躬，表示感谢，并祝福他们圣诞快乐，然后把东西拿回厨房。

厨房里收集很多面包和蛋糕以后，把这些赠品分配到每间牢房，然后再由各牢房里年长的犯人负责在本监室平均分配所得赠品配额。犯人们对这样的分配没有任何反对，也不会有丝毫生气，因为分配是公正公平的。在我们牢房里，阿基梅奇在另一名囚犯的帮助下，把得到的配额分发给我们，而且还把他自己那份分给每一个人。大家对这样的分配结果都很满意。整个分配过程中，没有人提出异议，也没有人互相妒忌和欺骗。

阿基梅奇在厨房用完餐后，开始认真地换衣服，神色看起来很庄严。他一丝不苟地把马甲上的扣子一粒粒扣好。新衣服穿好后，他开始做祷告，这个过程要持续相当长的时间。很多犯人都完成了宗教仪式，但这部分犯人大多是老年人。年轻人很少做祷告，他们一般是在起身离开桌子时在胸前画十字，而且只有节日的时候才这样做。

阿基梅奇一做完祷告就来找我，向我致以美好的祝福。我邀请他一起喝茶，他给我一些乳猪肉作为回礼。过了一会儿，彼得罗夫也来问候我。我猜他已经喝过酒了。他看起来好像有很多话要说，但却没怎么张口。后来，他起身在我面前站了几秒钟，然后回了厨房。此时，神父应该快到军事犯的牢房了。这部分牢房和其他牢房建造得有所不同。在军事犯的牢房里，所有的营床都是靠墙摆放的，不像其他牢房里床是摆在屋子中间的。所以，只有军事犯的牢房里，空间比较开阔。这样布局大概是为了必要时可以更容易地把犯人召集起来。房子中间放了一张小桌子，桌子上摆着一张圣像，圣像前燃着一盏小灯。

最后，神父手持十字架和圣水来了。他在圣像面前祷告吟唱，然后转身面向犯人。犯人们一个接一个地走过来亲吻十字架。接下来，神父去所有的牢房走了一遍，把圣水洒在每个房间。来到厨房时，神父称赞了监狱里做的面包。要知道，这面包在整个小镇都广受赞誉。犯人们听后，马上表示要给神父送两条刚出炉的热面包。最后，大家派一名残疾军人立刻把面包送往神父家。犯人们吻完十字架后，毕恭毕敬地走回原位，那份敬重和走向十字架时是一样的。紧接着，少校和监狱长来了。犯人们都喜欢监狱长，而且很敬重他。监狱长和少校一起巡视了所有牢房，并祝大家圣诞节快乐。后来，监狱长还去了厨房，并亲口尝了那天的圆白菜汤。总之，那天一切都很完美。每个犯人分到了差不多一磅肉，还煮了小米饭。当然，这一天的黄油也没有被免掉。

少校把监狱长送到门口，然后下令让犯人们开始用餐。少校在牢房里走来走去，镜片后的眼睛里露出质疑、问询的目光，明显是想看看犯人们会不会出现骚动或过错,一旦发现,立即压制或处罚。那目光令犯人们厌恶极了。于是,每个犯人都竭力避开少校的眼睛。

我们开始用餐。阿基梅奇做的烤乳猪真是美味极了。少校走后刚刚五分钟的时间,就有很多犯人已经醉态百出,可是少校在的时候,明明大家都很平静。我不明白究竟为何会这样。到处都是一张张醉酒后红得发光的脸。很快,有人用巴拉莱卡琴演奏起来。接着,那个拉小提琴的小个子波兰人来了。原来有个犯人今天心情很好,雇了波兰人一整天来演奏欢快的舞曲。大家聊得活跃起来,厨房里开始变得喧闹。但是整个秩序还是比较好的,一直到午餐结束时,并没有出现大的混乱场面。这餐饭每个人都吃得很好。一些年老的犯人,还有那些思想严肃的犯人,吃完饭后立刻上床睡觉。阿基梅奇也是如此。可能对他来说,过节时吃完午饭后必须睡一觉。

来自斯塔罗杜布的那名老头子是个旧教徒,他睡了一会儿就爬起来,到炉子旁打开书做祷告。他就这样一直持续到深夜。他说看到那么多人纵酒宴乐的场面,令他十分痛苦。所有切尔克斯人在离开餐桌时,看着面前众多醉汉,好奇的眼神里流露出一丝厌恶。后来,我遇到了努拉。

"罪恶,罪恶!"他毫不掩饰自己的愤怒,一边摇头一边说,"这是对真主莫大的冒犯!"伊赛·福米奇傲慢又固执地在自己最喜欢的角落点燃一支蜡烛,开始着手工作,好像要告诉别人在他眼中这一天算不上假日。有些犯人三三两两地聚在一起打牌。犯人们并不害怕牢房中负责维持秩序的残疾军人,但还是安排了人放哨,以防下级军官突然闯进来。这样一来，那军官便什么都不会发现。值班军官共来检查了三次。犯人们如果喝醉了，一看到军官来就赶紧藏起来。玩牌的犯人也很迅速，只要一眨眼的工夫就会把牌藏起来。我猜肯定是军官有意对一些不重要的违规行为视而不见。在那一天，醉酒不被视为违规。渐渐地有些喝酒的人变得兴奋起来。还有人之间发生了争吵。但大部分犯人还是平静的。他们看着那些喝醉的人，觉得很好笑。有些酒鬼大喝特喝，毫无节制。

这次卡津得逞了。他在自己的营床旁边得意扬扬地走来走去。他的酒现在就藏在床下。之前，酒藏在牢房后面雪地里的一个秘密地方。看到买酒的顾客成群而来，卡津会意一笑。这天卡津滴酒未沾。因为他计划好了要先掏空别人的口袋，等到节日的最后一天，自己再开怀畅饮。所有牢房里，很多犯人已经醉得不像样子。有些人在唱歌，唱着唱着还会哭起来。有些犯人肩上披着羊皮大衣，骄傲地拨动着巴拉莱卡琴的琴弦，三五成群地走来走去。在特殊监区，有八到十个犯人组成了一个合唱团。他们一边弹奏巴拉莱卡琴和吉他，一边唱歌，唱得好极了。

但真正受欢迎的歌还是很稀少的。我还记得一首非常好听的歌，是这样唱的：

> 昨日，还是妙龄女郎的我，
> 奔赴一场盛宴。

是我之前从未听过的变奏曲。歌曲结尾，还有这样几句词：

在我家，一个妙龄女郎的家，
目之所及，整整齐齐。
洗净的汤匙闪烁光华，
煮好的菜汤香味扑鼻，
擦过的门板闪闪发亮，
烤好的肉饼满屋飘香。

那合唱团唱的大多是监狱歌曲。其中有一首名为《往昔……》，非常幽默。它讲述的是有一个人在进入监狱之前过得逍遥快活，如王子一般。但是监狱里的他却经历了完全不一样的生活。另外一首歌，简直太受欢迎。歌中的英雄入狱前曾拥有大量财富，但是现在只能过着被囚禁束缚的日子。这是一首真正关于囚犯的歌曲：

天已破晓，
我们被鼓声叫起。
老年看守打开牢门，
监狱官进来挨个儿点名。
牢笼里的我们，
没人看见，
这里的生活如何，

更是无人知晓。

但上帝，神圣的造物主，

却与我们同在，

在他的光辉照耀下，

我们的生命将不会枯萎。

另外还有一首歌，内容更为悲伤，但旋律却异常好听。其中的歌词平淡无奇，甚至一些字的用法还出现了错误。我仍记得，其中有几句是这样唱的：

我的双眼再也无法看到，

出生的那片土地；

此般折磨本不应有，

现在作为处罚，却只能接受。

听，房顶上猫头鹰在叫，

引起森林深处，回声阵阵。

悲伤，心碎。

魂牵梦萦的故乡，再也无法返回。

经常听到有人唱这首歌，不是作为副歌，而是作为单曲。一天的劳动结束后，有的犯人走出牢房，坐在门槛上，手托下巴独自思索，然后拉长调子，用很高的假音缓缓唱出一首歌。这歌声听后让人心碎。监狱里有一些犯人嗓音很好听。

天近黄昏。纵情饮酒的人此刻也变得疲倦消沉。有个犯人,一小时前还在捧腹大笑,此刻已酩酊大醉,坐在角落里抽泣。有的犯人在打架;有的脸色惨白,踉跄着在牢房里游荡,好像随时会和人吵起来。

这些可怜的人们本来期待着能高高兴兴地过节。但是,天哪,这个节日对他们来说竟会如此痛苦!他们心中那份对欢乐幸福隐约的期盼不会实现了。彼得罗夫来找了我两次,他喝酒不多,很平静。尽管彼得罗夫嘴上没说,但是从他的表情可以看出来,他一直盼望着能出现点儿不寻常的、非常有趣的事情。彼得罗夫不知疲倦地在不同牢房间跑来跑去。然而,什么事都没发生。只能看见一群被酒精冲昏头脑的醉汉在眼前晃来晃去,嘴里不停地骂骂咧咧。

西罗特金也在各个牢房里四处游荡。他穿着一件崭新的红衬衫,和平时一样帅气。他同样期待着能有什么新鲜事情发生。但是眼前的景象让人厌恶不已,甚至觉得恶心。虽然也发生了几件好笑的事情,但我心里太过悲伤,一点儿也笑不出来。我从心底深深地同情这群人。身处这个环境,我只感到一阵强烈的窒息。有两个犯人为谁该出钱请酒而争执不下,差点儿动起手来。其中一个犯人对另一个怨恨已久,他结结巴巴地一个劲儿抱怨,说对方一年前卖掉一件皮衣,然后把钱私藏起来,如何不公云云。此外,他还列举了一些别的事情。出口抱怨的是个高个子年轻人,肌肉发达,看起来很温顺,但并不愚蠢。他每次喝醉后,见到人就想交朋友,然后把自己的痛苦一股脑儿倒出来。他先羞辱对方,然后再和对方达成和解。另一个人大块头,圆脸,像狐狸似的狡猾,可能喝得更多,但看起来只是微醉。这个犯人很有个性,看着像个有钱人。他似乎不想激怒那个年轻人,于是就把对方领到一个酒贩子面前。

那个健谈的犯人坚持说对方欠自己的钱,并说对方"如果还想做个诚实的人"就应该请自己喝酒。

那酒贩子出于对顾客的尊重,取了一个杯子倒满伏特加。但不难看出,他对那个健谈的犯人流露出一丝轻蔑(因为他花别人的钱喝酒)。

"斯特普卡,必须由你付钱,因为你还欠我钱。"

"我不想再跟你白费口舌。"斯特普卡答道。

"你撒谎,斯特普卡,"对方一边端起酒贩子递过来的酒杯,一边继续说道,"你就是欠我的钱,真没良心。你身上所有东西都是借来的,我甚至怀疑你的眼睛都不是自己的。斯特普卡,你简直就是个无赖。"

"你在唠叨什么?看,酒都被你洒了。你不是想让人请你喝酒吗?怎么不喝?"酒贩子对那个健谈的朋友大喊,"我可不会在这一直等到明天。"

"我这就喝,别担心。有什么好大喊大叫的?斯特普卡·多罗维奇,我今天最好的祝愿,今天最好的祝愿就是,"那个年轻人手拿酒杯,一边向几分钟之前还被他叫作无赖的斯特普卡鞠躬,一边礼貌地说,"祝你身体健康,愿你再多活一百年。"他喝下酒,满意地咕哝一声,擦了擦嘴。"兄弟们,之前我喝的白兰地可真不少,"他语气很严肃，好像不是特地对某个人说，而是想让所有人听见，"好了，我喝完了。你不谢谢我吗？斯特普卡·多罗维奇。"

"你没什么值得我感谢的。"

"啊！看来你不想感谢我。那我只好告诉大家你是怎么欺骗我的。我还要让别人都看看你到底是个什么样的无赖。"

"好吧，你这个醉鬼，看来我要跟你说几句。"斯特普卡终于失去耐心，插话道，"好好听着。我们把世界一分为二，你占你那半，我占我那半。这样我就能安静了。"

"看来你是不打算还我钱了？"

"醉鬼，你想要什么钱？"

"我自己的钱。那可是我的血汗。如果你到了阴间，肯定会后悔。因为那五戈比，你会下油锅。"

"见鬼去吧。"

"你赶我做什么？我又不是马。"

"快走，快走。"

"无赖！"

"罪犯！"

他们现在骂得比买酒前更厉害。

此时有两个朋友分别坐在两张营床上。其中一个又高又胖、脸色红润、很强壮，长得像个标准的屠夫。他看起来情绪很激动，好像快要哭出来了。另一个又高又瘦，大鼻子，说话时总有囔囔的鼻音，像一直感冒似的。他脸上一副得意的神情，一双蓝色的小眼睛紧紧盯着地面。他聪明、有教养，之前是一名秘书。可能因为他对那个胖胖的朋友说话不太客气，对方有些接受不了。他们全天一直在一起喝酒。

"你故意和我过不去。"胖子一边大叫，一边用左手推了推同伴的头。在监狱行话里，"过不去"就是指打人。这个胖子以前是一名下级军官，私下里很嫉妒对方的优雅风度。他知道自己在外形上远远不及对方，于是就尽量在说话时显得文雅一些。

"你胡说。"瘦高个的秘书武断地说道。他的眼睛一直紧盯着地面，抬都没抬。

"你打我了。听到没有？"胖子接着说道，还在用手推他朋友的头。"你是这世界上我唯一在乎的人。但是你不应该跟我过不去。"

"好吧，我承认，"秘书答道，"都是因为喝酒太多了。"

胖子突然向后晃了一下，一双醉眼呆呆地看着秘书。突然，他使出全身力气，用拳头砸在秘书的瘦脸上。就这样，两人一整天的友谊结束了。亲爱的秘书朋友已倒在床下，不省人事。

我认识的一个单人囚室的朋友来到我们的牢房。他脾气温和、性格开朗、非常聪明、幽默却不恶毒。我刚进监狱那天，他以为我是一个有钱的农民，说话时对我极尽尊重，最后在我这里喝了杯茶。他四十岁，嘴唇宽厚，红色的鼻头肉乎乎的。他拿着一把巴拉莱卡琴，随意地拨着琴弦。他后面跟着一个小个子犯人，头很大，我好像不认识，也没人注意他。小个子犯人喝醉了，他缠着瓦尔拉莫夫，像影子一样跟在他身后，还不时地把拳头砸在墙壁和营床上。他看起来一副想哭的样子。前面的瓦尔拉莫夫没有注意他，就像他根本不存在似的。最有趣的是这两个人不管从职业还是从性格来说，没有任何相似之处。他们分属不同的监区，住在不同的牢房。小个子犯人名叫布尔金。

瓦尔拉莫夫看到坐在炉子旁的我时，对我微微一笑。离我还有一段距离时，他突然停下，思索片刻，然后大摇大摆地向我走来，步子有点儿踉跄。然后他用手扫动琴弦，一边用靴子在地上踏着节拍，一边吟唱歌谣：

> 啊！我亲爱的姑娘！
> 有一张圆圆的美丽脸庞，
> 婉转的歌喉像夜莺在啼唱；
> 一袭绸缎裙装，
> 裙裾飞扬，
> 啊！你是如此美丽，
> 我亲爱的姑娘。

听到这首歌，布尔金十分激动。他挥舞着手臂大喊："朋友们，他撒谎；他像庸医一样满口谎言。他这首歌没有一个字是真的。"

"向令人尊重的亚历山大·彼得罗维奇致敬！"瓦尔拉莫夫说着，对我露出狡黠的笑，看着我的眼睛。我猜他可能想拥抱我。他喝醉了。至于那句"向令人尊重的某某致敬"，其实在西伯利亚，普通人见面时都会这样说。即使对方是二十岁的小伙子，也可以这样问候。把别人视为长者是一种尊重，有时也可能是一种恭维。

"瓦尔拉莫夫，你还好吗？"我问。

"老样子，一般吧。真正会过节的人一大早就开始喝酒了。"瓦尔拉莫夫说得含含糊糊。

"他撒谎！他又撒谎了！"布尔金说着又用手砸了一下营床，似乎很失望。可以肯定瓦尔拉莫夫在问候别人时丝毫没有注意到布尔金。这真的很可笑，因为从早上开始，布尔金就一直跟在瓦尔拉莫夫身后，一刻也没有离开。几乎瓦尔拉莫夫每说一句话，布尔金都要跟他争吵，同时还攥紧了手，用拳头击打墙壁和营床，直到双手流血才肯罢休。他在心里认定了瓦尔拉莫夫"像庸医一样满口谎言"。如果布尔金没有剃头，有很多头发的话，他肯定会痛苦悔恨地把头发扯下来。看到这副情形，人们大概会认为瓦尔拉莫夫的做法是布尔金造成的，所以布尔金会因为瓦尔拉莫夫的过错而良心不安。可笑的是，瓦尔拉莫夫不但没有停止，反而一直在继续。

"他撒谎！他撒谎！他撒谎！"布尔金大叫。

"关你什么事？"犯人们大笑。

"你知道吗？亚历山大·彼得罗维奇，我年轻的时候长得特别帅，很多姑娘都非常喜欢我。"瓦尔拉莫夫突然说道。

"他撒谎！他撒谎！"布尔金听后又开始大喊，说完后还忍不住叹息。周围的犯人们见状哄堂大笑。

"于是，我精心装扮一番去讨姑娘们欢心。我上身穿一件红衬衫，下身穿一条棉绒阔腿裤。我就像一位布特尔金伯爵一样躺在那里，就是说，我醉得不省人事了。总之，您还想怎样呢。"

"他撒谎。"布尔金叫道。

"我从父亲那里继承了一座两层高的石头房子。后来不到两年的时间这房子就让我糟蹋完了。除了一个没有柱子的大门，什么都不剩了。可是那又怎样。钱财就像鸽子一样，突然飞来，又突然飞走。"

"他撒谎！"布尔金又大喊起来，这次语气更坚决了。

"钱花光后，我给亲戚们写了一封信，希望他们能给我一些钱。但是亲戚们说他们对我失望透顶，说我是不孝之子。寄那封信已经是七年前了。"

"没有回信吗？"我笑着问。

"没有。"他也笑着回答，鼻子差点儿碰到我的脸。

接着，瓦尔拉莫夫告诉我他有一个情人。

"你有一个情人？"

"几天前，奥努夫里耶夫跟我说：'我的情人脸上有很多麻点儿，你可能会觉得她很难看，但她有很多裙子。不像你的情人，可能长得很漂亮，但却是个乞丐。'"

"是真的吗？"

"是的，她确实是个乞丐。"瓦尔拉莫夫回答。

他说完大笑起来，其他犯人也跟着笑了。大家都知道瓦尔拉莫夫和一个乞丐女人有联系，半年来，只给了那女人十戈比。

"那么，我能做什么呢？"我问道，心里想着怎么能摆脱掉他。

他沉默了一会儿，然后一脸讨好地对我说："你能借给我钱去买半品脱的酒喝吗？一整天我除了茶什么都没喝，"他一边从我手中接过钱，一边继续说道，"茶对我有很大的影响，感觉胀得喘不过气来，像个瓶子一样在我的肚子里晃荡……"

看着瓦尔拉莫夫从我手里拿走了钱，布尔金无比绝望。他的动作像着了魔似的。

"善良的人们哪，"布尔金大叫道，"他在撒谎。他说的每一句话，每件事都是谎言。"

"这跟你有什么关系呢？"犯人们大叫，对布尔金的所作所为感到十分震惊，"你肯定着魔了吧。"

"我不会让他撒谎的，"布尔金继续说道，他翻翻白眼，又用尽力气一拳打在床板上，"他不能撒谎。"

大家都笑起来。瓦尔拉莫夫拿到钱后向我鞠了躬，脸上扮着各种怪相，赶紧去找酒贩子。这时，他才注意到布尔金。

"来呀！"瓦尔拉莫夫对布尔金说，仿佛布尔金是个安排好的不可缺少的角色。布尔金赶上来的时候，瓦尔拉莫夫轻蔑地说道，"白痴！"

一切喧嚣和吵闹终于结束了。犯人们躺在床铺上，沉沉睡去。这天晚上，他们的梦话比平时要多，而且梦中的他们好像更容易发怒。还有一些犯人仍在三五成群地玩牌。人们曾殷切盼望的节日就这样结束了。明天，又将重新开始日复一日的苦役劳动。

第十一章　演出

圣诞节假期的第三天晚上，我们进行了第一次戏剧演出。组织这场演出遇到了不少麻烦。参加演出的犯人承担了一切工作。别的犯人只知道有演出，其余则一概不知。我们甚至连演出内容是什么都不知道。在筹备演出的过程中，演员们一直想方设法弄到更多的演出服装。我每次见到巴克卢申时，他都会对着我打响指，脸上一副满意的神情，但是却什么都不告诉我。

我猜测少校应该心情不错。但是我们不确定少校是否真的知道有这样一场演出，而且演出是否得到了他的批准；也不确定是不是因为他心中有把握演出会平静地进行，然后决定睁一只眼闭一只眼。我想他应该听说了这场精心策划的演出，但是没说什么，免得把一切都弄糟了。士兵们需要找点儿事做来转移注意力，否则不是喝酒就是闹事。因此，按理说少校肯定仔细考虑过这件事了，如果犯人们不自己安排演出或类似活动的话，那监狱管理方就需要出面组织一些娱乐活动。再加上少校一贯喜欢反对别人，所以我敢说他肯定知道我们的演出计划而且同意了。像他这样的人总是喜欢镇压别人，扼杀别人，抢走别人的东西,剥夺别人的权利——总之,为了维护所谓的秩序,少校无所不用其极,这在整个小镇上无人不知。

在少校眼里,即使他的高压手段会引起犯人们反抗也没关系。如果有人敢造反,那就用更严酷的方式惩罚他(有些人的逻辑就是如此)。他认为对这群流氓犯人,只能严格按照法律狠狠地处罚。如此这般执行法律的人其实是无能之辈。他们丝毫不明白如果没有真正理解法律精神,自己的处罚只会引起反抗。他们无法理解除了执行法律,自己还需要做出正确的判断和明智的决策。这些在他们看来是完全没必要的,甚至让他们觉得恼火而且无法容忍。

不管怎样,少校总算没有反对演出。对犯人们来说,这就够了。坦白说,在圣诞节期间,如果监狱里没有出现骚乱,没有人吵架打闹,也没有人偷盗,这些都得归功于犯人们有机会组织演出。我亲眼看见他们如何避开那些酗酒的狱友,如何避免跟别人吵架,因为担心如果吵架的话,演出就会被取消。监狱的下级军官让参与演出的犯人们保证不惹是生非,并保证一切准备活动都悄悄进行。犯人们愉快地做出保证,而且非常认真地遵守诺言。他们看到有人愿意相信自己,心里十分得意。需要指出,这次表演不需要狱方承担任何花费和损失。演出的剧场很简易,搭建和拆卸一刻钟之内就能完成。为了防止管理人员突然下令禁止演出,舞台布景瞬间就能完成。演出服装都藏在犯人们的箱子里。但是,我首先要讲讲剧场是如何修建的,演出服是什么样的,还有节目单,就是演出的剧目都有什么。实际上,开始并没有准备节目单。至少,第一场演出是没有的,只有第二场和第三场演出时才有。节目单是巴克卢申为可能出席的官员和尊贵的来宾写的。他们的到来会为演出增光添彩。其中包括警卫官、看守官和一名工程官。写演出单就是为了向他们表示敬意。

大家猜想我们的演出一定会在整个监狱城堡里扬名,甚至会传遍整个小镇。更何况是没有剧场的。这里只能看到一些业余演出。因此,只要演出能取得一点点成功,犯人们就会非常开心,而且会像孩子般自我炫耀。

"谁知道呢?"犯人们互相谈论着,"如果长官们听说了演出的事,他们可能会过来看,然后他们就会知道有些犯人其实是很了不起的。因为这些剧不像是一群犯人演的,而像真正的演员才能表演出来的。在整个小镇都看不到这样的演出。据说阿布拉西莫夫上将在家里组织了一场演出,听说他还要组织另一场。他们的服装可能比我们好,但如果要论台词的话,那就不一定了。总督大人也可能会听说演出的事吧,但是,谁知道呢?他可能会亲自来吧。"

小镇上是没有剧场的。总之,第一场演出获得成功后,犯人们展开无尽遐想,他们甚至想象自己会得到奖励,自己的苦役期限也会被缩短。只过了片刻之后,他们就开始嘲笑自己的想法有多幼稚。总之,四十岁的他们就像单纯的孩子一样。虽然没有节目单,但我大体知道要演出的剧目都有什么。第一部剧的名字叫《情敌菲拉特卡与米罗什卡》。距离演出开始至少还有一周,巴克卢申就向我吹嘘,剧中菲拉特卡的角色由他扮演,他的精彩表演绝对是前所未有的,即使圣彼得堡的舞台上也没有出现过更好的表演。巴克卢申像个大人物似的在牢房里走来走去。时不时地他会突然一本正经地来一段剧中人物的台词,不管内容是否好笑,大家都会哄堂大笑起来。大家笑是因为巴克卢申好像已经忘了自己是谁。要知道,每个犯人都是独立的个体,并且是有尊严的。对巴克卢申的大段台词充满热情的有一些是年轻人,他们根本不在意面子问题,所以会跟着他一起疯一起笑;还有一些是很受尊重的犯人,因为他们已经树立了权威,所以敢于表露自己的真实态度。其余的犯人静静地听着,不指责也不反驳,好像对演出的事一点儿都不关心。

直到演出当天,表演开始前,才看到每个犯人都对狱友们的演出表现出很大的兴趣。大家都在问"少校会说什么?这次演出会像两年前那次一样成功吗?"等一连串问题。巴克卢申十分肯定地对我说所有演员在舞台上的表现都会很自然。他还告诉我舞台上会有幕布。西罗特金要在剧中扮演一个女性角色。"到时候你就知道了我穿女装有多好看。"他对我说。由他扮演的邦蒂富尔小姐要撑一把阳伞,穿一件带花边的裙子。她的丈夫马诺尔勋爵则穿一件军官制服,戴肩章,拿一根手杖。

要上演的第二部剧名字为《贪食者卡德里尔》。我听到这名字时颇感困惑,摸不着头脑。向别人询问也没用,什么也问不出来。我只听说这部剧并没有印好的剧本,只有从小镇上一名退休下级军官那里得到的一部手抄本。这位军官以前曾在军队舞台上表演过这部剧。其实在遥远的城镇和政府中,这样的戏剧是大量存在的。这些剧不为人所知,剧本也从未印刷过,它们是随着大众剧场的发展,在俄国特定区域内逐渐形成的。我之前已经提到过大众剧场。

大众剧场是真实存在的，或许并不像人们通常认为的那样毫无价值。如果大众文学研究者能够不辞辛劳地仔细研究大众剧场，这会是一件非常有益的事情。

我无法想象自己所看到的监狱舞台上的演出是犯人们完成的。它似乎是古老的传统一代代地流传，在士兵中间、在工业小镇的工人中间，甚至是一些贫穷、偏僻地区的店主中间保存下来。这些传统还被一些生活在村庄里或生活在城镇里的大地主的仆人保存下来。我甚至认为许多非常老的剧目正是经过这些贵族的仆人之手，才会有越来越多的手抄本。

以前，莫斯科的地主和贵族有自己的剧场，他们的仆人会经常参加演出。大众剧场便由此而来，这就是大众剧场的起源。至于《贪食者卡德里尔》这部剧，我对它的内容十分好奇。但是我只知道舞台上会出现恶魔，并且恶魔把卡德里尔带到了地狱。除此之外，我没有途径了解到更多信息。卡德里尔的名字象征着什么？他为什么叫卡德里尔，而不是西里尔呢？这是俄国名字还是外国名字？这一连串的问题我不知该如何解答。

据说，最后要上演一部有音乐伴奏的哑剧。这听起来很吸引人。演员一共十五人，全都生气勃勃。他们精力旺盛，演出前进行了多次排练，有时是在牢房后面进行的，这样可以避开他人，还使他们的排练带有一丝神秘气息。很明显，他们想以出色的表演给大家带来意外惊喜。

在平时的劳动日，每当夜幕降临，牢房门就该上锁了。但是圣诞节期间例外，晚上九点钟才上锁。实施这个举措是考虑到演出的需要。在节日的几天时间里，演员们每天晚上都会派代表到守卫军官那里，很谦卑地请求："为了演出，请不要像平常那么早关门。"代表们还会补充说，之前监狱里也举行过演出，没有出现任何骚乱。

守卫军官肯定是这样想的：上一次表演时，没有出现骚乱，也没有出现违纪现象，犯人们既然保证今晚的表演像以前一样进行，那么他们肯定会严格约束自己。此外，守卫军官也很清楚，如果他主动出手禁止演出的话，这些家伙肯定会惹事（谁知道呢，可能是犯人之间？）。这样一来，就会让他陷入困境。他之所以同意，还有最后一条理由：守卫的任务实在太无聊了，如果自己允许表演进行，那就可以看到演出了。这次进行表演的不是士兵，而是犯人，囚犯都喜欢猎奇，看看肯定很有趣，而且自己是有权利观看的。

如果上级军官来了，询问守卫军官的去向，其他守卫会这样说："守卫军官去牢房清点人数并去锁门了。"这样回答再简单不过，而且上级军官也不会去查证。正是由于这些原因，监狱守卫军官才会允许演出进行。在圣诞节期间，牢房门会一直开到晚上九点。犯人们早就知道守卫军官不会反对他们。当然，他们也会替守卫军官保密。

快到晚上六点的时候，彼得罗夫来找我，我们一起去了剧场。几乎所有囚犯都在那儿，除了来自斯塔罗杜布的旧教徒和那些波兰人。波兰人直到演出的最后一天，也就是一月四日那天，在确信一切都会得到合理管控时，他们才去观看演出。原本波兰人的傲慢让参与演出的犯人们非常恼火。在一月四日那天，出于形式上的礼貌，波兰人被安排到了最好的位置。至于切尔克斯人和犹太人伊赛·福米奇，他们在观看演出后，感觉特别愉悦。福米奇每次都会给三戈比，但最后一次例外，他在盘子里放了十戈比。他看起来是那么开心！

演员们商定由每位观众自己决定给多少钱。所得收入在支付各项花费后，剩余部分归演员所有。彼得罗夫坚持认为不管剧场里挤了多少人，都应该给我留一个最好的位置。第一，因为我比别人有钱，所以我给的钱可能也比较多；第二，关于表演，我比别人懂得更多。最后，事情果真如他预料的一样，我得到了一个最好的位置。但是，我要先描述一下剧场的样子。

剧场设置在军事犯的牢房。整个房间长约十五步。人们从院子里进来，穿过一个前厅，里面就是牢房。我之前提到过，这间牢房的布置比较特殊，所有床铺都是靠墙摆放的，这样就在中间留出了一块空地。

我们安排演出的那间军事犯牢房有十五步长，从院子走上台阶，进入过道，再进入牢房。这个长长的牢房布置得十分特别，床铺沿着墙壁延伸，中间是空地。靠近门的一半空间留给观众，另一半则作为演出的舞台。舞台这一半和另外一座房子相通。一进门，最令我吃惊的是那块幕布，大概有十步长，把整个牢房一分为二。这幕布真是太妙了，上面涂了油彩，用来作背景。幕布上画着树、隧道、池塘、星星等。

幕布由犯人们凑的一块块或新或旧的亚麻布组成。一件件衬衫和一块块农民用来裹脚代替袜子的绷带被缝合在一起，缝得有好有坏，形成了一块巨大的布。有的地方因亚麻布不够用,就由书写纸代替,这些纸都是一张一张地从不同的办公室收集来的。我们的画家(我们有自己的布留洛夫[①])把整个幕布都涂了油彩,效果非常惊人。

犯人们看到这块豪华的幕布都感觉眼前一亮,十分开心。就连那些一向最阴郁、最挑剔犯人也变得高兴起来。演出一开始,这些犯人和别人一样,都快乐得像孩子似的,虚荣心得到了极大的满足。房间里燃着很多蜡烛头,烛光把整个剧场点亮。幕布前摆着两条从厨房拿来的长凳,还有三四把从下级军官的屋里借来的大椅子。这些椅子是为肯来赏光的军官们准备的。长凳则是为下级军官、工程兵、文书、劳动监工,还有那些没有官衔的直接上级准备的。他们可能会来观看演出。每天都有人前来观看。前几天,有时人多,有时人少。但最后一场演出时,长凳上坐得满满的。

后面的犯人们挨挨挤挤地站在一起。他们站立着向来宾们表示敬意。尽管屋里闷热,但他们有的穿着马甲,有的穿着短皮衣。果然,剧场空间还是太小了,犯人们只能站立着挤在后面几排。靠墙的床铺上挤满了人。一些业余爱好者聚集在舞台后面的另外一间牢房里从背面看演出,能听到他们在那里不停地争论。

有人叫我到前面去观看。于是,彼得罗夫和我一起来到长凳旁边的位置。这里视野很好。在他们眼中,我去过很多剧院,见多识广,是个很好的鉴赏家。犯人们都知道巴克卢申经常向我请教,而且很尊

[①] 俄国画家,是俄国19世纪上半期学院派的代表大师。

重我的意见。因此，他们觉得应该对我予以尊重，给我一个最好的位置。这些人平时看起来虚荣又轻浮，但这只是表面。我每次干活时，他们总是嘲笑我。在他们眼中，我不是一个合格的劳动者。

阿尔玛佐夫很鄙视我们这些贵族出身的人，经常在我们面前夸耀自己捣碎雪花石膏的高超技能。他嘲弄的是我们的出身。因为从出身来说，我们和他以前的主人是同一类人，而他对自己的主人没有任何好印象。但是此刻在剧场里，同样这些人却纷纷为我让路，因为他们明白在看戏这件事上，我比他们懂得更多。甚至那些对我没有一点儿好感的人也很乐意听我夸赞这场演出。他们主动给我让路，没有任何卑屈。通过这次经历，我对他们有了新的认识。在那一刻，他们丝毫没有觉得自己低下，而是感到了自己的尊严。

我们的人民最明显的特征就是高度自觉和热爱正义。如果清楚自己没有资格坐在最前列，就不会故意摆出一副自高自大、满是野心的派头。他们不会犯这种错误。如果去掉那层粗糙的外壳，不带任何偏见地近距离仔细观察，你会发现他们身上有一些自己以前从未想到过的品质。我们的人民不需要圣人教化。甚至，圣人会从人民身上学到很多东西。

彼得罗夫带我去剧场的时候，天真地对我说犯人们会为我让路，让我坐到前面，因为他们期待我多付些钱。其实每个位置并无固定价格。每个人给多少钱随自己的心意和能力而定。盘子传过来时，几乎每个人都会往里面放一点儿钱。即使他们让我坐在前排是希望我能多给点钱，这是不是也体现了他们的个人尊严？

"你比我有钱,那就去坐第一排。在这里每个人都是平等的。但是你付的钱多,而且演员们喜欢你这样的观众,那你就去坐最好的位置吧。我们没有带钱,就随便找个位置好了。"

这种行为模式里体现的是多么高贵的自尊!最后分析一下,他们这样做并不是因为爱钱,而是出于自尊。我们当中很少有人把钱看得特别重要。我不记得有谁为了钱而低声下气。过去有一些人经常讨好我,他们有的是因为本身很狡猾,有的是因为觉得好玩,而不是为了得到利益。我不知道把自己的观点解释清楚了没有。说了这么多,我好像快把演出的事忘了,现在接着说演出的事。

幕布升起之前,牢房里呈现出少有的活跃气氛。首先,房间里到处都是人,挤得满满当当。每个人的脸上都闪烁着喜悦的光芒,急切地盼望着演出快点儿开始。最后几排的犯人乱挤成一团。

很多犯人来时带着一根原木,他们先把原木靠在墙上,然后再爬到木头上去。这个姿势很累人,他们中途会爬下来,看看哪个狱友比较轻松自在,就把手搭在狱友肩上,让自己休息一会儿。另外一些犯人踮起脚尖站着,脚后跟靠在炉子上,他们在整个过程中都保持这个姿势,累了就扶着旁边的人。还有一大群犯人挤在床铺旁,因为这里有一些位置视野特别好。有五个犯人站到了炉子上面,这里居高临下,视野开阔。这些人占据了有利位置,为自己的幸运感到特别开心。来晚的人就没有这么幸运了,只能随便挤在其他各处。

每个人都知道自己该做什么,安安静静的,没有吵闹,想以此给来宾们留下好的印象。犯人们那一张张泛红的脸上沁出了汗珠,眼神里流露着单纯而热烈的期盼，盼望着幕布快些升起。无边的喜悦映照着他们布满伤疤的脸和打着烙印的额头，平日里的晦暗和阴险被一扫而空，一张张面容被单纯的快乐点亮。我回头望去，没有一个人戴帽子，好像都把头剃得干干净净的。

突然，有人发出信号，随之乐队开始演奏。这个乐队值得一提。乐队共有八名成员：有两人演奏小提琴，其中一把琴是一个犯人的私有财物，另一把是从外面借来的；有三人演奏巴拉莱卡琴，这些琴是犯人们自己做的；还有两人演奏吉他；最后一人演奏铃鼓。小提琴的声音时而低沉，时而尖锐，表现力极强；相比之下，吉他似乎没发挥什么作用；但巴拉莱卡琴的声音却格外优美。演奏者指法灵活，和最熟练的乐手相比也不逊色。

演奏的曲子基本都是舞曲。到了最激动人心的部分，演奏者会用手击打乐器。无论声色音调，还是对乐旨的表达，都极具独特性。其中一名吉他手演奏得无比熟练，仿佛对自己的乐器了如指掌。这名演奏者就是那个杀死父亲的贵族。那个铃鼓演奏者也很出色，让大家颇为惊喜。他时而用一根手指作支撑旋转鼓面，时而用拇指摩擦鼓面羊皮，无数个音符从他指下流淌而出，一会儿低沉，一会儿欢快。

最后有两个唱和声的人加入进来。直到此时我才了解原来这些简陋的大众乐器竟可以演奏出如此丰富多变的曲子。我不禁为之震惊。其中的和声，尤其是流淌出的感情，以及对乐旨的理解，都表达得淋漓尽致，恰到好处。我第一次真正感受到大众舞曲和乡村音乐所传达出的非凡的力量和惊人的放纵。

幕布终于升起。大家都忍不住动起来。站在最后面的人此时完全换成用脚尖着地。有的本来爬到原木上的人不小心掉了下来。接着马上有人示意保持安静。演出正式开始。

我坐的位置同阿列伊的位置不远。此刻，阿列伊和他的兄长们还有其他切尔克斯人聚集在一起。他们对剧场演出充满热情，每晚必到。据我观察，所有伊斯兰教徒、切尔克斯人等，喜欢观看各种形式的表演。他们旁边是伊赛·福米奇，此时他脸上呈现出一副狂喜的表情。幕布一升起，他立刻变得全神贯注，仿佛在期待着大的惊喜。假如结果令他失望的话，我会忍不住替他难过。阿列伊英俊的脸庞上闪烁着孩子般的喜悦，那纯真的表情让人看着心生欢喜。如果演员说了什么好笑的台词，观众们会一齐大笑起来。每当这时，我就回头看看阿列伊，他没注意到我，他的注意力都集中在舞台上。

阿列伊左边是一位年老的犯人，他总是一副阴郁不满的表情，而且经常发牢骚。这一晚他也注意到了阿列伊。我发现他不止一次地偷偷瞥向阿列伊。这个年轻的切尔克斯人实在太有魅力了。不知为何，平时犯人们都叫他阿列伊·谢苗内奇。

在第一部剧《情敌菲拉特卡与米罗什卡》中，巴克卢申扮演菲拉特卡一角，他的表现确实太出色了。他把这个角色演得近乎完美。可以看出他认真地揣摩了每一句台词和每一个动作。他说的每一句话，做的每一个手势都非常契合剧中人物的特点。巴克卢申除了对角色进行了细致研究，他自身快乐、简单、自然、富有魅力的形象也非常吸引人。如果你亲眼看过巴克卢申的表演，你会由衷地认为他是一个真正的演员，跟职业演员并无二异，真的非常有天赋。我曾在圣彼得堡和莫斯科的剧场看过好几次《菲拉特卡》，我敢说在这一角色扮演上，那些著名的演员没有一个能与巴克卢申相媲美。他们扮演的农民角色可能像很多国家的农民，却唯独不像俄国的农民。此外，他们的表演痕迹太明显、太刻意，过于做作。而巴克卢申的表演却活灵活现、惟妙惟肖。在第二部剧中，犯人波采伊金要扮演卡德里尔的角色。大家普遍认为波采伊金比巴克卢申更有天赋——我不明白为何如此。对人们的偏爱，波采伊金曾像孩子似的深深苦恼。在演出前最后几天，他不止一次来找我，向我诉说自己内心的感受。

离演出还有两个小时，波采伊金突然像发疟疾似的直哆嗦。当观众们大笑着喊道："太棒了！巴克卢申！真没想到呀！"可以看到他全身散发着喜悦的光芒，眼睛里闪耀着灵感。演到米罗什卡和菲拉特卡接吻的一场时，菲拉特卡一边看向女儿，一边叫道，"老婆，擦擦你的嘴。"然后开始擦自己的嘴。这一幕真是出奇的好笑。大家都哄堂大笑起来。

整个演出过程中，最吸引我的是观众们的反应。大家都很自在，无拘无束，毫不掩饰自己的欢乐。对演员的精彩表演，观众们纷纷大声称赞，喝彩声此起彼伏。有一个犯人用胳膊肘碰了碰旁边的狱友，然后迫不及待说起自己的感想，根本不管认不认识对方。当演员们唱起幽默的歌曲时，可以看到有个犯人剧烈地挥动着胳膊，好像要故意逗大家笑。然后，他突然转过身对着舞台。还有一个犯人用舌头用力触碰上颚发出声音，一刻也不安静。由于空间太挤，他不能变换站姿，于是就两只脚交替往上蹦跳，这样可以稍微放松一下。剧快演到结尾时，欢乐的气氛达到了高潮。这些都是客观描述，没有任何夸大。想想犯人们的狱中生活，铁链、束缚、长年监禁、劳动任务、单调生活，像秋日的雨，一滴一滴，绵长无期。现在犯人们有这样一个机会可以娱乐，可以暂时自由呼吸，可以忘掉噩梦，可以组织一场演出，而且这是一场多么精彩的演出！让整个小镇的人都羡慕，甚至嫉妒！

"这些囚犯真令人吃惊！"人们这样说道。大家对与演出相关的方方面面都充满了兴趣。比如说演出服装。那件他们穿了很多年的衣服，涅茨维塔耶夫，或者说巴克卢申一穿到身上，马上变成了另外一副样子。

他是一个囚犯，一个真正的囚犯，走路时脚上铁链作响的囚犯。看看舞台上的他，身穿长礼服，头戴圆帽，肩披披风，和普通人没有区别。他戴上假发、胡子，从口袋里掏出红手帕挥舞，像一个真正的贵族。这样的演出引起了观众们极大的热情！"地主"上场了，戴一顶三角帽，穿一件副官制服，那制服已经老旧了，但是有肩章。演员这样的出场带来了惊人的效果。之前有两个演员都想穿这件服装。他们为谁扮演这个角色像两个小男孩一样吵得不可开交。是不是觉得不可思议？两个人都想穿有肩章的军队制服。

最后他们被别的演员分开了。根据大多数人的意见，最后决定这个角色由涅茨维塔耶夫出演。不是因为他比别人更适合这个角色，也不是因为他更像一个贵族，仅仅因为他向大家担保自己会弄到一根手杖，而且还会旋转这根手杖，并用它敲打地面，就像一个真正的贵族那样。真是一个追求新时尚的人！凡卡和奥斯佩特可不会做这么多，因为他们不认识任何贵族。剧中，当涅茨维塔耶夫和妻子一起上台时，他所有注意力都在那根手杖上。他用那根竹制轻型手杖在地上画圈，认为这最能代表良好教养和优雅举止。可能在他童年时期，当他还是个光脚孩童时，他曾看到某个地主熟练地旋转手杖，那一幕景象深深吸引了他，并留在他的记忆深处，直到三十年后，依然清晰。

涅茨维塔耶夫只专注于用手杖画圈，对其他人都不在意。和别人对话时，他也只是嘴上回应，眼睛抬都不抬。在他眼中，最重要的是那根手杖，还有他用手杖画出来的圈。剧中邦蒂富尔小姐的形象也很突出。她上台时穿一件破旧的薄纱裙，看起来像块破布似的。她光着胳膊和脖子，头上戴一顶小棉布帽，用细绳系在下巴下面。她一只手撑着一把伞，另一只手拿着一把彩色的纸扇，不停地扇风。这位小姐一出场，观众立刻开心地大笑。就连她自己也忍不住，几次笑出了声。这个角色是犯人伊万诺夫扮演的。西罗特金扮演的也是女子，他穿着女孩的裙子，特别好看。此外，演员们唱的几首讽刺也大受好评。总之，这部剧演得很成功，大家都很满意。整个演出过程中，没有听到一句批评。是啊，谁会批评呢？序曲再次演奏起来，幕布又升起来了。

现在要演出的是第二部剧《贪食者卡德里尔》。卡德里尔是一个唐璜[①]似的人物。这个比喻是比较恰当的。因为剧中的主仆二人最后都被魔鬼带走了。犯人们都说这部剧演得很恰当，但是不完整，因为缺

[①] 源自西班牙传说中人物的姓名，此人擅长勾引女人和其发生关系。

了开头和结尾。故事发生的场景是俄国某地的一家小旅店。一天，店里来了一位贵族。这位贵族身披斗篷，头戴一顶破旧的圆帽。店主把贵族带进一间客房。贵族的男仆卡德里尔跟着主人一起进来。男仆背着一个旅行包，拿着一个蓝色的纸包，里面包裹着一只烧鸡。他穿着一件短皮衣，戴着一顶仆人帽。这个家伙就是那个贪食者。这个角色是由波采伊金扮演的，也就是之前说过的巴克卢申的对手。贵族一角是由伊万诺夫扮演的，也就是第一部剧中邦蒂富尔小姐的扮演者。旅店老板（涅茨维塔耶夫）警告那个贵族说这间房子会闹鬼，然后就离开了。贵族听后很感兴趣，同时也变得心事重重。他喃喃地说自己很早以前就知道了，并命令卡德里尔从包中把他的东西取出来，然后去准备晚饭。

卡德里尔是一个贪食者，同时也是个胆小鬼。当他听到房间里会闹鬼时，脸色顿时变得惨白，并且浑身抖得像树叶一样。他很想跑掉，但是又怕自己的主人。此外，他已经很饿了。他是一个耽于肉欲的人，爱耍小聪明，但其实很愚蠢。还有，已经说过了，他很胆小，非常害怕自己的主人，但又常常欺骗他。这个仆人是一个性格特点很突出的角色，从他身上依稀可以看到莱波雷诺[①]的主要特征，但是这些特征并不是特别明显。扮演者波采伊金无疑是很有天赋的，他把这一角色塑造得非常出彩。我认为他的演技比巴克卢申更胜一筹。但是第二天我和巴克卢申聊天的时候，没有把内心的这一想法告诉他，我

---

① 莫扎特歌剧《唐璜》中的人物角色。

知道他听后会很难过。

至于扮演贵族那个演员，表现还不错。他说的话听起来像是毫无意义的乱语。但是他吐字清晰、动作恰当。剧中的卡德里尔忙着收拾旅行包的时候，主人在房间里走来走去，并且说从这天开始，他想过安静的生活。卡德里尔一边听，一边扮出各种怪相，并通过旁白表达自己内心的想法，观众听后都被逗笑了。他对自己的主人毫不怜悯。但他听说过魔鬼，很想知道魔鬼长什么样子，于是便向主人询问。主人答道，有段时间之前，他遇到危险，差点儿死掉。后来他请求地狱里的魔鬼帮忙。魔鬼帮助了他，使他免于死亡。但是他的自由期限已经到了。如果这一晚魔鬼出现，那就是来向他索要灵魂，这是他们之前的约定。卡德里尔听后吓得浑身发抖，但是主人并不害怕，并命令他准备晚餐。一听到食物，卡德里尔又缓了过来。他拿出一瓶酒，自己敲了一下。观众看到这里，都大笑起来。这时，突然听到门吱嘎作响，还听到风吹动窗子的声音，卡德里尔又开始发抖，他想都没想，迅速往嘴里塞了一大块鸡肉，但是太大了吞不下去。这时，又刮起一阵风。

"晚餐准备好了吗？"主人大声问道，仍旧在房间里走来走去。

"马上就好，先生。我正在准备。"卡德里尔说着坐了下来，他一边小心地避开主人，一边吃了起来。仆人的狡猾在这里体现得淋漓尽致，他用自己的小聪明来捉弄贵族出身的主人。观众们看到这里都被深深地吸引了。必须承认，波采伊金在这一段塑造的典型形象确实值得赞誉。"马上，先生。我——正在——准备。"他这句台词说得特别到位。

卡德里尔继续吃着，他每吃一口就抖动一下身子，免得被主人发现。每次主人转身时,卡德里尔就拿着鸡肉藏到桌子下面。等他自己吃得不饿了,他才想起自己的主人。

"卡德里尔,快好了吗?"主人大叫。

"准备好了。"卡德里尔爽快地回答道,然而,突然他发现食物几乎已被吃得干干净净,只剩下一条鸡腿。主人此刻仍然很沮丧,而且满腹心事。他什么也没注意到,坐下来准备吃饭。卡德里尔站在主人身后,胳膊上搭着一条餐巾。仆人转身面向观众嘲笑主人时,说的每一句话,做的每一个动作,扮的每一个鬼脸,都会引起观众们大笑。年轻的贵族主人正准备用餐时,魔鬼出现了。这些魔鬼一点儿也不像地球上的人类。此时,房间的侧门打开了,幽灵出现。它全身穿着白色,没有头,取而代之的是一个点燃的灯笼,手中拿着一把长柄镰刀。为什么是白衣、镰刀、灯笼?没人告诉我答案。实际上,犯人们也不会被这个问题困扰,他们相信就应该是这个样子的。此时,主人勇敢地走上前来面对幽灵,并且大声说他已经准备好了,可以带他走了。但是卡德里尔却像一只胆小的兔子,藏到了桌子底下。虽然内心十分恐惧,但却不忘把酒瓶拿在手里。鬼魂消失了。卡德里尔从藏身处出来,主人则开始吃剩下的鸡腿。这时,三个魔鬼进来了,抓住主人要把他带往地狱。

"救救我,卡德里尔!"主人大喊。但卡德里尔在忙着想别的事情。他藏在桌下,不仅拿着酒,还拿着装鸡肉和面包的盘子。现在只剩他一个人,魔鬼们和他的主人已经走远。卡德里尔从桌下出来,四处看看,突然高兴得眉开眼笑。他眨眨眼,活脱脱一个无赖。他坐在主人的位子上，小声地对观众说："现在只剩我自己，没有主人了。"

看到他没有主人了，大家都笑起来。卡德里尔又小声地悄悄对观众说："魔鬼把他带走了！"

此时，观众们表现出前所未有的热情。卡德里尔说最后一句话时，那腔调像极了无赖，还做了一个表示胜利的鬼脸。观众们都忍不住鼓起掌来。但是卡德里尔的兴奋并没有持续多久。他拿起酒给自己倒了一大杯，刚刚把酒端到嘴边，魔鬼们又出现了。它们悄悄溜到卡德里尔身后，抓住了他。

卡德里尔像着了魔似的号叫，但是他不敢回头。他想保护自己，但却无计可施，因为他手里拿着酒瓶和酒杯，而他又不想放下这些东西。他眼睛向上翻，由于十分惊恐，嘴张得大大的。他脸上一副可笑懦弱的表情，他保持这个表情盯着观众看了一会儿。那表情就像画在脸上似的。最后，他被魔鬼拖走了。他手脚乱舞，但是仍不肯放下酒瓶，不停地大声尖叫。直到他的身影从舞台上消失，还能听到他的叫喊声。

在一片大笑声中，幕布落下。此刻，每个人都很开心。乐队演奏起著名的《卡玛林斯卡亚舞曲》。开始时演奏的是轻柔的弱音，逐渐地，随着乐旨的发展，演奏变得更加轻柔。随后节奏加快，巴拉莱卡琴的琴身和琴弦都开始发声。乐师们真正抓住了这首舞曲的灵魂。格林卡[①]真应该来听听，这首曲子在我们监狱里是怎么演奏的。

最后一部哑剧的音乐伴奏响了起来。《卡玛林斯卡亚舞曲》一直贯

[①] 他谱写了这首极具独创性的《卡玛林斯卡亚舞曲》，并为完整的管弦乐队设计了和声。

穿其中。此时,舞台呈现的是一间小木屋的内景。一位磨坊主和妻子坐在屋内。一个在补衣服,另一个在纺亚麻。妻子由西罗特金扮演,丈夫由涅茨维塔耶夫扮演。由于舞台布景太简陋,所以看这部剧时和前面几部剧一样,需要我们想象剧中的场景。舞台后面应该有一面墙,但现在只挂着一块地毯或毛毡之类的东西;舞台右侧是破旧的屏风;舞台左侧没有封闭,可以看到犯人们睡的营床。但这群观众没那么苛刻,而且乐意发挥自己的想象力。这对他们来说轻而易举,要知道每个犯人都是大梦想家。

如果听到介绍"这是花园",他们就把这当成花园。如果听到"这是木屋",他们就很轻松地把这想象成木屋。身穿女装的西罗特金看起来特别迷人。磨坊主干完了手中的活,拿起帽子和鞭子,走到妻子身旁,用手势告诉她,如果她敢趁自己不在时让任何人进来,就让她尝尝自己的厉害,同时他向妻子挥了挥手中的皮鞭。妻子认真听着,用力点点头。皮鞭对她来说并不陌生,因为这女人经常犯错被打。

接着,丈夫出门了。他前脚刚走,妻子就对他挥了下拳头。有人敲门。门开后,进来一个邻居,也是个磨坊主。他长着小胡子,身穿长袍,给女人带来一块红手帕做礼物。女人笑了。这时,又有人敲门。

应该把邻居男人藏在哪里呢?女人让他藏在桌下,重新拿起自己的纺纱杆。进来的是另一个追求者——一个身穿下级军官制服的部队文书。

到目前为止,这部哑剧一直演得很顺利,演员们的表现无可挑剔。这些临时演员竟然把各自的人物角色发挥得这么好,真是令人惊讶。让人不由得感叹:"俄国究竟失去了多少天才。竟然有这么多天才被流放,被关在监狱里,没有用武之地!"

毫无疑问,扮演部队文书的犯人应该在某个省级剧院参加过演出,或者和业余演员一起表演过。在我看来,我们的演员不知道表演是门艺术,表现手法太一般。而轮到部队文书一角出场时,他的表现活像那些保留剧目里的经典英雄角色——他跨着大步子,昂首挺胸,眼神里流露着傲慢的神情。如果这样的步态对经典英雄角色来说显得滑稽可笑,那么对一个喜剧角色来说更是如此。但是观众们却觉得这很自然,认为这名演员理应采用这样的步伐,觉得这样没什么不对,因此也没有提出任何批评。

第二个追求者刚来一会儿,又听到有人敲门,妻子惊慌失措。这个部队文书应该藏在哪里?藏在大箱子里。幸好箱子是打开的,部队文书钻进去,盖上盖子。

第三个进来的是一位特殊的客人,也是她的情人,但身份很特别,他是个婆罗门教僧侣,身着教服。他一出场,观众顿时大笑不止。这个角色是由犯人卡津扮演的。由于相貌符合角色要求,他表演得非常完美。在剧中,为了表达对磨坊主妻子的爱,他先是把手举过头顶,然后又用手拍打胸脯。

此时,又有人敲门——声音又大又急。没错,是主人回来了。磨坊主妻子大惊失色。那位婆罗门四处乱窜,恳求女人把他藏起来。女人把他藏到橱柜后面,然后奔过去纺纱。她只顾着纺呀编呀,却忘了开门。一片慌乱中,女人把线缠在了一起,纺锤从手中掉到地上。恍惚之中，她仍在做着转纺锤的动作。在这里，西罗特金把角色的惊慌之态表演得淋漓尽致。

磨坊主把门踢开，手拿鞭子冲到妻子面前。其实他一直躲在外面偷看，对发生的事一清二楚。他用手势向妻子表示，她在屋子里藏着三个情人。然后，磨坊主一一去找。

第一个找到的是藏在桌下的邻居。他挥舞拳头，把那人打了出去。藏在箱子里的部队文书吓坏了，想逃跑。他刚一抬头顶起箱子盖，就被发现了。磨坊主用鞭子把他一顿抽打，这个男人落荒而逃，再也没有来时那般挺胸跨步的英雄派头。

现在唯一剩下的是那位婆罗门。丈夫找了好长时间也没有找到。最后，终于在橱柜后面的角落发现了他。那丈夫先向他礼貌地鞠个躬，然后拽着他的胡子把他拉到舞台中央。婆罗门想保护自己，大叫："可恶，可恶！"这是整个哑剧中演员唯一说出的台词。丈夫可不管他说什么，先给他算完账，然后去找妻子。妻子一看轮到自己了，扔掉纺车和纺锤转身就跑。慌乱之中还碰倒了一只陶罐。看到这里，犯人们哄堂大笑。阿列伊没有看我，拉着我的手叫道："快看，看那个婆罗门！"他笑得直不起腰来。幕布落下，音乐再次响起。

除了我说的这些，还有两三部剧，都非常幽默好笑。这些剧虽然不是犯人们自己创作的，但他们却为其加入了一些新东西。由于每个演员都注重即兴发挥，因此即便同一个角色，每天晚上演出来的都不一样。那部哑剧最后以一段芭蕾舞结束。舞蹈中有一个葬礼的场面。葬礼上，那个婆罗门对着尸体念各种各样的咒语，而且竟然奏效了，死掉的人又活了过来，在场的人全都高兴得跳起舞来。婆罗门和死而复生的人一起跳婆罗门教风格的舞蹈。这就是整个演出最后的场景。演出结束，大家散去。犯人们非常高兴，对演员们的精彩表演纷纷夸赞，对下级军官充满感激。没有任何争吵，大家都平静地睡了。这样轻松愉快地入睡，真是难得。

这些不是我的幻想，都是事实，千真万确的事实。通过这次演出，这些不幸的人可以有机会用自己的方式度过一段短暂的时光，可以用这样人性化的方式让自己快乐，可以短暂地逃离让自己伤心的囚犯身份；此外，犯人们的精神面貌也有一定的改观，至少在短时间内如此。

夜深了。我突然浑身发抖，醒了过来。那个旧教徒还在炉子旁祈祷。他会这样一直持续到黎明。阿列伊在我旁边平静地睡着。我记得他在睡觉前还笑着和兄长们一起谈论今天的演出。我一点点地回忆着，想起了前一天的情景，想起了圣诞节，想起了来监狱后的整个月。我心怀恐惧地抬起头，看看四周的狱友，他们在监狱提供的蜡烛摇曳的烛光中沉沉入睡。我看看那些简陋的床铺，看看那一张张悲伤的面容。我看到了一颗颗光秃秃的头，看到了这里的不幸。我告诉自己这不是可怕的梦，而是真正的现实。是的，是现实。我听到了一声呻吟。有人在挪动胳膊，铁链跟着响了起来。还有一个人在梦里焦虑不安，大声说着梦话。那个老人正在为"东正教徒"祈祷。仔细一听，他正有规律地用拖长的调子轻轻说着："主耶稣基督怜悯我们。"

"我不会永远待在这儿，只是几年而已。"我这样想着，又躺回枕头上。

第2巻

第一章 医院

圣诞节过去不久，我因病了住进了距离监狱城堡半俄里的军事医院。医院里有一溜长长的平房，外墙刷成黄色。每年夏天都要用大量赭土对外墙进行翻新。在宽阔的院子里，有几座供医生居住的房子。而那座黄色的主建筑中只设置了供患者住的病房。病房有很多，但是只有两间是留给犯人的。这两间病房总是人满为患，尤其是夏天。所以经常要把病床紧挨在一起，这样才能容纳更多的病人。病房里住着各种各样"不幸的人"：首先是我们监狱的犯人，其次是之前被监禁在警卫室里的军事犯。还有一些未被审判或正在接受审判的犯人。这所医院还有来自惩戒营的病人。惩戒营主要是把行为不良的士兵召集起来，意图对其进行改造，只听名字便能大抵明白这是一个什么样的机构。一两年之后，这些士兵往往彻底沦为了流氓无赖。

在监狱里，如果犯人感觉自己生病了，就把情况报告给下级军官。下级军官把犯人的名字记录在一张卡片上，然后把卡片交给犯人，让犯人在一名卫兵的看押下去医院。到医院后，医生对其进行检查，如果发现犯人真的生病了，便准许他留在医院。我的名字也是这样被写在卡片上。将近一点钟,犯人们要出发开始下午的劳动时,我动身去往医院。一般犯人们去医院时会带上钱和面包(因为在医院的第一天不发食物),一个小烟斗,还有一个荷包,里面装着烟草、火石、钢棒,还有火柴纸。犯人们通常把这些东西藏在靴子里。来到医院后,我对这里的一切充满好奇,一种新生活即将从这里开始。

那天天气很热,多云,人的心情也越发难过。这种天气下,医院只会更加令人讨厌和反感。我和看押的士兵一起进入大厅,看到那里有两个铜制浴盆。另外还有两个犯人也在和看守一起等待。

一名助理医生走进来,一副高傲的派头,他草草地看我们一眼,然后走开,漫不经心地告诉值班医生我们到了。很快,医生过来了。他对我进行检查,态度非常和蔼,然后给了我一张纸,上面写着我的名字。接下来会由病房里负责照顾犯人的普通医生为我诊断病情,开处方,并制订必要的饮食计划。我之前曾听犯人说他们遇到的医生非常好,值得所有赞美之词。"他们就像父亲一样。"有的犯人甚至这样评价。

我把自己的衣服脱下来,换上医院的病服。脱下来的衣服和亚麻布被收走,给我们发了医院的亚麻布。此外,还有长筒袜、拖鞋、棉布睡帽,和一件棕色厚布制成的睡袍。这件睡袍的衬里好像不是亚麻布,脏兮兮的,看不出是什么材料。那睡袍真的非常脏,但我很快就明白了其实这衣服很实用。后来,我们被带到囚犯病房。病房位于长长的走廊的一头。那走廊很高,而且很干净。整个病房的外部环境干净整洁,令人非常满意。医院的每个角落看起来都闪闪发亮。至少在我看来，和脏乱的监狱相比，这里显得十分干净。

我要进病房的时候，发现在大厅里遇到的那两个犯人去了走廊的左边。上了挂锁的病房门前有一个背枪的哨兵在巡逻。不远处站着等待换岗的另一个士兵。负责管理医院守卫的中士命令哨兵开门让我进去。门开后，映入眼帘的是一间又长又窄的屋子，里面有二十二张床，全部靠墙摆放。其中有三四张是空床。这些木制病床漆成了绿色。众所周知，俄国所有医院的病床上都有虫子，这里的病床应该也不例外。我的病床位于窗户边的一个角落。整个房间里，需要卧床的重症病人寥寥无几。

医院里住的大部分是恢复期患者或轻症患者。这些新病友，有的舒展身体躺在床上，有的在一排排病床间的空隙里走来走去。那空隙正好容得下病人走动。病房里散发着医院独有的气味。那是不同药物混合在一起的味道，一种比一种难闻。整个病房的气氛让人感觉窒息。病房里的炉子一整天都烧得很暖。我把病床上的床罩取了下来。床上有一个亚麻里子的布毯，还有几层单子，摸着很粗糙，看起来也不太干净。床边有一张小桌子，桌上放着一个水罐和一个白蜡杯，还有一小方餐巾，供我使用。

如果病人喝得起茶，那桌子还能放下一个茶壶。但是这样的有钱人不多。病人们的烟斗和装烟草的荷包，可以藏在床垫下面。这里几乎所有病人都抽烟，即使患痨病的也不例外。医生和其他官员很少进行搜查。他们有时恰巧碰到病人叼着烟斗吸烟，虽然很吃惊，但还是会装作没看见。其实病人们是很谨慎的，他们总是躲在炉子背后抽烟。只有晚上没有军官巡逻时,病人们才在床上抽烟,除此以外,他们是从不在床上抽烟的。

我以前从没有因病住过医院,所以这里的一切对我来说都很新奇。而在有些犯人眼中,我似乎是个神秘人物。他们之前听说过我,现在在医院看到我,有一丝掩饰不住的优越感。就是不管在何种团体都普遍存在的,老成员对新人的那种优越感。我右边躺着一位受审的犯人,他是一个退休上尉的私生子,之前做秘书工作。他被指控造假币。他已经在医院住了将近一年。其实他根本没病,但是他向医生谎称自己有动脉瘤,医生也信以为真。他就这样逃过了苦役和应受的处罚。一年后,他被遣送到T城,住在一个收容所。这名犯人二十八岁,年轻有活力。他很狡猾,略知法律,而且自己承认是个无赖。同时,他也很聪明,容易相处,但却很自负,自尊心过强,甚至有点儿病态。他坚信自己是世界上最诚实最公正的人,因此,他从不认为自己有罪。

他是这里第一个和我说话的人。他先介绍自己是一个上尉的儿子,然后又告诉我关于医院的很多事情。他对我充满好奇,问了很多问题。他似乎急于向我表明自己是一个贵族,最少,也是一个与贵族阶级有联系的人。

不久,病房里添了一个从惩戒营来的病人。这个病人告诉我他认识很多被流放的贵族。为了让我相信,他还一一说出了这些贵族的教名和父名。从他的表情就能看出,他在厚颜无耻地说谎。这个士兵名叫切库诺夫,大概猜测我带了钱,便来向我献殷勤。看到我有一包茶和糖,他马上提出要为我烧水,还要给我找一个茶壶。之前,M.D.S.K.答应通过在医院工作的一个犯人把我自己的茶壶送过来,但是切库诺夫表示他立即就要为我找来一把。

随后他找来一把锡壶,用它烧了水。切库诺夫似乎热心得过了头,招来另一个病人狠狠嘲笑。这个病人就睡在我对面,他得了肺痨,名叫乌斯季扬采夫。他就是那个为了逃避棒刑吞下了一瓶伏特加的士兵,因为在酒中加入了鼻烟,而导致自己得了肺痨。

我之前讲过关于他的故事。病房里的他一直沉默不语,静静地躺在床上,困难地呼吸着。他看我时总是一副很严肃的表情。很显然,切库诺夫对我过分的热情和礼貌激怒了他,他的眼睛一直盯着切库诺夫不放。但是他看起来太严肃了,让人觉得他气愤的样子有点儿好笑。终于,他再也忍不住了。

"看看这个家伙!终于找到主子了。"他结结巴巴地说着,声音听起来很虚弱。因为他病得很严重,已经时日不多。

切库诺夫听到后被惹怒了,转过身来:"你在说哪个家伙?"他看着乌斯季扬采夫,轻蔑地问道。

"你说呢?你这个势利小人。"乌斯季扬采夫自信地答道,好像他有权利让切库诺夫遵守自己的规则似的。

"你是说我吗?"

"没错,你就是个势利小人,是个马屁精。听啊,朋友们。他竟然不相信我说的话。你不是很勇敢吗?怎么,听我这样说觉得很吃惊吗?"

"关你什么事？你没看到吗？他们根本不习惯没有仆人的生活，他们自己什么都不会做。我为什么不能替他做事？你这个猪鼻子小丑。"

"说谁呢？谁长着猪鼻子？"

"你！"

"什么？竟然敢说我是猪鼻子？"

"没错，你就是。"

"你长得好看。如果我长着猪鼻子，那你的脸就像一个乌鸦蛋。"

"猪鼻子！仁慈的上帝已经给你算过账了。你还是闭上嘴去死吧。"

"我宁愿被人踩在脚下，也不会奴颜婢膝。我父亲就从不巴结人，也不会让我这样。"

他本来还想继续说下去，但是却突然咳嗽起来，身体剧烈地抖动着。他这样咳了几分钟。后来，我看到他吐了血，额头上冒出了冷汗。从他的表情可以看出来，如果不是咳嗽得太厉害，他肯定还会继续慷慨陈词地讲下去。但是因为太虚弱无力了，他只能用手比画几下。切库诺夫见状，也不再说什么了。

我内心很清楚，虽然那个患肺痨的病人很讨厌切库诺夫，但实际上他更讨厌我。没有人会因为切库诺夫替我做事，从我这得到几戈比而感到生气或轻视他。大家都知道他这样做只不过是想挣几个钱。

一般来说，俄国人民觉得这样的事情是很常见的，没什么好大惊小怪的，也会非常理智地看待这样的问题。

我的出现让乌斯季扬采夫颇感不快,我喝茶这件事也让他很看不惯。最让他恼怒的是,我是个贵族,即便现在镣铐在身,骨子里仍然是个贵族。在他看来,没有仆人我就不能生活,尽管我并没有要求别人给我做仆人,也不想有仆人。实际上,我一直尝试自己做事,不想让别人觉得我是个什么事情都不会做的无用之人,也不想招来那么多的忌妒。

我甚至为自己的想法感到骄傲。但是,不知为何,不管我怎么做,周围的人不是对我指手画脚,就是对我殷勤讨好。他们自己要和我纠缠,最后通过自己的方式来控制我。应该说,我更像是他们的仆人。因此,不管我内心怎么想,他们通过自己的方式,让我看起来总是像个贵族,像个离不开奴仆的人,像个装腔作势的人。我真的为此感到恼火。

乌斯季扬采夫因为身患肺痨,所以更易怒。其他病人只是对我很冷淡,夹杂着一些蔑视。我突然想起他们那时其实在关心另一件事情。

通过他们的谈话我得知,那天晚上有一个犯人要接受刑罚,受刑结束后将他被送到医院来。病房里的犯人们很期待这个新人的到来,并对他充满好奇。然而,他们又说对这个犯人的处罚并不重——一共只抽五百下树条。

我向四周看看。据我观察,大部分真正的病人是受坏血病和眼疾影响。在这个国家,这两种病都不太常见。其他病人有的发烧,有的患肺病,还有一些其他疾病。不同的病人没有被分开,所有人都在一间病房里。

我上面之所以说真正的病人,是因为有些犯人来这里仅仅是为了能够稍微休息一下。如果有空床的话,医生出于怜悯会让他们留下来。与医院相比,被囚禁在警卫室和监狱里的生活对犯人们来说太苦了。因此,尽管医院里的气氛很压抑,而且根据规定,病人不能离开房间,许多人还是更喜欢选择躺在病床上。

甚至还有一些人能从医院生活中感受到乐趣。这些人基本上都是来自惩戒营的士兵。我很好奇地打量着这些新病友。其中有一位病人让我感到很困惑。他身患肺痨,将不久于人世。他的床在我的床旁边,比乌斯季扬采夫的床要稍远一点儿。他的名字叫米哈伊洛夫。两周前,我在监狱里见过他。那时,他已经病得很严重了。其实他早就应该接受治疗,但他却一直用惊人的勇气默默承受着疾病的折磨。直到圣诞节时,他才住进医院。因病情恶化,仅仅三周后就离世了。他就像支蜡烛一样,灯枯油尽。我记得在入狱第一天我曾注意过他。再看看离世前的他,我惊异于他的面容竟然有如此大的变化。在他旁边躺着一名从惩戒营来的士兵,是一位老人,神色很差。他身上脏兮兮的,看起来令人觉得恶心。

我不是要把所有病人都一一列举出来。我记得这位老人是因为他给我留下的印象比较深刻。而且我刚来不久,他就给我讲述了关于病房的一些特点。他得了重感冒,不停地打喷嚏。即使睡觉时也一直打喷嚏,有时像发射礼炮一样,接连打五六个,每打一次,他都会叫道:"天哪!太难受了!"

他坐在床上，从一个纸袋里取出鼻烟，起劲儿地吸着。他这样做是为了把喷嚏打得更响亮，更频繁。他有一块方格的棉布手帕，已经洗得褪了色。打喷嚏的时候，他就用这块手帕捂住鼻子。他小小的鼻子上有很多皱纹，看起来特别奇怪。他张开嘴时，能看到有些牙已经腐烂变黑，还能看到红色的牙龈上沾着唾液。他每次打完喷嚏后，会把手帕展开，然后把上面的污物擦在睡袍的衬里上。他这种做法实在令人恶心作呕，我不由自主地开始检查自己刚刚穿上的睡袍。我发现那睡袍散发出一股刺鼻的气味，身体一碰到衣服，便感觉这种气味更强烈。那气味闻起来像石膏，又像各种各样的药物混合在一起。感觉这简直就是远古时期的病人穿过的衣服。衣服的衬里之前可能洗过，但是我不敢保证。可以肯定的是，我把这睡袍穿上身之前，它肯定被药水浸透过，而且有各种泥敷剂和石膏在上面留下了污迹。

被罚棒刑的囚犯在受刑结束后，会被直接送到医院。此时，他们的后背还在出血。医生为他们的伤口涂上泥敷剂，然后贴上敷布。一般会给他们背上敷一件湿衬衫，但是泥敷剂和血污会透过衬衫粘在外面的睡袍上。

在整个苦役期间，我经常去医院。每次穿上那睡袍时，心里都一万个不放心，嫌恶至极。切库诺夫刚刚把泡好的茶给我（我想插入一句，病房里每天早上送进来的水一整天都不会更换，很快就会被屋内恶臭的空气污染，迅速变质），门开了，一个刚挨完棒子的士兵被两个卫兵带了进来。这是我第一次看到刚刚受完棒刑的人。后来，又进来了很多同样刚受过刑的人。每次进来一个这样的犯人，病人们都会感到深深的悲伤。他们看到这些不幸的人，会很严肃地保持镇静。但是病人们的态度会因犯人罪行的轻重程度而不同，当然，最主要的是犯人挨了多少下。

一般来说，那些被打得最狠的有名的劫匪强盗会比区区一个逃兵或新兵受到更多的尊重和关心。刚刚被带进来的那个士兵就属于后一类。但是不管哪种情况，病人们都不会表现出特别的同情，也不会多说什么恼人的话。如果被打的可怜人无法照顾自己，病人们会默默地照顾他。助理医生知道病人们会用熟练灵巧的双手照顾那些刚刚送进来的挨完棒刑的人。

负责照料的人一般需要为刚刚挨完打的人背上敷一件冷水泡过的衬衫或一块浸过冷水的亚麻布。此外，因为犯人在挨打的过程中，棒子有时会折断，这样就会有一些细木枝粘在犯人的伤口上，所以，负责照料的人需要把这些细枝除掉。这项工作需要一定的技巧，而且要很熟练。对受伤的犯人来说，这项操作是尤其痛苦的。他们需要超强的坚忍刚毅来支撑自己忍受这般痛苦。这样的情景总是让我深深震惊。

实际上，我见过很多被棒打的犯人，而且打得特别残忍。但是，我却不记得任何人曾发出过一声呻吟。只是在受刑结束后，他们脸色变得惨白，不再镇静，眼睛里似乎有光在闪耀，眼神游离，嘴唇颤抖不止，所以，犯人有时会咬住嘴唇，直到咬破流血。

刚刚送进来的那名士兵大约二十三岁，肌肉发达，个头很高，身材匀称，古铜色的皮肤，外形看起来很不错。他的背部到腰部全都露着，能看出来，被打得很严重。随后，他的背被敷上了一块浸湿的布，他像得了热病似的，整个身体在湿布下不住地颤抖。大约有一个半小时，他一直在房间里走来走去。我看到了他的脸：他好像什么都没想；他的眼神很奇怪，似乎狂野与胆怯并存；而且他的双眼好像很难聚焦在各种物体上。我好像看到他在盯着我的热茶；热气从茶杯上袅袅升起，那个可怜的家伙一边盯着热气，一边浑身发抖、牙齿打战。我邀请他来喝些茶。他转身向我走来，一句话没说，端起茶杯一口就把茶吞了下去，茶里没有放糖。他一直避开我的目光，喝完后，他静静地放下茶杯，没做任何手势，然后又继续在房间里走来走去。因为他太痛苦了，所以都想不起来要对我说些话或向我表示谢意。至于其他犯人，也尽量避开不问他任何问题。他们一给他换完敷布就不再理他，觉得让他一个人待着会更好一些。他们觉得最好不要问个不停，也不要表现出过多的怜悯，否则会打扰他。那个士兵好像对人们这种态度非常满意。

这时，天已经黑了，病房里点起了灯。一小部分犯人有自己的烛台。晚上，医生会来巡视。随后，一名值守的下级军官进来清点人数，清点完后关上了门。

在犯人们看来，怎么称赞这里的医生都不为过。他们把医生当成父亲一样来尊敬。医生们说的话总是令人心情愉快。即使面对堕落的恶棍，他们也会说些友善的话。这样一来，堕落之徒也会充满感激，因为他们知道医生说的话是最真诚的。

试想即使医生们态度粗暴、冷酷无情，病人也不会去指责他们。

所以，他们对病人的体贴和关爱是发自内心的，而不是故作姿态。他们的善良是纯粹人道主义的体现。在医生们眼中，生病的犯人和任何其他人一样有权利呼吸纯净的空气。在这一点上，即使对方是个伟大人物，也没有任何特权。其他病房里处于恢复期的病人有权利在走廊上自由走动锻炼身体，还可以呼吸到比病房里干净很多的空气。病房里的空气不流通，而且混合了各种药味、毒气等，对身体有害。我们病房的门晚上上锁后，直到第二天早上才会打开，其间不管病人有任何理由，都不能出去。

多年来，我心中一直有一个困惑。在继续描写故事之前，我想先谈一下这个问题。那就是不管犯人病得多严重，都不能卸掉身上的镣铐。我曾亲眼见过患结核病的犯人直到死时腿上的镣铐都没有打开。

但是每个人都已经对此习以为常，认为这件事情无法避免。我从没见任何人，甚至是医生，考虑过为身患重病的犯人去除镣铐，即使患结核病的犯人也不能去除。那镣铐并不太重，一般不会超过八磅或十磅。对身体健康的人来说，这个重量是可以承受的。但是，我听说犯人戴几年镣铐之后，腿会逐渐变得消瘦干瘪。不知这种说法是否属实，但我更倾向于相信这是真的。试想那镣铐不管多重（假设不超过十磅），如果一直固定在腿上，都会使腿的正常承受重量增加，一段时间之后，肯定会给腿部健康带来灾难性的后果。

对身体健康的犯人来说，这可能不算什么问题。但是对患病的犯人来说，情况就不同了。如果犯人病得很严重，比如胳膊和腿已干瘪的结核病人，身上的镣铐就如最后一根稻草，无法承受。即使医疗当局同意只为结核病人去掉镣铐,我相信也会带来莫大的益处。也许有人会说犯人都是道德败坏的作恶者,不值得同情。但是这些人已经受到了上帝的惩罚,还有必要让这刑罚更严酷吗?说加重刑罚是为了更好地改造罪犯,这好像不能令人信服。要知道,特别法庭对结核病犯人是免除体罚的。

为什么重病的犯人还必须戴镣铐,这里面肯定有某种不可告人的原因。但是不管什么原因都让人无法理解。没有人相信一个结核病人会逃跑,这根本就不可能。哪个病人会有这种想法呢?尤其是已经相当严重的病人,更不可能。一个健康的犯人不可能骗过医生,被误认为是结核病人,因为这种病一眼就能看出来。除了重病的犯人,仅凭一副镣铐就能阻止犯人逃跑吗?根本不能。病症不太严重的犯人,如果真的决心逃跑,镣铐是阻止不了的。所以说到底,加诸犯人之身的镣铐其实就是一种耻辱的象征,是肉体和精神的双重枷锁。如果犯人想逃跑,镣铐根本就不是问题。就算再笨再傻的囚犯都能参透其中的机关,用石头把上面的铆钉敲碎。所以,镣铐根本就是一种无用的囚禁措施。如果犯人们戴镣铐是一种惩罚,那这种惩罚对将死之人都不能免除吗?

我在写这些话的时候,眼前浮现出这样一张脸:那是一个得了结核病快死的人。就是上面提到的离我的床不远的米哈伊洛夫。我记得他是在我入院四天后走的。谈到结核病人,我不由自主地回忆起当时的种种感受和想法。关于米哈伊洛夫,我了解得很少。他很年轻,最多二十五岁,个子不太高,很瘦,模样很好看。他是一名单人囚室的特殊囚犯,性格软弱,郁郁寡欢,不知为何总是沉默寡言。有些犯人对他印象深刻,用他们的话说,米哈伊洛夫在日复一日的监狱生活中逐渐"枯萎"了。我记得他有一双非常迷人的眼睛。我不知道自己为什么会想起这些。

米哈伊洛夫是下午三点去世的。那天天气晴朗,空气很干燥。阳光透过结冰的绿色玻璃窗洒向病房,照在这个可怜的病人身上。他已经失去意识,活不过几个小时了。从早上开始,他的眼神逐渐迷茫,已经认不出向他走来的人是谁。大家很清楚他此时非常痛苦,因此都愿意为他做些力所能及的事情,希望可以让他好受一点儿。他的呼吸紊乱沉重,每呼吸一下都特别痛苦,似乎因为缺氧,他的胸脯剧烈起伏。他把毯子和衣服都扔得远远的。接着,他把身上的衬衫也扯破了,仿佛那对他是一个莫大的负担。最后,他把衬衫脱了下来。这时我看到了他的身体。因为太瘦,那身体看起来纤细无比。他的胳膊和腿都细得只剩下了骨头,一根根肋骨清晰可见,像骷髅一样。

这架骷髅身上只剩下脖子上戴的十字架和身上的镣铐。现在,他那干瘪的腿或许可以轻松地从镣铐中脱出。在他死前大约一刻钟,病房里一片沉寂,犯人们只耳语似的低声说话,走路时也踮起脚尖轻轻地走。人们谈起其他话题,时不时地悄悄瞥他一眼。从他喉咙里发出的咔嗒咔嗒的声音变得越来越痛苦。最后,他用颤抖的手摸到了脖子上的十字架。此刻这小小的十字架于他也成了负担,让他感到窒息。他用尽力气把十字架拽了下来。十分钟后,他停止了呼吸。有人去敲门,通知门外的卫兵。看守进来,茫然地看了一眼死去的人,然后出去找助理医生。助理医生是个很好的人，如果不是表情过于严肃，会更受大家欢迎。很快，助理医生大踏步地来到病房，清晰的脚步声在寂静的病房里回荡。他表情冷淡地摸了摸那死人的脉搏，那表情怎么看都觉得刻意。接着，他做了个含糊的手势，然后起身离去。

警卫室宣布了米哈伊洛夫死去的消息。因为他是单人囚室的重犯，为了登记他的死亡信息，需要走一些程序。在等待医院看守过来的间隙，有个犯人突然小声说，"最好还是让他闭上眼吧。"另一个犯人听到这话后静静地走到米哈伊洛夫身旁，给他合上了双眼。接着，这个犯人看到了枕头上放着的米哈伊洛夫从脖子上摘下来的十字架。他拿起十字架看了看，然后又放下，自己在胸前画了个十字。此时，死去的人脸已经僵了。从窗外照进来的一束光线在那脸上跳动。两片薄唇已贴在牙龈上。在光的照耀下，两排洁白整齐的牙齿在唇间闪闪发亮。

最后，执勤的下级军官来了。他戴着头盔，扛着枪，身后跟着两名士兵。他向尸体走去。随着他走得越来越近，脚步也越来越犹豫缓慢。他用余光瞥了一眼周围安静的犯人们，发现他们都在沮丧地看着自己。在离尸体还有一步远的地方，他猛地停了下来，像是突然被钉子钉在那里。那具赤裸干枯戴着镣铐的尸体让他深深震惊。他解开下巴上的带子，摘下头盔（他其实根本没必要这样做），在胸前画了个十字。他是一位服役很长时间的老兵，头发已经花白。我记得当时这位军官身旁站的是切库诺夫，同样是一个头发灰白的老人。他一直盯着那个军官，用奇怪的目光追随着军官的每一个动作。有那么一刻，他们的目光交会在一起，我发现切库诺夫也在发抖。他咬紧牙，对着尸体的方向点点头，好像不由自主地对军官说道："他也有自己的母亲！"

听到这句话，我的心被深深触动了。他为什么这样说？为什么突然想到了这些？这时，尸体连同床垫被抬了起来，垫子上的稻草窸窣作响，铁链拖在地上，发出清晰的响声，接着铁链被拿起来，尸体被抬走了。突然，大家又都放开声音说话。可以清楚地听到下级军官在走廊里大声喊人去找铁匠。是啊，死囚身上的镣铐需要取下了。

我好像又离题了。

第二章 医院（续）

每天上午将近十一点时，医生们来查房。主任医生走在最前面，其他医生跟在后面。一个半小时之前，住院医生已经来巡视过一次。那个医生很年轻，平时安安静静、和蔼可亲、非常善良，而且精通医术，因此深受犯人们喜爱。在犯人们眼中，他唯一的缺点就是"太软弱"。他不爱说话，在我们面前显得很局促，有时还会脸红。倘若有犯人抗议食物太少，他一听马上就会加量。我甚至觉得不管犯人提出要什么药物，他都会同意。除了性格软弱，这个年轻医生在别的方面都很优秀。

据我所知，在俄国，医生普遍很受人们喜爱和尊敬。我知道这样的说法似乎很矛盾，尤其是考虑到我们的人民对外来的药物和医生充满了不信任。如果他们生病了，即使病得很严重，也不愿去看医生或进医院，他们更喜欢年复一年地去找巫师看病，或者采用老人流传下来的治疗方法（这些土方并没有什么好鄙视的）。其实，人们的偏见可能并不是针对药物，而是对一切与官方或行政相关的东西充满了不信任。此外，他们对医院的偏见还可能是因为听说过在医院里发生的一些荒唐又恐怖的故事。而且这些故事可能并不是空穴来风，而是有一定的事实依据。

但是最令普通人民排斥的是医院德式化的制度。还有，如果他们生病住院的话，照顾他们的可能是外国医生，医院的饮食规定可能很严格，医生的态度可能很冷淡，而且，医院里还有解剖尸体等现象存在。此外，普通人民还担心照顾他们的可是贵族。因为在他们眼中，医生属于贵族阶层。但是一旦他们与医生熟悉之后（当然也有极少数例外的情况），这些担忧和恐惧就会消失。这要归功于我们的医生，尤其是年轻医生。这些医生大多知道如何取得人民的尊敬和信任。

我所说这些是我在很多不同场合不同地方亲眼看到或亲身经历的。我认为每个地方都是如此。在一些偏远地区，医生收受礼物，利用在医院的职务便利为自己谋利，忽视病人；有时医生甚至忘了自己应尽的职责。毫无疑问，这样的情况是存在的，但毕竟是少数。我要说的是大多数医生，他们通常宽厚仁慈，而这样的品质又促使其医术不断进步。医生群体中的变节者就像羊圈里的狼，他们可能会把自己的问题归结于周围环境。但这种说法是很荒唐的。尤其是如果他们毫无人道，那更没有什么理由可以为自己辩解。对病人来说，医生的仁慈、和蔼、对待病人如兄弟般的同情心才是最有效的疗法。是时候停止抱怨冷漠的环境了。此种抱怨也许不无道理。但是如果一个狡猾的骗子想撇清自己的错误，他会想方设法从环境中找原因。特别是，如果他用雄辩的言辞把这些理由写下来，或演讲出来，则更有利于实现目的。

我又离题了。我只想说普通人民不信任也不喜欢官僚作风和政府体系的医生，我并不想过多讨论医生本身。但是通过自己与医生越来越多的接触，我对医生的偏见也渐渐消除了。

在我们医院里，医生会来到每个病人床前认真用心地询问病情，然后制定合适的治疗方案，并开出对应的药物。医生有时会发现有的病人是假装生病，其实根本没病。这样的病人来医院是想逃避苦役，让自己休息一下。他们在医院里可以睡在垫子上，病房里又暖和，比潮湿的警卫室里那光光的床板好多了。而且，犯人在警卫室里还要面对一大群面色苍白、身体衰弱、等待受审的人。在俄国，关押在警卫室里的犯人大部分都很衰弱，无论精神状态还是身体状态，都比普通犯人要差得多。

如果遇到有人装病，医生通常会描述为病人得了"卡他性寒热病"，而且有时允许这样的病人在医院里住上一周。大家听到这个病症，都觉得好笑。因为这是医生和病人之间一种心照不宣的约定。只要医生做出这个诊断，就表明病人根本没病。有时病人会滥用医生的同情心，他们一直赖在医院，直到最后被强制赶走。在这一点上，我们的医生还是很有办法的。面对固执的病人，医生有权力直接写一张条子"已痊愈"，然后不用任何解释就把病人赶走。但是一般医生不会直接告诉他病已治好，并开出院条让他离开。一开始，医生会暗示装病的人是时候离开了。如果病人装作不明白，医生接下来会请求他离开。"现在你必须离开，因为你已经痊愈了，而且医院的床位很紧张，没有多余的床位给你。"

最后，病人不好意思再继续待下去，便同意离开。我们的主任医生虽然很有同情心，也很公正（病人们很信任他），但是他远比住院医生更严厉、更坚决。有时他表现得特别严厉，毫不留情，犯人们反而越发尊重他。主任医生常常来查房，所有医生都跟着一起来。他的助手们挨床查看，为病人一一诊断。他会在病情严重的病人床前停留很长时间，和病人亲切交谈并给予鼓励。对那些因患"卡他性寒热病"而入院的病人，主任医生从来不会直接把他们赶走。但是如果有的病人坚决留在医院不走，他便宣告病人已治愈。"好了，兄弟，"他说道，"你已经睡够了，休息了这么久，见好就收，该知足了。"

坚持留在医院不走的犯人有的是因为不堪忍受酷暑季节田间劳动之苦，有的是因为不愿承受棒刑。我记得有一次为了赶走一个不太好对付的病人，医生们不得不采取十分严厉的手段。这个病人是来治疗眼疾的。他的两个眼睛红肿得厉害。他不停抱怨自己的眼睑如何如何疼。医生用尽各种办法都不能治愈他的眼睛。不管是用膏药、发疱药，还是用水蛭吸血的方法，都无济于事。病人的眼睛依旧红肿，没有任何改观。

后来医生们突然明白了这个病人是在装病，因为他的眼部炎症既没有恶化，也不见好转。医生们很快就猜到这个病人肯定在耍什么鬼把戏，虽然病人不肯承认。这个病人很年轻，长得并不丑。但是他却给病友们留下了很糟糕的印象。他忧郁、多疑、虚伪至极，从不正眼看人。他不和任何人交往，好像对谁都不信任。我记得当时很多人都担心他会伤人。他以前当兵时因盗窃罪被捕，被判棒打一千下，之后被送入惩戒营。

我之前曾说过，为了延迟受罚时间，犯人们可能做出各种疯狂举动。在受刑前一夜，他们可能会用刀刺入一名长官或狱友体内。这样一来，他们也许会因新的罪行重新受审，之前被判的刑罚就会相应延后一两个月。尽管最后的处罚可能变为之前的两倍或三倍，但是他们对此却毫不在乎。对他们来说，最要紧的是逃过眼下的处罚。为了这个目的，他们不惜付出任何代价。他们这样做完全是自欺欺人。

很多犯人认为那个得眼病的人应该被监视起来，免得他因为过于绝望在晚上杀人。但最后人们没有采取任何防范措施，包括睡在他旁边的人。据说，他用墙上抠下来的灰泥摩擦眼睛，有时也用别的东西摩擦，这样医生来检查时看到他的眼总是红的。最后，主任医生没办法，只能威胁说要用排液法为他治病。

如果遇到这类一般疗法都不起作用的疾病，医生就决定改用某些特殊疗法：给病人埋线引流，就像对马一样。这些特殊疗法会让病人吃更多苦头。但是那个装病的可怜鬼太固执或者说太懦弱了。因为在他看来，不管新疗法有多痛苦，总比挨棒子好多了。

治疗时，医生抓住病人的后脖颈，把脖颈上的皮肤用最大力往后拉，然后在上面开两个切口，用一束手指粗的棉花从两个切口中间穿过。每天到了固定时间，医生就把这束棉花来回拉扯。这样一来，病人的伤口一直化脓，无法痊愈。那个可怜鬼每天被这样折磨，需要忍受巨大的痛苦。他这样一连坚持了几天。

最后他终于同意离开医院。做出这个决定后，他的眼睛不到一天时间就好多了。等他脖子上的伤口一愈合，马上就被送到了警卫室。到那后的第二天，他就被带出去打了一千棒。

受刑前的一刻，犯人要承受莫大的痛苦。真的太痛苦了。或许我不应该说犯人害怕受刑就是懦弱。

这刑罚肯定非常恐怖。试想只要能够推迟受刑，犯人们宁愿事后承受两倍或三倍的处罚。我之前曾说过，有些犯人在第一次受刑后的伤还没好之前就离开医院，为的是尽快挨完剩下的棒子，好让刑罚赶紧结束，这样就可以早点儿离开警卫室了。显然，警卫室的生活要比牢房里更糟糕。棒刑也让有的犯人变得无畏果断。那些经常挨打的犯人不管身体上还是精神上都变得更坚强，最后竟不再害怕这样的处罚，只是觉得这处罚有点儿讨厌。

我们监狱里有一个鞑靼人，名叫亚历山大。有时犯人们为了逗趣，也叫他亚历山德拉。他告诉我他曾被棒打四千下。他每次说起受刑这件事时都是轻松幽默的语气，有时还会笑出来。但是接下来他会一脸严肃地说多亏自己从小在游牧部落长大，挨鞭子棒子是家常便饭，否则肯定承受不住那四千棒。他的背上满是伤疤，而且经久不消，证明了他所言不虚。他很感谢过去接受的棍棒教育。

有天晚上，我们坐在火炉前取暖，他对我说："你知道吗？亚历山大·彼得罗维奇，我以前经常因为芝麻大的事就要挨打。我记得这种无缘无故就被打的日子一直持续了十五年。我每天都要挨好几顿打，而且谁想打就打。到最后，这种方式对我已经不起任何作用了。"

我不知道他后来怎么成了一名士兵。也许他没有说实话。说不定他一直就是个四处漂泊的无业游民。有一天，他对我说，他因为杀害了一名军官而被判棒打四千下。他得知消息时，内心突然被一种深深的恐惧所笼罩。

"我知道他们要狠狠惩罚我，"他自言自语道，"即使像我这样挨惯了棒子的人也可能当场死掉。真见鬼！四千棒可不是小数。那件事情发生后，所有军官都很害怕我。我知道这下处罚肯定轻不了。我甚至认为自己会死于棍棒之下。后来，我想出一个办法。我决定受洗。我对自己说，如果受洗的话，他们可能就不打我了。不管怎样，这值得一试。周围人都告诉我说这没用。但是，我心想：'谁知道呢？'说不定他们会原谅我。比起伊斯兰教徒，他们对基督徒应该更为同情。后来，我受洗了，还有了自己的教名亚历山大。但是尽管如此，我依然要挨棒刑。一棒都没少。但是，我可不是那么容易就能被打垮的。'等着，'我心想，'看我怎么骗过你们。'你相信吗？亚历山大，我真的骗过了他们。我知道怎么装成快死的样子。并不是要装作完全没有生命特征，而是要让人看起来好像只剩最后一口气了。他们把我带到军营前先打了一千棒。我感到背上热辣辣地疼，于是便开始号哭起来。接着他们又打了我一千棒，我心想，'这下全完了。'我头发晕，腿像断了似的。我跌倒在地，眼睛已经不转了，脸色发青，口吐白沫，几乎没有呼吸。后来医生来了，他说我马上就要死了。我被带到医院，很快就活了过来。他们接着又打了我两次。

他们这回暴怒了。但是这两次我又骗过了他们。我第三次挨完一千棒后，晕死过去。他们打最后一千棒时，每打一下就抵得上之前三下,我感觉仿佛有刀子直插心脏。他们竟然这样狠毒!最后那一千棒实在太可恶!简直可以顶前面三千棒。假如最后还剩两百下时我故意装死,那么等我醒来后他们会把我往死里打。但他们是打不败我的。我一次又一次骗过他们。他们一直觉得我肯定完蛋了。是啊,他们怎么会不这样想呢?连医生都确信我肯定没命了。但他们打最后两百下时肯定用尽了所有力气。那两百下可以抵得上两千下。我不禁觉得好笑。为什么?因为我小时候是在棍棒下长大的。我现在很好,活得好好的。但是我从小一直都在挨打。"说到结尾的时候,他有些沮丧,好像在心里把以前挨过的棒子又默数了一遍。

短暂停顿过后,他说:"我数不清自己究竟挨了多少棒,没人能数清。因为多得不可计数。"他看着我,笑了起来。他的笑容是那么简单自然,我忍不住也对着他笑了。

"你知道吗?亚历山大·彼得罗维奇,我晚上做梦时经常梦到自己正在挨打,几乎没有梦见过别的事情。"他经常说梦话,而且会把别的犯人吵醒。

"你这个魔头,在大喊大叫什么?"犯人们冲着他说。

这个身强体壮的家伙,个头不高,大约四十四岁,相貌好看。他和大家相处得很好,尽管他喜欢偷别人东西,还曾因此被打。在监狱里,不管谁偷了东西都要挨打。

我还想说的是,这些不幸的人谈起自己受到的处罚时心平气和,对施以处罚的长官并没有怨恨。我听这些故事时经常感到心悸。但是讲故事的人似乎并没有在心里留下阴影,他们想起自己受到的惩罚,会像孩子似的笑起来。

但是有个叫米-茨基的犯人向我说起他受罚的经历时,却完全是另外一副样子。他不是贵族,之前曾挨过五百棒。他从没有主动对我说过这件事。当我问他这事是不是真的,是怎么发生的?他的回答十分简短,但是明显能看出来,他心里很痛苦。他说话时不敢看我的眼睛,脸也变红了。当他抬起头时,我看到他的眼睛里有火焰在燃烧,他气得双唇不停地颤抖。

我想他不会忘记这件事。他永远不会忘记这段人生经历。几乎所有犯人(当然也可能有例外)对受刑的事都有完全不同的看法。有时我想他们不可能意识到自己的过错,也不可能承认处罚的公正性,尤其是如果他们侵犯的是自己的狱友,而不是某个长官。他们中大部分人并不觉得自己有罪。正如我之前所说,我从未看到他们有一点儿悔恨,即使受害者和他们身份相同。如果是针对长官犯罪,他们甚至提都不提。他们看待这类案件似乎有一套独特的逻辑。他们认为这类案件的发生是命运的安排,是自己在极端冲动时无意识犯下的。如果一个犯人对长官犯下罪行,他总是有正当理由为自己辩护,而且根本不会为此事烦恼。他承认长官不可能认同他的观点,因此他自然会被惩罚,这样他们就两清了。

监狱管理人员和犯人之间的斗争异常激烈。犯人相信和他一起生活的亲人不认为他有罪,而且这些普通人也不会觉得他无可救药,只要他犯罪的对象不是自己同一阶层的人,不是自己的兄弟。他对此很平静。因为不觉得良心有愧,所以他会获得道德上的安宁,这一点是最主要的。他觉得有足够的力量在支持自己，因此对所受的刑罚并没有特别的仇恨。他知道这样的惩罚是不可避免的，并且还安慰说自己既不是第一个，也不是最后一个受此种刑罚的人。士兵与土耳其人作战是因为憎恨后者吗？根本不是。可是土耳其人在砍他、刺他，并向他射击啊。

要知道，并不是每个犯人在讲述此类故事时都是无动于衷的、冷血的。这里要说到另一个人，热列比亚特尼科夫。提起他的名字，大家总是很愤怒。我是在第一次住院期间通过犯人们讲述的故事知道这名军官的。后来有一天，我在监狱里看到他在指挥守卫。他大约三十岁，肥壮结实，红色的脸颊下垂，洁白的牙齿，笑起来时声音很高亢。

很明显他做事不喜欢顾虑太多。当他负责监管对犯人实施鞭刑或棒刑时，他会感受到最大的乐趣。我很想说的是，其他官员都觉得热列比亚特尼科夫是个怪兽，犯人们也有这种感觉。这些事情发生的时间距离现在并不是特别久远。但是在那个年代人们已经很难相信竟然有行刑者会以自己的工作为乐。一般来说，行刑者在对犯人施刑时是没有任何热情的。

这名中尉是个例外。他能在处罚犯人的过程中获得极大快乐。他对此充满热情，对行刑这件事无比喜爱。他通过这一手段让自己卑鄙的灵魂得到满足，从而感受到一种不正常的快乐。受处罚的犯人被带到行刑地。热列比亚特尼科夫是行刑官。他安排手执重棒的士兵站成长长的一排。他满意地从队列前走过，鼓励每名士兵要恪尽职守，认真行刑，否则，士兵们很清楚"否则"意味着什么。罪犯被带了出来。如果犯人不了解热列比亚特尼科夫，对他的特殊癖好毫不知情，那么这名中尉就要用自己独创的把戏把犯人捉弄一通。通常，在行刑开始前，犯人露着后背被下级军官用绳子绑在枪托上。行刑时，他就这样从"绿街"的一头被拖到另一头。犯人用可怜的哭腔请求行刑官不要打得太狠，不要过分严厉打得太重。

"尊贵的大人！"不幸的犯人大喊，"可怜可怜我吧，就当我是兄弟，我一辈子都会感激你，祈求上帝保佑你。千万别把我打死，手下留情，发发慈悲吧！"

热列比亚特尼科夫等的就是这句话。他暂停行刑，开始和犯人交谈起来，伤感的语调里透出怜悯之情。

"但是，我的朋友，"他说，"我能做什么呢？是法律要惩罚你，是法律。"

"尊贵的大人！一切都是您说了算。请可怜可怜我吧。"

"你真的以为我一点儿都不可怜你吗？你觉得我看着你挨打会开心吗？我也是个人，对不对？你说是不是？"

"当然，尊贵的大人。我们把长官视为父亲。您是让我尊重的父亲，请怜悯一下您的孩子吧。"犯人快哭出来了，希望能有机会逃脱处罚。

"我的朋友，你来想想。用自己的脑筋想一想，你知道我是有人情味儿的，即使你身为罪人，我也应该同情你。"

"大人说得极是。"

237

"没错，不管你罪有多深，我都应当对你心怀仁慈。但惩罚你的不是我，而是法律。我是为上帝和国家服务的。如果我随意减轻法律规定的处罚，那么我将犯下大错。你想想是不是？"

"大人！"

"我该怎么做？好吧，尽管我知道这样做不对，但我还是决定满足你的心愿，给予你怜悯，并从轻处罚。不过一旦我这样做，你肯定觉得下次我还会可怜你，于是你还会继续做蠢事。是不是这样？"

"尊贵的大人，请您手下留情！在上帝的宝座前，我……"

"不，不。你还是发誓以后规矩点儿吧。"

"希望上帝让我马上死掉，去往另一个世界。"

"不要这样发誓，这是罪过。如果你保证以后规规矩矩，我愿意相信你。"

"尊贵的大人。"

"好吧，听着，看在你的眼泪的分上，你这个孤儿的眼泪的分上，你是个孤儿，对吗？"

"是的，大人，我在世上已经没有亲人了。"

"那么，看在你这个孤儿流泪的分上，我这次就可怜你。"他继续说道。他的声音里满是怜悯之情。犯人听到这里，会为自己遇到这么好的一位长官而对上帝感激不尽。

接下来的场景可能是这样的。行刑队伍准备好了，鼓声响起，士兵们挥舞胳膊。"打他！"热列比亚特尼科夫鼓足力气大喊，"用力打，活剥他的皮！下手重些！再重些！狠狠地打这个孤儿！这个流氓，往死里打。"

士兵们使出全身力气用棒子打在那个可怜虫的背上。犯人眼中喷射出怒火,大声号哭。热列比亚特尼科夫跟在犯人身后,捧腹大笑。他笑得喘不过气来,笑得直不起腰。他开心极了,觉得这场面实在太好笑。他不停地重复着:"打他!抽他!好你个强盗!好你个孤儿!"

为了严厉地惩罚犯人,中尉还想出了很多其他点子。犯人被带来受刑。他请求中尉大发慈悲。这一次热列比亚特尼科夫没有扮成伪君子,他对犯人很坦率。

"听我说,亲爱的朋友,我要给你应得的惩罚,但是我可以对你仁慈一点儿。这次我不会把你拴在枪托上,让人拖着你走。你需要尝试一种新方法。你从行刑队伍前跑过去,能跑多快就跑多快。当然每根棒子都会打在你身上,但是这样可以快点儿结束。你觉得这种方式怎么样?愿意试一下吗?"

犯人听完中尉的话,满腹疑虑,心想:也许这种方式会好一点儿,如果我拼了命地跑,刑罚很快就能结束。说不定有的棒子根本打不到我身上。

"尊贵的大人,我同意。"

"我也同意。来,知道你们该做什么吧。"中尉对士兵们大声喊道。他自然早就知道那个可怜虫一棒都躲不过。如果哪个士兵没有打中犯人,中尉就要给这个士兵好看。

犯人鼓足了劲儿想快速跑过"绿街"。但是他还没跑过十五个人,就感到棒子像冰雹一般密集地砸在他那可怜的脊柱上。这个不幸的家伙尖叫着倒在地上，好像被子弹击中一样。

"不，大人，我还是想选择普通的行刑方式。"犯人一边说着一边努力爬起来，他脸色惨白，心里恐惧不已。热列比亚特尼科夫早就清楚会是这个结果，忍不住捧腹大笑。

除此之外，他还想出了很多别的处罚方式。我听到的关于他的事情还有很多，这里不再一一叙述。

狱友们还说起过另一个叫斯梅卡洛夫的中尉。在我们现任少校来监狱任职之前，他曾担任监狱长的职务。狱友们谈论热列比亚特尼科夫时显得很冷淡，既没有对他的恶毒表示憎恨，也没有对他的成就进行赞扬。

没人称赞他。犯人们对他只有鄙视。但是一提起斯梅卡洛夫的名字，所有犯人都对他称赞不已。这名中尉一点儿也不喜欢对犯人行刑之事。他的性情和热列比亚特尼科夫没有任何相同之处。犯人们在回忆起斯梅卡洛夫抽人鞭子时，竟然带着一种甜蜜的爱意，怎么会这样呢？他是怎么得到犯人们喜欢的？他又为何如此受欢迎呢？

监狱里的犯人和大部分俄国人民一样，如果听到一句友善的话，就会忘掉受过的折磨。我在这里只是谈论这一结果，不对其展开具体分析和调查。这样一来，要想获得人民的喜爱并受人民欢迎就不是一件难事。在监狱中，斯梅卡洛夫中尉非常受犯人们欢迎。当犯人们谈起由他下令实施的处罚时，完全是一副体谅的语气。

"他像父亲一样仁慈。"犯人们有时这样说。他们说完叹口气，把斯梅卡洛夫中尉和现任少校进行比较。斯梅卡洛夫思想单纯、对人和善。除他之外,也有些长官天生善良仁慈,但是这些人不仅不受欢迎,还经常被人嘲笑。相反,斯梅卡洛夫却凭自己的能力赢得了所有犯人的敬意。这都得益于他的内在品质。但是拥有这些品质的人却不见得明白。真的很奇怪!也有一些人,远远称不上善良、仁慈,但是他们有天赋让自己变得受人欢迎。他们不会鄙视由自己监管的人。我认为这才是他们受欢迎的原因。他们没有老爷派头,对"社会等级"无感。他们身上散发出和人民一样的气息,周围的人们很容易就能嗅到。人们愿意为这些人做任何事情。假如一位严厉的长官身上有这种气息,人们很乐意让他替代一位最温和、最善良的长官,尤其是如果严厉的长官有自己独特的表示友好的方式。如此一来,这样的长官就变成了无价之宝。

如我前面所说,斯梅卡洛夫中尉有时会下令对犯人进行严厉的处罚。但是他的方式并不会招致犯人们的怨恨。相反,犯人们回忆起由他下令的棒刑等处罚时,反而会大笑起来。斯梅卡洛夫中尉并不经常处罚犯人,因为他没有那么多艺术性的想象力。他只想出了一个恶作剧。他在监狱里玩这个恶作剧差不多一年的时间。他十分喜欢这个恶作剧,或许因为他只会这一个,而且这个恶作剧本身也不乏幽默。

对犯人行刑时,斯梅卡洛夫会进行协助。他总是跟犯人开玩笑。他会问犯人一些出格儿的事,比如个人隐私,然后一边问一边笑。他这样做并不是出于什么不良动机,只是因为他真的想了解这个犯人的情况。有人给斯梅卡洛夫搬来一把椅子,还拿来了用于惩罚犯人的棒子。中尉坐下,点起长烟斗。犯人开始向他哀求。

"别这样,朋友,还是躺下来吧。你是怎么回事?"

犯人躺到地上,叹口气。

"哎,亲爱的,你会背那首诗吗?"

"当然可以,尊贵的大人。我受了洗,而且小时候有人教我读书。"

"那你背背这首诗吧。"

犯人事先已经知道要读什么内容,并且知道读了以后将发生什么事情。因为这个玩笑已经重复了三十多次。斯梅卡洛夫明白犯人很熟悉这个套路,这个把戏可能会骗过此时手持棒子对准那个不幸犯人的士兵,但不太可能骗得过面前的犯人。接下来,犯人开始读那段文字。执棒的士兵在旁边一动不动地等着。斯梅卡洛夫甚至烟也不抽了,举起一只手,等着那个著名的词从犯人口中说出来。在那首诗的第一行之后,囚犯终于读到了那个词:"在天上"。就是它!"停!"中尉激动地喊道,同时对举着树枝的士兵吼道:"快给我上!"

他突然纵情大笑,围着他的士兵们也咧开嘴笑了。打人的人笑了,被打的人也笑了。

随着"快给我上"的号令,枝条在空中呼啸着落下,像剃刀一样狠狠地抽在囚犯的身上。斯梅卡洛夫很开心,他开心的是,他想出的主意是多么棒呀,是他的杰作呢,"在天上"和"快给我上"又上口,又押韵。就这样,斯梅卡洛夫完成了一次惩罚,他对自己非常满意,而挨打的人也很满意,对自己和斯梅卡洛夫都很满意。瞧着吧,半小时后,他已经在监狱里,像现在一样,第三十一次讲述他以前讲过三十次的同样的笑话。"一个有趣的灵魂！"

对这位监狱里最善良的中尉的记忆，有时甚至有些梦幻。

"有时候碰巧，你知道，"一名囚犯说，他的整张脸因回忆而绽开了笑容，"你会看到他穿着睡衣坐在窗边，喝茶、抽烟。你向他脱下你的帽子。

"'你要去哪儿，阿克塞诺夫？'

"'去干活儿，米哈伊尔·瓦西里耶维奇，要先去一趟车间呢。'他是个好人！大好人！"

"这样的人真难得呀！"听众中有人补充道。

第三章　医院[1]（续）

我在上一章主要讲述了犯人们所受的刑罚并介绍了不同的行刑官，因为我在医院期间才对这一方面有了清楚的了解，在此之前我的了解只限于耳闻。我们的两个病房集中了所有从军营来的要接受棒刑的犯人，还有从小镇上和周边地区的军事机构来的犯人。

刚来医院那几天，我对周围的人充满强烈的好奇。他们的行为举止在我眼中是陌生的。这些已经挨了棒子或将要挨棒子的人给我留下了恐怖的印象，让我感到兴奋、困惑和害怕。听着其他犯人在谈话中说起这个话题，我心里有很多疑问，然而却百思不得其解。我想知道犯人们都得到了什么样的判决，还想知道每个人受到的刑罚是怎样的，其中有哪些差别，以及犯人们心里作何感想。我试着去揣摩那些受棒刑的人有什么样的心理活动。

我在前面说过，很少有犯人在刑前还那么冷血。即使已经被打过几次的犯人也无法在受刑前一刻保持镇定。被判刑的人要经历极大的

---

[1] 我在这里讲到的关于刑罚的情况发生在我坐牢期间。据说现在的情况已和过去不同，而且还在继续发生变化。——作者注

恐惧，这种恐惧纯粹是身体层面的、无意识的，不由自主地、不可抗拒地压倒了人的一切道德本质。

有些犯人在医院住了一段时间，等背上的伤好了之后，便想离院，然后接着挨完剩下的一半棒刑。在监狱的几年时间里，我常常在闲暇时研究这些人。他们的刑罚在中途被制止，一般都是在场的医生提出的。

如果犯人被判的棒刑数量过大，很难一次全部承受，就会根据现场医生的建议分次进行。这种情况下，需要医生判断犯人能否一次承受所有棒数，是否有生命危险。

通常五百棒、一千棒，甚至一千五百棒都是一次全部施行。但如果是两千棒或三千棒，则分两次或三次施行。

有些犯人在第一次受刑留下的伤好了之后就要准备接受第二次刑罚。在离开医院的当天和前一天晚上，他们一般非常难过、沮丧、沉默不语，看起来死气沉沉。他们不和任何人交谈，完全沉默着。

值得注意的是犯人们也主动避免和将要受刑的犯人交谈，尤其是不能提及关于刑罚的话题，不需要安慰，也不需要说什么没用的话。对要受刑的犯人来说，不给他任何关注就是最好的处理方法。

但是也有例外。我之前提到过的犯人奥尔洛夫在医院期间非常盼望自己背上的伤快点儿好起来。他急切地想拿到出院条，这样就可以早点儿挨完剩下的一半棒刑，然后就能和其他犯人一起被遣送到别的地方。他打算在途中逃跑。奥尔洛夫是个充满热情的人，他眼中现在只剩下这个目标。

他具有一种奇怪而顽强的性格，他刚来医院时看起来很高兴。尽管他极力掩饰，但是不难发现，他一直处于一种不正常的兴奋状态。他之前非常担心挺不过第一次棒刑，担心当场死于乱棒之下。早在接受审判时，他就听说了管理人员要对他采取的惩罚措施。当时，他认为那样的惩罚肯定会要了自己的命。但是在挨完前一半棒刑后，他又找回了勇气。他来医院的时候，我第一次见到那么重的伤，但他的精神状态却出奇得好。他希望自己能活下来。看来，他以前听到的那些说法并不属实，否则对他判的棒刑不会在施行的中途停下来。他现在开始想象穿越西伯利亚的长途旅行，或许在途中可以逃到田野、森林之中，就这样一直逃往自由。他第一次离开医院后，过了两天又回来了，看起来奄奄一息。那时我正好住在医院，我还记得他睡的是哪张床。他第二次接受棒刑时几乎撑不下来。我已经讲过后面发生的故事。实际上，第二天他就恢复得差不多了。

当行刑那一刻来临时，所有的犯人都表现得很英勇。即使他们当中那些最懦弱的，甚至那些在行刑前日夜被恐惧折磨的犯人都顽强地挨过了严厉的刑罚。在受完刑的当天夜里，我很少听见犯人们呻吟。总之，民众是很能忍受痛苦的。

我向狱友们询问这伤有多痛，想知道什么样的痛苦可以与之对比。我问这些不是纯粹出于好奇，而是对这样严厉的刑罚感到恐惧，同时也为狱友们的坚忍所感动。但每次都是白问，我从没得到过满意的答案。

"很疼，像火烧一样疼！"犯人们几乎都是这样回答。

最初我试着向米-茨基问这个问题。"像火烧一样！简直像地狱！感觉后背就像在大熔炉里被火烧似的。"

有一天我做出了一个奇怪的论断。尽管犯人们的意见证实了我的看法，但是不能说这个论断一定成立。我的观点就是，在狱中最恐怖的处罚就是用树条进行大量的抽打。这个论断人们乍一听觉得很荒谬，觉得不可能。然而，事实是用树条抽打五百下，甚至四百下就足以要一个人的命。超过五百下，人几乎必死无疑。即使最强壮的人也无法一次承受一千下。但是如果改用棒子的话，打一个人五百棒不会给他带来大麻烦，更不可能致命。体格一般的人承受一千棒没有任何危险，即使被打两千棒也不会危及生命。所有犯人都认为树条比棒子更恐怖。

"棒子打得更疼，也更折磨人！"他们说。

树条打肯定比棒子更折磨人，这很明显。因为棒子对神经系统的刺激更强烈，这种刺激大到无法估量。在不久的过去存在这样一种人，他们从毒打别人的过程中获得快乐。不知道现在是否还有这样的人。说到这里，我不禁想起了法国的萨德侯爵[①]和布兰维利耶侯爵夫人[②]。我认为这些贵族在打人取乐时，肯定心也在下沉，他们得到的快乐是和痛苦交织在一起的。

世上有的人像老虎一样嗜血。在基督的律法下，有些人对自己的

[①] 译注：萨德侯爵，是一位法国贵族和一系列色情和哲学书籍的作者，他尤其由于他所描写的色情幻想和导致的社会丑闻而出名。
[②] 译注：布兰维利耶侯爵夫人，生于巴黎，手段毒辣，以下毒的方式杀死自己的父亲和侍女等人。

同胞和兄弟无论在肉体上还是灵魂上都拥有无限的权力。有的人在掌权后深深地堕落,他滥用权力,把自己塑造成另一个上帝似的角色。这样的人无法抑制内心的欲望,无法控制感官上的渴望。

专制是一种不断发展而成的习惯,而且最后会变成一种痼疾。我敢说世上最好的人也可能变得心狠手辣、残酷至极,完全如野兽一般。他手上沾的鲜血和自身无上的权力使其越来越陶醉其中,一步步更加麻木和堕落。他用残酷的手段来取乐,这种残酷甚至达到了畸形变态的地步。这样的暴君已经完全不像一个正常人,也不像一个公民。对他来说,几乎不可能再找回人类的尊严、忏悔、道德。

毫无疑问,这种集权方式会传染到整个社会。如果一个社会对这样的专制冷眼旁观,说明整个社会已经被这种毒瘤侵入骨髓。简单来说,手握权力对同胞施以刑罚的人就是社会中受到暴虐专制感染的部分。施行此类刑罚是摧毁公民精神的一种手段。而这种专制权力从根源上就注定必然走向衰败。

社会鄙视行刑者这种职业,但是并不鄙视有贵族气派的行刑者。只是最近才有了相反的意见,但这只是在书本上的空谈。即使是那些表达了这种意见的人,也还没有来得及熄灭自己内心对专制的渴望。甚至任何一位制造商,一位企业家,想到手下听令于他的工人要依赖他养活全家人,肯定能感受到一种刺激性的乐趣。我敢说一代人很难在短时间内根除社会中遗传下来的一些东西。正如一个人通过母乳吸收到血液中的东西很难摒弃掉一样。这些都需要革命,而革命不是短时间内就能完成。一个人只承认错误是不够的,远远不够!错误必须连根拔起。而这需要时间,不是很快就能完成的。

我已经对行刑者进行过讲述。行刑者通过对犯人施刑而感受到快乐的本能从起源上来说在同时代的每个人身上都存在。但是这种兽性的本能在每个人身上的发展是不同的。如果它不断发展强大,并且抑制了其他方面的发展,那么人就会变成可怕的怪兽。

如果对行刑者分开描述,可以将其分为两类。一类是出于自己的意愿主动成为行刑者,另一类则是由于职责而作为行刑者。前者在各个方面都处于后者之下。但是人们对后者深深地厌恶、反感,并怀有一种本能的无法解释的恐惧。为什么人们对前者的态度中立、宽容,而对后者却近乎迷信似的恐惧呢?

我知道有这样一些奇怪的人。他们平时善良、可敬、受朋友尊重,但在行刑时,他们一定要打到犯人乞求怜悯宽恕为止。这对他们来说是很自然的、必不可少的一件事。如果犯人没有开口请求,行刑官就把这看作对自身的冒犯。其实从其他方面来看,我本来觉得这个行刑官还不错。在这件事上,他开始只想给犯人较轻的处罚,但是由于没有听到犯人习惯性的乞求,如"尊贵的大人!""请可怜可怜我吧!""您像父亲一般仁慈!""我一生都会感谢上帝!"这类话,他就会变得暴怒,于是下令再多打五十下,想通过这种方式让犯人向他求饶。最后,犯人终于开口了。

"怎么会这样!真是太无礼了!"那个行刑官非常严肃地大喊道。

至于那些把行刑官作为职务的人,他一般是个犯人,被选出来担任这个职位。他跟着一名老手学习,度过了学徒期。他独自住在一个房间里，但是一直受监视。人毕竟不是机器。虽然棒打犯人是他的职责，但他有时也会变得暴怒，疯狂地抽打犯人，并从中获得快感。他并不仇恨犯人，但是通过展示自己打人的手艺，他的虚荣心得到了满足。他很清楚自己是个恶棍，自己所到之处都会给人带来神秘的恐惧感。这种认识自然对他产生了影响。结果，他身上残暴的兽性表现得越来越明显。

甚至小孩子也知道，这种人是连爹娘都不认的。奇怪的是，我知道的所有行刑官都很聪明，而且自负。因为他们处处受人蔑视，所以逐渐变得自负，让自己内心强大。此外，他们很清楚受刑的犯人对他们心怀恐惧，而且他们对这些可怜虫有很大的权力，因此，他们的自负感变得越来越强烈。

他们身处的环境让他们逐渐形成一种傲慢。我曾遇到一名普通的行刑官，并对他进行了近距离观察。他四十岁左右、身体强壮、很冷酷，一张看起来很聪明的讨人喜欢的脸，脸旁垂着长长的卷发。他安静、严肃、举止得体。对别人提出的所有问题，他都给予清晰、巧妙的回答。但他在回答时却流露出一种高人一等的优越感。监狱里的警卫官跟他说话时表现得相当尊重，他很享受这种感觉。因此，他在面对上级时也很礼貌，而且远比平时要有尊严。

他总是表现得很有礼貌。我敢肯定他在和我说话时显得无比优越。这种优越感很清晰地写在他的脸上。有时在很热的夏天，他被派到小镇上去杀死那些流浪狗。他拿一根又长又细的矛，在卫兵的陪同下前往小镇。大热天里，那里的流浪狗急剧增多，给人们带来很大的危险。于是，管理人员下令派这名行刑官去杀狗。听起来这是一项很低级的差事，但他一点儿也不觉得丢脸。在卫兵的陪同下，他很庄严地穿过小镇的街道。个头很高的他俯视着路过的行人。他只需瞥一眼，就能吓坏了路上的妇女和孩子。

行刑官们生活得轻松安逸。他们有钱舒服地出游，也有钱喝伏特加。被判棒刑的犯人在受刑前会偷偷往他们手里塞礼物。行刑官的大部分收入便由此而来。遇到有钱的犯人受刑时，他们根据犯人的财力确定其应交的数额。他们一般向这些有钱人索取三十卢布，有时更多。行刑官没有权力放过应受刑的犯人。如果胆敢这样，他们也要遭受棒刑之苦。但是如果犯人给他们送的礼比较合适的话，他们便同意不会下手太重。大多数情况下，行刑官要多少钱，犯人们就给多少钱。如果犯人拒绝的话，行刑官就要利用手中的权力对其进行残暴毒打。有时行刑官向某个很穷的人索要一大笔钱。这个受害者的所有亲友四处奔走，跟他讨价还价，向他求情。但是如果不让他得到满足的话，说什么都没用。在这种情况下，行刑官在人们心中造成的迷信般的恐惧感就要起作用了。我听过的人们最恐怖的说法是，行刑官一棒下去就能要人的命。

"你们经历过吗？"我问。

或许如此。谁知道呢？但犯人们说起这事时的口气是很肯定的。我还得知行刑官打犯人时可以打得很巧妙，犯人一点儿都不觉得疼，而且不会留下任何伤疤。

即使行刑官收了礼，答应犯人不会打得太重，但是打第一下时仍会用尽全力。据说这是约定俗成的规定。打完第一下，剩下的就打得轻了，当然前提是犯人送的钱够多。

我不明白行刑官为什么要这样做。难道第一下打得狠些是为了让犯人有心理准备，好承受接下来的棒子吗？先重后轻，这样犯人更容易接受？还是为了吓唬犯人，好让他知道行刑官可不是好惹的？或者行刑官只是简单地出于虚荣而炫耀自己的力气？一般来说行刑官在施刑前都有一点儿兴奋，他对自己的权力和力量非常清楚。他想上演一出好戏，既要让犯人们羡慕他，还要让犯人们怕他。在第一棒落下之前，行刑官习惯性大喊一声："小心！看棒！"这句话说完，犯人的噩梦就开始了。因此，行刑官喊出这句话时心里大抵是得意的吧。

很难想象一个人竟会堕落至此。

在医院的头些天，我听够了这些囚犯们认真讲述的各种故事。于是，漫长的日子是那么单调无聊，每一天都是如此的相似。首先是早上医生来查房。接下来便是午餐。当然，在这种单调乏味的情况下，食物带来了相当大的乐趣。医院根据大家的病情，为每个病人提供不同的餐食。有些病人得到一份清汤，里面加些燕麦；有些病人得到一份燕麦粥；有些病人得到一份用粗面粉做的食物，这种食物很受欢迎。经常得到这种食物的人最后大多变得非常挑剔。处于康复期的病人得到一块用清汤煮的牛肉。最好的食物一般留给坏血病病人，其中包括洋葱烤牛肉和辣根酱，有时还有一小杯酒。至于面包，因为每个人病情不同，有的分到黑面包，有的则分到棕面包。医院在分配餐食时，每一份食物的量都要做到极其精准。犯人们谈起这点时觉得很好笑。

当然，有时患有某种疾病的病人什么都不想吃，然而有些病人食欲很好，只想吃他们的东西，因此病人之间会互相交换餐食，结果，适合某种疾病的配餐就到了患有另一种疾病的人的手里。有些卧床不起的病人饭的质量很差，就花钱从坏血病病人手中买最好的食物，喝格瓦斯和军医院的酒，都是从那些按规定饭食里有格瓦斯和酒的病人那里买来的。有的病人为了买到肉吃，不惜出任何高价。还有的病人一个人整整吃两份配餐，这要花不少钱，因为一份餐食通常卖五戈比。如果在我们病房里买不到肉，病人们会派看守去其他病区搜罗。如果再找不到的话，就继续派他去军事病区找。军事病区，又被我们称作自由病区。

病房里总有病人出售自己的配餐。大部分病人都没什么钱，有几个钱的常常派人到市场上去买蛋糕、白面包或其他好吃的。看守们一般都不太情愿跑这种差事。午饭后的时间是最令人痛苦的。有的病人实在无事可做，只好上床睡觉。其他人就没那么安静了，有的大声吵架，有的在讲故事。

若一直没有新的病人入院，病房里的生活便十分枯燥无趣。新病友的到来总是让大家感到兴奋。尤其是如果之前大家对他一无所知，那就更好了。新病友成了大家的焦点，病人们纷纷问起他的过去。

倘若新病人正好是个漂泊不定之人，那就最有趣了，这样的人总有故事可讲。

当然他从不谈及自己的过失和罪责。如果新病友不主动提起，别人也不会向他询问这方面的问题。

大家问的问题不外乎他从哪个地方来，一路上都有谁和他在一起，路况怎样，他要被带往哪里等。听了新病友的故事，大家也开始讲起各自的经历。其中谈论最多的话题包括流放路上的护卫队、指挥护卫队的军官，以及负责实施刑罚的人等。

这时已快到晚上，刚挨完棒刑的犯人被带进来。这些犯人总是给人留下深刻的印象。但不是每天都有刚受完刑的犯人来。如果没有什么新鲜事发生，我们日复一日平静懒散的生活便没有一丝涟漪，每个人都觉得无聊透顶。结果，有的病人一看见旁边的人就莫名其妙地忍不住发火。有时他们还会吵得很厉害。

当病房里某个疯疯癫癫的病人被带去做检查时，犯人们会非常高兴。有时被判棒刑还未受刑的犯人企图通过装疯逃脱刑罚。他们的诡计通常会被识破，也有时他们自己中途放弃，不想再继续装下去。有的犯人在接连两三天的时间里做出各种不可思议的疯狂举动，然后突然一下子安静下来，变得沉稳理智，脸上带着沮丧的笑容，向医生请求出院。不管其他犯人还是医生都不会对他们的诡计有什么抱怨，也不会主动提起他们装疯卖傻的把戏。医生默默地把他们的名字写在一张名单上，然后他们被人带走。几天之后，他们又回来了，不过这次背上满是伤痕，血迹斑斑。

如果病房里来了真正的精神病患者，只能给所有人平添痛苦。这些精神错乱的人一般都很兴奋。他们大喊大叫，又是唱歌又是跳舞。起初，犯人们一看到这些人出现便顿时来了热情。

"这下有乐子看了！"犯人们一边看着精神病人扭曲的笑容，一边说道。但是细看之下，那景象却令人有说不出的难过，让人感觉非常痛苦。我永远无法平静冷漠地旁观这些有精神疾患的人。曾经有一个这样的病人在我们病房住了三周。那些日子里，我们恨不得找个地缝藏起来。正当情况最糟糕的时候，没想到竟然又来了一个精神病人。第二个精神病人对我的影响很深。

在我流放期间的第一年，更确切地说是第一个月，我和一伙烧窑工一起到距离监狱两俄里远的砖窑劳动。这座砖窑在每年夏季时用来烧砖。我们的工作就是修复砖窑。那天早上，我通过米－茨基和B.的介绍认识了负责监管这项工作的下级军官。这名军官是波兰人，最少六十岁，高个子，很瘦，长得很体面，在西伯利亚服役多年。他现在的身份是下级军官。但是他以前曾以士兵的身份参加了1830年起义[1]。米－茨基和B.非常爱戴并尊敬他。他总是读天主教的《圣经》。我跟他交谈时发现他的谈吐充满智慧、令人愉悦。他给我讲了一个故事，讲得十分有趣。他很坦率，脾气非常好。但是随后的两年时间里，我再也没有见过他。我只听说他犯下了什么案件，监狱方正在调查。突然有一天，他被带进了我们病房。此时的他已精神失常。

他进来时大喊大叫，还发出狂笑声。接着他在房间中央跳起舞来，舞蹈动作非常下流。犯人们看到他这副样子，马上变得狂喜起来。但不知为何，我心里却极其难受。三天后，所有人都开始苦恼。这个波兰人不仅和每个人大吵，还和人大打出手。他在病房里呻吟，

---

[1] 译注：波兰1830年起义是指1830—1831年沙皇俄国统治下的波兰人民争取民族独立的起义。

在万籁俱寂的夜晚放声歌唱。他精神错乱过于严重，导致犯人们对他厌恶至极。

他谁都不怕，无所畏惧。为了对他加以约束，医院给他穿上了拘束衣。但是情况并没有得到改观，他仍然处处和人争吵、打架。过了将近三周，我们病房里所有犯人一致恳求主任医生把他转到另一间为犯人准备的病房里去。两天后，那间病房里的犯人又请求医生把他送了回来。我们同时有两个精神病人，两间病房把他们甩来甩去。最后只能一间病房收留一个，然后再互相交换。最后，这两个病人终于被带走，不知去了什么地方。大家顿时觉得呼吸都变得畅快起来。

我还记得另一个精神病人。这个家伙更奇特。夏天的时候，他们带来一个被判刑的人。这个家伙强壮结实，四十五岁左右，一双又红又肿的小眼睛，脸上布满坑坑洼洼的麻点儿，神情忧郁悲伤。他坐在我旁边，出奇地安静，不跟任何人说话，好像完全沉浸在深深的思考中。

晚上，他突然跟我聊起天来。更奇怪的是，他没有任何寒暄，一上来就告诉我他被判了棒刑，要挨两千棒，但是他一点儿都不害怕，因为上校G的女儿正在想方设法帮他。他说话的语气急切又兴奋，仿佛这是他藏在心中的一个天大的秘密。我很吃惊地看着他，心想一个上校的女儿恐怕在这件事上起不了什么作用。我猜不透眼前这个人到底是怎么回事。他被送进医院是因为身体方面的疾病，不是精神疾病。于是我问他到底得了什么病。

他回答说自己也不知道是怎么回事。监狱方面说他有什么病，于是把他送来医院。但是他身体很健康，而且上校的女儿爱上了他。两周前,上校的女儿乘马车从警卫室前经过。当时,他正在警卫室里透过铁窗向外望,上校的女儿对他一见钟情,深深地爱上了他。

那次之后,她到警卫室来了三次,每次都有不同的借口。第一次她和父亲一起来,说是为了探望正在值班的哥哥,他的哥哥是一名军官。第二次她和母亲一起来为犯人们分发施舍物品。她从他身边经过时,悄悄地说她爱他,而且她会想办法把他从监狱里弄出来。

他胡扯一通,说得有鼻子有眼。其实这一切纯粹是他的幻想。他坚定地相信会有人出面为自己免除棒刑。他说得很平静,而且对那位年轻女子爱上自己一事确信不疑。

那么一位教养良好的年轻女孩竟然爱上一个忧郁、丑陋、快五十岁的老男人,这个幻想出来的爱情故事听起来真是荒唐。而这恰恰显示出这个可怜懦弱的家伙对自己面临的刑罚有多么恐惧。

或许他真的透过铁窗看到了什么人。因为他出于对刑罚的极度恐惧已经逐渐变得精神失常,于是,他在头脑中形成了这样一出幻觉。这个可怜的士兵之前应该从未想过与年轻女子发生什么故事,但是这样的事却出现在他病态的幻想中。而且他紧紧抓住这个不切实际的希望,不愿松手。我默默地听他讲完整个故事。后来,我把这个故事讲给别的犯人听。人们十分好奇,忍不住向他问东问西。而他一直沉默着,看起来非常谨慎。

第二天,医生给他做了检查。这个精神病人坚持说自己没病。于是,医生在可以出院的病人名单上记下了他的名字。我们得知医生已在那单子上草草地写下"已痊愈"的字样。这时再想警告他什么已经来不及了。而且我们也不确定这个人到底有什么问题。错误出在把他送进医院的狱方。他们并没说清楚究竟为什么觉得有必要送他来医院。这么严重的失职简直不可原谅。

两天后，这个可怜鬼就被拉出去受刑了。可以想象当他发现事情与自己期望的完全不同，他终究还是要接受刑罚时，完全是傻眼的。直到临行刑前，他一直相信自己会被免除刑罚。最后被带到军营前行刑时，他仍然大声呼救。由于我们的病房里没有多余床位，他受完刑后被送到了军事病区。我听说他在那里整整八天没有开口说一个字。他极度悲伤，精神更加错乱，做了不少傻事。他背部的伤好了之后被带出了医院。那之后，我再没有听到关于他的消息。

说到医生开的处方，那些得小病的人对医嘱完全置之不理，也从不喝药。但是一般来说，真正生病的人则很认真地听从医生的安排，服下医生开的合剂和药粉。他们尽力照顾好自己。但是比起内服药，他们通常更喜欢外用药。民间盲目信奉的杯吸放血法、水蛭吸血法、泥敷剂、放血等疗法在医院里备受尊崇。犯人们对相关疗法非常满意。

有一件特别奇怪的事，我觉得很有趣。有些家伙在棒子和鞭子面前一声不吭，但是一遇到点儿小病小痛却忍不住咧嘴、呻吟、大叫。我不知道他们是不是装出来的。

医院的杯吸放血法非常奇特。本来有一种机器可以瞬间完成在皮肤上做切口的任务，但由于机器坏了，医生们只能用柳叶刀为病人做切口。每次用杯吸法放血需要在皮肤上开十二个切口。如果用机器做的话，病人没有任何疼痛感，因为机器很快就能完成。但如果用柳叶刀的话就完全是另外一回事了。这种方法不仅速度慢，而且给病人带来的痛苦也更大。如果要做十个切口的话，大约要刺一百二十下，这是非常痛苦的。我亲身体验过这种疗法。除了肉体上的疼痛，神经系统也会受到很大刺激。但是这种痛苦是可以承受的，如果病人尽量忍着，完全不用呻吟不停。

医生用刀做切口时，有些大块头的病人因为怕疼身体扭来扭去，哭号声不断，那情景实在可笑。这些人和我下面要说的一种人很类似。这种人在危险境况中特别冷静坚决，但是在自己家里却无来由地脾气火爆、非常任性；如果碰上开饭晚了之类的事，他们就要破口大骂；任何一点儿小事都能惹他们不开心；他们看谁都不顺眼；他们生活得越舒适，给别人带来的麻烦也越多。这样的人在下层社会中很常见，在我们监狱更是数不胜数，因为监狱里形形色色的人被迫生活在一起，这种人自然不少见。

有时犯人们会取笑我刚提到的那些皮薄肉嫩的大块头。听到被人取笑，他们便马上闭了嘴，不再抱怨。这种人好像就是要受到羞辱才能管住自己的嘴。

有个叫乌斯季扬采夫的犯人最看不惯别人动不动就愁眉苦脸，他一遇到这种人就不能忍受。此外，他很喜欢责骂别人。可能是因为生病，再加上很愚蠢，他总是控制不住地骂人。他先是盯着你看好一会儿，然后喋喋不休地又是威胁又是警告。他语调平静、泰然自若，坚信自己的话绝对客观公正。好像他就是为了主持道义而生。

"他什么事都要插手。"犯人们经常这样笑着说。他们对乌斯季扬采夫心怀同情，尽量避免和他发生冲突。

"他唠叨够了吗？他说的话三辆马车都装不下。"

"不要多管闲事。何必为了一个白痴发愁呢？不过是手术刀碰一下，有什么好大喊大叫的？"

"这跟你有什么关系呢？"

"不，朋友们，"这时一个犯人插嘴道，"用杯吸法放血确实没什么。我知道那种感觉。要是医生长时间揪着你的耳朵不放，那才叫恐怖呢。那样的话，你肯定会闭嘴。"

所有犯人都大笑起来。

"难道你被人揪过耳朵吗？"

"这还用说，当然，我猜肯定是。"

"怪不得他的耳朵立得那么直，像葎草藤支柱似的。"

插话的犯人叫沙普金，他的耳朵真的是竖起的，而且很长。沙普金以前长期过着流浪生活。他年轻、聪明、安静，跟人说话时表面一本正经，实则冷幽默不断，这让他的故事听起来特别好笑。"我怎么知道你的耳朵是被人揪长的，你这个没脑子的蠢货？"乌斯季扬采夫怒冲冲地向沙普金问道。但是，沙普金对咄咄逼人的乌斯季扬采夫理都不理。

"到底是谁揪了你的耳朵？"有人问。

"是一名警长，这还用问！有一次，我和另一个流浪汉到了K城。我只知道他叫叶菲姆，他好像没有姓。路上，我们在一个叫托尔米纳的小村庄住了一段时间。没错，那个村庄就是叫这么个名字——

托尔米纳。后来,我们到了城市里。我们到处寻找看看能不能先找点儿事做,然后再到别的地方去。你们知道,如果在乡村,人可以像空气一样无拘无束地游荡。但是在城市里就不同了。我们先来到一个小酒馆。到那之后,我们推开门,迅速朝四下看了一圈。猜猜看到了什么?一个晒得黝黑、身穿破烂德国大衣的家伙径直向我们走来。后来接连发生了很多事。他先说道:'请问你们有证件吗?'

"'没有。'我们回答道。

"'我们也没有。除了身边这些朋友,我还有两个朋友在为杜鹃将军效力①。我们一直在游荡,现在身无分文。冒昧地问一下,能不能请你们点半俄升白兰地?'

"'非常乐意,'我们这样回答。于是我们坐下来一起喝酒。他们说有个地方有生意可做。在城市的一头住着一个富裕的商人,他的房子里有很多好东西。后来我们决定晚上下手。我们一行五人,正要冲向那间房子的时候,突然有警察出来把我们抓住了。接着我们就到了警局,被带到警长面前。警长说:'我要亲自审问他们。'他一边抽着烟斗一边问话,手下给他端进来一杯茶。他留着络腮胡,看起来很结实。除了我们五个,还有另外三个刚抓进来的流浪汉。朋友们,你们知道吗?这世上再没有比流浪汉更好笑的人了。因为流浪汉经常把自己做过的事忘得一干二净。哪怕你用棍子敲他的头一直敲到手酸,他还是那句话,什么都不记得了。

---

① 也就是绿林流浪汉,他们能听到森林里杜鹃鸟的叫声,所以说在为杜鹃将军效力。

"后来警长转向我直接问道:'你是谁?'

"我学着其他人的样子回答:'我什么都不记得了,大人。'

"'你等等。我还有几句话要说。我认得你的脸。'

"然后他盯着我看了好一会儿。但是我之前从没见过他,真的。

"然后他问另一个人:'你是谁?'

"'细雨飞云,大人。'

"'别人叫你细雨飞云?'

"'是的,大人。'

"'好,你是细雨飞云!你呢?'他又问第三个人。

"'与他同在,大人。'

"'你叫什么?我问你的名字?'

"'我的名字就叫与他同在,大人。'

"'谁给你起的名字,你这个卑鄙小人?'

"'是一些大人物。您最清楚,这世上有很多大人物。'

"'什么大人物?'

"'噢!主啊!我不记得了,大人。请您发发慈悲,不要再问了吧。'

"'这么说,那些大人物你一个都不记得了?'

"'全都不记得了,大人。'

"'你肯定有亲人吧,比如父母,你还记得他们吗?'

"'我觉得肯定有,大人。不过我确实连他们都忘了。我的记忆力太差了。我再想想,嗯,我确定自己有父母,大人。'

"'你住在哪里？'

"'住森林里，大人。'

"'一直住森林里吗？'

"'一直住森林里。'

"'冬天也住那儿吗？'

"'我从没见过冬天，大人。'

"'滚！你呢？叫什么名字？'

"'斧头，大人。'

"'你，叫什么？'

"'机敏沉默，大人。'

"'还有你？'"

"'热情活泼，大人。'

"'你们所有人什么都不记得了？'

"'全都忘了。'"

"警长忍不住大笑起来，别人也跟着笑了。但不是每次都这样。有时警察会动手，一拳又一拳，直到把你的牙齿全部打碎。我跟你们说啊，这群强壮的家伙，简直像魔鬼一样。

"'把他们全部带走锁起来，'警长说，'我一会儿来处理他们。你，留下！'

"他说的是我。

"'你坐到那边。'

"他指的位置放着笔墨和纸。我心想：'他到底要干吗？'

"'坐下,'他接着说,'拿起笔来写。'

"然后他走过来揪住我的耳朵拼命地往起拉。我看着他,就像魔鬼盯着神父似的。

"'大人,我不会写。'

'快写,写!'

"'饶了我吧,大人!'

"'把你的本事全拿出来好好写!快写!'

"这期间他一直在揪我的耳朵,一边揪一边拧。好家伙,我宁愿挨三百棍也不想遭这份罪。简直像下了地狱。

"'写,快写!'他一直在说这句话。

"'这家伙是不是疯了?他在搞什么鬼?'

"不是。原来不久前,在托博尔斯克有一个秘书盗了地方金库,然后带着钱逃跑了。那个秘书耳朵特别大,就像我的耳朵似的。警方在全国发布消息,通缉逃犯。没想到我的长相和通缉令上的描述正好吻合,所以抓我的警长一个劲儿地逼我'写,写!',他想知道我会不会写字,他还看我的手。

"'还不错啊小伙子,疼吗?'

"'噢,主啊,求求您别再提了。'

旁边的人都笑起来:"那最后你写了吗?"

"见鬼,有什么好写的?我用笔在纸上画来画去,他看我很像回事,就停下手不再折磨我了。他用拳头狠狠揍了我十几下,然后就把我送走了。当然,是进监狱。"

"你真的会写字吗?"

"当然。不相信吗?我以前写得很好。但是自从人们开始用钢笔以后,我就忘了怎么写了。"

多亏了犯人们聊的这些趣事,时间才过得稍微快些。可是,上帝啊,我们真是厌倦无聊到极点!医院的日子那么漫长,每天都千篇一律,单调得令人窒息!如果有书看就好了,哪怕只有一本!

我经常去医院,尤其是刚入狱那段时间,有时是因为生病,有时是因为我想找机会休息一下,在医院里总比在监狱好一些。监狱生活让我不堪重负。尤其是我在精神和心灵上承受了更大的折磨。我们这些出身贵族的犯人一直是众人嫉妒、厌恶的对象。随时有人和我们争吵,随时会发生什么事,然后错误都归在我们身上;随时有人用充满威胁和仇恨的眼神盯着我们!而在医院病房里,大家好像都是平等的,而且彼此之间存在一定的情谊。

每天二十四小时中最令人感到忧郁的时刻是晚上。每天夜幕降临后,我们早早就上床了。在病房的一头靠近门的地方点着一盏油灯。那油灯不断冒着烟,只发出豆大的光。我们所在的角落完全是一片黑暗。病房里的空气污浊不堪,令人窒息。有些病人睡不着,便起身坐在床上,低着头,好像在沉思。他们就那样一直坐一个小时。我经常定定地看着这些人,努力猜测他们在想什么。这也是我打发时间的一种方式。我经常看着看着就陷入了深深的沉思。过去发生的事一幕幕浮现在眼前。我脑中仿佛有一个清晰的轮廓,里面有闪耀的亮点,也有大片的阴影。很多被遗忘的细节此时又生动地跃然而出,给我一种全新的印象，这是在任何其他环境下都没出现过的。

接着，我开始想象未来的图景。我何时才能离开这座让人处处受限又时时恐惧的监狱？我将去往何方？到那时我又会遇到什么事情？我要回到出生地吗？就这样，我忧思不断，直到后来心里又重新燃起希望。

还有一次，我默数着一、二、三……想试试这样能不能帮助我入睡。有时我一直数到三千，但仍然毫无困意。接着我听见有人翻身。然后传来乌斯季扬采夫的咳嗽声。那是一个绝望的肺痨病人发出的咳嗽声。他无力地呻吟着，结结巴巴地说："上帝啊，我有罪，我有罪！"他那毫无生气的声音在死一般的沉寂中断断续续地响起，听起来让人恐惧。

在一个角落里，有几个病人还未入睡，他们平躺在硬板床上，低声说话。其中一个病人正在讲述自己的故事。他说起自己如何浪迹天涯、说起自己的妻儿和过去的生活习俗。一切仿佛遥不可及。那些美丽时光已悄悄溜走，一去不复返。从他的语调就能感觉到，那些过往对他来说永远结束了。如果把整个人类世界看作一个人体，他就像从人体上砍下的一截断肢，被丢弃在一旁。他讲故事时，另一个病人一直聚精会神地听着。沉闷的房间里，远远传来一阵虚弱的低语，那声音仿佛远处的水在静静流淌。记得有一次，在一个无边漫长的冬夜，我偶然听到一个故事。它初听起来仿佛有人在噩梦中的呓语，又像有人在发烧时说的胡话……

第四章　阿库莉卡的丈夫（故事）

夜已深了，大约十一点。我已经睡了一会儿，此时却突然惊醒。远处的油灯发着微弱的光，模模糊糊能看到那一角的景象。几乎所有人都沉沉睡着，就连乌斯季扬采夫都睡熟了。静夜里，我能清晰地听到他艰难的呼吸声，每呼吸一次，他的喉咙里都发出重重的呼噜呼噜的声音。病房外有巡逻队远远走过来，走廊上传来了重重的脚步声。然后听到枪托砸在地上，发出一声闷响。

接着病房门打开，一名下士进来轻轻地在病房里走来走去清点人数。大约一分钟后，他关门离开，门口留下一名新兵看守。巡逻队走远了，四周又是一片寂静。这时我发现不远处有两个犯人并没睡着，好像在小声交谈什么。病房里经常出现这样的情况，邻床的几个病人一连几周没说过一句话，然后某天深夜，他们突然互相聊起来，其中一个人开始絮絮叨叨地讲述起自己的过去。

他们看样子已经聊了很长时间了。我没有听到开头，所以起初不太明白他们在说什么。后来我逐渐适应了他们的窃窃私语，也终于弄明白了事情的来龙去脉。这时，我睡意全无，索性听他们继续谈下去。

其中一人在饶有兴致地讲述自己的故事。他半卧在床上，头抬起来面对着伙伴。他明显很兴奋，说得不想停下来。

听的人坐在床上，把腿在垫子上伸直。他看起来郁郁寡欢，对谈话内容似乎并不感兴趣，只是出于礼貌不时地低声附和几句。他不停地从一个角质鼻烟盒中取出鼻烟塞到鼻子里。这个人是来自惩戒营的一名士兵，名叫切列文，大概五十岁。他是一个孤僻的书呆子，一个自命不凡的蠢货。讲故事的人叫希什科夫，三十岁左右，一个普通囚犯。此前我根本没注意过他。整个在狱期间我对他没有任何兴趣，因为这个家伙自负又冲动。

有时他一连几周沉默不语，表情冷酷，面带愠色，看什么事都不顺眼。然后他又突然插手某件事，毫无来由地变得冲动起来，简直令人不堪忍受。他经常给人讲发生在牢房里的故事。说来都是些冗长又无聊的事，但他能喋喋不休地讲个不停。不管说到什么他都破口大骂，活像个疯子一般。这时经常有人出面把他痛打一顿，然后他又变得沉默起来。他是个卑鄙懦弱的家伙，被周围人蔑视。他个子矮小、精瘦，一双眼睛总是滴溜溜地乱转。有时他眼神发呆，好像在思考什么事情，看上去一副蠢样。他跟别人说话的时候总是表现得很兴奋，疯狂地做出各种手势，但是他常常说着说着就突然停止，马上开始下一个话题。他尤其喜欢披露各种不为人知的细节，讲到最后甚至忘了自己究竟想说什么。希什科夫经常和人争吵。他一边不停地辱骂对方，一边很伤感地抱怨，眼看就要哭出来了似的。他喜欢弹巴拉莱卡琴，弹得还不错。节日庆典时，如果有人起哄让他跳舞，他就把自己的跳舞功夫全部拿出来。他跳得不差。如果你想让他做什么，很容易就能实现。这不是因为他对别人一味顺从，而是因为他喜欢取悦于人，想借此和别人拉近关系。

在相当长的一段时间里，我都对希什科夫讲的故事感到不可思议，我说的是他那天晚上讲的故事。我觉得他好像一直在回避关键问题，故意扯些不相关的事情。可能是因为他注意到切列文并没有认真听。我猜他应该是不想生气，所以有意忽略对方的冷淡态度。

"他出去做生意时，"希什科夫接着说道，"每个人见到他都很礼貌地向他行礼，对他非常尊重。他是个有钱人。"

"你说过他好像做什么生意。"

"对，确实是做生意的！在我们那个地方大部分做生意的人家境都不太好，可以说一贫如洗。家里的女人们要到很远的河里挑水回来浇菜园，终日劳作，片刻不得清闲。尽管如此，一到冬天，他们连做圆白菜汤的东西都拿不出来。你知道吗？简直就像在遭遇饥荒。但是那个家伙有一大块地，雇了三个人替他耕种。他还养蜂，卖蜜挣钱。对了，他还是一个牛贩子。总之，他在我们那个地方非常受人尊敬。

"他七十岁左右，头发花白。岁月在他身上留下痕迹，使他尽显老态。当他身穿狐皮大衣来到市场上时，每个人都向他行礼。

"'您好，安库季姆·特罗菲梅奇老爹！'

"'你好。'他答道。

"'你过得还好吧？'他从来不会看不起任何人。

"'上帝保佑你,安库季姆·特罗菲梅奇!'

"'生意怎么样?'

"'生意很好。你的生意也不错吧,老爹?'

"'我们刚刚能维持生活,还不是终日在地里流汗。'

"'上帝保佑你,安库季姆·特罗菲梅奇!'

"他从来不会瞧不起人。他总能给人提出好建议,他说的每一个字都能值一卢布。他爱好读书,很有学识。但他读的主要是宗教书籍。他常常把老伴叫过来说:'听着,我的女人,把我说的话好好记在心里。'然后他就开始讲很多事情。你知道吗?他的老伴玛丽亚·斯捷潘诺夫娜其实并不老。她是他的第二个妻子,他跟这个女人结婚是为了要孩子,因为他的第一个妻子没有生育。他有两个儿子,年龄都很小,小儿子出生时他都快六十岁了。他的女儿阿库莉卡十八岁,是家里的老大。"

"她就是你的妻子吧?"

"等会儿再说这个。先说说菲利卡·莫罗佐夫上门吵闹的事。他对安库季姆说:'我们各让一步。你把我的四百卢布还给我。我可不愿为你当牛做马,也不会再和你一起做生意了,更不会和你的女儿阿库莉卡结婚。既然我的父母都已不在了,我就要及时行乐。我要把钱都拿来买酒喝,钱花光后就去当兵。等着瞧,十年后我再回来时就是元帅了!'安库季姆把钱还给了他,那四百卢布是他欠菲利卡的全部数目。他和菲利卡的父亲以前曾合伙出资做生意。

"'你怕是误入歧途了。'他这样对菲利卡说。

"'你管我有没有误入歧途,老东西,你才是这世上最大的骗子。你只拿出四法寻就想骗一大笔钱,还把屁股擦得干干净净。我呸!你拆东墙,补西墙,鬼才知道你想干什么。告诉你,我的事情我做主。还有,我才不会娶你的女儿阿库莉卡。我已经和她睡过了。'

"'你竟敢侮辱一位受人尊敬的父亲,侮辱一个清白纯洁的女孩?你什么时候和她睡过了?你这个王八蛋,你这条狗,你……'安库季姆气得发抖。这些都是菲利卡后来告诉我们的。

"'我不仅不会和你女儿结婚,也不会让别人娶她,包括米基塔·格里戈里伊奇。因为她早就败坏了自己的名声。去年整个秋天我都和她在一起,我们过得很快活。告诉你,我绝对不会要她。就算把全世界的钱都给我,也别想让我娶她。'

"那家伙离开后,每日狂欢作乐,很是逍遥快活了一段时间。整个镇上没有人不指责他。他在身边召集了一大群狐朋狗友,因为他现在有的是钱。但是他只用了三个月就把钱造完了。从没听说过像他这么鲁莽不计后果的人。他真的一点儿钱都没剩。

"'我就是想亲眼看到这钱是怎么花光的。接下来我要把房子卖了,把所有东西都卖掉。然后我就去当兵,或者四处流浪。'菲利卡这样说。

"他一天到晚醉醺醺的,坐着两匹马拉的马车四处闲逛。跟你说,女孩们很喜欢他,因为他弹吉他弹得很好。"

"他以前真的和阿库莉卡过于亲密吗?"

"能不能等等?等会儿再说这个。那时我父亲刚过世不久,我母亲靠烤姜饼为生。我们还给安库季姆干活维持生计。我们肚子都填不饱,过得别提有多艰苦了。我们在树林的另一边有块地,地里种了玉米。但父亲去世以后我就开始成天玩乐。我向母亲要钱,她要是不给我就痛打她一顿。"

"你怎么能打她呢,真是太不应该了。这不是罪孽吗?"

"有时我一整天都是醉的。我们的房子因木材干腐都快塌掉了,但好歹还是我们自己的。我们没有东西吃,饿得受不了。有时连续几周的时间我们只能靠咀嚼破布充饥。母亲想出一个又一个圈套,恨不得把我杀了,但是我不在乎。

"我和菲利卡·莫罗佐夫终日混在一起。'给我弹吉他,'他说,'我要在床上躺着听,一边听一边给你扔钱,因为我是这世上最有钱的人!'他那个人已经撒谎成性。但是有一点值得一提,如果什么东西是偷来的,那他就不愿意再碰一下。'我不是贼,我可是个诚实的人。我们去给阿库莉卡家的门上涂柏油①,因为我不会让她嫁给米基塔·格里戈里伊奇,我一定说到做到。'

"那个老男人安库季姆很早就想把女儿嫁给米基塔·格里戈里伊奇。米基塔戴眼镜,也是做生意的,生活得不错。他听说了阿库莉卡如何不检点的事情后,对安库季姆说,'如果我和你女儿结婚,让我的脸往哪搁?我已经想好了不结婚了。晚了。'

"后来我们去把阿库莉卡家的门上涂满了柏油。她的家人看到后

---

① 在年轻女孩家的门上涂柏油表示女孩已经与人发生关系,不再纯洁。

狠狠地打了她一顿，差点儿没把她打死。

"她母亲玛丽亚大叫着：'我不活了。'她父亲说：'如果现在还是族长制时期，我早就把她撕成碎片了。现在这个时代风气太坏、太堕落了。'有时候整条街的邻居都能听见阿库莉卡的尖叫声。她每天从早到晚一直挨打。而菲利卡却在市场上当着大家的面喊道：'阿库莉卡是个很会陪酒的好姑娘。很多人都见过我喝醉的样子，他们应该不会这么快就忘了吧。'

"一天，我在路上遇到阿库莉卡，她拿着桶正要去打水，我大声对她说：'今天早上天气不错啊，阿库莉卡·库季莫夫娜宝贝儿！你最会讨人欢心了。你现在和谁住在一起？你穿的衣服那么漂亮，是从哪儿弄到的钱？'你能想象吗？她听后眼睛睁得别提有多大了。她那时瘦得像根木棒似的。她只不过看了我一眼，但她母亲却以为她在和我调情，于是站在门口冲她大喊：'不要脸的贱人，你和那个家伙有什么好说的？'然后，他们又开始打她。有时候他们会连续打她一个小时。她母亲说：'我要用鞭子狠狠抽她，我没有这样的女儿。'"

"她真如别人说的那样不堪吗？"

"听我说，好吗？那时我常常和菲利卡一起喝得大醉。一天，我正躺在床上，母亲走过来对我说：'你就知道躺在床上，真是狗都不如，你这个贼！'她骂了一会儿，然后对我说：'你和阿库莉卡结婚吧。她父母肯定很乐意把她嫁给你，而且还会给她三百卢布做嫁妆。'

"'但是，'我说，'全世界都知道她是个没人要的坏女孩。'

"'嘘，结了婚就能解决这个问题。以后她在你面前会处处小心。

你可以和她一起过上好日子。她们家给的钱能让我们过得舒舒服服的。我已经跟她母亲玛丽亚说过这件事了。她也同意。'

"然后我说:'如果现在马上能得到二十卢布,我就娶她。'说出来你可能不信,我那时天天喝酒,直到结婚那天都是醉着的。那段时间,菲利卡·莫罗佐夫一直威胁我。

"'我真想把你的骨头全部敲碎,你这么好的一个小伙子竟然和阿库莉卡订婚。等她成了你老婆,我可以每天晚上去找她睡觉,只要我愿意。'

"'你这条疯狗,骗子!'我对菲利卡说。我一想到自己竟然在大庭广众面前被他这样羞辱,就气不打一处来。我跑到安库季姆家对他说:'除非你现在立马给我五十卢布,否则别想让我和你女儿结婚。'"

"他们真的把她嫁给你了吗?"

"当然。为什么不呢?我们可是正派人家。我父亲去世前不久因一场火灾破产了。那之前他比安库季姆还有钱。

"'像你这样衣不蔽体的穷小子能娶到我女儿,怕是做梦都会笑出声来。'老安库季姆对我说。

"'你怎么不想想你家门上涂的柏油呢?'我这样回他。

"'胡说八道,'他说,'谁能拿出证据来证明我女儿不好?'

"'行了行了。你赶紧该干啥干啥去吧。别忘了把钱给我!'

"后来我和菲利卡·莫罗佐夫决定派米特里·贝科夫去告诉安库季姆我们要当着所有人的面羞辱他。我每天大吃大喝。一直到结婚那天进教堂之前,我整个人都是醉的。后来在回去的路上,阿库莉卡

的舅舅米特罗凡·斯捷潘内奇说：'这算不上一桩好生意，但终归做完了。'

"老安库季姆坐在那里哭，泪水顺着脸颊流到花白的胡子上。你知道我干了什么吗？去教堂之前我在口袋里装了鞭子，我想好了要跟阿库莉卡摊牌，要让大家知道我是被骗进这门亲事的，我可没那么傻。"

"我明白了，你想让她知道你不会给她好果子吃。那她……"

"别插话，听我说。我只告诉你一个人后来发生了什么。结婚仪式一结束，我们两人就被送进了一个单独的房间，其他人一直在外面喝酒。我和阿库莉卡单独待在一起。她被吓得魂都飞了，脸色苍白，没有一点儿血色。她有一头亚麻色的秀发，柔软光亮，还有一双大眼睛。她平时几乎不怎么说话。不知道的人说不定会把她当成哑巴。阿库莉卡真像一个怪物。你可以想象当时的场景。我的鞭子就放在床上。可是后来我发现，原来她依旧是个纯洁的女孩，关于她的那些传言都是假的。"

"不可能！"

"是真的，我发誓。她是个好姑娘，和任何好人家的姑娘一样。"

"既然如此，老兄，那她究竟……究竟为什么要遭受那样的折磨？菲利卡·莫罗佐夫为什么拼命造谣污蔑她？"

"是呀，为什么？这究竟是为什么？

"我从床上下来，跪在她面前。我把双手合在一起，就像祷告那样，对她说：'亲爱的阿库莉卡，我的宝贝儿，我真是个傻瓜，竟然相

信那些鬼话,原谅我。我真是猪狗不如!'

"她坐在床上,目不转睛地看着我。然后她把双手搭在我肩上,突然笑起来,但是我却看到她在流泪。她就那样又哭又笑。

"后来我走出房间,走到另一间屋子里,对那里的人说:'菲利卡·莫罗佐夫这个王八蛋,下次再碰见他,看我不要他的小命。'

"老人们听了喜出望外。阿库莉卡的母亲忍不住扑到女儿身边哭泣。接着她的父亲说:'亲爱的女儿,如果我们早点儿知道真相,肯定要给你选个更好的丈夫。'

"你知道我们在婚后的第一个星期日是什么穿着吗?我们离开教堂的时候,我戴一顶皮帽,上身穿一件用精致布料做的长大衣,下身穿一条天鹅绒马裤。她穿一件崭新的兔皮大衣,头上系一条丝质方巾。我们两个都穿得很漂亮。周围的人没有一个不羡慕的。毫不夸张地说,我当时特别好看,我的宝贝儿阿库莉卡也是。当然,我知道人不能过于吹嘘,但也不应该太小看自己。跟你说,像我们俩那么好看的人,总共也找不出十几个。"

"嗯,我完全相信。"

"好好听我说。婚后第二天,醉酒的我离开客人,独自来到街上,边走边喊:'菲利卡·莫罗佐夫,你这个浑蛋在哪儿?有本事出来见我,你这条狗,我要你好看!'我把整个市场转遍了,不停地喊。我已经醉得不成人样。

"他们一路跟着,后来在弗拉索夫家附近赶上了我。他们三个人合力才把我弄回去。

"村庄里的女孩在市场上遇到时都在议论：'你们听说了吧，阿库莉卡根本没问题！'

"过了一会儿我真的遇到了菲利卡·莫罗佐夫。他当着所有人的面，其中还有一些外地人，对我说：'把你老婆卖掉，用换来的钱喝酒吧。那个叫亚什卡的士兵就是为了这个目的结婚的。他没有和妻子睡过一个晚上，但是他却得到了很多钱，足够他吃喝三年了。'

"我骂了他一句：'畜生！'

"'但是，'他接着说，'你这个傻瓜！你不知道自己结婚时什么样子吗？你那时已经喝醉了。你怎么知道你了解到的就是真的？'

"听完他的话，我转身回家。到家后，我对阿库莉卡大喊：'你这个骗子！你趁我喝醉的时候和我结婚。'

"我母亲紧紧盯着我。我大喊：'母亲，你就知道钱，是你让我娶阿库莉卡的。'

"我把阿库莉卡一顿好打，整整打了两个小时。后来我打得太累了，躺倒在地板上。阿库莉卡被打得三个星期下不了床。"

"肯定要打，"切列文平静地说，"如果不打的话，她们……你当场抓住她和情人在一起了吗？"

"没有。说真话，我从没抓住过。"希什科夫停顿了一会儿，然后努力说道，"但是我受到了伤害，而且被伤得很深，因为大家都嘲笑我。都是菲利卡引起的。他竟然还说：'你老婆，还不是谁想看就能看。'

"有一天，菲利卡邀请我们到他家，他又开始说个不停：'看看他娶的好老婆！多么温柔、清秀、有教养，多么亲切、善良，对整个世界充满了仁慈。我说兄弟，你忘了我们在她家门上涂柏油的事了吗？'我当时可能醉了。后来他抓住我的头发，趁我不注意一下把我摔倒在地。'来呀，来跳舞。你不是阿库莉卡的丈夫吗？我抓着你的头发，你开始跳舞，肯定很好玩！''畜生！'我骂他。'我要带一群人去你家折腾，'他接着说：'看我怎么当着你的面用鞭子抽阿库莉卡，我想抽多久就抽多久。'你相信吗？后来我整整一个月不敢出门，我非常害怕他来我家，把我妻子的丑事说出去。想到这儿，我又把阿库莉卡一顿好打！"

"打她有什么用呢？你可以绑住女人的手，但是你管不住她的舌头。女人不能经常打，只需要轻轻打一顿，然后狠狠训斥一番，最后再好好安慰。对待女人就得用这种方式。"

希什科夫沉默了好一会儿。"我被伤得太深了，"他继续说道，"我又开始打阿库莉卡，从早打到晚。其实她并没有犯什么大错。有时仅仅因为我不喜欢她从座位上站起来的方式，有时只因为我看她走路的样子不顺眼。最后发展成我如果不打她，就觉得手痒痒。有时候她坐在窗前默默哭泣。看到她哭，我心里也觉得难受，但我照样打她。有时候我母亲大声斥责我：'你这个无赖，应该被绞死！''闭嘴！否则我就要你的命。是你让我在喝醉的时候娶她的，你骗了我。'最初，老安库季姆想插手干涉。有一天，他对我说：'听着，别以为你多厉害，照样有人把你打趴下。'但他也只是说说而已。后来，玛丽亚·斯捷潘诺夫娜一改过去的威风，开始对我好言相劝。一天，她痛哭流涕地对我说：'伊万·谢苗内奇，你知道吗？我的心都快碎了，我有个请求，这对你只是小事一桩，但是对我却很重要。求求你放过我的女儿，让她走吧，伊万大人。'然后她接着说：'请消消气吧！都是坏人在污蔑她。你很清楚你们结婚时她是一个多么纯洁的姑娘。'说完，她哭起来，对着我深深地鞠躬。但是我不为所动，强硬地说道：'你的话我一个字都不想听。我已经快疯了，不管是谁，我想对他做什么就做什么。至于菲利卡·莫罗佐夫，他是我最好的朋友。'"

"你们又开始胡作非为了吗？你和他一起？"

"没有，不是你想的那样！这时我已经很少见到他了。他每天忙着喝酒，手里的钱都用来买酒，几乎快喝死了。他要代替住在镇里的一个人去当兵，已经报了名。在我们那个地方，如果一个年轻人代替另一个人去当兵，在被征召入伍前，他就成了那家的主人，一切由他说了算。他会在出发那天得到双方事先约定好的钱。在那之前，他住在出钱买他的人家里，有时整整住六个月。他在那个家里几乎坏事做尽。房子原来的主人看到自己家里发生这么多罪恶，恨不得把供奉在家中的圣像扔出去，因为圣像无法保护自己家庭免遭这些罪恶。从他同意代替那家的儿子当兵时开始，他就把自己视为那家人的庇护者和恩人。他在那个家里为所欲为。比如，他若吹笛，就要求其他人必须跳舞。如果他们不从的话，他就要毁约。"

"菲利卡·莫罗佐夫到了那个镇上的人家之后简直无法无天。他和那家的女儿一起睡觉，晚饭后拽那家主人的胡子，总之他想到什么就做什么。他们要每天给他加热洗澡水，要在洗澡水的热气中加入白兰地蒸汽,还要那家的女人扶他进浴室。①

"他到别处寻欢作乐后回那个家里时,有时会停在路中间大喊:'我不想从门进去,把篱笆拆掉!'然后他们必须按他说的把篱笆拆掉,虽然面前明明摆着一扇门可以走。这样的日子终于在他被送到军团那天结束了。那天,他变得十分清醒。街道上挤满了围观的人。

"'他们要把菲利卡·莫罗佐夫送走了!'人们纷纷议论。

"菲利卡面向各个方向敬礼。正在那时,阿库莉卡从菜园回家。菲利卡一看到她马上大叫:'等等!'然后他从马车上跳下来,径直跑到她面前跪下,'我的心肝,我可爱的宝贝,我已经爱你两年了。现在他们要把我送去军团,送别的乐声已经奏响。你和你的父亲都是诚实善良的人,请原谅我,我真是个畜生,你经受的折磨都是我一手造成的,都是我的错!'

"他站起身又重新跪下。刚开始阿库莉卡特别害怕。后来,她弯下腰向他深深地鞠躬,并对他说:'也请你原谅我,我真的一点儿也不生你的气。'

"后来阿库莉卡前脚刚进家,我后脚就跟着进来了:'你对他说什么?你这个女魔头?'

"说出来你可能不信,她竟然面无惧色地看着我,回答道:'我爱他,胜过爱这个世界。'

"'这样啊!……'

---

① 在过去的俄国,此举表示尊敬,现在已不再使用。

"那天我没说一句话。只在快到晚上的时候,我对她说:'阿库莉卡,我要杀了你。'整个晚上我一直没合眼。我走到房子外面的小屋里喝格瓦斯。天亮时我又回到房子里。'阿库莉卡,准备去地里干活儿。'之前我们去过那里。她知道那个地方。

"'好的,'她说,'庄稼该收割了。听说,我们家的长工三天来光躺着不干活儿。'

"我没有说话,独自套上马车,没搭理她。出了我们小镇有一片森林,大约长十五俄里。森林尽头就是我们的地。我们大约在森林里走了三俄里之后,我停下马车。

"'来吧,阿库莉卡,站起来,你的死期到了。'

"她非常害怕地看着我,站起身,没说一句话。

"'我已经被你折磨够了。来,开始祈祷吧。'

"我伸手抓住她的头发。她头上编着又长又粗的辫子,我把那辫子抓在手里,然后在胳膊上绕了几圈。我用膝盖压着她,掏出刀子,让她的头往后仰,用刀割她的喉咙。她尖叫一声,血液从她脖子处喷涌出来。我扔掉刀子,用尽全身力气用胳膊搂着她。我把她放在地上,把她抱在怀里,对着她号啕大哭,她也哭,我也哭。她不停地挣扎。她红色的血液溅在我的脸上和手上。我无处可躲,内心一片惊惧。我把她丢下,把马也丢下,转身向家跑去。

"我从后门进去,藏在那间破旧的已被弃用的浴室里。我躲在蒸浴床架子下,就那样一直躲到深更半夜。"

"阿库莉卡呢?"

"后来她起身往家走。之后人们在距离事发地一百步的地方发现了她。"

"这么说你没有结果掉她的性命?"

"没有。"希什科夫说完停顿了一会儿。

"噢,对了,"切列文说,"人的脖子那里有条静脉。如果第一下没有割断这条静脉,人会继续挣扎。可能血液往外流得很快,但是人不会死。"

"但她最后还是死了。晚上人们发现她时,她的身体已经凉透了。人们报了警,警察开始搜寻凶手。夜里,他们在那间旧浴室里找到了我。"

"后来发生的事你就知道了。我已经来这里四年了。"希什科夫停了一会儿后,补充道。

"的确,如果不打她们,问题就解决不了。"切列文简洁地说道。他又拿出鼻烟盒,慢慢地捏起鼻烟,吸完一次停好大一会儿再吸下一次,"小伙子,你太傻了。给你讲讲我的故事吧。有一次,我碰到妻子和她的情人在一起。我把她揪到牲口棚里,手里握着缰绳对她说:'你还记得在教堂里发过誓吗?你发誓要对谁永远忠诚?说呀!'然后我开始用缰绳打她,一直打了一个半小时。最后,她终于受不了了,大叫:'求你别再打了。我愿意给你洗脚,喝你的洗脚水。'她的名字叫奥夫多季娅。"

第五章　夏季

时间到了四月。圣周①越来越近了。我们开始夏季的劳动。太阳一天比一天变得更炽热、更明亮。春天的气息弥漫在空气中，强烈地刺激着我们的神经。美丽的季节不仅影响了自然界的万物，也深深影响了身戴镣铐的囚犯。它唤醒了犯人们心底深处的欲望，唤醒了他们对家乡的渴望，更唤醒了他们对自由的向往。秋冬季节，多雨的日子往往使人惆怅。而在春季，灿烂的阳光则让人更加渴望自由。如果仔细观察，你可以明显地看到犯人们身上的变化。在风和日丽的晴天，犯人们心中感到兴奋，但同时他们也变得更烦躁、更易怒。

我发现到了春天犯人们之间更容易争吵。监狱里的噪声更嘈杂，叫喊声更大，打架斗殴也越来越多。白天劳动时，我们有时会看见某个犯人静静地眺望着远方陷入沉思。他似乎在凝望着蓝蓝的额尔济斯河对岸。那里一望无际的吉尔吉斯草原向远处延伸，足足有几百俄里。耳边传来犯人长长的沉重的叹息。仿佛那宽广的自由之地给他受

---

① 译注：基督教指复活节前的一周。

束缚受压制的心灵带来极大的安慰，而他的呼吸也随之变得更深、更沉稳。

"啊！"可怜的犯人最后长叹一声，然后愤怒地搬起砖块，从一个地方运到另一个地方。但是短短一分钟后，他好像已经忘了刚才望向远方时内心的感触。他又开始大笑，开始辱骂身边的人，不时夹杂着一些幽默。接着他异常愤怒地抱怨起无法摆脱的劳动和必须拼尽全力才能完成的苦役。这苦役仿佛扼住了他的咽喉，而他要不遗余力地摆脱这种痛苦。其实犯人们很有活力，他们正值壮年，无论体力还是精力都很充沛。

在这美丽的季节，犯人们戴的镣铐也变得格外沉重！这不是简单的多愁善感，而是认真观察后得出的总结。炎热的季节，烈日当空，犯人们不管从肉体上还是从精神上都清楚地感受和意识到大自然的复苏无处不在。这时，对犯人们来说，身体上的监禁变得更难承受。况且，他们还要在专制的管理制度下处处受人监视。

除此之外，当云雀在春季唱响第一首歌之后，在西伯利亚和整个俄国，人们开始了流浪和漂泊。这些上帝创造的生灵，如果可能的话，会想方设法越狱逃进森林。在长时间的挖水渠、拆船等艰苦劳动之后，在经历了戴镣铐、棒刑、鞭刑之后，他们开始流浪，哪里能生活下去，他们就流浪到哪里。他们随遇而安，什么能吃就吃什么，什么能喝就喝什么。晚上，他们睡在森林或田野里，不受任何人打扰，也没有任何担心，更不用像以前一样为自己身处牢狱而痛苦。他们此时自由得如同上帝养的鸟儿。他们对着夜空的星星说"晚安"。远处有一双眼睛默默地注视着他们，那便是上帝。无论如何，这种生活都算不得美好。"为杜鹃将军服役"的流浪者有时疲劳过度，而且还面临饥饿的威胁。他们经常连续多日一小块面包都吃不上。此外，他们必须小心翼翼躲避任何人，有时还像土拨鼠一样躲到地下。有时他们无奈之下被迫偷盗、抢劫，甚至杀人。

人们说起那些被流放到西伯利亚的犯人时，有这样一句话："把一个成年人送往那里，他将变成孩子，对见到的一切都充满依赖。"这句话用在流浪者身上更为合适。大部分流浪者都会成为强盗和窃贼。他们这样做是为生活所迫，并不是天生就喜欢这种方式。也有很多人逐渐变得无情，不能再回到从前的样子。有些犯人即使在刑满释放后有了自己的土地，仍然选择出走去流浪。按理说，他们有自己的土地，基本的生活需求能得到保证，应该满足于这种状态。然而，事实并非如此。他们受一种不可抗拒的冲动驱使，从而走上流浪之路。

这种林间的流浪生活，虽然恶劣恐惧，却也自由惊险，对经历过的人来说有一种神秘的诱惑。在这些逃亡者中，你可能会吃惊地发现其中竟然有一些思维习惯良好、性情平和的人，他们原本很有希望成为定居者，成为很好的农夫。有的犯人出狱后结婚、生子，在固定的地点居住已满五年。突然某一天，在一个晴朗的早晨，他消失了，无影无踪。他就这样抛弃妻儿，一走了之，给自己的家庭留下一片茫然，给周围的人们留下一片困惑。

一天，在监狱里，有人向我介绍一个流浪者。他没有犯罪，至少没有人怀疑他犯罪。在一生中，他一直是流浪者的角色。他曾去过帝国的南部边境,去过多瑙河的对岸,去过吉尔吉斯草原,去过东西伯利亚,去过高加索地区。总之,他什么地方都去过。

谁知道呢?如果换一种环境,这个热爱流浪的人说不定会成为另一个鲁滨逊。这些细节是我听其他犯人说的。因为他很少说话,若非必要几乎从不开口。他是一个农民,个头很小,五十岁左右,很安静。他总是面无表情,没有任何情绪变化,甚至显得呆滞。他喜欢坐在太阳下哼着小调,他声音很轻,五步以外就听不见了。他看起来似乎经常因为惊慌而目瞪口呆。他吃得很少,主要吃黑面包,从不买白面包,也从不买酒。我认为他手中应该没有钱,即使有钱他也数不清楚。他好像对什么都不在乎。有时他把食物放在手里,让监狱里的狗吃他手中的食物。除了他没人这样做,一般来说,在俄国,人们不喜欢让狗舔食自己手中的食物。据说他好像结过两次婚,还有孩子。他为什么作为囚犯被遣送至此,我无从得知。我们常想他肯定会越狱。但看起来他可能一直没找到好时机,或者曾经有机会但是没能成功。总之,他默默在监狱中承受处罚没有任何反抗。在这个环境中,他似乎是个另类,是个以自我为中心的来自外星球的怪物。也许他只是表面不动声色,内心的想法无人得知。但是反过来说,越狱对他又有什么好处呢?

与监狱生活相比,森林中的流浪生活简直快乐得如同天堂。流浪汉的境遇自然很糟糕,但至少他们是自由的。因此,当春天第一缕和煦的阳光洒向俄国大地时,所有犯人心里都开始出现波动与不安。

但是有明确越狱计划的人却寥寥无几。犯人们害怕可能遇到的重重阻碍以及因此招致的严重处罚。在一百个囚犯中,最多有一人下定决心越狱,而其他九十九人则一直困于具体应如何实施的问题。他们内心充满渴望,如果出现任何一点儿机会,对他们来说都是莫大的安慰。然后他们开始把自身情况与成功越狱的案例进行比较,以便做出更好的选择。我提到的这些慎之又慎的犯人一般已经被判刑,正在狱中服刑。那些还未接受审判或还未判刑的人则更可能越狱。那些已被判刑的人除非在早期做出尝试,否则能成功逃走的机会就变得非常渺茫。因为他们一旦在监狱里待了两三年,就会在头脑中形成一套类似信用收益的概念。他们推断如果按规定服完刑,就能得到属于自己的土地,成为自由人。但是如果选择越狱,很可能失败,这样就不能得到土地,也不会获得自由身份。

在选择越狱的人中,最终能成功"改变命运"的不超过十分之一。这些成功逃脱的人基本上都被判了很长的刑期,或是终身监禁。对他们来说,十五年或二十年的刑期太长,似乎没有尽头。值得一提的还有囚犯身上被打下的烙印。这是犯人们越狱途中一个很大的阻碍。

"改变命运"是一种技术性的说法。如果有的犯人被发现有越狱企图,就要接受正式质询。这时,他会说自己想"改变命运"。这种文学性的表达很好地暗示了他们当下的处境。实际上,即使越狱成功的犯人也从没想过变成一个完全自由的人。他很清楚这几乎不可能实现。他只希望能被送到别的囚犯定居点,或能为自己找到一块土地,或因为流浪途中所犯的罪行再次接受审判。总之,他只是想换一个新地方。他并不在乎这个新去处到底是哪儿,只求能离开目前所在的监狱，因为这个环境他已经无法忍受。这些逃亡者，如果很幸运地找到了某处庇护所可以让其顺利过冬，或者正好遇到有人愿意收留他们并愿意为其掩盖行踪，并且他们没有因为新的罪行而招来政府的抓捕令（如果犯了谋杀案，可能会成功引起政府注意），那么他们就可以没有阻碍地畅行各地。秋天，他们会出现在小镇上和监狱里，他们承认自己是逃亡的囚犯，这样就可以在监狱里过冬，而同时他们也在暗中策划第二年夏季如何再次越狱。

春季的到来让很多人内心发生变化，我也不例外。我清楚地记得自己透过监狱栅栏的缝隙凝视远处的地平线时，心里那种深深的渴望。我把头久久地抵在栅栏的尖桩上，贪婪地望着城堡四周沟渠里的草日日变绿，望着远处天空的蓝色越来越浓。同时，我内心深处的痛苦与愁绪也与日俱增。时间一天天逝去，我对监狱生活的厌恶日益加深。我因贵族出身招来犯人们的敌视和仇恨。最初几年，深深的恨意占据了他们的心，而这也使我的生活一度陷入痛苦之中。我经常要求去医院，有时根本不是因为生病，只是因为不想再忍受此种精神折磨，想远离笼罩在周围的持续而强烈的敌意。

"你们贵族长着铁喙，你们能用铁喙把农奴撕成碎片。"犯人们经常对我们这样说。我多么羡慕那些来自下层社会的犯人。他们和我们的境遇完全不同。他们从一开始就轻轻松松和所有人建立起情谊。春季到来，自由像是这季节的幽灵，它悄悄在大自然的各个角落游走，所到之处，给万物注入欣喜。但是自然的勃勃生机却让我内心平添了更多愁绪，使我的神经更敏感易怒。

大斋期①的第六周到来了,我要参加一系列宗教仪式。监狱的副监管人把所有犯人分成了七组,分别对应大斋期的七周。犯人们要按名单顺序完成宗教仪式。每组大约由三十人构成。这周的宗教活动给我很大的安慰。教堂离监狱很近,我们每天去教堂两次或三次。我已经很长时间没去过教堂了。我从幼时在父亲家里时便对大斋期的礼拜仪式很熟悉。仪式中庄严的祈祷和跪拜礼唤醒了我很久之前的回忆,许多最初的印象又重新浮现在眼前。我清楚地记得当时去参加仪式时我有多么高兴。早上我们走在去教堂的路上,脚下的土地在前天夜里已经结了冰,陪同我们前往的卫兵们手里拿着上了膛的枪。到地点后,我们进入教堂,卫兵们则留在教堂外等候。

我们进入教堂后聚集在离门口很近的地方。这样,我们除了听到教堂执事深沉的声音,几乎听不到其他声音。从这里,我们可以时不时地瞥见神父的黑色法衣和光光的头。后来,我突然想起了小时候去教堂的情景。那时,我常常看到一大群普通平民聚集在教堂门口。经常有某些戴肩章的重要人物、挺着大肚子的绅士或着装精致非常虔诚的女士从门口进来。一看到他们进来,那些普通平民会低声下气地后退几步为他们让路。他们进来后便急匆匆地赶往前排的座位。出于尊重,通常人们会为他们留出最好的位置。如果得不到最好的位置,他们也会接受和别人同坐一排。那时我发现,只有挨着教堂门口,离入口不远处的那群人在真正热诚而谦逊地做祈祷,也只有那群人在地上

---

① 译注:从圣灰日至复活节前一日,共40天。

行跪拜礼时表现出了真正的谦卑。

现在，我站在了那些普通平民的位置。不，即使站在相同的位置，我们仍有别于普通平民。因为我们是戴着镣铐的囚犯，落魄潦倒。教堂里的其他人都和我们保持着一定的距离。他们对我们这些囚犯怀有一定的恐惧。有人把施舍的钱物放入我们手中，好像我们是乞丐一样。我记得当时自己心里隐隐升起一丝不易察觉的快乐。"就这样吧！"我心里想。犯人们满怀热诚地祈祷。每个人都随身带着用一点点钱买来的一根短小的蜡烛，或是参与教堂募捐。募捐时，他们可能会这样说："我和别人一样，我也是个人，在上帝面前我们是平等的。"

六点后，圣餐仪式开始。神父手持圣杯，念道："请怜悯我，就像怜悯被你拯救的窃贼。"几乎所有犯人听后都跪倒在地，他们身上的镣铐也跟着响起来。我想他们应该都觉得这句话是神父对自己说的，其实这只是《圣经》里的一句话。

圣周到了。狱方给我们每人发了一枚复活节蛋，一小片小麦粉面包。小镇上的居民给了我们很多施舍。和圣诞节一样，圣周期间神父也会带着十字架来监狱，也有些主管人物来巡查，厨房会特别准备加入荤油的圆白菜汤，犯人们也比平时更加友善包容，而且这一天犯人们可以尽情地休息放松。圣周和圣诞节唯一的区别是，犯人们可以在院子里一边散步一边享受温暖的阳光。此时，仿佛所有东西都平添了更多光亮，看起来也比冬天时更清晰，但同时也流露出更多悲伤。到了夏季，白昼的时间比冬天更长。而在宗教节日期间，一天的时间更是长得看不到尽头，让人觉得十分难熬。而在平时，一天的劳动让我们疲惫不堪，虽然累但却充实，时间也仿佛过得更快。

夏季的劳动比冬天更繁重。这个季节我们主要做各种修建类的活。有些犯人被安排去建屋、挖掘、砌砖、修复政府建筑、做木工、粉刷，或去锁匠车间劳动。其余犯人则去砖场劳动。在我们看来，这项工作是最繁重的。砖场距离城堡约四俄里远。整个夏季，每天早上六点，五十名囚犯被派往那里劳动。选出来的这些囚犯基本上都没有学什么特殊手艺。他们出发去砖场时带着中午要吃的面包。因为如果中午回监狱和别的囚犯一起吃饭的话，要多走八俄里的路，路程太远。所以，他们只在晚上回来后在监狱吃一顿饭。

在砖场，每个人都被分派了一天需要完成的任务。通常任务量很大，达到了一个人能承受的极限。不，实际上经常超出极限。我们要先挖出黏土，把黏土运到指定地点，然后用水和泥，接着在沟渠里把和好的泥做成砖坯。我们通常要做大约两百块砖坯，有时还要再多做五十块。我只有两次被分配去砖场劳动。做这项工作的犯人晚上回来后累得半死。他们互相抱怨，都认为自己做的活最多最累。这些指责和埋怨对他们来说无不是另一种乐趣和安慰。尽管如此，有些犯人却很喜欢砖场的劳动。因为他们可以离开小镇，来到额尔济斯河岸边。极目远眺，四周是开阔的绿野，头顶是辽远的蓝色天空。比起令人厌恶的监狱和各种劳动车间，这里的环境实在好多了。在这里，犯人们可以自由吸烟，还可以在草地上躺半个小时。对他们来说，这真是莫大的乐趣。

我一般被分到某个车间劳动，或被派去捣雪花石膏，有时也被安排去搬砖。有两个月的时间，我一直做搬砖的工作。我从额尔济斯河岸出发，先走七十俄丈远的距离，然后穿过城堡外的沟渠，最后把砖运到正在修建的牢房那里。虽然我的肩膀被绳子勒得生疼，但我觉得这项工作非常适合我。特别令我高兴的是做了一段时间之后，我的力气明显变大。刚开始我每次最多运八块砖。每块砖大约重十二磅。后来，我每次能运十二块，甚至十五块，这让我非常开心。因为恶劣的监狱生活需要人在身体上和精神上都变得强大。一个原因是，我希望自己出狱后能正常生活，而不是一副半死不活的样子。于是，我做这项工作时非常快乐。除了可以强健身体，另一个原因是我可以借工作的机会来到额尔济斯河岸边。我多次提到这个地点，因为只有在这里我们才能看到上帝的仙境。从河岸眺望，可以看到远处清晰明亮的地平线，四周辽阔的干草原一望无际。干草原上裸露的土壤总给我一种奇特的印象。除了搬砖的工作，其他工作场所有的设在监狱城堡内，有的则设在监狱周围。从入狱的第一天开始，监狱城堡就是我最痛恨的地方，尤其是城堡内的附属建筑。其中，少校住的房子令我反感至极。我每次经过那里时都忍不住投去厌恶的目光。但是在额尔济斯河岸边，当我凝望那无边无际的大草原时，我会忘掉内心的痛苦，正如囚禁在地牢中的犯人透过窗户上的木栅看见外面的自由世界时一样。草原上的一切在我眼中都是那么亲切、那么美丽。灿烂的太阳在无边而深邃的蓝天上闪耀，吉尔吉斯人的歌声从河对岸远远传来。

有时我会盯着一座炊烟袅袅的简陋木屋看很长时间。我仔细看那一缕青烟在空中盘旋上升，看吉尔吉斯女人忙碌着照看她的两只羊……虽然这些景象处处透着荒凉和贫穷，但却掩饰不住其中的自由。我有时会追随一只鸟儿的身影，看它在纯净透明的空中翱翔：它一会儿掠过水面，一会儿消失在蔚蓝的天空，一会儿突然又出现了，变成一个小黑点。石缝中有些不知名的小野花，冬天时已枯萎，随着春天的到来，野花又重新探出头来。我有时呆呆地看着这些野花，眼泪不由自主地流下来……

在我第一年监狱生活中，无处不在的哀愁和繁重的劳役让我无法忍受。因为过于痛苦，我根本无心观察身边的环境。我选择对周围的一切视而不见。在我们牢房里，我不得不和很多堕落之徒一起生活。他们不仅外表丑陋，而且我发现他们当中很少有人能够独立思考，能够用心感受。

在监狱里，恶毒的语言像雨一样时时向我袭来。我没听到过一句仁慈的话（也许有人说过，但是我不知道）。仔细想想，好像确实有人说过一句，那个人应该比我经历和承受了更多苦难，他说得简单、直接、发自心底。对这点，我不再展开详述，因为没有太大的意义。

劳动后的疲惫给我带来一种满足感。这种情况下，我更有可能好好睡一觉。夏天，睡觉对我们来说是一件痛苦的事。比起冬天时监狱的密闭和由此带来的不良影响，夏天的监狱情况更加糟糕，更令人难以忍受。当然，夏夜的风景有时的确很美。白天，太阳把它的光辉洒遍整个院子。夜晚来临，太阳终于偷偷躲了起来。此时，空气变得更新鲜。大草原的夜晚相对较冷。牢房锁门之前，犯人们成群结队地在外面散步。尤其是在靠近厨房的一侧，人比较多。因为在那里人们更喜欢谈论大家普遍感兴趣的话题，而且人们经常对传闻做出评论。虽然这些传闻大部分很荒唐，但是却让这群与外界隔绝的人感到兴奋。例如，我们突然听说少校被免职了。犯人们像孩子一样容易轻信。他们知道这个消息应该是假的，不太可能是真的，而且带来这个消息的克瓦索夫以前是个很精明的大骗子。但是大家紧抓着这个消息不放，谈论得异常兴奋，而且觉得很安慰，到最后却发现自己被克瓦索夫欺骗了，于是感到万般羞愧。

"我想知道谁能把他赶走呢？"一个犯人大叫着，"他的根基牢着呢，像他那样的人肯定不会善罢甘休。"

"可是，"另一个人说，"他肯定有上级呀。"这个犯人好争论，而且见过世面。

"狼不以彼此为食。"第三个犯人沮丧地说道，好像在自言自语。这是个年老的犯人，头发花白，他经常把酸白菜汤端到角落里，独自在那儿吃。

"你觉得他的上级会像你说的那样考虑要不要把他赶走吗？"第四个犯人接着说。他好像根本不关心这个话题，说完后拨了一下自己的巴拉莱卡琴。

"为什么不会呢？"第二个犯人生气地回答，"如果别人提问，就应该说出自己的真实想法。但我们不是这样，大家只会乱喊一气。如果你想认真探讨什么问题的时候，又没人出声了。"

"确实如此！"弹奏巴拉莱卡琴的犯人说，"都是苦役和监狱让人变成这样。"

"据说前几天，"第二个犯人好像没听到别人的话，接着说道，"地上有一点儿小麦，是垃圾，本来没什么。有人想把这点儿东西换钱。但是后来被监狱官员发现，监狱官员把小麦带到他那里，然后他就把东西没收了。都是经济问题，你们明白吧。情况是这样吗？对不对？"

"但是这样的事又能向谁投诉呢？"

"向谁？当然是向督查员。"

"什么督查员？"

"是真的，朋友们，督查员很快就要来了。"一个年轻的犯人说，这个年轻人好像有些知识，他读过《瓦利埃伯爵夫人》或其他一些相同类型的书籍，他过去曾在某个军团里当过军需官。他有点儿爱开玩笑。犯人们把他看成一个有学问的人，对他比较尊敬。他对人们激烈的讨论一点儿也不关心，而是直接走到厨师那里，要了一些猪肝。我们监狱里的厨师经常出售这类食物。他们常常把整个的猪肝买回来，然后再切成小块卖给别的犯人。

"要两戈比的还是四戈比的？"厨师问。

"要四戈比的。我吃着，别人看着。"这个犯人说。

"是的，朋友们。是一个将军，一个真正的将军，要从彼得堡过来，巡视整个西伯利亚。情况就是这样，是从总督大人那里听到的消息。"

这条消息引起了轰动。足足有一刻钟的时间，犯人们互相问着这个将军是谁？他的头衔是什么？他的级别比我们小镇上那些将军高吗？犯人们非常热衷于讨论职位和级别等问题，喜欢弄清楚谁是首领，谁能让其他官员们折腰，而他的上级又是谁……于是他们就将军的话题展开了争论。整个过程中可以听到粗话满天飞，还有人动手打架，种种举动都是为了维护这些高官。这类话题跟他们有什么利益相关呢？事实上，如果有人听到犯人们在谈论将军和高官，他会以此来判断这些犯人们在入狱前是什么样的知识水平。必须承认，在我们的社会中，无论普通人还是上流社会，关于将军和高官的讨论一般都被视作最严肃和最文雅的话题。

"看吧，他们是不是要把少校撵走了？"克瓦索夫说。他就是最先告诉大家少校要被免职的消息那个人。他是个小个子，脸色红润、脾气暴躁、不太聪明。

"看来需要向他们行贿才行呀。"一阵刺耳的声音从角落里传来，是那个年老孤僻的犯人，他刚刚喝完酸白菜汤。

"天啊，看来少校是应该给他们好处，"另一个犯人说，"他可是弄到手不少钱，那个强盗。你们想想，他在来这儿之前只不过是个军团少校。他在这里一直中饱私囊。没听说吗？不久之前他和大祭司的女儿订婚了。"

"但是他并没有结婚。他们后来对他没兴趣了，这不正说明了其实他很穷吗？他订婚肯定是有所图的！但他最后只剩了身上那件大衣。听费季卡说，去年复活节的时候，他打牌把钱输光了。"

"嘿，朋友们，跟你们说吧，我已经结婚了，但是对一个穷鬼来说，结婚可不是什么好事。娶个妻子很快，但要想婚后过得很好可就没那么容易了。"说话的人叫斯库拉托夫，他刚刚加入大家的讨论。

"你以为有谁对你那些事感兴趣吗？"那个前军需官不无傲慢地说道，"克瓦索夫，你真是个白痴！如果你以为少校能贿赂督查将军，那真是大错特错。你以为他们从彼得堡派人过来是专门来检查少校的？你可真是个傻瓜！想想我说的是不是有道理？"

"你以为他是个将军就不会拿别人的贿赂吗？"有人怀疑地问道。

"我觉得他只要有机会就会拿，肯定拿了不少。"

"绝对肯定。拿得越多，人越坏，级别越高。"

"作为一个将军，总是少不了拿人好处的。"克瓦索夫简单地总结。

"你怎么这么肯定，难道你给过他们钱？"巴克卢申突然插话，语气里带着不屑，"来，说说看，你见过将军吗？"

"当然。"

"骗子！"

"你才是骗子！"

"那好，既然他说见过将军，那就让他说说是哪个将军。快点儿，我倒想听听你说的是谁。我可知道他们所有人的名字。"

"我见过西贝尔特将军。"克瓦索夫说道，语气里充满不确定。

"西贝尔特！根本没有叫这个名字的将军。你说的是不是之前回头看了你一眼那个人？那个西贝尔特可能是一名中校。但是你当时心里太害怕，错把他当成将军了。"

"不！听我说，"斯库拉托夫大喊，"因为我已经成家了。确实有个将军叫那个名字，他是德裔俄国人。他每年向神父忏悔自己的罪过，都是关于他和一些女人之间的事。他喝水像鸭子似的，喝莫斯科河的水一杯接一杯，最少喝四十杯。据说他那样做是为了治什么病。我是听他的贴身仆人说的。"

"我想问问，鲤鱼是不是能在他的肚子里游泳了？"弹巴拉莱卡琴的犯人问道。

"安静！别人认真讨论的时候，你们就知道胡说八道！要来的督查员究竟是谁？"说话的是个年老的犯人，叫马丁诺夫，以前是一名骑兵，他好像总是在忙。

"一群爱撒谎的家伙！"有人持怀疑态度，"天知道这些消息都是从哪儿听来的，都是空话。"

"是真的，"库利科夫很武断地说道，这之前他一直沉默着，一副威严的样子，"来的人是个大块头，很胖，大约五十岁，相貌端正，但是骄傲自大，不可一世。"

库利科夫是茨冈人，他是个兽医，靠给小镇上的马治病挣钱。此外，他还在我们监狱里卖酒。他很有头脑，记忆力也很好，而且他说话很谨慎，字斟句酌，好像他说出的每一个字都值一卢布。

"是真的，"他继续平静地说道，"我上周才听说的。来的是一个将军，他戴的肩章比大部分人戴的都大，他要巡视整个西伯利亚。很多人向他行贿，那是肯定的。但是我们那个长八只眼的少校并没有行贿。他根本不敢接近那个将军。你们明白了吧，世上有各种各样的将军，就像有一捆又一捆的柴。情况就是这样。相信我，少校会继续坐在他的位子上。对这些，我们无权发表意见。至于其他长官，他们不会说一句反对他的话。督查员要来我们监狱，看一遍马上就走，他会说这里没问题。"

"是的，但是少校好像很害怕。他从早上开始就喝醉了。"

"今天晚上他让人运走了两车东西。费季卡说的。"

"就算黑鬼能洗白，他也永远洗不白。这是你们第一次看到他喝醉吗？"

"不是！如果来巡视的将军不对他采取任何行动的话，那可真是太可惜了。"犯人们说道。他们此时已经变得非常兴奋。

督查员要来的消息传遍了整个监狱。犯人们在院子里走来走去，互相谈论其中的重要细节。有的犯人很冷静，只是听，并不开口议论，显得很了不起。有的犯人对这个话题丝毫不关心。有的犯人坐在门口的台阶上弹奏巴拉莱卡琴。当然，也有些犯人在继续散播流言。还有的犯人几个一伙拉长调子唱歌。总体来说，犯人们看上去都很兴奋，也很烦乱。

大约晚上九点钟，看守进牢房清点人数，然后便锁了门。夏季的夜晚比较短，早上五点我们就被叫醒了。夜里十一点之前没有一个人入睡，大家一直在聊天，在各忙各的。有时也有人玩牌，跟冬天一样。夏夜的牢房里酷热难当。虽然有凉风从打开的窗户里吹进来，但是犯人们仍然在板床上不停地翻来覆去，久久不能安睡。

夏天，牢房里的跳蚤多得数不清。实际上，冬天的时候跳蚤已经很多了。随着春天到来，跳蚤的数量急剧增长，若不是亲身感受，我简直难以相信跳蚤竟会如此之多。到了夏天，情况变得更糟。我发现人是可以逐渐习惯跳蚤的。尽管如此，你还是会被折磨得近乎发狂。即便入睡了，你仍然觉得好像并没睡着，因为人早已被折磨得精神错乱。

快到早上的时候，可恶的敌人终于累得偃旗息鼓，而你也香甜地睡着了。突然，刺耳又密集的鼓声无情地响了起来，起床时间到了。听着那可恶的鼓声，你忍不住在心里咒骂。你盖着皮衣蜷起身体，不由得想到明天、后天，甚至此后多年，每天都要过同样的生活，这样的日子直到被释放那天才能彻底结束。

自由何时才能到来？它究竟躲在这世上什么地方？现在你必须起床了。脚步声已经在四面八方响起。又到了每天列队的时间。犯人们穿好衣服，匆匆赶去劳动。你中午还有一小时的休息时间，可以用来睡觉。

我们听说的关于督查员的消息是真的。这消息每天都得到进一步证实。最后确定一位身居要职的将军要从彼得堡来西伯利亚进行巡视，而且他已经到了托博尔斯克。我们每天都听到一些新消息。这些消息都是小镇上的人们传出来的。他们说小镇上每个区的人都很惊慌，大家都想把自己最好的形象展示出来。监狱上下都在为接待工作做准备，他们还准备了各种舞会、宴会等。犯人们被分成不同小组，有的被派去平整城堡内的路面，有的负责铲平地上的土堆，有的负责给栅栏和其他木器刷漆，有的负责抹灰泥，还有的负责修缮工作，对出现明显缺损的东西进行修理。

犯人们非常清楚这样劳动的目的是什么，他们由此展开的讨论也更加活跃。他们充分发挥自己的想象,甚至开始想在将军到来时可以提什么要求。在讨论过程中,他们继续吵个不停,言辞激烈。少校此刻更是如坐针毡。他到牢房里来了一次又一次,一来就大喊大叫,动不动就很生气地扑向某个犯人,比平时还要变本加厉。有时没有任何原因,他就把犯人们关进警卫室,并对他们进行惩罚。他非常严格地检查牢房是否干净整洁。就在这个关头,监狱里发生了一起事故,一个犯人用锥子扎进了另一个犯人的胸腔,而且那个位置紧挨心脏。出人意料的是,这件事并没有影响少校的心情。而且,他看起来似乎还很满意似的。

行凶者名叫洛莫夫。受伤的人在监狱里被叫作加夫里尔卡,他就是我前面提到的那种夏季越狱冬季回监狱过冬的流浪者。我不清楚他是否还有别的名字,反正在监狱里我只听到过这一个,加夫里尔卡。

洛莫夫以前住在T市政府管辖下的K区,是一个富裕的农民。洛莫夫和他的哥哥以及三个侄子住在一起。这家人非常有钱。区里到处都在传洛莫夫家族有超过三十万卢布的纸币。他们表面上从事制革业,但实际的主要业务是放高利贷、窝藏流浪汉并收受赃物,总之就是各种不正当的营生。

在洛莫夫家族所居住的区,大概有一半农民因为欠他们钱而处于他们掌控之下。这个家族狡猾无比,诡计多端,所以能够一直发达。因此,他们平时少不了趾高气扬、装腔作势。有一次,他们省的一个大人物途中经过洛莫夫家,在他们家作了短暂停留。没想到,老洛莫夫无所顾忌的谈吐却深得这位官员的心意。于是,他们越发觉得可以随心所欲、为所欲为。后来，他们越来越多地染指各种非法行为。周围的农民都对他们心怀不满，恨不得他们早点儿死。但是洛莫夫家族非但没有收敛，反而日益猖獗。他们甚至不把当地警方和地区法院放在眼里。

后来，他们的命运出现了戏剧性的转折。洛莫夫家族终于失去了势力。这一切并非他们违法犯罪的勾当所导致，而是起因于一项莫须有的指控。洛莫夫家族在距离村子十俄里远的地方拥有一处农场，农场里有六个吉尔吉斯劳工。这些劳工受尽倾轧，比奴隶的处境还要差，在秋收时节拼命干活。在一个晴朗的日子，有人发现六个劳工全部被杀死在农场。后来，相关机构对这起案件展开了长时间调查，中间还披露了很多暴行。

事情结果是洛莫夫家族被指控谋杀劳工。整个监狱都知道他们的故事。很多人怀疑他们欠那些吉尔吉斯人一大笔钱。虽然洛莫夫家族有大量财产，但是由于过分贪婪，他们杀死了那些可怜的家伙，以此逃避债务。在案件调查和审讯期间，他们的财产也彻底散尽。最后父亲死掉，三个儿子被流放，其中一个儿子和叔叔一起被判了十五年苦役。

现在他们突然变成了清白的。这要从加夫里尔卡说起。人们都说加夫里尔卡是一个流浪汉，而且是个十足的无赖，但他的性格却开朗活泼。有一天，加夫里尔卡公开宣称这起谋杀罪是他犯下的。实际上，我并不清楚这是不是加夫里尔卡亲口承认的，可以确定的是犯人们都把他看作谋杀者。

加夫里尔卡在流浪途中不知怎么和洛莫夫家族联系在了一起（加

夫里尔卡曾因从军队逃跑以及四处流浪在一所监狱被短期监禁）。据说当时和他一起作案的还有另外三个劫匪。他们抢劫了农场，希望借此发一笔横财，加夫里尔卡切断了那六个吉尔吉斯人的喉咙。

在监狱里，不知为何大家都不喜欢洛莫夫叔侄。其中那个侄子身体强壮、头脑聪明、善于交际。但是他叔叔，也就是用锥子扎加夫里尔卡的那个人，却是个暴躁愚蠢的乡巴佬。他总是和别的犯人吵架，因此经常被人暴揍。与此相反，因为加夫里尔卡开朗又幽默，监狱里每个人都喜欢他。洛莫夫叔侄和大家一样都知道加夫里尔卡才是他们所涉案件的凶手，但是他们从来没有和加夫里尔卡争吵过。加夫里尔卡也从不理睬他们。

有一次，加夫里尔卡和洛莫夫叔叔两人为了某个令人厌恶的女孩争吵起来。加夫里尔卡吹嘘说女孩对他有好感。洛莫夫听了嫉妒得发疯，最后将锥子扎进了加夫里尔卡的胸膛。

虽然洛莫夫家族已经破了产，但他们在狱中却过得很富裕。他们有钱，有茶炊，可以喝茶。少校对这些情况一清二楚。他非常厌恶这叔侄两人，经常找他们麻烦。两人认为少校是想让他们行贿，以此捞到好处。但他们也许是没有能力，也许是不愿意，总之一直没给少校任何好处。

如果洛莫夫的锥子再偏一点点，也就是发丝那么细的距离，那么加夫里尔卡必死无疑。事实上，那伤并无大碍。情况报告给了少校。他匆忙赶来。我看到他来时气喘吁吁，但他脸上却分明透露出一种满意的神情。他用父亲般和蔼的语气同加夫里尔卡交谈：

"小伙子,你可以自己走去医院吗?还是需要人抬你过去?我看最好还是准备一匹马吧。我这就让他们去牵马。"然后他喘着气大声吩咐一名下级军官去备马。

"但是我没根本没什么感觉,大人。他只是稍微扎了我一下。"

"不,你不知道有多危险。他扎的可是关键部位,紧贴着心脏下面。浑蛋!你给我等着!"少校对着洛莫夫怒吼,"这回我绝对饶不了你!把他带到警卫室去。"

少校说到做到。洛莫夫接受了审判。虽然加夫里尔卡只受了轻伤,但洛莫夫此举却属于蓄意伤人。结果,洛莫夫的苦役被延长了几年,并被棒打一千下。少校对这个结果似乎很满意。

督查员终于来了。

到达小镇后的第二天,他来到囚犯监狱视察。这一天是个节日,跟平常的节日一样。几天前,监狱里各个角落已经打扫得干干净净。犯人们都刮了头。他们穿着整洁的白色衣服,没有一点儿污迹。根据规定,囚犯们夏天穿帆布材料的汗衫和马裤。每个人的汗衫后背处缝有一块圆形的黑布,直径为两俄寸。犯人们还接受了整整一小时培训,学习如何组织语言回答官员的问话。

我们甚至还进行了定期排练。少校好像慌乱得不知所措。在督查员来之前的一个小时,所有犯人在各自的位置站定,如雕像般一动不动,双手下垂,中指紧贴着裤缝。一点钟左右,督查员终于来到了监狱。这位将军举手投足间处处透着威严。西西伯利亚的官员只需看他一眼,便会紧张得发抖。

他进来时表情严肃，后面跟着一群在小镇上任职的上将和上校。此外，随行人员中还有一个普通人。他个子很高，五官精致，穿着一件长礼服，穿戴整齐，举止大方。将军和他说话时十分客气。这个人也是从彼得堡来的。犯人们非常好奇他究竟是谁，就连身居高位的将军也对他如此尊重？后来，我们知道了他的身份和职位。在这之前，我们经常谈论他。

　　那一日，少校收拾得十分干净整齐，穿着橙色领子的衣服。但他并没有给将军留下特别好的印象。他眼睛血红，脸色虽红润但却透着一股怒气，这副样子很容易让人联想到他平时如何为人处世。出于对上级的尊重，他摘掉了眼镜，像箭一样直直地站在远处。他热切期望着将军问他一些问题，然后他会跑上前来细细回答。但是将军好像并不需要他特别解释什么。

　　将军一言不发地视察了所有牢房，后来又去厨房瞥了一眼，品尝了酸白菜汤。监狱官员们特别指着我告诉他我以前是一个贵族，曾经做过哪些事云云。

　　"啊！"将军回答道，"他表现得怎么样？"

　　"目前令人满意，大人。"

　　将军点点头，几分钟之后离开了监狱。

　　犯人们突然陷入一片茫然和失望，不知道这一切是在做什么。至于投诉少校，犯人们压根儿不再想这件事。毫无疑问，少校事先早就料到了这一点。

第六章　监狱里的动物

不久后我们买了一匹枣红马，大家叫它格涅德科。比起前面讲过的督查将军来访那件事，这件事引起了犯人们更大的兴趣。在监狱里，我们需要马来做很多事，比如驮水、运垃圾等。这匹枣红马买来后专门交由一名犯人照顾。需要马干活儿时，也由这名犯人赶马。当然，他赶马干活时全程有卫兵跟随。每天早上和晚上，枣红马忙个不停，在监狱里发挥了很大的作用。但是它已经被役使了很长时间，所以渐渐变得疲惫不堪。

圣彼得节[①]的前一天早上，我们的枣红马格涅德科在拉水时突然倒地，几分钟后便死去了。犯人们觉得很惋惜，围着死去的马议论起来。有些犯人对马非常了解，如以前曾在骑兵团服役的犯人、茨冈人、兽医等。他们对枣红马的死讨论得很激烈，但是再怎么讨论也不能让马活过来了。死去的枣红马一动不动地躺在地上，肚子肿胀得厉害。看着可怜的马，大家都忍不住上前摸一把。最后人们把马死去的

---

① 基督教节日，在俄旧历六月二十九日。按俄国习俗，狩猎的季节从这一天开始。

事报告给少校。少校下令马上再买一匹新马。

圣彼得节那天,犯人们一大早就聚在一起。很多待售的马被带进了监狱。因为有些犯人非常懂行,所以这次要犯人们自己选出合适的马。于是,茨冈人、莱斯格哈人、专门的马贩以及城里人都来参与这次交易。两百五十个擅长马匹交易的人总不至于看走眼。犯人们每看到一匹马被带进来都兴奋不已,开心得像孩子一样。此刻,他们想象着自己是自由人,要自掏腰包买马。他们对前三匹马都不太满意,直到看到第四匹马才确定下来。整个过程中,负责监视犯人的卫兵一直在旁边看着。进来的马贩子们很惊讶,看看旁边的士兵,颇为惊讶。这两百多个犯人,剃了头、脸上打着烙印、脚上戴着镣铐,在自己的家里,在作为犯人巢穴的监狱里,因为一般没有人到这里来,所以他们自然让人感到敬畏。

犯人们用尽一切手段试验每一匹牵来的马。他们仔细地查看马的状况,认真地触摸马的身体,仿佛监狱的福利与买马这件事密切联系在一起。一些切尔克斯人直接跳上马背。他们眼睛里闪烁着野蛮的光,用难懂的方言快速地交谈着,说话时露出了洁白的牙齿,铜色鹰钩鼻的鼻孔也扩大了。旁边一些俄国人聚精会神地听着他们的谈话,好像随时要对他们大发雷霆。俄国人根本听不懂切尔克斯人说话,但是他们竭尽所能想从切尔克斯人的眼神中读出每匹马究竟是好是坏。但是对犯人来说,这有什么重要的呢?尤其是有些犯人,他们平时甚至都不敢和别人说话。对这样一群人来说,最终买哪匹马有什么要紧的呢?但是,他们的做法却让人觉得这件事真的和他们关系很大。在选马这件事上，大家很重视切尔克斯人的意见。此外，茨冈人的意见似乎也很重要。还有那些以前做过马贩子的囚犯也有重要的发言权。

有两个犯人甚至因为此事竞争起来。其中一个是茨冈人库利科夫，他以前是一名马贩子，还是一名窃马贼。另一个是狡猾的西伯利亚农民，他是专业的兽医，已经在监狱里服了一段时间苦役。这个农民把库利科夫原本在镇上的业务成功地抢到了自己手中。这里需要指出的是，我们监狱里有几名兽医，虽然没有行医证书，但是仍然很受欢迎。除了镇上的居民和商人，就连城里的高官在自己的马生病时也来寻求他们的帮助，而不去找当地那些有资格证的兽医。

在西伯利亚农民约尔金到来之前，库利科夫手中有很多客户并因此获得了大量酬金。那时他被看作同行业中最出色的兽医。他很爱撒谎，经常骗人，在技术上也并没有自己吹嘘的那么高明，这些非常符合他茨冈人的身份。他凭借自己的收入俨然成了监狱里的贵族。犯人们都愿意听他的话。但是他平时话很少，只在遇到大事时才表达自己的观点。他吹嘘得厉害，但不可否认他成熟、智慧、精力旺盛。他和我们这些贵族谈话时非常礼貌而且表现得很有尊严。我敢肯定如果他穿上合适的服装，以伯爵的身份被介绍给首都的某个俱乐部，没有人会怀疑他的身份。他可以熟练地玩着惠斯特纸牌，用居高临下的口气侃侃而谈，同时也很清楚在何种情况下应该保持沉默。无疑，他的表现可以得到众人欣赏。我敢肯定整个晚上没有人能发现这位"伯爵"其实只不过是个流浪汉。关于库利科夫的过去，我们知道的很少。但从各种迹象来看，他应该有丰富的生活阅历。监狱方把他划入单人囚室，和其他囚犯分开关押。

但是约尔金刚来不久，库利科夫作为兽医的光芒就明显暗淡了下去。约尔金是个地道的西伯利亚农民，也是一名旧教徒，为人极其狡猾。不到两个月，约尔金就把库利科夫在镇上的生意都抢了过来。因为他给马治病确实有两下。之前库利科夫曾断言有些马已经没治了，就连一些有资质的普通兽医都放弃了给这些马继续治疗。但是约尔金只用了很短的时间就把这些马治好了。约尔金是因为造假币被判入狱服苦役的。真没想到他竟然会受利益驱使从事此种勾当。他跟我们讲述了很多关于造假币的事，并且开玩笑说他们造一枚假币恨不得用上三枚真币。

约尔金的成功很快遮盖了库利科夫的光芒，但库利科夫一点儿也不气恼。库利科夫以前在郊区有一个情妇，他那时经常穿长毛绒夹克和长靴。现在在狱中他开始从事卖酒的生意。买新马的时候，大家都担心两个人吵起来。有趣的是库利科夫和约尔金都有自己的拥护者。有些比较积极的拥护者在现场吵了起来。约尔金那张皱纹密布的脸上挂着狡猾的嘲讽似的笑容。但是结局出乎人们意料。库利科夫根本不想和人争执。开始时他处处让步，很谦恭地听取对方的批评，然后他突然抓住对方的某句话，态度谦虚但又十分肯定地表示对方完全错了。总之，最后库利科夫不露声色地挫败了约尔金。库利科夫这一方非常高兴。

"伙计们，依我看说什么都没用。你不可能把他扳倒的。他知道该如何应对。"有人说道。

"在这个问题上，约尔金比他知道的要多。"另外一些人说，但是他们语气平静，并不想吵架。双方都准备让步。

"库利科夫不仅懂的知识多，手艺也更熟练。我跟你说，只要是关于牲畜呀，马呀什么的，库利科夫谁都不怕。"

"约尔金更不怕。"

"反正谁也比不上库利科夫。"

犯人们选好了马。这是一匹很好的阉马，年轻、有活力、矫健俊美，简直无可挑剔。犯人们开始和马贩讨价还价。马贩要价三十卢布，但是犯人们最多只愿出二十五卢布。双方争执了很长时间，互不相让。争着争着，犯人们笑了起来。

"难道是你们自己掏腰包吗？"有人说，"干吗为了价钱争得急赤白脸的？"

"你们是想给政府省钱吗？"另外一些人大喊。

"但这钱是属于我们所有人的呀，伙计们。"有个犯人说。

"属于所有人？哈哈，都看清楚了吧，你们不用担心找不到傻瓜，傻瓜自己已经冒头了。"

最后双方商定二十八卢布成交。人们把情况报告给少校，很快得到了批准。马买好了。立刻有人拿来面包和盐成功地把马引到监狱里去了。所有犯人都凑上前来，有的拍拍它的脖子，有的摸摸它的头。

新马刚买来的第一天就去驮水了。马拉着水桶前行时，犯人们都好奇地盯着看。

负责赶马运水的是犯人罗曼。他呆呆地看着那匹马，露出满意的神情。罗曼以前是个农民。他大约五十岁，平时总是很严肃，少言寡语。他像俄国所有马车车夫一样，可能因为终日和马一起，人也随之变得严肃沉稳。

罗曼生性安静，对人友善，不爱说话。他身上带着一个装鼻烟的盒子，随时用手捏起鼻烟塞到鼻子里。在新马买来之前，他在监狱里负责照看马已经有一段时间了。刚刚买来这匹马是他来监狱后负责照看的第三匹马。

马车车夫的职位自然落到了罗曼身上。没有人就这个问题提出异议。上一匹枣红马倒地而死时，同样也没有人责怪罗曼疏忽或失职，就连少校也没有说什么。人们觉得一切都是上帝的旨意。而罗曼也很清楚自己的职责，知道自己要做什么。

枣红马很快得到所有人的喜爱。犯人们原本都不是特别温柔的人，但是一看到枣红马，他们都忍不住上前抚摸。

罗曼赶着枣红马运水回监狱时，下级军官会为他打开大门。走进大门后，罗曼顺手把门关上。枣红马静静地在一旁等着，转头看着罗曼，好像在等待他的命令。

"继续走，你知道路的。"罗曼对着枣红马大喊。枣红马听后，温驯地走向厨房并停在那里。厨师和仆人们拿来水桶，把桶装满水。枣红马好像什么都明白。

"这马真是不可思议！是马自己把水拉过来的。真是太喜欢它了！"大家对着枣红马喊道。

"没错，这只牲畜竟然什么都能听懂。"

"没有哪匹马像我们的枣红马一样聪明！"

枣红马喷着鼻息晃晃头，好像真的能听懂人们在表扬他。接着有人给它拿来面包和盐，枣红马吃完后又晃晃头，好像在说："我认识你，我认识你，我是一匹好马，你是一个好人。"

我特别喜欢喂枣红马吃面包。它从我手掌里舔食面包屑时，我能感受到它的嘴唇暖暖的、湿湿的。看着它的嘴不停地嚼食东西，真的是一种乐趣。

犯人们很喜欢动物。如果监狱允许的话，他们恨不得在牢房里养满各种各样的鸟和家畜。饲养动物还可以使犯人们的脾气变得更柔和。还有什么比这更好的呢？但是根据规定，在监狱里养动物是不允许的。况且这里真的没有空间养那么多动物。

但是我服刑期间监狱里还是养着一些动物的。除了枣红马，我们还有狗、鹅、一只叫瓦西卡的公山羊，还有一只鹰，不过这只鹰在监狱里待的时间很短。

我之前提到过我们的狗叫布尔，我和布尔之间建立了深厚的友谊。但是由于下层社会通常认为狗很肮脏、不纯洁、不值得关注，因此监狱里除了我没人在意它。它孤零零地睡在院子里，吃厨房里剩下的饭菜。虽然没有人同情布尔，但是布尔认识所有的犯人，还把他们都当成自己的主人。每天犯人们劳动回来时在门口大喊"下士。"布尔听到后马上跑到门口，高兴地迎接主人们归来。它看着每个人的眼睛，不停地摇着尾巴，好像在期待着主人的爱抚。但是在几年时间里，它这些可爱的小手段并没有起到什么作用，除了我没有一个人爱抚它。所以它最喜欢我。后来，不知是谁又带回来一条狗，人们管它叫白雪。第三条狗叫库利加普卡。这条狗是我抱回来的，当时它还是只小狗崽。

白雪的样子很奇怪。曾经有一辆四轮马车从它身上轧了过去，它的脊柱被轧弯，向下凹陷。如果你从远处看到它在跑，就像看到两只连体狗在跑似的。它眼睛模糊，全身长满疥癣，一条光秃秃的尾巴总是耷拉在后腿间。

受到命运捉弄的白雪好像打定了主意要一直冷漠下去。它从不对着任何人叫，好像害怕惹上麻烦。白雪总是藏在房子后面。如果有人走近，它马上仰面打起滚来，好像在说："不管你对我做什么，我都不会反抗。"白雪这种表现有时让犯人们感到心烦。每当这时，他们一定会踢它一脚，大叫道："滚开！脏东西！"白雪被踢后哼都不敢哼一声。即便疼得厉害，它也只是发出一声低沉的哽咽的叫声。有时白雪到厨房里去碰运气，想找点儿吃的东西，如果恰巧遇到布尔或哪只别的狗，它便马上服软。要是遇到一只马士提夫犬或一只别的大狗冲着它叫，白雪便直直地躺在地上。一般来说，狗都喜欢通过自己的威风让别的狗低头屈服。看到白雪服输的样子，本来很生气的大狗马上安静下来。它走到那只可怜的小东西面前，好奇地嗅它的身体，从头到尾嗅一遍。

我很想知道吓得瑟瑟发抖的白雪此刻在想什么。"这个强盗会不会咬我？"我猜大概就是类似的想法吧。大狗仔细嗅完之后，没有发现什么特别的，于是很快离开了。接着白雪从地上跳起来，和很多狗一起去追某只母狗。

　　白雪心里非常清楚那些母狗都很骄傲，没有哪只母狗愿意屈尊喜欢它。但它仍然一瘸一拐地跟在母狗身后，这样起码可以给自己一点儿安慰。至于行为是否得体，它基本上没有这样的概念。白雪对自己的未来不抱任何希望，它最大的目标就是把肚子吃得饱饱的。在这一点上，它表现得非常明显。

　　有一次我试着爱抚它。这对它来说完全是出乎意料的新体验。它趴在地上，全身颤抖，高兴得嗷嗷直叫。我觉得白雪很可怜，于是经常爱抚它。它每次远远地看到我就哀怨地叫起来，那叫声很悲凄，让人听了后忍不住想流泪。最后白雪死在监狱后面的沟渠里。它遭到一群狗围攻，被咬成了碎片。

　　库利加普卡和白雪的风格完全不同。库利加普卡出生在我们监狱的一个车间里。我说不清为什么要把刚刚出生的它抱回来。我很喜欢喂它吃东西。看着它一天天长大，我心里说不出的高兴。布尔主动承担起保护库利加普卡的任务，并和它睡在一起。随着库利加普卡慢慢长大，布尔变得对它极其殷勤讨好。例如，布尔允许库利加普卡咬它的耳朵或是用牙齿拽它的毛皮。布尔和库利加普卡一起玩耍，就像所有大狗和小狗那样。奇怪的是库利加普卡始终不见长高，只是长得越来越长，越来越宽。它全身长着鼠灰色的毛，蓬松柔软。它一只耳朵耷拉着，另一只耳朵却总是竖起的。它像所有的小狗一样热情，见到主人就高兴地叫起来，还跳着去舔主人的脸，好像在说："我就是想让主人知道我见到他有多高兴，其他的我才不在乎，什么礼节呀规矩呀,统统见鬼去吧!"

不管在哪儿,只要我叫一声"库利加普卡",它马上从角落里出来,一边满意地叫着一边向我冲过来。它蜷起身子,像只毛茸茸的球一样在我面前滚来滚去。我对这个可怜的小东西真是说不出的喜爱。我常常想库利加普卡是幸运的,命运独独给它准备了无尽的喜悦和快乐。但是有一天,监狱里制作女鞋和皮革的囚犯涅乌斯特罗耶夫把目光投到了它身上。在看到库利加普卡的那一刻,他好像突然想到了什么。他呼唤着库利加普卡的名字,用手摸它的毛,还把躺在地上的它翻过身来,表现得非常友好。库利加普卡高兴地叫着,对他没有丝毫怀疑。但是第二天这只小狗就不见了踪影。我到处寻找也没找到。两周后,真相大白。原来涅乌斯特罗耶夫看中了库利加普卡那身毛皮。他把小狗的皮剥下来做成了有毛边装饰的天鹅绒女靴。据说这靴子是某位军官的年轻妻子定做的。涅乌斯特罗耶夫把做好的靴子拿给我看。靴子的内衬看起来非常华丽。但那都是用库利加普卡的皮做成的。可怜的小家伙!

我们监狱里有很多犯人从事鞣革生意。他们经常带回来一些毛色很好的狗,有的是他们偷来的,有的是买来的。当然这些狗很快就不见了。记得有一天,我看到厨房后面有几个囚犯凑在一起商量着什么。

其中一个人手里牵着一条黑狗。那狗看起来是相当名贵的品种。果不其然,狗是一个男仆从主人那里偷来的。后来那个流氓以三十戈比的价格把狗卖给了监狱里的鞋匠。鞋匠们打算把狗吊死,然后把它的皮剥下来,最后把尸体扔到一个用来倾倒排泄物的沟渠里。沟渠位于监狱最偏远的角落。因为没人清理,一到炎热的夏季,那里简直臭气熏天。

我猜那只可怜的黑狗一定知道等待它的结局是什么。它仔细地看着每个人,眼神中透出悲伤。它时不时怯懦地晃晃夹在腿间的毛茸茸的尾巴,仿佛在向人们表达信任,想以此获得怜悯。见此状,我急忙离开那里。后来,那几个犯人轻轻松松地完成了那桩邪恶的勾当。

至于监狱里的鹅,它们的到来好像纯属偶然。谁负责照顾它们?它们属于谁?这些我都无从知晓。但是不管怎样,这群鹅给囚犯们带来了莫大的快乐。整个小镇的人都知道了它们的存在。

这些鹅是在监狱里的某个地方孵化出来的。它们的总部在厨房。每次囚犯们成群结队出去劳动时,这些鹅就成群结队地从厨房跑出来。当鼓声响起,犯人们在大门口集合时,鹅也跟在他们后面,一边拍着翅膀一边嘎嘎叫着,一个接一个地跳过大门口高高的门槛。囚犯们劳动的时候,这些鹅就在不远处啄食。劳动结束,囚犯们动身返回监狱。这些鹅又聚过来跟在犯人身后往回走。经过的路人看见这副情形大声喊道:"快看呀,那是监狱里的犯人和他们的鹅朋友!""你们怎么教会它们跟在后边走的?"有人问。"来,给你们的鹅一点儿钱。"另一个人说着把手伸进口袋去摸钱。尽管这群鹅对犯人们忠心耿耿,但是在某一年大斋期结束时,它们还是被做成了大餐。我忘了具体是哪一年。

但是一般来说,没有人会想杀掉我们的山羊瓦西卡,除非遇到什么特殊情况。没想到,结果真发生了这样的事情。我不知道这只羊是怎么来到监狱的,也不知道是谁把它带进来的。它刚来时是只白色的小羊羔,非常漂亮。不久,它便赢得了所有人的心。这只小羊特别可爱有趣。犯人们想把小羊一直留下,但是必须向监狱说明理由。于是犯人们就说马厩里很有必要养一只山羊。但是瓦西卡并没有住在马厩里,它大部分时间都在厨房里。过了一段时间,它开始在监狱里四处游荡。瓦西卡姿态优雅,而且很顽皮。它有时跳到桌子上,有时又和犯人们扭打在一起,只要听到有人叫它,瓦西卡马上就过来。它总是精神饱满,非常有趣。

一天晚上,莱斯格哈人巴拜和很多犯人一起坐在牢房门口的石头台阶上。他突然想和山羊瓦西卡比一比,看看谁的力气更大。要知道,瓦西卡的角特别长。

巴拜和瓦西卡的前额顶在一起。犯人们经常这样拿瓦西卡消遣。突然,瓦西卡跳到最高的台阶上,用后腿站立支撑身体,然后突然用前蹄狠劲儿朝着那个莱斯格哈人的后脖颈踢去。巴拜挨了这一下,直接一头栽下台阶。众人见状,纷纷开怀大笑。就连巴拜也忍不住笑起来。

总之,我们都很喜欢山羊瓦西卡。后来瓦西卡到了发育期时,犯人们一本正经地召开了一次会议。会议结果决定由监狱里一名兽医为瓦西卡做一项手术,这名兽医对此类手术非常熟练。

"这样一来,"犯人们说道:"瓦西卡就不会有羊膻味了,这下就好多了。"

后来瓦西卡开始以惊人的速度变肥。必须承认我们喂它吃东西太过随意，毫无忌惮。它长成了一只最漂亮的山羊，有着华丽的角和无比壮硕的身体。因为太胖了，有时它走着走着便在地上滚起来。我们出去劳动的时候，它也跟着一起去。犯人们觉得特别有趣。路人看见了也觉得很有趣。久而久之，大家都认识了这只和犯人生活在一起的山羊瓦西卡。

犯人们在河边劳动时常常砍下柳条或其他各种枝条，从沟渠里采来各色野花，然后把柳条和野花编织在一起缠绕在瓦西卡的角上。除此以外，他们还用花环装饰瓦西卡的身体。劳动结束返回监狱时，装饰华丽的瓦西卡走在队首。我们在后面看着这么漂亮的山羊，心里别提有多自豪了。

犯人们对瓦西卡的喜爱似乎过了头，后来竟然有人提出是否需要给它的角镀金。老实说，这不是个明智的提议，最后自然也不了了之。在我们监狱里，阿基姆·阿基梅奇是最好的镀金匠。我问他能不能给山羊的角镀金。阿基梅奇仔细检查了瓦西卡的角，思索片刻，然后说可以给它的角镀金，但即便镀了金也不会持续很久，而且毫无用处。

因此，这件事也就没了下文。如果生活一直这样下去，瓦西卡还会再活很多年，而且不出意外的话，它最后应该会死于哮喘。但事与愿违。有一天犯人们结束劳动返回监狱，瓦西卡依旧走在队伍最前面。突然，少校的马车经过，正好遇到瓦西卡领着一队犯人走过来。

"停下！"少校大叫，"那是谁的山羊？"

犯人们如实告诉少校。

"什么？竟敢在监狱里养山羊？经过我的允许了吗？副官！"

随后少校命令副官立刻把山羊杀死，把它的皮剥下来卖掉，所得的钱存在犯人们的账上。至于羊肉，少校下令拿来和圆白菜汤一起煮。

犯人们对这件事议论纷纷。大家为山羊瓦西卡感到深深的悲伤。但是没有人敢违抗少校的命令。瓦西卡是在我前面提到过的那个沟渠边被杀死的。有个犯人出一卢布五十戈比买下死羊。这些钱被用来买了白面包，分给每一个犯人。买羊的人把羊肉烤了零售。那烤羊肉特别美味。

有一段时间，我们还在监狱里养过一只草原鹰。这只鹰属于很稀有的品种。当初它被一名犯人带进来时已经受了伤，看上去奄奄一息。犯人们蜂拥而至，挤在一起看这只鹰。它的右翅膀没有一点儿力量，飞不起来，有一条腿也受了重伤。它愤怒地注视着四周的人群，张开弯弯的喙，那架势好像要同我们决一死战，死也要死得够本。等我们看了很长时间散去以后，那只鹰扇着翅膀，一只脚跳着，一瘸一拐地挪到远处一个角落藏了起来。它靠着木栅栏在那里蜷缩成一团。

那只鹰在监狱的院子里待了三个月。其间，它从未离开过那个角落。最初一段时间我们经常去看它。有时犯人们故意把大狗布尔放开，让狗向着鹰冲过去。鹰狂怒，也向前冲来，但是又不敢离狗太近。它这副样子让犯人们觉得特别好笑。"真是个野东西！不甘心被耍！"过了一段时间，布尔不再害怕鹰，开始向鹰发起攻击。被激怒的鹰冲上前来，布尔趁势抓住它受伤的翅膀。鹰用尖喙和利爪拼命抵抗，奋力脱身，然后骄傲地回到自己的角落，像个负伤的国王一样狠狠盯着围观的人群，好像在用这种方式对嘲笑它悲惨命运的人予以反击。

过了一段时间，犯人们厌倦了这种游戏，鹰似乎被人们遗忘了。但是每天仍有人给它放一点儿鲜肉和一些水。最初几天，鹰什么都不吃。后来，它改变了主意，开始吃人们留给它的食物。但是它从不直接吃人们手里的东西，也不当众吃食。有时我躲在远处，偷偷观察它的一举一动。

如果鹰看到四下无人，便大着胆子离开它栖身的角落，沿着木栅栏一瘸一拐地往前走上十几步，然后再走回来。它这样一遍一遍地走，就像病人在遵照医嘱做康复锻炼。每次它远远地瞥见我后就急急忙忙又拐又跳地回到角落里。然后它扭过头，张开尖喙，一副被激怒的样子，好像准备打斗似的。

我曾试着爱抚它，但也只是徒劳。只要你一摸它，它马上对着你又咬又打。它不止一次吃掉了我给的肉，但是只要我在旁边待着，它就一直用那双锐利的闪着寒光的眼睛盯着我。它拒绝与周围的一切进行和解，就那样满怀恨意且孤独地等待死亡的到来。

两个月后，已经把鹰忘到脑后的犯人们终于又想起了它。出乎我的意料，他们对鹰表示出深深的同情。最后，大家一致决定把鹰从它藏身的角落里弄出来。

"要死也让它自由地死掉。"有的犯人说。

"没错,鹰是向往独立自由的鸟儿,它永远不会习惯被囚禁的生活。"另外一些人接着说。

"它跟我们不一样。"有人说。

"是啊,它是鸟,我们是人。"

"我说朋友们,鹰可是森林之王。"斯库拉托夫说。但是那天没人注意到他说什么。

一天下午,鼓声响起,要出门劳动的犯人们把鹰从角落里弄出来,把它的尖喙绑上(因为它拼了命地啄人),然后把它带到监狱外面的土墙上。一伙十二个犯人异常急切地想知道鹰会去往哪里。那情景非常奇怪:犯人们出奇地高兴,好像得到自由的是他们自己。

"坏东西,好心好意想放它走,它就这样撕扯你的手表示感谢。"拿着鹰的犯人一边说,一边充满爱意地看着手上那只恶毒的鸟。

"让它飞走吧,米基特卡!"

"它不适合做囚犯,让它重返自由吧,还它快乐的自由。"

犯人们把它从土墙扔到草原上。那时正值秋末,天灰蒙蒙的,很冷。风呼啸着从长满枯草的大草原上吹过。鹰拍着受伤的翅膀径直离去,似乎想尽快躲开我们锐利的目光。犯人们目不转睛地看着它走进草丛。它的身体被荒草遮蔽,只剩头露在草丛外面。

"喂,你们看到它了吗?"一个犯人若有所思地问道。

"它只盯着前方,"另一个犯人说,"一次都没有回头。"

"难道你在幻想它会回来感谢我们吗?"第三个人说。

"毫无疑问,它自由了,它感受到了自由,真正的自由!"

"没错,是自由。"

"以后再也见不到它了。"

"你们都戳在那儿干吗?快走,快走!"卫兵大喊。于是犯人们慢慢动身,继续走上去工地的路。

第七章　请愿

在本章开头，已故亚历山大·彼得罗维奇·戈梁奇科夫所著《死屋手记》一书的编辑认为有责任向读者说明以下情况。

在《死屋手记》第一章中，作者曾提到过一个贵族出身的弑父者。作者把他作为典型例子，向读者介绍犯人们在讲述自己所犯罪行时如何麻木，如何满不在乎。其中还提到他完全拒绝向法庭认罪。但是因为有人很了解本案的细节以及他的背景情况，所以他的罪行被认为确凿无疑。这些知情人告诉《死屋手记》的作者，那个罪犯生活放荡，背负着巨额债务，因此他想通过这种方式继承父亲的遗产。此外，在凶手被监禁的地方，全城的人也是如此讲述整个事情的经过。《死屋手记》一书的编辑确信事实如人们所说这般。书中还提到尽管凶手很有才智，但他在狱中却表现得十分轻浮，不会体谅别人。《死屋手记》的作者称他从未发现任何特殊迹象能表明该罪犯生性残忍，而且作者还说："因此，我不相信他真的有罪。"

一段时间之前，《死屋手记》一书的编辑得到来自西伯利亚的消息，说这个杀父凶手原来是清白的。他其实并没有犯罪，却被判入狱并做了十年苦役。真正的罪犯已经找到并认罪，蒙冤的人已经被释放。这些情况都得到了当局的证实，其真实性不容置疑。

再多说也毫无用处。这类悲剧的发生已经说明了一切。在这个案件中，由于错误的指控，一个人的一生就这样被毁了。这样可怕的错误在生活中是真实存在的。而这种可能性又为《死屋手记》增添了更多的趣味。在书中描写的监狱里，既有真正的罪犯，也有清白无辜的人。

现在接着前面的故事讲。之前曾提到过，即使我并没有真正与监狱生活和解，但我最终还是适应了这种生活。然而，这种适应却经历了一个漫长而痛苦的过程。我几乎花了一年时间才适应了监狱生活。这是我一生中最痛苦的一年，它牢牢地刻在我的记忆深处，每一个细节都清清楚楚。甚至其中每一个小时内发生的事情，以及当时的感触我都可以详细地回忆起来。

我曾说过其他犯人也和我一样很难适应监狱生活。在入狱第一年，我常常想他们内心是否也如表面看起来那样平静？我经常不由自主地想到这些问题。如前所述，所有犯人都觉得他们置身于一种陌生的环境，而且他们自身与这环境无法和解。想在这里找到家的感觉是不可能的。监狱对他们来说，如同在旅途中遇到的地狱般的旅店。这些被流放的人，不是处于没完没了的焦虑中，就是处于深深的消沉之中。这种不安的情绪即使没有显露于表面，也是真实存在的。这些可怜的人还抱着某种模糊的希望，但是这种希望毫无根据，因而更像是在暗示囚犯们可能存在潜在的精神错乱。以上这些现象表明监狱不同于其他任何地方，它有自己独具的特质。人到了监狱会自然感觉到整个世界上没有哪个地方像这里一样。在监狱里，人人都像在梦境之中。没有任何事物能改善监狱给人留下的印象。因此，这里的人看起来都像是患上了神经官能症。由于他们总是幻想不可能实现的事，所以大部人都呈现出沮丧、阴郁、闷闷不乐的状态。用"病态"一词根本不足以形容他们的真实面貌。在监狱里，几乎每个人都沉默寡言、脾气暴躁，在心底秘密地守护着自己的希望，明明很清楚这只是徒劳。如果谁坦诚说出内心的真实想法，只会遭到周围人一致的蔑视。正是因为这些希望不可能实现，而他们自身也非常清楚这一点，所以他们只能愤愤不平地把这些希望隐藏在内心深处，而最终也不得不放弃。或许他们也为自己的幻想感到羞愧。没有人知道他们的真实想法，只有上帝才知道。在正常条件下，俄国人民对待生活一向积极冷静，而在批评自己的弱点时却毫不留情。

或许犯人们在相处时体现出的不耐烦和不宽容正是他们内心深处对自我极度不满的体现。这种不满也使得他们经常在说话时尖酸刻薄。如果某个天真的犯人把大家心中的想法说了出来，大胆描绘着追逐自由的梦想或是逃跑计划，其他犯人会立即态度冷酷地命令他闭嘴，并对其大肆讽刺挖苦，给那个可怜的家伙造成极大的心理负担。而且我认为那些对无意义的期望沉湎最深的人在挖苦别人时也最不遗余力。我曾不止一次说过犯人中那些简单直率的人往往会被别人认为非常愚蠢。而别人对他们也只剩下轻蔑。因为大部分犯人阴郁敏感，所以他们极其厌恶别人表现出的友善和无私。我想把所有犯人做个大体分类，分为好人或坏人，乖僻的人或快乐的人，而那种无话不说的犯人，则被他们视为另类。大部分人属于阴郁的类型。他们中有的人很健谈，但是这些人往往妒忌心强，容易诽谤中伤别人，而且常常插手别人的事情。同时，他们还要做到不能让任何人窥探他们心中的想法。但是在监狱这个特殊的环境下，要想做到这一点是不切实际的。也有少数一部分人真的做得很好。这些人通常安静平和，把自己的想法和希望深埋于心中。比起那些阴郁的犯人，他们对自己的希望怀有更多的信念。此外，还有一类犯人值得一提。这些人从心底放弃了所有希望，对一切都感到绝望，如那位来自斯塔罗杜布的老人。但是这类人非常少。

　　说起那位老人，他平时少言寡语，非常安静。但是他的行动已经不自觉地透露出他的内心世界，而我也得以了解其实他内心充满了深深的恐惧。但是他通过自己的途径去寻求帮助和安慰。他的途径便是祈祷，而且他认为自己应该做一个殉道者。还有我之前提到过的一直读《圣经》的那个犯人，他后来突然发疯似的手持砖头向少校扔去。这个犯人应该也是对自己不再抱有任何希望。但是一旦失去希望，人便很难再继续活下去。于是，他选择以自我牺牲的方式放弃生命。他声称袭击少校并不是因为有任何不平之事，他只是想借此让自己受到惩罚和折磨。

　　那么，这个犯人的心理活动又是怎样的呢？

　　每个人活着都需要有一定的目标。若没有目标，人就无法存活于世。人活着就要努力实现目标。如果一个人没有任何目标，而且对自己不再抱有希望，随之而来的痛苦会把人变成魔鬼。在监狱里，所有犯人的目标都是摆脱监禁和苦役，重获自由。

我试着把犯人们进行分类，但却发现这很难做到。现实世界充满了多样性，仅凭抽象思维的巧妙推理和定义是无法说明这种多样性的。让我们沾沾自喜地清晰分类同样无法准确概括世界的多样性。现实世界中的事物趋向于无限细分。我们每个人都有自己独特的完全不同于他人的生命轨迹，这是无法用规则限定的，也无法由官方监管。

但是，正如我之前所说，在入狱初期，我无法深刻探究犯人们的内心世界。因为我见到的所有景象都让我感到无法言说的痛苦。有时我面对那些和我的苦难一样深重，甚至比我更深重的可怜家伙时，我只感到痛恨。在最初的日子里，我很忌妒他们，因为周围的人和他们背景相似，他们彼此互相了解。但事实是他们对这种被迫同居以及鞭子和棍棒之下的友谊充满强烈的厌恶，因此每个人都尽力避开他人，试着让自己独处。

我在愤怒时对他们的忌恨是有原因的。有的犯人很自信地认为出身高贵且有教养的人比农民遭受的折磨要少。这种说法是完全错误的。我经常听人这样说，也经常读到类似的信息。理论上，这种观念似乎是正确的，而且它有很普遍的基础，因为大部分犯人都这样认为。但实际情况却并非如此。

关于这个问题，现实中存在很多复杂的情况，我在这里仅针对自己的经验发表看法。从一方面来说，我并非断然认为贵族及有修养的人因为生活条件更好，因此在感觉上也更强烈、更敏感、更深刻。从另一方面来说，不同人的灵魂不可能属于同一水平或标准。不管是受教育水平还是其他任何因素都不能作为惩罚的依据。

我可以很欣慰地说，在如此残酷恶劣的环境之下，这些遭受苦难的犯人们也具备道德发展的条件，而且我有足够的证据可以证明这一观点。

比如说，在监狱里我和有些人已经相识几年了，我一直觉得他们如同野兽，令人厌恶至极。但是我完全想不到这样的人在某个时间突然展现出异常丰富的情感，他们能够对别人的不幸表示深深的理解。这种突如其来的变化让人不由得以为他们已经摆脱了野蛮的兽性。他们的转变如此突然，以至于让人完全不敢相信，甚至觉得恍惚。有时也有这种情况发生：那些教养良好的人偶尔会表现得异常野蛮、残暴、令人作呕，他们的行为甚至让你觉得无法原谅。

我在这里并没有提到监狱里的生活环境、饮食条件等。有的犯人之前是农民或工人，他们在入狱前经常饿肚子，但是在监狱里大部分时间都能吃饱。相对来说，出身高贵的人在这一点上要承受更多的折磨。我们暂时不考虑这一方面。其实对有人格力量的贵族来说，这些外在条件的变化与其他方面的困难相比只是小事，虽然在实际情况中物质条件和生活习惯的改变绝非小事。但是若谈到犯人们在监狱中的地位，恐怕这才是让贵族们感到最恐惧的事情，此种恐惧要远甚于其他方面遇到的困难，比如脏污的环境、食物短缺且不洁净、日夜戴镣铐、监禁带来的窒息感等。最娇生惯养、最温和的绅士，在满脸汗水地劳动一天之后，就会吃黑面包，喝着有死蟑螂的白菜汤。你仍然可以习惯这一点，正如幽默的囚徒之歌中所提到的那个被关进监狱的娇气的人：

  他们给我清水煮白菜，
  我吃得狼吞虎咽。

  最重要的是，如果一个新来的犯人本就出身低下，他几小时后就能完全融入这个环境，他感觉和别的犯人是平等的，来这里就像回到了家。这是一座由身犯各种罪行的卑鄙之徒构筑起的城，他在这城中完全可以自由通行，他和别人完全平等。他理解别人，同时也被别人理解，他被视为这个大家庭中的一员。

  而对贵族来说，情况则完全不同。一个来自上流社会的犯人，不管他如何和蔼、正直、聪明，都会常年遭人忌恨、蔑视。人们对他没有丝毫的理解和信任。在大部分犯人眼中，他既不是朋友也不是伙伴。他要竭尽全力才能让身边的犯人停止对自己的侮辱。即便如此，他在这群人中也始终格格不入，而且没来由地时时感到孤独和隔离，这种痛苦简直让他绝望。有时他的这种状态并不全是由其他犯人的恶意造成的，他只是无法控制自己不去这样想。全部的原因就在于他不能真正融入这个团体。

  对一个人来说，最可怕的事莫过于离开自己本来的社会圈子而进入一个陌生的圈子。如果一个农民从塔甘罗格被流放到彼得罗巴浦洛夫斯克，他会在流放地找到像自己一样的俄国农民。他们很聊得来，一个小时后就能成为朋友。接下来的日子，他们很融洽地住在同一个大木屋或牢房里。但对一个贵族来说，情况则完全不同。在他和下层人之间横亘着一条无底的深渊。只有当这个贵族失去了自身原有的地位和这群人生活在一起时，他才能明白这深渊究竟有多深。

作为一个贵族，你可能一生都在跟农民交往。比如，我们假设出于官职或行政职责所需，你四十年间都在跟农民打交道。或者你是他的恩人，像父亲一样照顾他。即便如此，你也永远猜不透他内心的想法。你可能认为自己对他有所了解，但那只不过是你的错觉。读者们会以为我的说法过于夸张，但是我坚信自己的观点是正确的。我不是在空谈理论，也不是照搬书面的说法。现实生活经历让我有足够多的机会不断回顾和修正自己的看法。我刚才阐述的对农民的认识就是这样形成的。也许有一天大家都能明白我的观点是建立在充足的事实依据上的。

我入狱后所经历的事情很快就证实了上面的观点。而且狱中的经历给我带来了极大的精神折磨，并最终损害了我的健康。第一年夏天，我在监狱里漫无目的地四处游走，能走多远就走多远。我没有朋友，一个人孤零零的。那时我感受最深的是自己和大部分囚犯间的距离。其实有些下层出身的犯人后来还关心帮助过我，但开始时我完全没有想到还有这样的人。囚犯中有些人以前也是贵族。虽然他们的身份和我相似，但是他们待人处世的方式却让我极其反感。

起初，有一件事的发生让我看清了我在监狱里是多么孤单，也让我看清了自己在犯人中是多么奇怪的存在。那是八月的一天，天气晴朗。当时是下午一点左右，还不到劳动时间，犯人们正在小睡。后来，他们突然同时起床到院子里集合。在那一刻，我并不知道发生了什么事情。我完全陷入深深的思绪之中，几乎没有注意到周围发生的一切。整整三天，犯人们好像异乎寻常地焦虑和烦乱。后来，当我回想起听来的只言片语，想到犯人们的脾气明显变坏而且易怒，我才意识到这种不寻常的气氛可能早就开始了。

我认为这是夏季里每天长时间的繁重劳动引起的；也可能因为夏季的到来让犯人们更加向往自由；或者是因为夏天的夜晚太短，犯人们不能得到足够的休息。又或许所有这些原因叠加在一起使犯人们产生了强烈的不满，所以他们需要一个能说得过去的借口进行发泄。最后，犯人们把目光放在了监狱的饮食上。

一连几天，犯人们在牢房里公然表达对饮食的不满。午餐或晚餐时，大家聚到一起，把这种不满的情绪清晰明白地表达出来。后来，有一名厨师被换掉了。但是过了几天，新来的厨师就被打发走了，以前的厨师又被换了回来。大部分犯人躁动不安、心情恶劣。有人在悄悄地酝酿某些坏念头。

"我们成天辛辛苦苦劳动，累得要死，他们就让我们吃腹膜[①]。"一个犯人在厨房里嘟囔着。

"你要是不喜欢，怎么不去点果酱和牛奶冻呢？"另一个犯人

[①] 指动物肚子的内膜。

说道。

"我很喜欢炖腹膜,"第三个人大声说,"味道很不错的。"

"如果只让你吃牛腹膜,一直都是腹膜腹膜腹膜,你还觉得味道不错吗?"

"是的,没错,应该给我们肉吃,"第四个犯人说,"在车间里干活快把人累死了。每次在车间劳动完后,肚子都饿瘪了,腹膜算什么东西嘛。"

"不要腹膜,那就要内脏。"

"哪怕再加一份内脏也行啊。腹膜加内脏,可惜只给了一样。这是什么伙食啊!太不像话了!"

"我们吃的东西确实太糟糕了。"

"都让他把钱捞到自己口袋里了!你们不觉得吗?"

"不关你的事。"

"那关谁的事?肚子可是自己的。如果我们一起闹他一顿,你们看看有没有变化?"

"是的。"

"我们之前不就因为投诉被打惨了吗?难道你们又要犯傻?"

"千真万确!匆忙之下很难把事做好。你们打算搞什么突然袭击,说出来听听?"

"上帝做证!我告诉你们怎么做。如果大家都去的话,我也跟着去,因为我马上就要饿死了。那些有钱吃小灶的人呢,最好能保持沉默。但如果是吃定量餐食的人……"

"有个家伙的眼睛可是不一般,眼神里闪烁的都是妒忌。你们不知道吗?他如果看见什么好东西,眼睛就会发光。"

"伙计们,我们做个决定怎么样?难道大家还没受够吗?这伙强盗把我们的皮都剥掉了。看我们怎么对付他们。"

"有钱的是叶罗什卡,又养狗又养猫。"

"事实上,弟兄们,为什么要闲着呢?够了,别再像他们这样傻坐着啦。别人在扒我们的皮。为什么不行动起来啊?"

"但是这样做有什么好处呢?我觉得他们给啥你就吃啥,先把自己的嘴填满。看那个家伙,他恨不得让别人把吃的嚼碎了喂他呢。我们这是在监狱,必须学会忍耐。"

"确实如此,这里是监狱。"

"一直都是这样,人们瘪着肚子活活饿死,政府官员倒是一个个脑满肠肥。"

"没错。我们的八只眼(少校)可是捞了不少钱。据说他买了一对灰马。"

"那个家伙根本不喜欢他的杯子。"有一个犯人讽刺道。

"他刚才和兽医一起玩牌。玩了两个小时后,他的口袋里一点儿钱都不剩了。我听费季卡说的。"

"所以才给我们吃难以下咽的圆白菜汤。"

"你们都是傻瓜!这根本没有任何关系。"

"如果我们所有人都参与请愿的话,就可以听听他如何为自己辩护。我们现在需要做出决定。"

"听他怎么辩护？恐怕你们的脑袋要挨揍了。仅此而已。"

"听我的，他会被送上法庭接受审判的。"

所有犯人都十分激动。伙食很糟糕。犯人们所有的焦虑、痛苦、折磨似乎在这一刻达到了顶峰。犯人们爱争吵、爱反抗。但是大的起义是很少发生的，因为他们在这件事上很难达成一致意见。大家都认为可以通过威胁性语言而非行动来解决问题。

这一次，犯人们的骚动没有落空。他们分成不同的组在牢房里展开激烈讨论，历数着少校的种种恶行，想把这些问题弄个水落石出。在这种情况下肯定少不了煽动者和主谋。主谋一般都是非同凡响的人。除了监狱，他们在一些大的工人组织或军队里也有很大的影响力。

大部分主谋都满怀热忱、渴望公平。他们很天真，坚信自己的期望一定能实现。他们很有见识，其中有的人还具有很高的智商，但是他们太热衷于看到结果。如果你遇见真正能够引领大众实现目标的人，你会发现这些人是一种完全不同类型的领袖，而且这类人在俄国人民中是很少见的。像我前面提及的最常见的那类头目，在发动叛乱这种事上，他们可以在一定程度上实现目标。但结果往往也把很多人送进监狱。由于太冲动，他们往往只能取得次优的结果。但他们正是凭借这份冲动对大众施加影响力。他们用自己的义愤把那些起初并不坚决的人拉入麾下，用自己对成功的盲目自信吸引顽固的怀疑者。说来可笑，他们对自己无比自信是由于很幼稚地认为获得别人的信任是多么神奇和绝妙。他们之所以能获得巨大的影响力，秘密在于他们无所畏惧地冲在最前头。他们只顾低头猛冲，却不知道自己的真正目的是什么。他们也不属于那种狡猾的角色，领导叛乱是为了让本来卑劣的自己能一举成功，并因此为自己正名。即便前面是石墙，他们也要硬着头皮往上冲。通常情况下，这些人性格暴躁、偏执、傲慢、充满热情，这些特质是他们拥有强大力量的部分原因所在。可悲的是他们从来抓不住问题的实质，不清楚最重要的任务是什么。他们往往一开始就纠结于细节，而这恰恰导致了他们的毁灭。但是由于他们对那群乌合之众十分了解，因此他们便拥有了强大的力量。

在这里，我要谈一谈"请愿"这个词。

有些犯人正是因为"请愿"被流放到西伯利亚的。提到请愿一事，这些人是最兴奋的，尤其是一个叫马蒂诺夫的犯人。马蒂诺夫之前在骠骑兵团服役，他虽然脾气暴躁，但是却很可靠，值得信赖。另一个犯人瓦西里·安东诺夫很容易情绪激动。他总是一副玩世不恭的样子，脸上挂着一抹嘲讽似的笑容。但他诚实、守信、受过不少教育。像这样的人还有很多，我不再一一列举。牢房里，彼得罗夫脚步匆匆地在不同组之间走来走去。他虽然不怎么开口说话，但是可以看出他和别人一样激动。要知道当大家准备在院子里集合时，他是第一个从牢房里冲出去的。

很快，警长闻讯而来，他被吓得够呛。犯人们列队站好，礼貌地请求警长去告诉少校他们想和少校谈话，还想问少校一些问题。警长背后站着负责维持秩序的残疾军人，他们也同样列好队，和犯人们面对面站着。警长听完犯人们的要求，吓得不知所措，但是他却不敢拒绝。如果犯人们发动叛乱，只有上帝才知道会有什么后果。监狱方面所有企图干涉的官员在面对犯人们时都变成了胆小鬼。此时如果犯人们重新考虑一番后自行散去，即使事态没有向更坏的方向发展，下级军官仍然有义务向监狱高层报告整个事件的发生经过。此刻，下级军官被吓得脸色惨白，浑身发抖。他甚至没有劝说犯人们要保持理智，便慌慌张张地跑去找少校。毫无疑问，他很清楚不管他说什么都无济于事。

对所有情况一无所知的我也列队和别的犯人站在一起（我后来才听说开头的细节）。我以为大家列队是要点名，没有注意到旁边有士兵正在修改名单。后来我觉得有点儿奇怪，这才开始向左右环顾。我发现周围的犯人们表情复杂，有的人脸色苍白。他们都很严肃，一言不发，好像在考虑要跟少校说些什么。我注意到很多犯人一看见我加入队列都觉得十分诧异。但他们只瞥我一眼便把头转开了。他们肯定觉得我加入抗议的队列简直不可思议。接着，他们重新转过头来看着我，脸上写满疑问。

"你来这里干什么？"瓦西里·安东诺夫很粗鲁地大声问道。他恰巧离我很近，同时跟其他犯人隔着一小段距离。此前，他面对我时一向小心翼翼，非常客气。

我困惑地看着他，想弄懂他的话到底是什么意思。我开始注意到监狱里似乎发生了什么不寻常的事情。

"是呀，你怎么也来了？快回牢房去。"说话的是一个以前当过兵的年轻犯人，之前我和他并不熟悉。这个小伙子很不错，平时也很安静。他接着又对我说:"不关你的事。"

"这不是要列队吗?"我回答道,"不是要点名吗?"

"他怎么也来了?"一个犯人大声喊道。

"鼻子可真灵。"另一个说。

"苍蝇杀手。"第三个犯人接着说,语气里充满了轻蔑。他给我起的新绰号引得众人哄堂大笑。

"这些家伙在哪儿都养尊处优。我们现在是囚犯,要在监狱服苦役。而他们呢,成天吃着白面包和烤乳猪,一副贵族老爷的派头。你不是单独吃小灶吗?来这儿凑什么热闹?"

"这里不是你待的地方。"库利科夫突然说道,他把我从队列里拉出去。

库利科夫脸色苍白,黑色的眼睛里像有火在燃烧,他紧紧咬着下嘴唇,直到咬出了血。他不像有些人那样一直沉着镇定地等待少校到来。

我喜欢看库利科夫面对这类处境时的样子。在这种情况下,他把自己的优点和缺点都表现得很明显。他知道怎样做才是恰到好处。我觉得他即便到死的时候也会努力展现出优雅的姿态。就像此时,别人在言辞和语调中处处透露着对我的侮辱,而他对我却比以往更加礼貌。他语气坚定,不容我插话。

"这是我们自己的事,亚历山大·彼得罗维奇,你最好不要卷进来,先去别的地方待着。对了,你们的人在厨房,你去那里就好。"

"他们就在那边。"

我向厨房的方向望去，看到那几个波兰人正坐在窗户旁边，里面还有很多犯人。此时我仍然有点儿不知所措。最后，我走向厨房，背后传来一片嘲笑和辱骂声，夹杂着一阵不怀好意的低吼声。在监狱里，这种低吼声类似自由世界里喝倒彩的嘘声。

"要他好看！哦，哦，哦，别放过他！"

入狱以来，这是我被羞辱得最狠的一次。这一刻我感到万分痛苦。但是对那群无比激动的犯人来说，这正是他们期望看到的结果。在厨房前厅，我遇到了托-夫斯基，一个年轻的贵族。关于他，我了解得不多，只知道他意志坚定、慷慨大方。一般情况下，像我们这样出身贵族的犯人总是被其他犯人仇恨，但是托-夫斯基例外。犯人们对他不仅没有仇恨，反而很喜欢他。从他的一举一动不难看出，他是个勇敢、积极、富有活力的人。

"你在干什么，戈梁奇科夫？"他对着我大叫，"赶快到这里来！"

"这究竟是怎么回事？"

"你不知道吗？他们这次要正式请愿。这样做对他们没有任何好处。谁会理睬这些犯人呢？监狱方面肯定要想法设法找出主谋。如果我们也参加了，他们就会把锅扣在我们头上。千万别忘了我们是因为什么被流放到这里的。这些犯人最多挨一顿鞭子，而我们就得接受审判。要知道少校非常厌恶我们，他恨不得找个理由好好收拾我们呢。他会把自己的过错都推到我们身上。"

"如果我们在里面的话，那群犯人肯定直接把我们捆了手脚交出去。"我们进入厨房后，米-茨基跟着说了一句。

"他们永远不会可怜我们的。"托-夫斯基接着说。

除了贵族,厨房里还有大约三十名别的犯人。他们不想参与请愿。有的是因为害怕而不敢参与,另外一些则是因为深信这样做根本没用。阿基姆·阿基梅奇坚定地反对任何跟请愿沾边的活动。只要是有违纪律和正常秩序的事,他一概反对。阿基梅奇出奇镇定地等待事态结束。他一点儿也不担忧,而是坚信监狱方面马上就能把这件事平息下来。

伊赛·福米奇既恐惧又好奇地听我们讲述这件事的经过,他的脸色明显变得凝重起来。很明显,他为此深感不安。和波兰贵族站在一起的有一些下层出身的波兰人,还有一些懦弱、愚笨、沉默的俄国人。他们不敢参与请愿,只是消沉地观望着整个事情将如何发展。

厨房里还有一些阴郁不满的犯人。他们没有参与请愿并不是因为害怕,而是觉得这样的反抗活动很荒唐,不可能成功。在我看来,这些犯人内心一定感到非常不安,他们的表情也异常复杂。他们很清楚自己的选择是正确的,他们相信这次请愿的结局将跟他们预料的一样,不会起任何作用。但同时他们又隐隐觉得自己像叛徒一样,把狱友们出卖给了少校。约尔金也在这群人中。他就是那个因为造假币入狱,后来在监狱里当兽医,把库利科夫在镇上的生意都抢走了的那个精明的西伯利亚农民。我还看到了那个来自斯塔罗杜布的老人。此外,厨师们也都留在厨房里,没有一个离开工作岗位。或许是因为他们觉得自己隶属于监狱方面,如果去参加请愿的话是不合适的。

"也就是说,除了这些人,其他犯人都参与了请愿。"我对米-茨基说。我的语气里透露出担忧。

"这跟我们有什么关系?"B怒吼。

"如果我们也一起参与的话,那么我们冒的风险可比他们大多了。所以为什么要参与呢?我讨厌这些强盗。你觉得他们的要求可能实现吗?我不明白他们为什么要自寻死路,这群傻瓜!"

"这样做只会一无所获。"一个上年纪的犯人说道,他看起来又倔强又尖刻。听了这句话,和我们在一起的阿尔玛佐夫表示非常认同。

"估计有一半人都得被痛打一顿,这就是他们能得到的结果。"

"少校来了!"有人喊道。于是,大家都拥到窗户边向外望去。

果真是少校。他戴着眼镜,一副恶狠狠的样子,怒气冲冲、满面通红。他一言不发,很坚决地径直走到犯人们面前。在这种紧要关头,他镇定自若,表现出非凡的胆识。当然,他经常都是醉酒的状态,可能这次也不例外。此刻,他那顶油腻的镶黄边的帽子和沾满污迹的银色肩章让他看起来颇有几分不祥的感觉。少校后面跟着军需官佳特洛夫。他在监狱里是个相当重要的人物。关于狱方采取的一切措施,他是直接的实施者。佳特洛夫相当能干,同时也非常狡猾。他能对少校产生重大影响。无论如何,他算不得坏人,犯人们对他也没有恨意。

军需官后面跟着警长。警长带着三四个士兵。他已经受到了严厉的责骂。他知道接下来少校还会大发雷霆。列队请愿的犯人们把帽子拿在手里。自从犯人们让警长去叫少校那刻起,他们就绷紧了身体,每个人都用双腿交替着支撑身体重量。看到少校来了,他们一动不动地等着少校开口说第一个字,等着他发出第一声吼。

没过多久,暴怒的少校声嘶力竭地大吼起来。我们透过窗户看到他沿着犯人们的队列从一头跑到另一头,时不时地冲到某个犯人面前愤怒地问着什么。因为我们离得很远,听不清少校具体问了什么,也听不清犯人们是如何回答的。我们只能听到他的吼声,或者说是吼声、抱怨、嘟哝交织在一起的声音。

"你们这群无赖!胆敢反叛!是想挨鞭子了吧!谁是主谋?你!"少校说着冲到其中一个犯人面前。

我们没有听到犯人的回答。一分钟之后,我们看到他离开队列向警卫室走去。紧接着第二个犯人走向警卫室,然后是第三个。

"我要把你们都关起来,统统关起来。我要……是谁在厨房那里?"他看到我们挤在厨房的窗户边,大声问道,"把他们都赶出来!一个也不要剩!"

听到少校的话,军需官佳特洛夫来到厨房。我们告诉他,我们没有参与请愿。他听后马上出去报告给少校。

"噢,原来那些家伙没有参与。"少校说道,他的音调稍稍降低,声音里明显透出兴奋,"没关系,把他们全部带过来。"

我们离开厨房走到院子里。我感到很丢脸。不只是我,我们这队人走出来的时候都低着头。

"噢,普罗科菲耶夫!约尔金也在。还有你,阿尔玛佐夫!过来,你们全部过来!"少校喘了一口气,大声喊道。但是他的声音明显柔和起来,语调也变得亲切,"米-茨基,你也在这儿?把他们的名字记下来。佳特洛夫，把所有犯人的名字都记下来。把参与请愿的人写在一个名单里，没有参与的人写在另一个名单里。记住是所有犯人，不能漏掉一个。写好后把名单给我。我要把你们都送到监督委员会面前。你们这伙无赖！等着瞧！"

我们清清楚楚地听到了"名单"这个词。

"我们没有抗议！"在参与请愿的人群中有个犯人喊道，他说话的声音像是被人勒住了脖子。

"好，你们没有抗议！是谁在说话？好吧，说自己没有抗议的人出列！"

"我们都没有，我们所有人都没有！"另外一些人说道。

"那就是说，伙食没问题对吧？你们这群闹事的都是有人挑唆。主谋呢？有你们好果子吃。"

"你这么说是什么意思？"人群中突然有人问道。

"谁在说话？"少校一边怒吼，一边向声音传来的方向扑过去，"原来是你，拉斯托尔古耶夫。马上去警卫室！"

拉斯托尔古耶夫是个年轻犯人，又高又胖。他出了队列，慢慢向警卫室走去。其实刚才说话的人并不是他，但是因为少校点了他的名字，他不敢反抗。

"我看你们就是太肥了，才这么不守规矩！"少校大喊，"无赖，你们等着，三天后，等着瞧，到时候再跟你们摊牌。听到我的话了吗？谁说的没有抗议，没有任何意见，都出列！"

"我们没有任何意见，长官。"一些犯人沮丧地说道，其余的人沉默着，一言不发。少校觉得已经够了，他也不想再继续追究下去，只想尽快把这件事平息下来。

"好，我知道了，你们没有任何意见，"少校说道，"我全明白了。就是有人在挑唆。"他接着对佳特洛夫说，"必须把那些领头闹事的找出来，一个都不能漏掉。现在，现在你们该去劳动了！鼓手呢？鼓手，敲上工鼓！"

接着少校把犯人们分批遣散。犯人们默默散开，暗自庆幸终于离开了少校的视线。犯人们刚刚散开，少校便直奔警卫室去处置那些挑事的主谋，但是他并没有闹大。显然少校想尽快结束这次事件。

后来，一个被视为主谋的人告诉我们他曾向少校请求原谅，然后马上就被释放了。毫无疑问，其实少校内心并不安定。我想他应该是害怕的，因为叛乱向来是当局的禁忌。虽然这次犯人们因为伙食问题而进行的请愿并不等于真正意义上的叛乱（这件事只上报了少校还有总督），但这毕竟是一件不愉快的事，而且具有一定的危险性。最让少校忧虑的是犯人们在这次请愿中行动一致，所以必须想办法把他们的不满压制下去，不管以何种代价。后来，被抓的主谋们很快就释放出来了。第二天的伙食还说得过去。但是这种改善并没有持续多久。自从那次请愿过后，少校来牢房的次数更加频繁。而且他每次来都能发现一些不正常的情况，并因此对犯人们进行制止和惩罚。警长每次来牢房都是一副迷惑、茫然的神情，好像还没有完全从请愿那件事中醒过来。至于犯人们，他们经过很长时间才慢慢平静下来。他们的焦虑并没有消失，而是以另外的形式呈现出来。可以看出，犯人们仍然焦躁不安，迷茫困惑。有的犯人总是低着头，一言不发。有些犯人谈论起请愿的事来则是无助地抱怨。很多犯人谈起自己的行动时，完全是刻薄的语气，仿佛对之前的行为非常不满。

"嘿，我说伙计，这下尝到苦果了吧！"有人说道。

"你嘲笑的，正是你自己酿的苦酒。"

"我们就是给猫系铃铛的老鼠！"

"我们已经很幸运了，没有被他痛打一顿。我们这种人，没有大棒是无法被说服的。"

"如果你再多动脑子少动嘴就更好了。"

"你凭什么批评我？难道你是这儿的校长吗？"

"看来你是不敢面对问题。"

"你算个什么东西？"

"我是个男人！你是个什么东西？"

"男人！你简直是……"

"你不过是只狗，就是个狗东西。"

"闭嘴！这样吵来吵去有意思吗？"周围的人冲这两个犯人喊道。

发生"叛乱"那天晚上，我结束劳动后回到监狱，在牢房后面遇到了彼得罗夫。原来他正在找我。他向我走来，我听到他好像在大声抱怨什么，但我不太明白是什么意思。后来他不再说什么，无精打采地走到我身边，一副呆呆的样子。

"嘿，彼得罗夫，你们的人是不是对我们很生气？"

"谁生气了？"他问道，好像刚刚缓过神来。

"我是说请愿的犯人对我们,对我们这些贵族很生气。"

"他们为什么要生气?"

"因为,因为我们没有支持他们。"

"你们本来就没有理由闹事啊!"彼得罗夫回答。他很直接地说道,"你们不都是吃小灶吗?"

"可是,有一些不是贵族的犯人,他们也不吃监狱提供的定量餐食,但他们同样参与了请愿。我们应该支持你们,因为大家同为囚犯。我们应该做朋友。"

"什么,你们和我们是朋友吗?"他惊讶又认真地问道。

我望着他。很明显,他根本没有理解我的意思。但是我却彻底明白了他说的话。在这之前,我曾一度为此感到困惑,但是此刻我悲哀地认识到原来真的如此。

此刻,我认定自己和其他犯人之间永远不可能建立起真正的友谊。即使我一生都在监狱里度过,这也不可能实现。我是一个"特殊"囚犯,我和其他犯人永远都是隔离开的。我清楚地记得彼得罗夫在说出"我们是朋友吗?怎么可能?"这句话时,他脸上是什么样的表情。那副表情将一直刻在我的脑海深处。他的惊讶是那么自然,那么坦率。我不由得怀疑他的话中是否暗藏着几分讽刺的意味,是否在嘲弄我。不是的,他说的话就是本来的意思,简简单单。我不是他们的朋友,也不可能成为他们的朋友,仅此而已。他们往左,我往右。他们与我互不相干。

我本以为在那次请愿之后,他们会抓住一切机会无情地攻击我们这些贵族。我以为自己之后的生活将形同地狱。但出乎意料的是，我们没有听到任何斥责。甚至根本没有人提及这件事。它就这么简单地过去了。犯人们有时仍会抓住机会嘲弄我们，就跟以前一样，仅此而已。其他犯人对我们这些没有参加请愿而是选择待在厨房里的人似乎并无怨恨。他们对那些最先喊出没有抗议，没有任何意见的人同样并无恨意。我万万没有想到，整个事件就这样悄无声息地结束了，甚至没有人再提到它。特别是最后这一点，我无法理解。

第八章　狱友

在服刑期间，尤其是入狱初期，我最喜欢交往的是跟我同一类的人，也就是贵族出身的人。我想这应该很容易理解。但是在三个俄国贵族中，我比较熟悉而且交流比较多的只有一个，那就是阿基姆·阿基梅奇。其余两个贵族，一个是之前做密探的阿-夫，另一个就是以杀父罪被判刑的那个年轻人。但即便是阿基梅奇，我也只是在悲伤得无法承受时才和他交流，还有些时候则是因为我觉得自己不可能有机会和其他人接近。

上一章中，我曾提到过监狱里的犯人有各种不同的类型，并试着对他们进行分类。但是说起阿基梅奇，我却不知道该把他归为哪一类。据我观察，阿基梅奇和其他犯人比起来非常特殊，可以说自成一类。

或许在世界上的某个角落也有像阿基梅奇一样的人。对这些人来说，不管是以自由人的身份正常生活，还是以囚犯的身份在监狱里服苦役，似乎都不重要，他们对这些根本不关心。即便在监狱里，阿基梅奇依旧平和地对待一切。他在监狱里安定地生活，好像要一直在这里度过余生似的。他根本不在乎这里是不是监狱。他所有的物品,包括床垫、坐垫、各种器皿用具等,安排得一应俱全、井井有条,让人感觉他仿佛住在自己家具齐备的房子里。阿基梅奇从来没有什么东西是临时凑合的,包括他的言辞和习惯。他的刑期还有很多年。我不确定他是否想过何时出狱这件事。他已经完全屈从于命运的安排。他的屈服不是与自己做了很多斗争后最终安于现状,而是出于一种自然的顺从。他把自己的生活安排得很舒适,也是出于对现状的屈服。阿基梅奇人不错。在最初的日子里,他的建议和帮助让我很受益。但有时候我忍不住想说,他奇怪的性格让我感到越来越悲伤,到最后几乎无法忍受。

有时我感觉太过孤寂,内心濒临绝望,于是便找阿基梅奇聊天。每当此时,我非常渴望能有一个活生生的人跟我交谈。如果这个人对周围的一切怨恨越深,那他对我的悲伤情绪就能理解得更深。

但是阿基米德每次开始时几乎不怎么说话,只是静静地粘着手上的灯笼。过一会儿,他开始给我讲在哪一年他怎么参加部队检阅,他们的军长如何如何,军队的训练动作如何漂亮,散兵的信号系统发生了哪些变化等。他说这些时语调平静,宛如水珠在一滴一滴地掉落。他还告诉我当年他在高加索地区时,有一次因为立功,他的剑被装饰上圣安娜勋章。即便讲到这样的事情时,他的语调中仍然没有增添任何生机,只是稍微变得缓慢低沉。说到"圣安娜"这个名字时,他压低了语调,仿佛在讲述一个很大的秘密。接着,他的表情变得严肃,至少有三分钟一言不发。

在第一年的监狱生活中，我的情绪变化无常。说不清为什么，有时我突然对阿基梅奇充满了憎恨。我感到绝望，诅咒命运为何要让我们的床铺挨得这么近，太近了，我们的头差点儿就要碰到一起。但是仅仅一小时后，我便万分自责，后悔不能控制自己的情绪。但是，这种情况仅存在于我入狱的第一年。随着时间流逝，我逐渐习惯了阿基梅奇的个性，并为自己之前无来由的憎恨感到羞愧。在我印象中，我和他从没争吵过。

除了上面提到过的三个俄国贵族，在我服刑期间，监狱里还有另外八名贵族。我和其中几个关系较为密切。在我看来，即使他们当中最好的人也存在一定的心理变态，而且很排外，没有一点儿包容心。为此，我和其中两个人断绝了一切语言交流。八个人中只有三个接受过教育，包括鲍－斯基、米－茨基和那位老人若－斯基。若－斯基以前是一名数学教授。他很出色，但同时也是个怪人，虽然知识丰富，但却眼界狭隘。米－茨基和鲍－斯基两人则是与若－斯基完全不同的类型。我和米－茨基从一开始就非常了解彼此。我们从来没有起过任何争执。我对他非常尊重，但却不可能变得依恋他。米－茨基性格阴郁、心中充满怨恨、对人极不信任，同时自制力很强。他的这种性格让我十分反感。他的心是封闭的，不对任何人敞开，而且他能让你很清楚地感受到这一点。我对此感受非常明显，我甚至怀疑是不是自己的感觉出了错。总之，米－茨基的性格中既有高贵的一面也有强势的一面。因为生性多疑，所以他同周围人相处时异常谨慎，而且表现得十分老练。但同时他的性格中也有相反的一面。比如，在有些事情上，他具有坚定不移的信念。尽管米－茨基与人打交道时颇有手腕,他却与鲍－斯基以及鲍－斯基的朋友托－斯基陷入了公开的敌对关系。

  鲍－斯基身体衰弱,看着要得肺痨的样子。他脾气暴躁,生性容易紧张。但他天性善良、慷慨大方。由于太过敏感易怒,他经常像孩子一样任性。尽管我一直都很喜欢鲍－斯基,但是他的性格却令我无法忍受。而米－茨基则正好相反。虽然我并不喜欢他,但我们却相处得很容易。如果我有意疏远鲍－斯基,也就意味着我在一定程度上要与托－斯基断绝关系。我在上一章中提到过托－斯基。他虽然没怎么受过教育,但是却有一颗美好的心灵。他是一个高尚且值得尊敬的人。因为托－斯基非常喜爱并尊敬鲍－斯基,所以如果谁和他的朋友鲍－斯基断交,那么他就把谁视为敌人。托－斯基曾经为了朋友鲍－斯基和米－茨基吵架,而且两人曾长时间不睦。这几个人的脾气都很坏,情绪不稳定,而且多疑,这些都是因为他们过于敏感。当然,他们在监狱里很令人讨厌,这不足为奇。他们的境况甚至比我们还要糟糕。他们都被判流放此地十年或十二年。他们在监狱生活中的痛苦主要来源于他们心中根深蒂固的偏见,尤其是他们看待其他犯人的方式。在他们眼中,那些不幸的囚犯如同野兽,丝毫看不出有什么人性。过去的生活经历和眼下的生存环境交织在一起让他们产生了如此痛苦的感受。

  牢狱生活对他们来说是无休止的折磨。在面对切尔克斯人、鞑靼人和犹太人弗米契时,他们友好亲切、乐于交谈。但面对其他犯人时,他们只表现出蔑视和厌恶。他们唯一尊敬的只有那位上年纪的旧教徒。尽管如此,我在整个服刑期间从未见过有哪个犯人对他们的出身、宗教信仰、罪行等加以指责。一般情况下,俄国的普通人民在与文化社会背景不同的人尤其是外国人交往时常常进行各种指责。因为普通人民在看待外国人时多采取戏谑的态度,外国人在他们眼中仅仅是一种奇怪而且好笑的物种。但是在监狱里,相对我们这些俄国贵族,犯人们对波兰贵族反而表现出更多的尊敬。但我觉得波兰贵族们并不关心这个问题,或者根本没注意到这种区别。

我刚刚提到了托-斯基。关于他,我还有话要说。在来到我们的监狱城堡之前,托-斯基和他的朋友本来是被流放到另一个定居点的。从那个定居点转到我们监狱的路上,托-斯基几乎一路上都在背着鲍-斯基。鲍-斯基身体瘦弱,健康状况很差。他们最早被流放到乌-戈尔斯克。在流放途中,鲍-斯基还没走完一半的路程就已疲惫不堪。在乌-戈尔斯克,他们过得还算舒适。那里的生活要比我们监狱里轻松很多。但是后来他们与流放到另一个城市的犯人互相写信,尽管只是简单正常的书信往来,但是相关机构认为有必要把他们转到我们监狱来,这样,他们就能处于当局的直接监管之下。在他们来之前,米-茨基非常孤单。他第一年的流放生活肯定非常痛苦。

若-斯基就是那位总是专注祈祷的老人,我之前对他已经有所提及。监狱里的政治犯大都很年轻,但是若-斯基却最少五十岁了。他很有绅士派头,令人尊敬,但同时也很古怪。托-斯基和鲍-斯基非常讨厌他,从不和他说话。他们认为若-斯基太固执,又很麻烦,简直让人受不了。坦白说,我也这样认为。在监狱里,囚犯们被迫居住在一起。这样的环境下，人与人之间更容易争吵并且互相生厌。不断的口角背后其实存在很多原因。若-斯基心胸狭窄，脾气很坏。他周围的人大多与他关系不好。我与他虽然并未完全断绝来往，但一直也没好到哪儿去。我猜他以前应该是一个很厉害的数学家。有一天，他又是俄文又是波兰语地用满口术语向我解释他研究出的天文学体系。我听说他曾经针对这个话题写了一部著作，但结果却成为学术界争相嘲笑的对象。我感觉他的思想有时太过偏执。

他常常跪在地上祈祷，有时一跪就是一整天。因此，他在狱期间得到了犯人们极大的尊敬。后来，他得了一种很麻烦的病，我亲眼看着他死在监狱里。若-斯基自从进入监狱那刻起就得到了犯人们的关注。因为他刚到监狱就和少校之间发生了矛盾。当时，若-斯基和朋友一路步行从乌-戈尔斯克被押送到我们的监狱城堡。因为他们在路上一直没有剃头，也没有刮胡子，所以到达监狱时头发胡子已经长得很长。少校看到他们在仪容上竟然如此违反规定，不禁勃然大怒，他根本不考虑其实这并不是两个犯人的错。

"天哪！这都是些什么东西？"少校大吼，"一看就是流氓、强盗。"

若-斯基不太懂俄语，他以为少校在问他们是不是流氓强盗，于是便回答："我们是政治犯，不是流氓，也不是强盗。"

"好哇！竟然如此厚颜无耻！傻瓜！"少校怒吼，"把他带到警卫室！给我打一百树条！马上！"

受刑时，若-斯基没有做任何反抗。他一动不动地躺在地上，紧紧咬住牙,一声不吭。此时,鲍-斯基和托-斯基进入了监狱。米-茨基在大门口等他们。尽管之前并不认识,但是一见面米-茨基就上前抱住他们。鲍-斯基和托-斯基对少校的残暴大为反感,于是便把刚才发生的事一五一十地告诉了米-茨基。米-茨基后来对我说他听到这件事后简直气得发疯。

"我根本控制不住自己,"他说,"我像得了疟疾似的全身发抖。我在大门口等着若-斯基,他受罚结束后从警卫室出来会直接经过这里。大门是开着的。后来我看到若-斯基从我身边经过。他脸色苍白,双唇一个劲儿地颤抖。犯人们已经得知有个贵族刚刚被棒打,于是便聚集在院子里等这个贵族过来。但是若-斯基经过人群时瞥都没瞥一眼。他径直走进牢房,找到自己的床铺。然后,他一言未发,跪在地上开始祈祷。犯人们见状十分惊讶,甚至感到难过。当我看到这位远离妻儿头发花白的老人,在受到如此不公的对待后竟然还跪在地上祈祷,我再也无法控制自己的情绪,于是便从牢房跑了出去。接下来的几个小时,我完全发了狂,如烂醉一般。从见到若-斯基的那一刻起,犯人们便对他充满了尊重和体谅。他们最佩服的是若-斯基在挨打时竟能做到一声不吭。"

但是对此类事件,我们需要客观描述并公正看待。事实上,监狱的管理人员在对待被流放的贵族阶层时,不管是俄国贵族还是波兰贵族,类似这样的情况并不常见。而且这只是一起单独事件,不能仅凭这一件事就对狱方所采取的措施做出判断。我讲这件事只是想说明人们可能随时随地会遇到坏人。如果这个人碰巧掌握着对监狱的绝对管理权，而且他正好对某个犯人心怀不满，那么这个犯人的命运确实将变得很可悲。

在西伯利亚，行政长官负责管理和监督犯人劳动并且对下属下达命令。他们在面对贵族出身的犯人时会尽量避免使用有歧视性倾向的处理方式。与大多数出身低下的犯人相比较，有时行政长官在某些方面还会给予贵族们更多自由。他们这样做有特定的原因。首先，这些长官们本身就是贵族。他们非常清楚万万不能把贵族犯人们逼入绝境。曾经发生过这样的事。有的贵族囚犯坚决不肯接受体罚，于是绝望地扑向下令施刑的长官，想与其拼个你死我活，最终造成了严重的后果。还有一点，我认为也是行政长官优待贵族犯人的最重要原因：距今至少三十五年前，一大批贵族[①]被流放到西伯利亚。这些人气质高贵，而且并无任何过失。在如何对待这些贵族的问题上，当地的行政部门陷入了两难的境地。结果在对待贵族犯人和普通出身的犯人上只能采取完全不同的策略。后来，下级官员也学习了上级的做法，且一直沿用至今。

毫无疑问，很多下级官员对上级的做法并不满意。下级官员希望可以完全按照自己的想法去处理问题。但这种情况并不常见，他们基本上能按上级的指示很好地约束自己的行为。我对这一点很满意。接下来我要阐述原因。监狱把服苦役的囚犯分成了不同的类型，我属于其中的第二类。这类犯人的构成主要是以前的农奴，在监狱里处于军

---

① 指十二月党人。

事监管之下。现在这类囚犯的处境要比第一类（主要从事矿山劳动）和第三类（主要从事制作类工作）更加艰难。不只是贵族出身的囚犯处境艰难，其他囚犯也面临着同样的境况。艰难的原因在于，监狱对这类犯人采取军事化管理方式，管理人员也是军人构成，整个方式和俄国的监狱相同。对第二类犯人来说，监狱官员往往更加严厉，对犯人的管理也更严格。这类犯人要一直戴镣铐，不管去哪都有卫兵看守，而且几乎时刻处于围墙之中。但是其他两类犯人的境况则完全不同。至少犯人们是这样认为的。他们更愿意去矿山劳动。尽管法律上把矿山劳动归类为对犯人最严厉的惩罚，但这对犯人们来说却是一直以来的梦想。进过俄国监狱的人说起监狱时万分恐惧，认为再也没有比这更恐怖的地方。相对而言，西伯利亚简直就是天堂。

我们监狱处于总督的直接控制之下，实行军事化管理，如果说我们这些贵族犯人在这里得到了特殊照顾，那么可以肯定第一类和第三类犯人应该得到了更好的对待。关于西伯利亚监狱里的情况，我的说法是绝对客观的，因为我的观点建立在不同犯人亲身经历的基础上。在我们监狱，犯人受到的监视比其他地方更加严格。不管在劳动、监禁，还是身戴镣铐方面，我们都要严格遵守规定。我们没有任何途径能够在这些方面取得豁免权。至少，我非常清楚在过去有人采用各种手段削弱官员的声望，因此，监狱方面非常担心有人告密。而且当时的真实情形是，若官员对犯人有任何纵容都被视为犯罪。因此，不管狱方还是犯人都不敢违背规定。可以说贵族出身的犯人和其他犯人的处境是一样的。贵族唯一受优待的一点便是在涉及体罚方面。但是我认为如果贵族有违背法令的行为，同样会受到体罚。因为在监狱中，所有犯人在受处罚方面是平等的。我说的优待是指在通常情况下，贵族们不会像其他犯人那样被无理由地恶意处罚和虐待。

后来，总督听说了少校如何处罚若-斯基一事。他对少校大为恼火，命令他以后要谨慎行事。这事几乎尽人皆知。总督以前对少校非常信任，并因为少校严格执行法律、工作出色而对其大为赞赏。但是这件事发生后，总督狠狠地斥责了少校。少校也深深吸取了教训。我确定少校就是由于这个原因没有对米-茨基用刑。否则，凭阿-夫对米-茨基的诽谤，少校肯定不会饶过米-茨基，但是不管少校怎么迫害米-茨基，或者派密探监视他，都找不到合理的借口，最后只得作罢。若-斯基一事传遍了整个小镇。人们一致谴责少校。有人对他进行公开指责，甚至还有人对他进行辱骂。

我想说说第一次见到少校时的经历。其实我和另一位被判刑的贵族在托博尔斯克时就听人说起过少校的卑劣和残暴。

起初我们被暂时关押在托博尔斯克的一家监狱。有几个被流放二十五年的同样贵族出身的犯人找到我们，并提醒说以后管控我们的人是很残暴的类型。他们还承诺会尽最大努力找朋友帮忙，让我们尽量少受伤害。后来，他们确实给总督的三个女儿写了信。我猜这三个女儿应该在父亲面前替我们说了情。但是总督又能做什么呢？他无非就是告诉少校在处理我们的问题时尽量公正地按规定办事。那天下午三点左右我们到达小镇。一到那里，负责押送的卫兵就立刻带我们去见少校。我们在前厅等着少校。同时有人去叫监狱里的二把手。后来那位二把手刚到,少校就进来了。他的脸红得厉害,看起来很凶恶,我们看到后心不由得下沉。他看着我们,活像一只蜘蛛看着粘在它网上不停挣扎的苍蝇,随时准备扑上去。

"你叫什么名字?"他向我的同伴问道。那声音急促、刺耳,仿佛想给我们一个下马威。

朋友说出自己的名字。

"你呢?"他转过身,眼睛透过镜片愤怒地盯着我。

我把名字告诉他。

"警长!把他们带到监狱去。先让他们在警卫室把头发剃掉。按照平民式,剃掉一半头发。明天给他们上镣铐。等等!你们身上穿的什么东西?"少校注意到我们披着的缝有黄线的灰色斗篷,恶狠狠地问道。那是在托博尔斯克时,监狱给我们发的衣物。"噢,原来是新囚服。他们总是整出点儿新玩意。又是彼得堡耍的花样。"他一边说,一边回头盯着我们两个看,"他们都带了什么?"少校突然向押送我们的卫兵问道。

"他们带了自己的衣服,大人。"卫兵回答。卫兵端着枪,那样子好像在参加游行似的。他的手一个劲儿地抖动,看得出很紧张。显然人人都听说过少校的脾气,人人都怕他。

"把他们的衣服拿走。只留下亚麻布和白色衣物,若有带颜色的东西,一律拿走卖掉,所得的钱存在监狱账户。犯人不得有私人财物,"少校严厉地看着我们说道,"你们听着!都给我放老实点儿!要是让我发现任何问题,别怪我的九尾鞭①不客气!谁敢惹一点儿乱子,马上棍棒伺候!"

没想到少校竟会以这种方式迎接我们。这令我始料不及。那天晚上,我感觉非常难受。刚到监狱就遇上这样的事情,真是糟透了。关于入狱初期的详细经历,我在前面已经讲过。因此,监狱里的苦难我们一点儿都没能逃掉。劳动时,我们和其他犯人干一样的活。多亏了朋友帮忙,我和鲍-斯基才得以在三个月的时间里被安排到工程处劳动,做一些抄写类的活计。当然这都是悄悄完成的,尽量避人耳目。这背后是监狱工程处的管理者在悄悄帮助我们。那时正值中校格-科夫担任我们的工程队队长。这位绅士在此任上只有六个月的时间,随后便返回了俄国。在犯人们心中,他就像上苍派来的天使。犯人们对他怀有强烈的感情,好像不仅仅是爱,而更像是敬慕。这是我由衷的感受。他究竟如何做到这一点的,我说不清楚。但是犯人们往往在第一眼看见他时就喜欢上了他。

"他真的像父亲一样。"在格-科夫担任监狱工程队队长期间,犯人们一直这样说。格-科夫富有聪明才智,而且总是很快乐。他个头不高,果敢、自信。他在犯人面前亲切、和蔼,如父亲般慈爱。没有人知道他对犯人们的爱源自哪里。只要格-科夫遇到一个犯人,他必定会同他愉快地谈上几句并说笑一会儿。格-科夫在犯人们面前没有一点儿官架子,好像他就是犯人中的一员。虽然他表现得如此谦卑,

---

① 译注:一种多股的软鞭,用作抽打犯人的刑具。

但是犯人们对他从来没有任何的不尊敬,更没有任何放纵。事实上,犯人们一见到他,表情突然就亮了起来。有时,犯人们看到他远远地走过来,脸上立刻绽开了笑容,不由自主地脱帽敬礼。犯人们听到他对自己说话,感觉就像得到了莫大的荣誉。世上有些人的确如格-科夫一般,知道如何赢得所有人的心。

格-科夫果敢、自信。他走路时总是迈着大步,昂首挺胸。"一只骄傲的雄鹰。"犯人们私下常常这样称呼他。格-科夫的主要职责是监管犯人们的工程作业。监狱对这类工作有明确规定,犯人们必须遵守要求,按时按量完成工作。所以,格-科夫在减轻犯人劳动负担方面能做的非常有限。

如果有时正好遇到犯人们提前完成了任务,格-科夫便允许他们在鼓声响起之前回监狱,不用等到规定时间。格-科夫对犯人们非常信任,同时对上级恶意干预犯人们的行为深深厌恶。要知道,如果监狱管理者总是找各种理由对犯人们横加干涉,这种行为实在令人恼火。由于这些原因,犯人们都很喜欢格-科夫。假设格-科夫丢了一千卢布纸币,如果偷钱的贼后来知道了是他丢的,不管这贼是多么积习难改,最后肯定会把钱如数还回来。我对这一点确信不疑。

试想一下,如果犯人们听说格-科夫和少校闹得剑拔弩张,他们会作何感想呢?这发生在格-科夫来监狱后一个月。犯人们得知后兴奋得不能自已。少校和格-科夫曾经在同一个支队服役。所以,久别重逢的两个人刚开始走得很近。但是他们这种亲密注定不会长久。一段时间后,他们交了手,当然,这只是个比喻,并非真正大打出手。

随后，少校声称和格-科夫势不两立。也有人说他们真的动了手。考虑到少校的脾性，这倒是很有可能。他那样的人很容易和人扭打在一起。

犯人们听到两个人吵架的事时，完全控制不住内心的兴奋。

"八只眼和队长不是相处得很好吗？队长是只雄鹰，而那个家伙却不是什么好鸟！"

有些犯人相信两个人真的打架了，而且非常好奇最终是谁打赢了。如果有事实证明他们根本没有打架，我估计犯人们会失望透顶。

"队长肯定对少校发威了，"犯人们说道，"他虽然个头小，但却像狮子一样勇猛。少校万分惊恐，只好钻到床下躲了起来。"

但是格-科夫只在监狱里待了很短时间就离开了。他走后，犯人们惋惜不已。

我们的工程队的长官都很出色。我在狱期间，工程队换了三四个长官。

"来我们这里的鹰从来都待不长，"犯人们说道，"尤其是正直善良的人。"

把我和鲍-斯基分配到工程部工作的，正是这个格-科夫，因为他很偏袒我们这些被流放的贵族。他离开监狱后，另外一名工程队的长官也很同情我们，对我们很友好，所以我们暂时过得还可以。有一段时间，我们负责抄写报告。这期间，我们的书写练得越来越好。突然，上头传来命令要把我们派回去做苦役。我们明白肯定是有人怀恨在心，想借此打压我们。但是在内心深处，我们又很高兴，因为我们已经厌倦了天天做抄写工作。

　　整整两年时间内,我一直和鲍-斯基一起在车间里劳动。监狱里曾流传过很多关于我们的流言蜚语,说我们对未来有怎样怎样的打算、有什么样的信念等。鲍-斯基人很好,但是他的思维却很奇怪,他的想法经常让人觉得不可思议。有些才智出众的人常常陷入悖论之中而不能自拔。但是当他们由于坚持自己的观点而备受折磨、做出巨大牺牲后,你若想让他们放弃之前的观点是不可能的,这对他们来说太过残忍。说到鲍-斯基,如果你反对他的主张,他会觉得受到了伤害,并对你的说法进行猛烈回击。我们在有些事情上看法完全不同,或许更多时候他是正确的。结果我们不得不分开。我为此深感遗憾,因为我们其实有很多共同的想法。

　　一年又一年过去了,米-茨基变得越来越忧郁,他似乎被绝望所吞噬。记得在我入狱初期,他非常健谈,经常把他的想法和经历等同我们分享。起初他对我带来的消息十分感兴趣,因为他对外界发生的事一无所知。他向我问问题,认真听我分析,并表现出明显的情绪变化。但是后来他逐渐变得寡言少语,我们也猜不透他在想什么。他心中原本炽热的火焰一点点熄灭,逐渐被灰烬覆盖。他终日闷闷不乐,性情也更加阴郁。我和他聊起我刚刚有所了解的犯人时,他总是用法语说一句,"我讨厌这些强盗。"不管我怎么说,他都不肯承认这些犯人身上的优点。如果我为犯人们说几句话,他也不能真正理解我想表达的意图,尽管有时他也表情淡漠地表示同意我的观点。第二天再谈起时,他依然是那句"我讨厌这些强盗。"(我们和他相处时经常说法语，因此一个名叫德拉尼什尼科夫的负责监工的士兵总是用法语把我们唤作"辅助外科医生"，天晓得是为什么！）米-茨基好像只有在提到他的母亲时，才能一改平时的冷漠。

"她年纪很大了，身体也不好，"米-基说道，"在这个世界上，她最爱的就是我。但我却不知道她现在是否还活着。如果母亲知道我被鞭打的话……"

米-茨基不是贵族，所以他在被流放之前挨了一顿鞭子。一想起这件事，他就恨得咬牙切齿，不愿直视别人的眼睛。入狱后，他常常一个人踱步，大部分时间都很孤独。一天中午，总督传令说要见他。他被带到总督面前，总督微笑着接见他。

"米-茨基，你昨晚梦见了什么？"总督问。

米-茨基后来跟我谈起这件事时说道："当时我听了总督的话浑身战栗，感觉心脏好像突然被击中。"

"我梦见自己收到了母亲的信。"米-茨基答道。

"是比这个更好的消息！"总督说，"你自由了。你的母亲为了你向沙皇求情，沙皇同意了她的请求。这是你母亲的信，还有你的释放令。你现在就可以出狱了。"

米-茨基脸色苍白地回到牢房，把这个消息告诉我们。他不敢相信自己竟然这么好运。

我们向他表示祝贺。他握住我们的手。他的手冰凉，而且抖得厉害。很多犯人祝福他以后生活愉快，由衷地为他感到高兴。

米-茨基出狱后在西伯利亚定居，就住在我们小镇上。不久，政府给他安排了一个职位。他常常来监狱看我们,给我们带来很多消息,告诉我们外界发生的各种事情。他最感兴趣的是政治方面的消息。

除了上面刚刚提到的这四个波兰政治犯,我们监狱里还有两个波兰犯人。这两个人的刑期很短。他们虽没受过什么教育,但却善良、简单、坦诚。此外,还有一个叫阿-丘科夫斯基的犯人,但是这个人毫无特点。我必须说一说布-姆。他已经上了年纪。实际上他给我们留下的印象很不好。他常常给我们讲和他罪行相关的各种故事,但我始终不清楚他究竟因何被判刑。布-姆是一个有钱的店主,粗俗、刻薄。

他没有受过任何教育。除了生意,布-姆似乎对什么都不感兴趣。他是一个画师,具体说应该是布景画师。他对这项工作非常有天赋。他入狱不久,监狱就发现了他的长处,因此他被安排在小镇上给人装饰墙壁、屋顶。两年时间内,他几乎给所有的监狱官员都装饰过房子。这些房子经过他的手以后变得非常漂亮。官员们为此付给他丰厚的酬劳。所以,布-姆生活得有滋有味,相当舒适。他通常和另外三名犯人一起出去工作。后来,这三个犯人中有两人完全学会了这门手艺。其中那个叫特-热夫斯基的几乎和布-姆画得一样好。我们的少校在一座政府所属的建筑里有几间住房。他找来布-姆,委托他装饰那几间房的墙壁和房顶。结果,布-姆完成得特别好。总督的几间房子在少校的房间面前黯然失色。那座建筑从外面看起来破破烂烂,但是经过布-姆的装饰,房间里面变得色彩鲜艳,看起来像宫殿一样。

少校看后心中大喜，搓着手在房间里走来走去。他逢人便说他要马上找一位妻子。"这么好的房子可不能只住一个人。"他说这话是认真的。布-姆和他的三个助手在少校的房子里工作了一个月。少校对他们越来越满意。在此期间，少校对犯人们的态度好像发生了很大改变，而且开始善待我们这些贵族。有一天，少校派人把若-斯基叫到自己面前。

"若-斯基，"少校说，"那次是我做得不对，我不该无缘无故打你。很抱歉！你明白吗？我作为少校，向你表示歉意。"

若-斯基回答说他非常明白。

"你真的明白了是吗？我叫你来是想向你道歉。估计你肯定想不到吧。你知道对我来说，你算什么吗？一只小虫子，甚至连一只爬虫都算不上。你是个囚犯，而我呢，蒙神的恩典①，我是少校。少校，你懂吗？"

若-斯基回答说他都懂。

"我想和你成为朋友。你会感激我吗？你能感受到我的心灵有多伟大吗？感受到没有？你要时刻记着，我是少校！"

后来，若-斯基把当时的情形告诉了我。看来，在这个酗酒无度、桀骜不驯、爱折磨人的凶狠之徒身上还是存在一点儿人性的。综合少校一度的处世观念和他在这一刻的表现来说，无疑，他在这件事上还是表现出了相当宽宏的气度。可能他这次没有平时醉得那么厉害，也

---

① 少校并不是唯一的在谈及自身时如此傲慢的人，很多官员都这样做。这些官员大多是由士兵逐级升为军官的人。——作者注

可能比平时醉得更厉害，谁知道呢？

少校想结婚这件事终未实现。房间准备好了，但是妻子却没有出现。最后，少校不仅没有和心爱的人携手走向婚姻的殿堂，反而被带到当局面前，然后又被送去审判。上头命令他辞职。原来是少校以前在我们小镇上做警局负责人时犯下的罪行被查了出来。对少校来说，这毁灭性的打击来得太过突然，没有一点儿预兆。听闻这个重磅消息后，犯人们别提有多高兴了。整个监狱把这一天当成了节日。据说事发后少校先是低声抽泣，然后开始大哭，最后竟然像个老女人一样号哭起来。但是他没有办法，最后不得不离开这个位子。他卖掉了手中的两匹灰马和所有的家当，最终变得一无所有。

后来我们偶尔遇见他时，看到他穿着和平民百姓一样的衣服，那衣服已经破旧不堪，头戴一顶镶有帽章的帽子。他恶狠狠地盯着我们。当他脱下少校的制服后，往日的荣光便不复存在。从前他身居官位时，大衣马裤，高傲不可一世；现在光环散去，他不过是一个小小的走卒，再无丝毫体面。

对这样的人，制服是他身上仅存的亮点。制服褪去便一切不再。

第九章 越狱

少校被撤职后不久，我们监狱经历了一次彻底的整顿。取消了服苦役的制度，取而代之的是建立军事管辖的囚犯连，俄国军事罪犯的基地。结果就是，像现在这样的二类罪犯以后将不再送往我们监狱。二类罪犯以后的主要构成为军事犯，这些犯人虽然被判刑，但并没有完全失去公民权。他们仍然是士兵，但是要受刑罚。他们的刑期相对较短，不超过六年。如果他们服满刑期或是得到特赦，会继续回到军队，跟以前一样。之前的二类罪犯一般监禁期为二十年。直到我所说的这个时期为止，我们这些二类犯人中已经包括一部分士兵，但主要是因为当局没有其他地方安排这些罪犯，所以才把他们和我们安排在一起。但是此后，这里的罪犯将全部为军事犯。至于监狱里的普通平民囚犯，也就是被剥夺了所有公民权利、身上打了烙印、剃了头的那部分囚犯将继续在这个监狱里服满剩下的刑期。因为以后将无此类新罪犯入狱，所以根据安排，随着目前在押的囚犯相继出狱，十年后监狱里将不再有此类普通平民囚犯。现在监狱里对囚犯的等级划分依然保留。今后为安全起见，将不时有身居高位的军事犯被送到我们监狱暂时羁押。随后，他们将被移交到东西伯利亚，并在那里接受更严重的刑罚。

日常生活方面几乎没有变化。我们的劳动内容以及应遵守的纪律和以前一样。但是监狱的行政体系完全变了，而且比以前更复杂。任命了一名校官、一名连长，四名中尉轮流执行警卫工作。昔日牢房里负责维持秩序的残疾军人被十二名下级军官和一名军需给养员取代。犯人被分成十人一组，并从犯人当中选出一名下士。当然，下士只拥有名义上的权力。不出所料，阿基姆·阿基梅奇被选为下士。

以上就是监狱结构和行政方面的全部变化。所有安排在上报总督经批准后正式实施。此时，总督仍握有对整个监狱的最高控制权。起初，犯人们对一系列新举措的实施感到特别兴奋。他们私下议论着新官员，想知道这些人究竟是何样。后来，他们发现一切如常，于是便渐渐安静下来，重回以前的轨道。无论如何，我们终于摆脱了少校的控制。大家重新开始畅快呼吸，并重拾勇气。少校在大家心中留下的阴影正在逐渐淡去。现在如有需要，我们可以向上级长官反映问题。而且监狱里不会再出现犯人无故被打的情况，除非是由误会引起。

虽然以前在牢房里维持秩序的残疾军人被中尉军官取代，但白兰地照旧被运进监狱。这些中尉认真细致，非常清楚自己的职责和任务。有几个认为他们可以在犯人面前装腔作势，像对待普通士兵一样对待我们。但是他们很快就放弃了这种想法，并采取了和别人一样的策略。有的军官起初并不了解监狱里真正的运作模式，在与犯人不断交锋的过程中，他们吸取了深刻教训。其中有些场景令人印象深刻。

有一次，一名下级军官被犯人们诱惑喝白兰地，他显然喝得太多了。等他清醒后，犯人们开始向他解释，并指出他也跟犯人一起喝了酒，既然如此，那么结果就是，下级军官很快就范。后来，中尉军官们便对犯人走私白兰地的生意睁只眼闭只眼。不仅如此，他们还像以前的残疾军人一样去市场上为犯人买东西。给他们买来面包和肉。只要没有太大风险，他们什么东西都买。我一直不明白，既然如此，当局费尽力气把这里改成军事监狱的意义何在呢？监狱作出一系列改革时，距离我出狱还有两年时间。我还要继续忍受两年。

我认为没有必要再把我最后两年中的见闻一一记录下来。如果每天每时发生的事都要讲的话，恐怕用两倍或三倍的篇幅也写不完，而且这对我和读者来说也只是徒增负担。实际上，我最后两年的生活场景已经包含在目前写完的章节中，读者可以从中大体了解一个二等罪犯的监狱生活。我的初衷是想清晰准确地描述监狱里的生活状态及其对我的影响。这个目标是否达成需要别人做出评判。我不能对自己的作品发表过多意见，但是我需要对它做一个结尾。当我回忆过去时，可怕的经历一幕幕浮现在眼前，从前遭受的种种折磨重新涌上心头，使我无法呼吸。

此外，与记忆中入狱初期的经历相比，我对最后两年狱中生活的记忆要模糊很多。有很多事情我已经完全忘记了。但我却清晰地记得在最后两年，时间过得很慢很慢，白天是那么长，而夜晚却迟迟不来。那感觉犹如水滴一滴一滴掉落，不知何时是尽头。那些日子也在我的心底刻下深深的悲伤。记得当时我曾强烈渴望从那无尽的窒息中复活。正是这种信念给了我力量，让我能够坚持下去，怀着希望等待光明的到来。在期望中，我变得忍耐、坚强。每过完一天，我就在心底默数一次。如果还要在监狱中度过一千天，我就安慰自己说已经过去了一天，只剩九百九十九天了。记得在那些日子里，虽然周围有上百个狱友，但我却感觉越来越孤独。尽管这种孤独很折磨人，但我却渐渐喜欢上了独处。远离人群的我细细回顾并分析过去发生的事情以及当时的想法，有时还会对自己做出无情的批判。我甚至感激命运馈赠这份孤独，它让我有机会审视过去、探究内心。在那段难忘的时间里，希望的种子在我心里顽强生长，多么不可思议！我认真考虑每件事，并跟自己约定以后一定要避免过去犯的错误。我制订出未来的计划，发誓要坚持实行。我盲目坚信只要离开这个地方，就能完成自己决心要做的事。我强烈渴望重获自由，渴望和命运展开新的搏击。我迫不及待想迎来新生。有时，我也会感到焦躁不已。回忆这些过往于我而言是莫大的痛苦。我知道除了我自己没有人关心这一切。之所以把这些记录下来，是因为有人会像我一样在年富力强的最美年华被判刑、被监禁、被迫与社会隔离，我相信人们看到这些文字后可以理解我的遭遇。

　　但光说这些没什么意义。为了不使结尾太唐突，我决定再讲点儿有意思的事。

　　或许有人想知道犯人有没有可能越狱，以及在我服刑期间有没有人做过这种尝试。我在前面说过有些刚入狱两三年的犯人经常想逃跑，但他们最后无一例外地认为最好还是不要冒险，等服完刑以后说不定能在定居点得到一块土地。但是有这种想法的囚犯一般刑期较短。相反，那些刑期很长的囚犯一直试图找机会越狱。尽管如此，真正做出尝试的犯人却并不多。这可能与犯人的意愿有关，可能与监狱的军事化管理有关，也可能与小镇的周围环境有关，因为小镇地处大草原中间，不利于逃跑。我不确定究竟是哪个原因在起作用。但可以肯定这些原因让本来打算逃跑的犯人心生犹豫。我入狱期间，曾有两个犯人尝试越狱，而且这两个都是要犯。

少校被撤职后，监狱里的犯人阿-夫，也就是那个密探，因为失去了少校支持而变得很孤立。他还很年轻，随着时间流逝，他的性格慢慢稳定下来。他胆大、以自我为中心、非常聪明。我相信如果阿-夫被释放的话，他将继续做密探工作，为了捞钱不择手段。但是他不会再让自己被抓住，他会充分利用在监狱里获得的经验逃避抓捕。其中，他学到的一个重要手段是伪造通行证。至少我听其他犯人是这样说的。我认为这个家伙为了改变自身处境是甘愿冒任何风险的。监狱生活使我有机会深入了解他的性格，并得以看清他的灵魂是多么丑陋。他的冷酷、邪恶让我无比厌恶，难以接受。比方说，他想喝白兰地，而且这瓶酒只能通过杀人才能得到，如果他确定罪行不会暴露，那么他将毫不犹豫地痛下杀手。他在监狱里学会如何处世精明、遇事冷静。因此，阿-夫最终被单人囚室的库利科夫选为一起越狱的同伴。接下来我会展开详细叙述。

我在前面提起过库利科夫。他虽然年纪不小了，但充满活力和激情，而且能力非凡。他很清楚自己有实力过更好的生活。有的人就是这样，即便不再年轻，却仍然憧憬富足的生活。我觉得库利科夫越狱是一件很正常的事，如果他从没有产生过这个想法，我反而觉得不正常。至于库利科夫和阿－夫两人中，谁对谁的影响更大，我不好说。但是这两人无疑是一对最佳搭档，他们的关系很快变得亲密起来。我猜库利科夫应该是想让阿－夫帮他伪造通行证。此外，阿－夫是一个贵族，有良好的社会背景。如果他们能逃回俄国，后续的很多问题就可以由阿－夫想办法解决。他们之间究竟订了什么协议，制订了什么计划和目标，只有天知道。总之，只要他们能逃到俄罗斯，就意味着远离西伯利亚，结束了漂流生活。库利科夫会多种技能，在生活中可以有很多选择。不管他朝哪个方向上努力，都有能力做好。对这样的人来说，监狱只会让他觉得窒息。因此，两个人开始着手策划如何越狱。

但是如果没有押送士兵的陪同，两个人是不可能逃出监狱的。所以，还要想办法拉拢一个士兵。当时有几个营队驻扎在我们的监狱城堡。其中有一个中年波兰士兵。他充满活力、严肃稳重、非常勇敢。像他这样的人本可以有更好的生活。他来西伯利亚的时候还很年轻，因为受不了思乡之苦，曾经逃跑过。但他后来被抓了回来，还被鞭打一顿。随后两年，他在惩戒营度过。因为违法的士兵都被送到惩戒营。后来，他又回到以前的营队。因为表现突出，他被提拔为下士。他非常自恋，说话时也是一副骄傲自大的口吻。

我曾听监狱里的波兰贵族说起过这个士兵。当他和别的士兵一起看守犯人时，我留心观察了他。我发现他把对故土的思念化作了一种仇恨。如果谁阻止他返回故土，他就对谁恨之入骨。这个波兰士兵是个不择手段的人。库利科夫选择他作为越狱的同谋,恰恰显示出库利科夫感觉敏锐,看人很准。这个下士名叫科勒。库利科夫和他一起制订了越狱计划,并确定了日期。那时正值六月,是一年中最热的时节。夏季,我们所在的小镇和周围的镇子气温都很稳定,温差很小。这对流浪汉来说是非常好的消息。离开监狱城堡后,想一下子逃得很远是不可能的。因为我们的城堡坐落在突起的高地上,周围没有遮挡。虽然城堡四周环绕着树林,但是树林离城堡还有相当远的距离。想成功逃跑的话,乔装是必不可少的。若要化装,他们必须到达小镇的郊区。库利科夫早就想办法在那里准备落脚点。我不知道他在镇上的一些很重要的朋友是否知晓越狱的秘密。关于这一点,没有证据,我们假设他的朋友们是知道这件事的。那一年,有个漂亮的放荡女子在小镇郊区一个僻静的角落住了下来。这个年轻女人吸引了很多人的注意,她的生意很不错。她有一个外号,叫"火焰。"

我认为逃犯应该和她一起商量了越狱计划。因为一年多的时间里,库利科夫在她身上花了不少心思,也花了很多钱。每天早上,犯人们结队出去劳动时,库利科夫和阿-夫两个人想方设法被派去和犯人希尔金一起工作。希尔金是一个制炉匠,同时也是一个泥水匠。当士兵们回军营后,奇尔金便开始在空空的牢房里刷起墙壁。阿-夫和库利科夫负责为希尔金运送必需的材料。科勒设法被派来做看守三个犯人的卫兵。根据法令规定,如果有两名犯人劳动,需要有三名卫兵看守。于是,监狱又派了一名年轻的新兵和科勒一起执行任务。当时,科勒作为下士,正在履行义务训练这名新兵。要知道,科勒是一个严肃、聪明、爱思考的人，并且他在军队里的服役期限已经快满了。库利科夫和阿-夫两个人肯定对科勒施加了很多影响并蒙骗了他，才让他把前途命运和两个人紧紧联系在一起。

他们早上六点到达牢房，没有卫兵看守。大约工作一小时后，库利科夫和阿-夫对希尔金说他们要去车间里找个人，顺便取一个要用的工具。他们和希尔金一起工作时小心翼翼，和他说话时也尽量表现得很自然。希尔金是从莫斯科来的制炉匠。他很狡猾、有敏锐的观察力、少言寡语、瘦骨嶙峋，看起来很虚弱。从外表上看，他应该是规规矩矩地穿着工作服在莫斯科的某个车间里平平淡淡度过一生的人。但是他现在却成了一名单人囚室的重犯，在此之前他曾和最难缠的军事犯们混在一起。一切都是命运的安排。

他到底为何被判这么重的刑罚呢？我对此毫不知情。他从未表现出任何怨恨和不平的情绪。相反，他一直安分守己，不冒犯别人。除了时不时喝得大醉，他没有任何不良行为。当然他对越狱一事并不知情，所以不能让他嗅出任何苗头。库利科夫对希尔金眨眨眼，对他说他们要去取前一天藏在车间里的白兰地。这一招正好投希尔金所好。他一点儿都不知道要发生什么事。于是，他在那位新兵的看守下留在牢房里继续工作，而此时库利科夫、阿-夫、科勒三人已经偷偷前往小镇郊区。

半小时过去了，三个人还没有回来。希尔金开始觉得不对劲儿，他好像明白了是怎么回事。他想起库利科夫的表现似乎不太正常。他想起库利科夫对着阿-夫悄悄耳语，还向阿-夫使眼色。他越想越怀疑，接着猛然意识到科勒的行为也不正常。那个下士跟着两个犯人走之前，曾命令新兵在他离开期间要怎样怎样。以前，希尔金好像没看到科勒这样做过。

希尔金越想越紧张。时间一点点过去，库利科夫和阿－夫还没有回来。此刻他已经非常焦急，他害怕监狱管理保山怀疑他和逃犯串通，如此一来，他就要遭受皮肉之苦。如果再不把情况报告报上去，恐怕当局对他就不只是怀疑了，而是会断定在那两个犯人离开时，他早就知道他们打算逃跑。这样的话，他将被认定为同谋。不能再耽搁了。

希尔金接着想到库利科夫和阿－夫的密切关系已经持续一段时间了。经常有人看到他俩单独在牢房后面把头凑在一起商量什么。他又想起自己不止一次地怀疑库利科夫和阿－夫在共同谋划什么事情。

希尔金仔细看看旁边的卫兵。那家伙斜背着枪，一边打哈欠，一边用手挠鼻子，明显对发生的事情全然不知。希尔金觉得没必要把自己的担忧说出来。他只是简单地对卫兵说跟他到车间去一趟。他想去车间问问有没有人看到库利科夫和阿－夫。结果那儿的人都说没看见。希尔金越来越怀疑。他们会不会喝醉了酒然后去小镇郊区玩乐了呢？库利科夫不是经常这样吗？不，希尔金想，应该不是。如果真是这样的话，他们早就告诉他了，这没什么好隐瞒的。希尔金放下手中的工作，径直回到监狱。

希尔金找到警长时大概九点钟。他向警长说出了自己的怀疑。警长大惊，他一开始根本不相信真的会发生这样的事。实际上，希尔金只是说自己隐约觉得事情不太对劲儿。随后，警长跑去报告少校。少校又报告给总督。当局马上采取各种必要措施，前后只用了一刻钟的时间。长官们和总督沟通情况。因为涉事的都是重要囚犯，所以这次事件可能会引起圣彼得堡的高度重视。阿-夫属于政治犯，尽管当初的诉讼程序似乎并不严谨。库利科夫属于单人囚室的犯人，是所有犯人中罪行最严重的一类，更糟的是，他以前是一名士兵。这时官员们注意到根据规定每名单人囚室的犯人在劳动时需要有两名卫兵看守。但是在库利科夫的问题上，这条规定并没有被严格遵照执行。这样一来，大家都有麻烦。于是，管理保山向市里的各区级政府和周围的小镇都发出急件，通告了两个犯人越狱一事，并对两个逃犯的特征进行了详细描述。监狱派出哥萨克骑兵抓捕逃犯，同时还向邻近的各区当局发了信件。每个人都吓得要死。

整个监狱里一片骚动。犯人们劳动归来后听说了这个令人震惊的消息。消息很快传遍了监狱。犯人们心中感到深深的满足，这样的情绪完全是自然流露。这起事件打破了监狱生活的单调乏味，给犯人们平添了茶余饭后的谈资。最重要的是，越狱这件事触动了犯人们麻木已久的神经。这件事让他们重新感到希望，让他们觉得自己悲惨的命运好像并不是完全不能改变。这些想法让他们激动不已。

"看到了吧，就算戒备再森严，他们不也逃出去了吗？为什么我们就不能呢？"

这句话说中了大家的心事，说话的犯人一下子挺直了背，用挑衅的眼神看着周围的人。犯人们感觉自己瞬间变得高大起来，于是开始俯视那些下级军官。你可以想象，城防司仪很快来到监狱。总督也来了。犯人们呆板的表情中透出一丝轻蔑,好像在说:"怎么,你们都来了?这下知道了吧,只要我们下定决心,就能从你们手中逃出去。"

犯人们预料到当局肯定要在监狱里展开一场彻底搜查,以此显示他们事后诸葛的智慧。所以,大家把所有违禁品都仔细藏了起来。果然,大家预料的一点儿没错。牢房里被翻了个底朝天,结果什么也没发现。想必狱方早就料到了这样的结果。

午餐过后,犯人们出去劳动时,随行卫兵的数量比平时增多了一倍。晚上,执勤军官不时突击检查,看看我们是否放松了警惕,以便趁机检查出什么东西。晚上的点名也比平时多了一次。但是让犯人多集合一次除了平添麻烦以外,没有任何益处。在院子里点完名,我们回牢房后,他们又进来清点一遍人数,好像总也清点不完似的。

犯人们并没有被这些荒唐多余的举措所影响。相反,和每次遇到紧急事件时一样,犯人们显得很淡漠,整个晚上都表现得很好,没有闹任何乱子。"无论如何,我们不会给他们留下任何把柄。"犯人们大都这样想。由于管理人员担心有犯人和逃犯串通,因此对我们的举动和谈话进行了严密的监视,但是并没有任何发现。

"逃走的家伙不可能把知道秘密的人单独留下,他们才没有那么傻!"

"能做出这种事的人都懂得隐匿踪迹!"

"库利科夫和阿-夫是不会暴露行踪的。他们做得滴水不漏,堪称完美。这些家伙已经逃走了。像他们那样聪明的人,上了锁的门都能穿过去。"

库利科夫和阿-夫在犯人中名声大噪,大家都为他们感到骄傲,觉得他们的英勇壮举将世代流传下去,甚至比监狱的存在时间还要长。

"这几个家伙可真厉害!"一个犯人说道。

"谁说不能从这儿逃走,嗯?只有监狱方面才会这样认为,看看走掉那几个人!"

"有道理,"第三个犯人说,这个犯人看起来一副高傲的样子,"但是你也要看看走掉的是谁?那可都是一等一聪明的人。你怎么能跟他们相提并论。"

换作其他任何场合,如果一个犯人听到别人这样说,他肯定会很生气地跟对方辩驳以维护自己。但现在,他只是很谦虚地听着。

"确实如此,"有人说道,"不是每个人都跟库利科夫或阿-夫一样。你要先了解自己,然后才有发言权。"

"嘿,伙计们,我们为什么还要一直待在这个地方?"坐在厨房窗户边的一个犯人突然插嘴道。他嘴上说得慢吞吞,有气无力,但却掩饰不住内心的得意。他用手掌慢慢地搓着脸颊,"为什么要困在监狱里?这根本不是人过的日子。虽然我们看着还有口气,还能动,其实跟死人也差不多了。我说得对不对?"

"胡说八道!你以为越狱有那么简单?就像甩掉一只旧靴子似的?成天拉个脸有什么用呢?"

"可是,你们瞧瞧库利科夫,人家是怎么做到的。"人群中有个小伙子很激动。

"库利科夫!"有人斜了那小伙子一眼,"你以为谁都是库利科夫？"

"还有阿-夫，伙计们，要不就学学阿-夫！"

"是呀，他把库利科夫拿捏住了，想着法地利用他。他那种人什么事都干得出来！"

"我只想知道他们现在跑了多远了。"一个犯人说。

接着犯人们谈论起细节：他们已经逃出小镇很远了吗？他们是往哪个方向跑的？他们是怎么瞅准机会的？然后，大家又开始讨论距离。有的犯人对周围环境非常熟悉，说得头头是道，其他人听得认认真真。

后来，犯人们谈到了附近村庄的居民。在他们眼中，这些居民简直恶劣至极。犯人们觉得如果管理人员向居民们问起越狱犯的逃跑路线，他们肯定毫不犹豫地全说出来。这些村民不可能帮助逃犯。相反，他们会想方设法把逃犯抓住。

"你们不知道这些农民有多坏！都是些人面兽心的东西！"

"没错！一群流氓无赖！"

"这些西伯利亚人简直坏透了。在他们眼中，杀个人都不叫事儿！"

"不知道我们的人会怎么样。"

"他们肯定能保住命的。要知道我们的人最勇敢不过了。"

"如果我们活得够久，说不定还能听到他们的消息。"

"你们怎么看？真觉得他们能顺利逃脱吗？"

"我相信在我有生之年，他们一定不会被抓住的。"有个犯人非常激动，用拳头重重地捶在桌子上。

"嗯！的确如此。"

"朋友们,我说句心里话,"斯库拉托夫说道,"如果我有机会逃出去的话,我拿脑袋打赌不会让他们抓住我。"

"你?"

犯人们全都哄堂大笑起来。他们才没有兴趣听斯库拉托夫瞎扯。但是斯库拉托夫并没有觉得难堪。

"真的,我敢拿命打赌!"他说得很有气势,"我很早之前就想过了。就算只有一个钥匙孔,我也要想办法钻过去,绝对不能让他们抓住我!"

"万一你肚子饿了呢,说不定到时候就要爬到农民家里求人家给你口吃的。"

又是一阵大笑。

"什么?我向农民要吃的?你胡说!"

"快闭嘴吧!我们知道你为什么坐牢。你和你叔叔瓦夏杀了一个农民,因为那个农民给你们的牛施了魔法。①"

这下人们笑得更厉害了。此时,有些一贯严肃的犯人变得很气愤。

"你胡说,"斯库拉托夫大喊,"你是听米基特卡说的吧。那件事跟我没关系,都是我叔叔瓦夏干的。不要把我跟他混在一起。我是莫斯科人,从很小开始就四处流浪。看到了吗?牧师教我读祷文时经常拧我的耳朵,并对我说:'跟我读:上帝,请您开恩,可怜可怜我吧。'

---

① 意指某农夫或农妇因为对牛施魔法而被杀死。我们监狱就有一个出于此种原因杀死农民而被判刑的犯人。——作者注

牧师还常常让我跟着他一起说:'他们抓住我,把我带到警察局,这都是蒙您的大恩。'诸如此类的话。一直到我长成了小伙子,我还经常跟着牧师这样说呢。"

听完这段话,犯人们又一次开怀大笑。这正是斯库拉托夫想看到的。他喜欢扮演小丑逗大家笑。但是谈话很快又变得严肃起来。尤其是年纪较大的犯人,还有一些对越狱懂得很多的人,他们在很认真地谈论这个话题。有些年轻犯人静静地听着,看起来非常高兴。厨房里外聚集了一大群犯人。周围没有看守。犯人们或者通过聊天,或者通过别的方式发泄自己的情绪。我注意到有一个人特别开心。那是一个小个子鞑靼人,高颧骨,样子特别滑稽。

他叫马梅特卡。虽然他不会说俄语,但仍然伸着脖子听人们说话,像小孩子一样开心。

"嘿,马梅特卡,小伙子,亚克西①?"

"亚克西,噢,亚克西!"马梅特卡一边努力说着,一边晃着自己长得很奇怪的头,"亚克西。"

"他们永远抓不住那几个逃犯,嗯?约克②?"

"约克,约克!"马梅特卡来回摆着头,张开手臂。

"嘿!不要胡说八道!我根本不明白你在说什么。"

"就是,就是,亚克西!"可怜的马梅特卡答道。

"好吧,亚克西!"

---

① 译注:此处原文为 iakchi,为鞑靼语的音译,意为"好吗?"。
② 译注:此处原文为 iok,为鞑靼语的音译,意为"是"。

斯库拉托夫用大拇指弹了一下马梅特卡的头。马梅特卡的帽子掉下来挡住了眼睛。斯库拉托夫得意扬扬地走开了,留下马梅特卡在那里垂头丧气。

接下来大约一周的时间,管理人员对所有犯人实行严密控制,并反复对邻近一带进行了仔细搜查。不知为何,犯人们似乎对当局追捕逃犯的措施了解得一清二楚。我们听说有几天形势对逃犯非常有利,当局找不到他们的任何行踪。犯人们对监狱方面采取的措施很不屑,对逃跑的几个朋友很放心,并反复说当局不会发现他们的任何行踪。

我们听说附近村庄的农民都被发动起来查看所有可能用来藏身的场所,包括树林和山谷等。

"荒唐可笑!"说话的犯人脸上总是挂着微笑,"他们肯定藏在某个朋友那里。"

"确定无疑。他们才不会冒险,应该早就把一切安排好了。"

实际上,大家普遍认为他们仍然藏在小镇郊区。他们可能藏在某个地窖里,等着抓捕的风头过去,也等着头发长长。他们可能至少要在那里藏六个月,然后再悄悄溜走。关于这件事,犯人们充分发挥了自己的想象力。越狱事件发生后的第八天,我们突然听到传言说管理人员发现了逃犯的行踪。起初,犯人们对这条传言不屑一顾。但是快到晚上的时候,又有新消息传来。犯人们一下子变得特别兴奋。第二天早上,小镇上的人们传言说逃犯已经被抓住了,很快就会被押回来。午餐过后,我们听到了更多细节。据说逃犯是在一个距离小镇七十俄里远的小村庄里被抓到的。最后,我们得到了确定消息。监狱警长在同少校会谈后,马上宣布逃犯将在晚上被带回警卫室。毫无疑问,他们已经被抓获了。

犯人们听到这则消息后的复杂心情真是一言难尽。最开始,犯人们出奇地愤怒。接着,他们陷入了深深的沮丧。后来,他们愤愤不平地嘲讽起来,言辞之中充满轻蔑,不是蔑视管理人员,而是蔑视逃犯。现在,他们觉得那几个逃犯真是愚蠢至极,竟然被抓了回来。听到几个犯人这样说,几乎所有犯人都开始这样认为。只有少数思想严肃、思维缜密的犯人闭口不言,同时非常鄙视周围这群轻率无脑的人。

犯人们狠狠辱骂着库利科夫和阿-夫,这两个可怜的家伙,当初被捧得有多高,现在就被骂得有多惨。犯人们甚至以诋毁他们为乐,好像两人被抓住对犯人们来说是一种冒犯。犯人们轻蔑地说库利科夫和阿-夫大概是在逃亡途中饥饿难耐,于是便跑到村庄里向农民要面包吃。据说这有违流浪汉的行事规矩,是贬低身份的做法。其实犯人们这种推测是完全错误的。事实上,逃犯们被抓是因为他们出了小镇后的行迹被发现,后来被跟踪上了。管理人员查明他们躲进了树林,于是便派人把树林围了起来。最终,逃犯们无计可施,只能认输。

那天晚上,他们被荷枪实弹的卫兵押了回来。回来时手脚全被捆着。犯人们匆忙挤到栅栏前,想看看当局怎样处理抓回的逃犯。但是他们只看到了停在警卫室前的总督和少校的马车。逃犯被上了镣铐,然后被单独关押。处罚将在第二天实施。犯人们听说了逃犯被抓的经过,得知在当时的情况下他们完全是情不得已。于是,犯人们又开始无比担忧。

"看来他们最少要挨一千棒。"

"什么？就只是一千棒吗？我看监狱那伙人不要他们的小命是不肯罢休的。阿-夫倒是有可能被打一千棒。库利科夫肯定要被打死。要知道，他可是单人囚室的犯人。"

实际处罚并非如此。阿-夫被判了五百棒。因为当局考虑到他一贯表现良好，并且他这次是初犯。库利科夫好像被判了一千五百棒。总的来说，这样的处罚还是比较轻的，并不是特别重。

两个人表现得冷静、理智，一口咬定他们逃出监狱后直接跑到了树林，中途没有去过任何人的家里，没有人向他们提供帮助。我为库利科夫感到难过，不是因为他惨遭棒打，而是因为他从此以后失去了任何减刑的机会。后来，库利科夫被送到了另外一所监狱。至于阿-夫，他并没有挨完五百棒。行刑过程中，因为医生出面干预，他得以免遭剩下的棒子。在医院里，阿-夫刚好起来便又开始自吹自擂，说他现在什么都干得出来，还说他们很快就会知道他要干什么。库利科夫一点儿都没变，还是像以前一样举止得体、神气十足，言谈举止中无不为自己越狱的冒险经历感到得意。但是犯人们对他的看法却跟以前有了很大变化。在他们眼中，库利科夫不再像从前那样高高在上，那样优越，而是变得和他们一样。简而言之，可怜的库利科夫在犯人们眼中失去了光环。常言道，成者英雄败者寇。这句话在库利科夫身上也同样适用。

第十章 出狱

前面提到的越狱事件发生在我服刑的最后一年。这一年发生的事和刚入狱时发生的事一样在我脑海中留下了深刻的印象。相关内容我已经详细描述过。在最后一年,尽管我迫不及待地想出狱,但却并没觉得这一年有多难熬,相反,这是我在狱期间最轻松的一年。这时与我交往的犯人有很多,其中有些已经成为我的朋友。他们都很支持我,并且发自内心真诚地喜欢我。我和一位朋友同一天出狱。那天派来送我们的士兵在最后分别时强忍泪水,差点儿哭了出来。我们恢复自由身后的第一个月仍然住在同一个小镇上。当局在一座政府建筑中留出几间房供我们居住。那个士兵几乎每天都来看我们。但监狱里也有一些人与我的关系一直都没能缓和,我永远也得不到他们的尊敬,天知道到底是为什么。从我入狱第一年直到最后一年,他们对我的厌恶丝毫没有减少。仿佛有什么东西横亘在我们中间,无法跨越。

在最后一年,我有更多机会做自己喜欢的事。我在小镇的军队工作人员中发现了以前的熟人,甚至还有一些老同学。在他们的帮助下,我有了更多的钱,可以给家人写信,甚至还得到了一些书。这之前，我身边没有一本书。因此，我在监狱里读到第一本书时，心中不禁百感交集、激动不已。那种情绪无法用文字表达。晚上牢房锁门之后，我捧着书读得如饥似渴，就这样一直读到天亮。那是一本期刊，在我眼中，它宛如来自另一个世界的信使，让我看到了外面广阔的天地。我读着书上的文字，入狱以前的时光清晰地浮现在眼前。这些经历仿佛不属于我，而是完全属于另一个灵魂。我想试着厘清自己和当下一些事物之间的关系。但是我的知识和经历仿佛突然离我很远，我不知道自己和眼前的世界是什么关系。我不在的日子里，以前那个世界里的男男女女或许经历了很多重要的事情。既然现在终于有了机会，我强烈地渴望了解那个世界目前的样子。书里的文字描写的都是可感知的事物，我想亲自去感受，而不只是了解背后的含义。我试着透过文字了解到更多东西。

　　我想象着文字背后的神秘含义，努力在每一页中寻找我所熟悉的与过去有关的信息，不管这样的信息究竟是否存在。我翻动书页，寻找着入狱之前的日子里曾深深打动人们的那些东西。我突然想到现在已经不同于过去，外面已变成全新的环境，想到这里，深深的沮丧涌上我的心头。是啊，人们已经进入新生活，但这对我来说是完全陌生的，是我从未感受过的。我觉得自己已经落伍，已经被前进的人类历史远远甩在后面。事实上，新的一代已经崛起。但我并不了解这一代，他们也不了解我。在某篇文章的底部，我突然看到一个熟悉的名字。我盯着那页纸，贪婪地看个不停。但是除此之外，其他名字几乎都是陌生的。新的人物已经登上社会舞台，我急切地想了解他们的信息，了解他们的事迹。但是一想到我手中的书少得可怜，一想到要得到更多的书有多么困难，我几乎感到绝望。早些时候，也就是以前的少校管理监狱时，把书带进监狱是要冒很大风险的。监狱官员定期对整个监狱进行搜查，一旦发现任何一本书，都将引起一场大的骚乱。管理人员会不遗余力地查明书是怎么带进来的，以及谁在背后帮忙。我不想被人近乎侮辱似的搜身。因此，我只能习惯没有书的日子，一个人封闭起来，用很多无法解释的问题一遍遍地折磨自己。这种痛苦是说不尽的。

我是在冬天入狱的，所以也将在冬天出狱，正好跟入狱那天是同一月的同一日。我多么迫切地期望着冬天来临。夏天结束了，我欣喜地看到树上的叶子开始变黄，无边的大草原上草渐渐枯萎。秋风呼啸。轻盈的雪花打着旋从空中飘落。啊，冬天，祈盼已久的冬天终于到来。一想到自由触手可及，我的心怦怦跳得厉害。很奇怪，随着那一天越来越近，我却越来越平静。我甚至感到恼火，暗暗在心中责备自己怎么会如此冷漠。每天劳动结束后，我会在院子里遇到狱友。很多人常常陪我一起散步、聊天，并替我感到高兴。

"啊！亚历山大·彼得罗维奇，你很快就要出狱了！不像我们这些可怜鬼，还得继续留在这儿！"

"噢，马丁诺夫，你还要等很长时间吗？"我向说话的人问道。

"我？哦，天哪，我还要再等七年！"

他叹口气，脸上一片茫然，似乎在想未来那些日子有多难熬。的确，有很多狱友向我表示衷心的祝贺。由于我要离开了，他们与我走得更近。因为自由的光环离我越来越近,他们关心自由,自然对我也更关心。他们是在这种情绪的笼罩下向我告别。

在这段时间,有个叫克-钦斯基的年轻和善的波兰贵族人很喜欢和我一起在院子里散步。每天夜里牢房里令人窒息的空气对他的身体造成很大的伤害,所以他利用一切机会呼吸新鲜空气和锻炼身体来保持健康。

有一天,他微笑着对我说:"我迫切期望你出狱的日子快点儿到来。如果你出狱了,也就意味着我只需再等一年就可以离开了。"

我不禁想说,其实对我们这些犯人,意念中的自由远比实际的自由显得更自由。这是因为我们一直在想象自由,渴望自由。犯人们在想象自由和看待自由身的人时经常会夸大事实。确实如此!比如,某个军官手下最卑微的仆人在我们眼中简直像国王一样。至少跟我们相比,他拥有太多自由人才能享有的权利。他不用戴镣铐,不用按监狱的规定剃去半边头发,他什么时间想去哪儿可以自己决定,而且没有士兵监视。

出狱前一天,夜幕降临之后,我最后一次完完整整地走遍监狱每个角落。十年时间里我不知道绕着监狱的栅栏走过几千遍!就在那里,在牢房后面那块地方,入狱第一年,我曾在那里无数次徘徊,孤独又绝望。还记得我如何在那里一遍又一遍地数着剩下的刑期:还有几千天,几千天!噢,天哪!那是多久之前了!看那个角落,那只被我们囚禁起来的鹰就是在那个角落里一天天地虚弱下去。彼得罗夫以前经常去那个角落找我。现在他时时伴我左右,默默地陪我散步,好像他跟我一样了解我内心的想法。而且他脸上总是挂着那副令人费解的表情。

我曾多少次望着牢房里黑色方形的房顶深深地绝望！有多少原本充满力量的青年最后郁郁寡欢地在这里逝去！殊不知，这些青年来到世上，本该有自己的使命。我必须说，这些不幸的生命或许正是我们民族中最强壮、最有天赋的人。但是他们的生命，以及他们的思想就这样绝望地逝去了。这是谁之罪？

问题就在于：谁之罪？

第二天，我赶在犯人们出去劳动之前，早早地来到每间牢房和犯人们做最后的告别。很多犯人伸出有力粗糙的手跟我友好地握手告别。有的犯人紧紧握住我的手，好像把心中的千言万语都凝聚在了握手这一刻。当然，这些是犯人当中比较宽厚仁慈的那部分人。而在大多数犯人眼中，我似乎已经变成了另一个人。他们想到的是只要被释放出狱，我就会成为跟他们完全不同的人。他们知道我在小镇上有朋友，我出狱后马上就要去找贵族绅士，我很快就要和他们在同一张桌子上平起平坐。可怜的犯人们，这就是他们想到的一切。虽然他们努力和我握手，但终究做不到像身份平等的人一样。是的，我现在又是贵族了。还有些犯人则背过身去，没有对我的告别做出任何回应。此外，我还在一些犯人的脸上看到了厌恶的表情。

鼓声响起。犯人们都去劳动了。牢房里只剩下我一个人。那天早上，苏希洛夫第一个起床。现在，他正双手颤抖着为我准备在这里的最后一杯茶。可怜的苏希洛夫！我把自己的衣服、衬衫、裹腿的皮衬垫和一点儿钱交给他时，他已经泣不成声！

"不,我要的不是这些!"他紧紧咬住颤抖的嘴唇,"我真的要失去你了吗?亚历山大·彼得罗维奇,如果没有你,我该怎么办?"

还有阿基姆·阿基梅奇。我也向他做了告别。

"为你祈祷,你也快出狱了吧。"我对他说。

"啊,不!我还要在这里待很久很久。"他握着我的手,努力说完这句话。我伸出手臂抱住他的脖子,我们互相吻了对方的脸颊。

犯人们离开十分钟后,我和狱友走出监狱,永远离开了那里。我们要先去铁匠车间把镣铐去掉。与以往不同的是,持枪的卫兵不见了,陪我们前往车间的只有一位下级军官。在车间里,让犯人帮我们取下镣铐。

我让他们先把朋友的镣铐取下来。然后,我自己走到铁砧前。铁匠们让我转过身,然后抓住我的腿放到铁砧上。他们有条不紊地进行着,好像要把这件事做得干净利落。

"铆钉,伙计,先转动铆钉,"我听到铁匠说,"那里,好了,好了。现在用锤子砸!"

镣铐被砸开了。我把那些铁链捡起来。不知为何,我把它们久久捧在手中,想最后再看一次。我几乎不敢相信,就在几分钟前,这些铁链还套在我的腿上。

"好了,上帝保佑,祝你好运!"囚犯们断断续续、粗声大嗓地说,但能听出来他们对此很得意。

是的,上帝保佑!自由,新生,从死亡中复活——这是多么美好的时刻!